大周

Dazhou Biaoqing

表情

周瑄璞

著

河南文艺出版社

·郑州·

目 录

一路走来

中国最小的行政单位，名曰行政村，相当于政府部门的股级。每个行政村下辖几个小一些的村子，叫作自然村。自然村一般有十几个生产队（后来叫村民小组），这些村民小组三三两两地分布于自然村内。那么行政村、自然村和村民小组，就是中国最为微小、最为末梢的一个现实存在和组织形式。

其实农村人的日常生活和社交往来，除亲戚之外，大多是在自然村内甚至是本生产队。我们小的时候就很少跑到别的生产队去玩。

大周行政村，下辖四个自然村，从东到西依次为：西安庄、张尹、贾井、大周。这四个自然村又分为十三个生产队，西安庄东头是一队，大周西头是十三队。

在临颍县档案局地名办于20世纪80年代内部印制的《河南省临

颍县地名志》上，我找到了大周村的相关介绍。

关于大周行政村，是这样说的：

> 在台陈乡西南部。因村委会驻大周，故名。辖大周、贾井、西安庄、张尹四个自然村。365 户，1913 人，均汉族，耕地 2871 亩。
>
> 清属南吕保；1921 年属南区毛家村；1934 年属第三区王曲联保；1941 年属杜曲镇第十保；1949 年属杜曲区；1958 年属王曲公社；1962 年属台陈区；1965 年属台陈公社，为大周大队；1984 年元月属台陈乡，为大周村委会。小学一所，中医诊所、卫生所共三处。

小小的一个行政村，随着时光流逝，归属也变来变去，好在六十多年来，再无变动，稳稳地属于台陈公社，现在叫台陈镇。

大周行政村四个自然村从东到西，简介如下：

> 西安庄，在县城西南 9 公里，滨颍河故道。清朝初期，安姓由本乡颍河故道东的安庄分居此处，亦以姓氏定村名，1986 年更名为西安庄。聚落同张尹一体，为长方形，十字街纵横全村，多砖木结构脊坡式瓦房。以农为主，有建筑、运输等副业，种植苹果有名。

我们平常一直称为安庄，其正式名为西安庄。西安庄跟西安市没有关系，它是指颍河故道西岸的安庄，区别于东岸的老家安庄。相当于现在的美国人是由几百年前英国迁去新大陆。当初一个姓安的因为兄弟矛盾，出走向西，过了颍河故道，寻找新家园。目前西安庄主要姓氏有安、崔、徐、赵。

张尹，在县城西南9公里，颍河故道西岸。明朝初年从荒张村迁此一户张姓，之后尹姓迁入，两姓以南北路为界建村，合称为张尹。

我记忆中穿过张尹和安庄的街里，一路向东，走过颍河故道，就能到达王曲北街，穿过北街，抵达王曲十字路口——我童年的繁华之地。无数次梦中我回大周，走到张尹西头，远远看到大周的样子。张尹还有两户姓牛的，我是写作这本书时才得知。

贾井，在县城西南9公里，颍河故道西岸。明朝初年，贾姓从城东南今陈庄乡贾太石迁来定居，始名贾庄；后很快富裕起来，嘉靖年间盖起八所楼，名声大振。贾阁老得知后，即让他们在村头打一眼砖井，并送一对石狮子置于井旁，人称贾井，并以村名。因距王曲集较近，生豆芽为主要副业，久有盛名。有一处诊所。

我们平常将其称作贾庄，主要有三个姓氏：贾、王、吴。

大周，在县城西南9.5公里，颍河东岸。明朝初期，周氏自山西省洪洞县迁此定居，名为周村；以后发展为大庄，遂称大周，属台陈乡，为大周村委会驻地。聚落呈长方形，面积76200平方米，一条东西街长600米。村委会、学校在村东端。以农为主，建筑、运输业较兴旺，新兴玉米皮草编发展迅猛。每年农历三月二十一、六月二十九有古庙会。

这里的"颍河东岸"，指的是新颍河。20世纪50年代颍河改道，人工取直，大周由颍河西岸变为东岸。

我们大周的姓氏最多，有周、张、陈、朱、孙、师、梁七个。

从何处来

大周行政村十六个姓氏，代代相传，几百年来石榴籽一般居住在这一片土地上。他们从哪里来，因何而来，发生过什么故事？

除了安、张、贾、周有文字记录之外，其余十多个姓氏的来路，引起我的好奇，于是在七八十岁的老人中间做了一番调查。

安姓目前人口众多，有自己的家谱，每一代人的名字都写得清清楚楚。受访者安冠友的祖爷爷叫安选，爷爷叫安振西。

姓崔的来历非常明确。清朝时，祖先赌博发了一笔横财，由东乡来到安庄置地，盖了一院房，占住了路南的一片地方，从一户人家发展繁衍至今，现有131口人。崔学岭能记得的最早祖先名字，是自己的爷爷崔皿。他充满自豪感地在纸上列出目前崔姓人家的每户人口数量。

姓徐的只有两户人家，是亲兄弟，生于20世纪60年代的徐栓城和徐雪城。他们的父亲名叫徐春，在我童年时任大队支书。但是徐栓城的儿子徐洋说，爷爷大名叫徐春亭，他从爷爷的抗美援朝立功证书上看到的。却不知为何大家都称他为徐春。农村人之间，很少称呼姓氏，只是叫名儿，尤以喊一个字而显得亲近：涛、国、娜、茹、赖、枝、璞……人们称他徐春，莫非强调他在安庄是独一户？据徐雪城说，祖先从哪里来的也不清楚，几代以前，是有好几户的。他爷爷兄弟四个，但有两个没有娶妻，娶妻的那一个没有孩子，只有他爷爷奶奶生了一个他父亲,连姑姑也没有,于是徐春这一代人口传承比较惊险脆弱,好在他有两个儿子,两个儿子又各有两个儿子,眼看着又要发展壮大起来。徐雪城妻子说,当年计划生育抓得最紧时,村里领导考虑到徐姓人脉单薄,私下里对他们网开一面,默许二胎三胎,其实也就是让你生到儿子,于是徐栓城、徐雪城兄弟俩一共有七个小孩,四男三女,犹如河水从狭谷中冲了出来,河床宽展,奔涌向前。徐雪城记得童年时期,因村东头的颍河故道积水淹地,他父亲曾经带着他去给爷爷迁坟,挖开来是松木大板(棺材),几十年不腐不坏,证明祖上曾经富过。他说,人就是这样,穷一穷富一富,前面穷了几十年,现在该翻身壮大了。目前农村有两个儿子的非常发愁,但徐雪城没有这种情绪,他为自己和哥哥各有两个儿子而欣慰,辛勤劳作积攒家业为儿娶妻成家在所不辞。

在安庄东头,还住着两户姓赵的——赵学周和赵学民兄弟俩。他们的父亲赵孟杰已经去世,再往上爷爷的名字无从考据。据五十七岁的赵学民介绍,听他奶奶说,他们比安姓来得还早(这一点暂且存疑,如果他们来得早,为何不叫赵庄,为何没有更多人口?),曾经也是大户,人口较多,祖爷爷兄弟三个,爷爷兄弟七个,家有骡马和油坊。20世纪前中期,因抓壮丁和饥饿等原因,家族转眼衰败,人口迅速凋零,只剩下他爷爷一脉。他父亲有了他和哥哥两支香火,现在两人共有三个儿子,又有五个孙子孙女。他家正像徐家一样,有旺有衰,一度人脉弱薄,犹如风中蜡烛,忽闪几下,又顽强挺立,随着时局的稳定、时代的前进而重新燃烧,壮大队伍稳步前行。赵学民目前在乌鲁木齐打工,因身体原因动过手术，不能干重活儿了，打算今年（2023 年）干完告老还乡。他引以为豪的是自己儿子——三十二岁的赵凯涛从育红班开始一直是年级第一，一路领先，顺利考学出去，现在是武汉大学基础医学院的博士后，2022 年评上了副教授。

张尹的张中保只知道自己的父亲叫张文亭。我问：爷爷名字不知道吗？家里其他人也都不知？没人告诉你？他说：不知。

姓尹的只知道自己祖先迁来张尹几百年了，至于从哪里来的，说不清楚。尹继忠能记得的最早祖先名字，是自己的爷爷尹丙见。爷爷有四个儿子，父亲有四个儿子，自己有一儿一女，儿子有一儿一女。从祖先到他们也都没有什么传奇和出彩的故事，"都是一般人"（尹继忠语）。目前姓尹的大约有一百口人。

牛姓一百多年前穷困逃荒，先是去了曹庄，后又去了郭庄，都过不下去。后人自己调侃说，因为牛去了槽里会发起来，于是曹庄人不容，撵他们走；牛到了锅里命已休矣，于是自己出走，来到张尹，嗯，这里不错，安居下来。目前已经在张尹繁衍六代，人口五六十，大都在外地工作。牛春付不记得父亲和爷爷的名字，因他两三岁时没有了爹，只知道他爹有兄弟五个，他叔名叫牛书义。牛春付的五叔 20 世纪 50 年代去往武汉工作，现一家都在武汉，几个儿子都可"中"；哥哥一家在深圳；只他这一支和侄子共十三口人留在张尹。

贾氏目前有二百多口人。贾保安能记得的最早祖先名字，是自己的祖爷爷贾九、爷爷贾文卷。贾氏目前的最高学历者，是一位同济大学的研究生贾新勇，目前在上海工作。

王姓在三四百年前由西乡田店迁来贾井。目前人口六七十。王彦峰记得自己的爷爷叫王根。当问到他们祖先有哪些故事、记忆和经历时,他只说了一个字:穷。他们姓氏中出名的人是王有志,民国时期任县委秘书,1949 年后劳改,死在了辽宁。

吴德安只记得自己父亲名叫吴秉灿。他无法说清自己的祖先为何来到这里,怎么来的。目前他家十来口人生活在贾井。

大周也有几户张姓,与张尹的张不是同一个祖先。他们不知道自己来自哪里,只知清代家里开过当铺,后来打油,生活较为富足。曾有祖先牌位供在家中,"文革""破四旧"时没了。目前在大周村街的中间地带生活,共有五六十口人。张国欣能记得自己爷爷名叫张海,爷爷有一个哥哥叫张贵。张贵的儿子有文化会下卦,有一个万年历,但他沉迷赌博不正干,变卖家产成为穷人。新中国成立后全家定为下中农。目前家族中最优秀的人,在北京交通运输部工作。

陈姓大约百年前逃荒来到大周,从哪里来的无从考证。陈天佑的爷爷叫陈建森,大个子,是个打油匠。陈天佑的奶奶也是逃荒要饭来的。那时她还年轻,带了两个孩子(即陈天佑的两个姑姑)来到大周,好几天没有饭吃,陈建森见她们实在可怜,便收留了娘儿仨,这女人便和陈建森一起生活,生下陈天佑的父亲陈全法,属大龙的。现在陈姓有二十多口人生活在大周。

朱姓老家在朱集,姓朱的本是大周的外甥,从小在大周长大,不想走了,便给他分了一块地,为他娶妻生子,就这样变成了大周的人,如今已在大周繁衍七八代。朱国营的爷爷名叫朱得食,朱国营的父亲有兄弟三个，两个迁到新疆，如今只有他这一脉十五口人生活在大周。

姓孙的来到大周数百年，具体时间他们说不清楚，也不知因何离了家乡来到大周，在村街中段住了下来。大周村街不知为何，不是笔直一路向西，而是在中间地带向南弯了一下，再向西去。弯道处向南向北都有小路，形成一个小小十字路口，称为孙拐，我们东头人说那里是"拐儿里"。姓孙的祖辈习武，曾建有武馆。传说一个姓孙的闺女，出嫁后在婆家屡受虐待，回娘家哭诉。娘家人问她，你的武艺哩，白练了吗？闺女回到婆家，丈夫再来打她时，她将丈夫抓起，从房梁这边扔到那边，从此家里安生，她再也不受欺负。姓孙的曾建有七星庙，有碑文记载他们迁来的经过。后来年馑吃不饱饭，他们也不再练武。孙学义能记得的最早祖先名字，是自己的爷爷孙朝。

师姓于清代末年由本县固厢大师村迁来大周，有一百多年了。师梅英长大后嫁给孙拐的孙学仁（孙学仁于 2023 年 8 月 18 日清晨去世）。现今六十八岁的师梅英能记得最早祖先的名字，是自己的爷爷师仓。爷爷三兄弟民国时期在郾城县衙做事，家庭人口兴旺。目前师姓有三四十人。

梁姓祖籍鄢陵县，祖先在明清时为剿匪元帅。到南方剿匪之后，班师回朝，走到黄河边，遇河水大涨，无法渡河。前面先行官过河进京，而元帅不能按时回京，犯下杀头之罪。反正也是个死，便于黄河南岸自尽谢罪。家里人闻听，害怕受到株连，其高祖奶奶带着一家老小逃到临颍县的聂刘村。大约二百年前，又由聂刘迁来大周。目前已经在大周繁衍六七代，人口四十余。他们还都知道聂刘埋着自己祖先元帅的衣冠冢,聂刘那里只有高祖奶奶没有高祖爷爷。刚迁来时,还经常回到聂刘祖坟烧纸,后来时间长了,历经几代人,便不再去了,只将大周认作家乡。现今七十八岁的梁丙昌知道父亲名梁宽锁,大爷为梁金锁,爷爷梁园,祖爷爷梁长恩。

最后说说大周村人口最为众多的周姓。志书中已有交代,我们祖先来自山西省洪洞县,在这片土地上已经生活了六百多年。

从教师岗位退休的周建民只知自己父亲叫周玉川,再往上便不知了。

周清贵只知自己父亲名字周林河,大伯的名字周长河。因为他的爷爷去世早,他没有见过,所以不知名字。周清贵出生于1938年,逝于2023年10月29日,和我同辈,我喊他哥。清贵哥提供了一个非常重要的信息,推翻了我在《像土地一样寂静——回大周记》(以下简称《回大周记》)里的一些描述,也部分否定了《河南省临颍县地名志》的记录。大周本是分为"东大周、西大周,中间隔个小孙拐",目前东头、西头的都姓周,中间夹杂着别的姓氏。我们做个合理的推断与假设:明洪武年间,随着迁移大军,两个或两组姓周的人来到这里,两兄弟或叔侄、父子,总之两户人家,分别住在相距一里的地方,互不干扰,各过生活。时光流逝,繁衍壮大,再加上外来人口的进入,六百多年后将大周连接起来,密集成一个大庄,形成了今天其他姓氏都在村街中段、姓周的把守两头的局面。清贵哥最早的记忆,也就是七十多年前吧,他家西边不远,没有几户人家,路北姓陈的两家,路南有一户人家,还有一个沙梨园。园子属于贾井和周姓人家。这和孙学义讲述的孙拐七星庙西边曾有条大路相契合。可能后来人口增多,住房建得多,致使大路消失。

周宗信知道自己的祖爷爷叫周廷聚,爷爷叫周林政。关于自己祖爷爷的名字,他曾经专门找过一位年逾九旬的堂姑(即周树功的姑奶奶),询问名字是哪两个字,那位堂姑也不知道,只知是这两个发音。

生于1970年的周树功知道自己祖爷爷的名字叫周林冬(与周宗信的爷爷周林政是亲兄弟)。小时候他听爷爷周进财说,当年他家比较富足兴旺,埋周树功爷爷的爷爷(周林冬与周林政的父亲周廷聚)时,十分隆重,请的有道士,出殡队伍在街里向西,由孙拐向北去往后地,沿途不远就设一个祭桌,供响器班喝水歇息。

我为什么好奇于大家是否记得自己最早祖先的名字呢?是因为在时光长河中,每一个人的生命都短暂而微茫。一个人死后几十年,人们就彻底忘记了你,跟你见过面的儿子孙子还记得你,偶尔会提及,而你那从未谋面的重孙重重孙,压根就不知你是谁。你的一切感天动地的奋斗挣扎、功过毁誉、爱恨情仇,都跟着你一起化为了泥土,即使是流淌着你的血液的后代也不再知道你,更不会想念你。而活着的人,却认真地为后代着想,尽其所能,要留下一些精神的、物质的东西,哪怕挖地埋藏,修于墙内,也要将自己的爱意和温度保留下来。比如一个人在修缮老屋时,院里挖树时,拿到祖先留下来的一个布包或者小罐,里面有一丁点钱财,那么他得到的远非是这点财物,而是一份浓浓的亲情和厚爱,仿佛立即听到先人那怦怦跳动的心,触摸到他们的肌肤与温暖宽大的怀抱。传宗接代,兹事体大,没有个儿子万万不可,哪怕他一无是处变成祸害，只带给自己痛苦和烦恼，也必得生个儿子才行。千百年来，乡村的人们凭着这一坚定信念在世间活着，于时光流逝中绵绵瓜瓞，使大地生机勃勃。而后人解决了温饱，有了丁点思索能力和梳理能力，便想探寻祖先的来历和故事。就像现在的我，成为一个写作的人，就很想知道自己出生这片土地的前世今生，想要获取祖先的点滴故事以及模样。通过种种方式找寻想象，仿佛看到他们在这片大地上行走劳作，婚丧嫁娶，生生死死。我曾参观山西省洪洞县的移民博物馆，在大槐树下，在那些塑像面前，虽然知道这是人造景点，但看着那些沧桑悲愤的面孔，骨肉亲人不得已分别离散的场景，我想象着，假如能够穿越回去，有人确切给我指认一个哪怕是乞丐癫痫头，说这是你的祖先，我也会跪在他的脚下，喊他先祖爷爷，抚摸他身上的伤痛。我想象着雕塑群的这些人里，有我的周姓祖先，不知经历怎样的艰难屈辱和无尽伤痛，一路向南，走到颍河之畔，停留下来。那一刻，才知道血缘是一个神奇的东西，没有任何道理地瞬间接通你的内心。

我家祖先的名字，往上追溯也只能是五代，祖爷爷叫周柏木，老祖爷爷名叫周墩。也就是说，我的父亲和叔叔，也只是记得自己祖爷爷的名字。我的爷爷周长安，身材高大，相貌堂堂，深眼窝，双眼皮，大白胡子，长得有点像马克思，行走如风，声音洪亮，享年八十四岁。我童年在大周对他有着清晰的记忆。他在世时留有两张照片，都是在西安照的。父亲感到欣慰的是让名叫长安的爷爷到长安城里来了两回，逛了几天。我的奶奶名叫李英，娘家是桥口的，个子矮小，性格急躁，要强能干，节俭到令人难以接受的程度，活了八十一岁。爷爷奶奶都是1990年去世的。奶奶说爷爷打过她，所以二人一辈子感情不和。父亲说，他小时候上学回家的路上，总是非常担忧，害怕一进院子又见到爹娘在吵架打架。也可能是奶奶生错了年代，在那个时候，男人打女人是正常现象，很多女人都不记仇，挨完打爬起来拍拍身上的土，该干啥干啥。但奶奶却耿耿于怀，到年老都不能原谅爷爷。我记忆中两人不在一个屋子睡觉（也可能是因为进入了老年），也很少好好说话，主要是奶奶对爷爷不满，总是指责外加嘲讽，随时会提起过去的事，火气很大，说起爷爷和姑奶奶（即爷爷的姐姐）的种种"坏处"，让我和眼前慈祥的爷爷总是对不上号。记得有一次，奶奶生病躺在床上，爷爷走过去弯下腰，额头贴在奶奶额上，试试她是否发烧。小小的我见到这一场景，万分惊讶，那是我平生第一次看到男女之间有肢体接触，我从未见到二人这么亲近，我以为他们一辈子都是分开睡觉，我以为天下所有男人和女人都是分开睡觉的，因为我看到戏台的官人和夫人，都是一人从戏台这边出来，另一人在那边出来。我1979年转学去了西安，离开了爷爷奶奶，回来探望也是短暂几天。据树功说，1989年下半年，爷爷身体开始不好，哥哥在家里张罗着打棺材，做好之后，奶奶给爷爷没好气地说：大棉袄做好了，板也做好了，去吧，促进去试试。爷爷哼一声说：不定谁先使哩。一语成谶，果真奶奶走到了前面，先用了这个棺材。

　　据我父亲讲，我家祖上人寿命较长，都能活到八九十岁。他的爷爷周柏木，有一天早上家人做好饭端至床前，发现他已经在昨夜的睡梦中死去。我叔叔说，他对自己的奶奶还有印象，"娘家是北乡袁庄的，个子不太高，偏瘦，有支气管炎，冬天老咳喘，大概在1953年的腊月十二去世，寿到九旬"。至于我的老祖爷爷，留在这世上的，除了周墩这个名字之外，再没有别的任何信息了。

我想再往上挖，但名字是没有了。据我叔叔介绍，我的爷爷、国珍哥的爷爷、明臣哥的爷爷，这三个老头儿的爷爷，是同一个祖爷爷。这个信息也不知是怎么保留下来的，也就是说，我与国珍哥、明臣哥，是不出五服的兄妹。关于到底几代，我是扳着手指头也查不清了。

不知多少辈之前，在我家现在老屋的院子里，杰叔、雨叔、树功家的祖上，住着一对没有儿子的夫妻，农村人称为绝户头，我的某一个老祖爷爷过继给他当了儿子，继承了他的院落。所以我家既跟东边近门，也跟西边近门。和东边是血缘近，和西边是名分近。近门还分为亲近门、远近门，我家祖上一直都是单传，所以没有真正的近门，又不想过于孤单，就把国珍哥和杰叔、雨叔、树功他们都认作近门，也叫远近门。总比没有强。杰叔、雨叔大名叫宗杰、宗雨，跟树功他爸宗理叔，是同一个爷爷，所以他们是亲亲的近门。过继时他家有钱，住的是楼房，几代相传下来，据说到我祖爷爷周柏木这一代，出了浪荡子，他弟弟不成器，五毒俱全，败光家产，偷卖田地，死在外乡，没有后代，似乎名字也不值得记下。祖爷爷家里由此破落，穷得过不下去，楼房拆去卖了木头砖瓦，勉强搭了草房度日，于是我爷爷成为下中农。

可是据我父亲说，我家祖上跟焕章大爷家祖上近门。叔叔说，跟焕章大爷家也近，但没有跟国珍和明臣家近得很。哈哈，当然如果这样细究,一路刨到祖坟里去,其实全大周的人,尤其东大周的所有人,都是同一个祖先。

祖传辈分

村里同姓人的辈分,自有一份严格的规矩和威严。有年轻人当爷的,也有老头儿当孙子的,这叫萝卜不大,在辈上长着。两个一同长大、一起玩耍的人,老家人称为"一般大的",很有可能一个是爷一个是孙,或者一个把另一个喊叔叔。就有比我大的人喊我姑姑或者姑奶奶,而我也会喊那些比我年纪小的人叔叔婶婶甚至爷爷奶奶。不论时代怎样发展,辈分绝不能乱。春节回大周,我在街里见到家住西头的退休教师周建民,笑着说:哎呀,我也不知该喊你啥。他说:你不喊我,我还得喊你姑哩。我立即觉得自己的笑脸收拢了一些,在这个八十多岁的老人面前,还得有点长辈的样子才好。一位副县级领导,喊我姑奶奶,在饭桌上,他端起酒杯说:来,孙子敬你一杯。

我周姓祖先,六百多年前远离了自己家乡,从此在这片土地上生活繁衍,几代之后,他乡变作故乡。龙生九子,各有不同,亲爹热娘,也会有命运、性情、智商差异巨大的孩子。头脑聪明、生活富足的结婚早,二十岁前当爹;生活差的,熬到二三十岁成家;也有的一生没娶,他那一支默默消亡。如此一代代繁衍至今,辈分相差很是惊人。据说目前辈分最高的是周麦林,已经去世,他夫人还健在,长我四辈,我喊她老老(为曾祖父母辈的统称)。村支书贾秋风的丈夫周孝堂又低我四辈,喊我姑老老,他们的孙子就低我六辈,也就是说,从周麦林到周孝堂的孙子周赫,相差十一辈之多,真真是没办法喊了,只能敷衍一句老老了事,否则那就得老老老老老老……扳着手指头查数。

想那周孝堂的祖辈,可能是日子富足殷实,每一代都能及时地娶妻生子,就这样注重效率,一路高歌猛进,传宗接代总是走在人前,直至将自己变成全大周最低的辈分。

那么高辈分是怎么回事呢?可能就是不能够及时娶妻生子,拖到三四十岁,好不容易续上香火。还有一种情况就是家境富足到能娶好几个妻子,将生育战线拉得很长,最大孩子和最小孩子之间都差着好几十岁。树功祖爷爷周林冬的亲弟弟周相甫(原名周林长),民国时期做过杜曲镇镇长。娶第一个妻子,先生下两个女儿,后生下一个儿子周惠民,惠民长到十来岁时因狗咬而夭折。妻子已经中年,过了最佳生育期,为了传宗接代,又娶一个年轻女子,小他二十四岁。我童年时小伙伴们都知道,那个老头儿竟然同时拥有两个老婆,这在我们眼里是很奇异的事情。人们称后来者为花老婆。我父亲喊她花奶奶,我喊她花老老。她刚娶过来不久,新中国成立,实行一夫一妻制,政府告诉花老老可以回娘家去。那时她还很年轻,刚生下第一个孩子,也想要走,但娘家妈为了让自己闺女在此过成一家人家,好对得起周家,亲自来大周住到周相甫家里,监督陪伴女儿。周相甫一家肯定也是极力挽留。女性的牺牲奉献和善良天性发挥作用,花老老留了下来,为他家先后生下三个儿子:周天才、周卫才、周同才。我童年记忆里,花老老是个完美的女人,容貌出众,洁净麻利,家里家外没明没黑地操劳,走路很快。据说最小的儿子同才出生当天,她还在地里干活,感觉要生,急忙往家里走,结果孩子生在裤裆里。这兄弟三人又都有两个儿子。天才爷的儿子叫周宗航、周宗远。听名字就知,和树功的父亲周宗理是一个辈分,如今周宗航四十来岁,然而比他大七八岁的树功也得喊他叔叔。而周宗远和树功的女儿同岁,但后者得管前者叫爷。百年之内,同一个支脉就有如此大的年龄差,那么不同支脉,因着这样那样的原因,就差得更远了。

有一次我在街里站着说话,旁边一位挺年轻的女人,披肩长发,穿重磅真丝旗袍,气质挺好,像是城里坐办公室的。她看我我看她,顾盼之间都好奇于对方。二人悄悄向树功打问,树功在中间给我们介绍,说她是十一队周麦林的儿媳妇。很快一个小姑娘骑儿童单车过来,喊她妈妈。搭上话后,小姑娘邀我去她家玩。于是向西走去,到她家里。女主人名叫亚军,属马,1978年生人,是周麦林的二儿媳妇。她还有一个儿子二十多岁。那么,我该喊这个比我小这么多的女人奶奶,问这个十二岁的周娇小姑娘喊姑姑。这真是有点小尴尬。母女俩洋洋气气地坐在装修到位的客厅沙发上,怎么看都应该像城里人那样,女人喊我姐,小姑娘叫我阿姨,可我们却笼罩在祖传的辈分下面,不得乱来。彼此笑笑,都避免称呼对方。周娇跟我当面说话,还有在之后的微信里,都是直接开口,前面没有称呼,估计小小年纪的她,面对村里一大群中老年晚辈,也很为难。我在微信里,有时候会觍着脸叫一声小姑姑。

不同姓氏的人,不需按辈分喊,或者因谁跟谁有亲戚,顺着亲戚那边喊，或者跟一个旁姓人拜了把子关系巨铁而归了人家那一辈，不定哪一根哪一梢搭上了筋脉，就按此生长。再也没有比乡村更为复杂的人际关系了，是盘根错节、回环缠绕的一棵大树或一片树林，多挖几下，谁跟谁都有亲戚。同姓的和联姻的，又有所不同。比如周建亚按着周姓辈分，本该问周玉发喊叔，问玉发的父亲喊爷。可偏偏他母亲和玉发叔的母亲是亲姐妹，那么他又问玉发的父亲喊姨父问玉发喊哥，而玉发的父亲和建亚的父亲，本是叔侄辈，这一联姻，变成了连襟和担挑。

我平常回村，见着面孔稍生的人，不知辈分不敢乱喊，只等他们主动喊我。上年纪的人不知我是谁，我的名字也不重要，在他们眼里，我是长安的孙女、大卯的闺女，只有在五六十岁往下和本生产队人这里，我才有名字。

经济收入

农民没有工资，没有社保，更没有退休金。老年人六十岁以上每月发放一百多元，名曰养老金，真不知是谁制定的这个发放标准，也不知制定依据是什么，九十岁以上每月再加六十元。一百岁以上每月发放五百多元。可要知道，能活到一百的人，毕竟少之又少，想拿到这每月五百多，极不容易。其余他们的所有产出和收入，有赖于自己的操劳程度和幸运指数。

想摸清大周人的经济收入有一点难度，无工资卡工资条，没有切实数据，收入一般也无迹可寻，只能依赖于他们自己的讲述和我的估摸。对于收入他们愿意道来，但对于家庭存款，很少有人愿意说。只有一个人明确表示，家庭存款十万元，还有好几个人说，没有存款。

青壮年外出打工挣钱，老幼妇留在家里吃吃玩玩。那些在外面混得稍微好些的，把妻子孩子带出去，共同经营个小事业，有自己的一间屋子、一套房子，能够全家一起生活。能力差的，两口外出挣钱，把孩子放在家里，交给老人，爷爷奶奶年纪大，管孩子力不从心。周娇有一个同村女同学，上学放学无人接送，搭同学爸妈的电动车，周一早上家里没有早餐可吃，来喊周娇一起上学，亚军便让那女孩在自家吃了早饭一起走。大部分男人，一个人离家在外，一年回来几次，与亲人短暂团聚，平常时间，他们混迹于城市，家里人不知他们在外过着怎样的生活，只需他们按时打钱回来。

也有一些人，在县城有营生，每天开电三轮或骑电动车早上出去，晚上回家；还有一些人在附近村庄从事盖房粉刷装修，哪里有活儿去往哪里。这是最为理想的工作状态，既挣了钱，也不用远离家乡。

安冠友一家五口人，七十七岁的他在附近打工干活，每年能挣一万五六，儿子打工每年挣四五万，孙子在北京干活，每年八万多。全家年收入大约十五万元，平均到月收入，每人两千多元。

徐洋从记事起都是爷爷带着他，所以他对爷爷徐春感情很深。徐春在世时带着两个儿子做人工楼板。后来，父亲叔叔两兄弟分家，徐洋还是跟着爷爷奶奶一起生活，那时虽然年龄小，也能感觉到自家生活条件相对于周边来说比较好，他的童年无忧无虑。直到爷爷徐春去世，家里出现了大的变故，爸爸和叔叔之间产生矛盾，不再合作，兄弟两家生活条件也直线下降，那几年是家里最穷的时候，他父亲徐栓城迫于无奈，到徐洋舅舅那边重操旧业，做起楼板生意。随着时代发展，由原来的人工作业，改成了机器制造，徐栓城找到了门路，也正好赶上世纪之交农村泥瓦房改建平房楼房的时代，生意做得不错，目前在大周村后开办了楼板加工厂。叔叔徐雪城只在家种地，没有其他收入来源，便在临街的家里做起了超市，既能挣钱又能顾家，挺不错的。后来徐洋去部队服役，退役之后在南方发展。他说，爸爸叔叔都上了年纪，以后家里的事情我就要担起来了。全村人都知，栓城、雪城两兄弟不说话不来往。其实人的大多矛盾，都起源于经济。也不知当年怎样的经济纠葛，让亲兄弟成为路人。虽然后来日子都富裕了，但却没有解开心结。

牛春付有两个女儿、一个儿子。女儿嫁走，儿子在建筑队打工，儿媳干点零活，两人收入每年约十万元，勉强顾住自己一家五口人的生活，人均月收入不足两千，没有能力接济父母。牛春付和老伴靠地款和养老金生活。大周像他这样的老人很多，大部分子女打工挣钱险些不能自顾。身体好的老人凑合干点季节性轻活，比如剥蒜、摘秦椒、栽红薯苗，多少挣点，其余就是地款和每月一二百元的养老金。

周建民每月退休金三千四百元，老两口省吃俭用，花不完，贴给儿孙。他不等儿孙张口要，每次主动给。村里偶有当年的工人和干部，现在每月两三千的退休金按时打到卡上，就属于富裕老人，可以资助子女。"啃老"这词在农村不是贬义词，老人但凡有点钱，都愿意让儿女来啃。

秀叔秀婶全家现在七口人，女儿出嫁走了，儿子小良有三个小孩，大的十四五岁，小的五岁。小良前些年在上海送外卖，近几年回到家里，在县城送啤酒饮料，夏天旺季月收入五六千，秋冬淡季月收入两千多。儿媳小平在县城一个公司打工，每月收入一千八百元。秀叔平时在附近干点零活，遇到谁家盖房需要劳力，他去临时加入，每天挣一百元。当然这样的工作不是常年都有，只能偶尔为之，再加上他年纪大了，有时候还脚疼，干不了那么多重活，于是也加入吃吃转转玩玩的队伍。平时夫妻二人用地边地头种点农作物，够全家吃了，养几只鹅几只鸡，下了蛋给孩子们补充营养。小平因前些日子得了股骨头坏死，办了残疾证，现在和孩子吃着低保，每月有五百元，秀叔秀婶养老金每月三百多。全家月收入不足万元，七口人平均下来，差不多千元上下。他家用的还是旱厕（如今旱厕在大周很少见到），院子里盖了简易洗澡间，冬天最冷时用不成，还得到几里远的公共浴池洗澡。秀婶贤惠温柔，晚上做好饭必等儿子回来才吃。有时候儿子活儿多了，秀叔会去帮着他送饮料，啥时送完啥时回，晚上秀婶在家做饭，两个小孙女在黄昏的村头玩耍，等待爷爷爸爸归来。

小伟一家六口人，夫妻二人，儿子儿媳，两个孙辈。小伟之前曾在外打工，几年前干活受伤回家休养，再加上年过五十，不想再外出，便在附近干粉刷装修活，每月能挣七八千。儿子干跟他同样的活，每月收入六七千。儿媳在上海一个工厂干活，管吃管住每月四五千。全家月收入接近两万。听起来很不错，但他说，花销也大，孙子每月奶粉钱将近一千块,他父子俩的人身保险、车辆保险每年要两万。我说:那你每年也能存下至少十万元吧。他笑说存不了,但那喜滋滋的表情说明,能存得了。因为农村人吃穿方面花钱很少,主要是孩子成长上学的费用。只要全家人不生病,消费主动权都在自己手里。

我因为经常住在亚军家里,对她家情况较为了解。夫妻二人先是有一个儿子,不敢再生,怕再生住儿子。总想要个女儿,儿子十岁后,决定冒险一试,还算命好,如愿生下女儿,起名周娇。男主人周卫中,也就是我喊爷的那个人,在县里干装修和水电,每天清早五点多起床出门,在外劳作一天,晚上六七点回家,吃完晚饭早早睡觉,每月近万元的收入。妻子亚军在镇里超市上班,每月两千多元。儿子在郑州不知跑什么业务,每月有近万元的收入。他们家人均月收入大约五千元,在村里应该算中上,人口结构也是最为理想,家里房子盖得很好,又在县城按揭了单元房装修到位,用于儿子结婚。可这样的小康生活也得计划着过,不能放开了随便花销,要攒钱给儿子结婚,给女儿上学。亚军是个爱美的女人,注重自身形象,梳妆台上也是瓶瓶罐罐,出门上班也是脸上抹几层子。对我说,璞你穿得太朴素了,我要是有你这样收入和条件,就买好多衣裳,可着劲儿打扮。她是个很会过日子的女人,平日里精打细算,杜绝一切不必要的开支,用的手机是儿子用过给了丈夫,丈夫用完又淘汰给她的,时常死机,一天能死十来回,一直凑合着用,直到有 天死得再也打不开了,才彻底扔了,在手机店里花四百元买了一个二手机,说是小年轻们淘汰下来的,质量还很好,型号也挺新,可年轻人不喜欢了,她买了来,期待能用两年。

小美夫妻有两个女儿。丈夫在大城市开公交车，单位给交五险一金，只身在外，自己租房住，没有家务拖累，不用接送孩子，时间宽裕，有精力加班，时常替同事出工跑车，这样下来每月收入万元左右。小美也有工作，属于招聘性质，月收入两千元。婆婆每月有三四百元的补贴收入。全家五口人，再加上每年的地款，家庭月收入有一万二三。人均两三千，听起来不是很高，但看其家庭生活状况，在村里算是较好，也或者因为是两个女儿，不必像别人那样操心将来儿子结婚成家，非要攒钱买房，所以显得轻松。

时代发生了变化，人们虽然想要儿子，可也认识到闺女的必不可少。中国人几千年来多子多福的老思想，竟然被房价和彩礼给治住了，养儿防老也靠不住了，女儿也能给父母养老。现在供养出一个儿子，前面吃穿上学都不算，只给他结婚成家，没有五六十万根本不行。那些两个儿子的，更是哭笑不得，干死干活，总也弄不棱正。儿子一个就中，多了麻烦。眼见着日子过得轻松舒坦的，都是有闺女的，于是头胎儿子的人，都幻想着再要一个闺女。村西头一个年轻媳妇，为了要个女儿，先后做掉三四个男孩，直把自己做得黄皮寡瘦，终于得到一个宝贝小闺女。

名人逸事

从小在大周，常听到一句歇后语：师晨耩地——看好（方言，刚刚，正好）看了。说明事情刚好凑巧，十分完美，其实内里还有着讽刺意味。故事的起源是我村一个叫师晨的人,外出给人打短工,在人市上,被一户人家叫去耩芝麻。芝麻是很金贵的东西,多少土地用多少芝麻,主家早已称好,交给了他。他趁主家不备,偷偷吃了几把,致使芝麻不够,后面的地里没有播上种子。另有一个版本是他没有掌握好耧眼的大小,把眼放得太大,致使种子在前面下得很多,后面没有。总之师晨不管这些,只是跟在牲口后面,扶耧向前,直到地头,停了牲口,掀开耧口一看,里面没有一颗芝麻籽儿,他开心地说:咦看好看了。为自己的高超工作能力非常得意。直到多日之后,芝麻出苗,他的行迹才算暴露。师晨以一己之力,发明了一个歇后语,丰富了我大周人的语言艺术。

小小大周村,很是出过几位"名人"。西头有一位外号大喷的,可能是会喷空儿或者爱吹牛吧。我童年时对他有依稀印象,高高的个子,一张大圆脸,穿灰色中山装,总是面带微笑,阳光灿烂,亲切随和。去过我家,爱跟我爷在一起喷空儿。他本名叫周振兴,十三队的,现已去世多年。

我家对面过道,周大国的叔叔、周超的爸爸周保文,年轻时曾在哈尔滨钢铁厂工作,探亲回到大周,言必称哈尔滨,给自己妈不再说家乡土话,而是一口洋腔,吃饭时冲他妈要馒头稀饭而不说蒸馍糊涂,弄得老人不知所措,把他好一通骂。于是人送外号老哈。为了形容哈尔滨的冷,说他坐火车回来的路上,"走一站脱一件衣裳,走一站脱一件衣裳"。别人问:你到底穿了多少衣裳?老哈并不老,不但不老,而且年轻英俊,风流倜傥,娶妻王蔗(音),是个出挑的美女。现已无法考证是哪个字,我从小就想象着是甘蔗的蔗,因为这个字能配得上她的美貌。老哈拿工资,家里条件好,王蔗穿戴说话,样样都很拿捏讲究,是大周人的关注对象。老哈还给别人吹嘘他在外找的相好:噫,就是狠对你好哩,叫你拿她一点法儿都没有。后来老哈调到安阳工作,在那里退休,安享晚年。妻子王蔗死后,他清明节前去烧纸,自己妈坟上烧完,再到王蔗坟上烧,嘴里念念叨叨:恁婆媳俩在那边要好好相处,可别吵架生气啊。

据说前几年他到西安来,不知是游玩还是要办什么事,找到我哥,晚上住在我哥家里。虽然步入老年,却仍热情依旧,对我哥一口一个弟弟、弟弟地喊,老哥儿俩拉话至半夜。

我生产队进忠爷,70年代为大儿子庚申叔娶了媳妇,到处夸耀自己儿媳是大周女人的一等品。还有一个版本是西头一个姓周的老头儿先夸自己儿媳长得漂亮,是一等品,进忠爷不服,说我家媳妇才是一等品,于是庚申婶人送外号一等品,或者是东头一等品。这个词借用当年的烟叶等级。那时临颍归属许昌地区,是产烟的地方,炕好的烟叶要分好等级出售,拣烟叶是个技术活,需经培训才能上岗。媳妇们坐在生产队的屋子里,把烟叶分为几级几等,于是有了一等品、二等品。庚申婶个子修长,皮肤白净,灵动清秀,是挺好看的,不过不像她公公吹嘘的那样,是大周的顶尖,就连我们这些孩子,也能找出几个比她更好看的媳妇,比如王蔗,比如梁沛贞,比如我婶卢秀卿,都是一目了然的大美女。婚后的劳动与生活,一等品婶婶逐步失去少妇的鲜亮光泽,变得干瘦,脸上也生了皱纹。近年我回大周,再也没有见过她,听说夫妻俩跟着孩子住到了县里,现在也该有七十岁了吧,不知被生活打磨成什么样子,是否还记得初来大周的新媳妇岁月。

就在这本书定稿之后的 2023 年夏天,阴历六月二十九的会上,在唱戏散场的人群中,我突然看到了庚申婶。她是专门从城里回来看戏的,手中小扇子,头上遮阳帽,脖里珍珠链,仍然灵秀清甜,显得年轻,还能看出当年的美貌。热情地让我去她家里,又到我家新房坐了一会儿,说起往事,笑声连连。我是晚辈,不敢提起"一等品"的话题,只是听她讲述年轻时吃过的苦,挨过丈夫的打,而她笑意盈盈,好像是讲别人的故事。

春节组曲

自童年转学西安,我再没有在大周过过春节。今年丈夫想去武汉自驾游,而我不愿同去,便对他说:把我放回老家,你在大周住一晚,然后自己去武汉。

平时回大周,住在小洁家里。而春节期间,她儿女们都回来,家里就没有我住的地方了。我提前揣摸住到谁家合适。恰好那天周娇在微信里说:有点想念你。我一想,这不就成了?她家里宽敞干净。我先问她:你哥哥结婚没?她说没有。这更好了,过年时家里也不会有那么多亲戚。于是我请她问问她妈妈,过年住到她家是否可以。她第二天微信对我说:妈妈说家里有地方,可以住,如果不想住村里,还可以住他们在县城买的新房。我说就住家里。因为我想了解大周的春节状况。这下解决了我回村住宿的问题,至于吃饭,可以在她家,也可以随意到哪家去吃。

周娇毕竟是个孩子,我想我应该跟她妈妈,也就是我叫作奶奶的亚军直接通话或视频一下,这是个礼貌问题。呼叫周娇过去,只看到她的脸,却没有声音。她发过来文字说,她的手机是大人淘汰下来的,视频能看到人却没声音,妈妈上班去了,不在家。第二天是周末,我打周娇的电话,她说:妈妈上班去了,没在家。晚上七八点又打,她说:妈妈上班还没回来。咦,这是上的什么班?于是不再打了,我想我那年轻的奶奶,肯定也知道了我的心愿,便和周娇在微信里问一些细节。家里有暖气吗?不知道。那你家冷吗?不冷。屋里有卫生间吗?没有。有全棉床单吗?不知道。给我住的房间床有多大?不太大。小姑姑只有十二岁,有些问题说不清楚。于是我决定,自带被子和床单,反正开车,可以多带些东西,存放在周娇家里,将来我家房子盖好,还可以用。

借住之事只是跟一个小孩子对接,心里毕竟有些没底。再一个,关于称呼问题,也颇费思量,住进人家家里,称呼那一对比我年轻的夫妇为爷爷奶奶,可能张不开口,再一想,献东和秋风,喊我姑奶,喊得那么丝滑顺溜,而我叫他们为爷奶,有什么不可呢?保险起见我还是问了树功:你平常见亚军两口,喊爷奶不?树功说:不喊,就说那老头儿、那老婆儿。我说:人家那么年轻,你叫人家老头儿、老婆儿?树功说:谁叫他辈分那么高哩,喊爷和奶,他们自己也不得劲。

大年三十下午,见周娇发来一条语音,点开一听,是她妈妈在说话:你回来不用带那么些东西,带上自己贴身的和随身的物品就中,家里铺的盖的都有。我今儿才不上班,一直忙到现在,给你说一下。我一时心里很是温暖,感觉到来自乡亲和长辈的关爱。

我怕小洁心里失落,便和她提前说好,初一下午到达后,先去她家,在她家吃晚饭,给她带的东西卸下,再路过树功家门口,把给雨叔、二锋他们的礼物一并拿下来,最后到周娇家里。于是告诉周娇,我们晚上九点左右到她家。

大年初一早上,夫妻二人驾车上路,高速上车辆很少,一路顺畅,下午不到四点,就进入临颍。带丈夫去王曲十字路口,看看明清集市的样貌,看看为数不多的几座旧屋老楼,看看颍河故道上的石桥,这也算是我家乡一个小景点,勉强可以招待外来的人。五点前就到了小洁家里,歇息吃饭后,于七点多,去周娇家。大周村街上点缀彩灯,响着音乐,人们聚集、烤火、唱歌、跳舞。车停周娇家门口,大门紧闭,我拍门呼喊,里面有男人询问的声音。我问:这是周娇家吧？里边说是哩。开了大门,一个年轻男人,不用说是周娇的爸爸。我称呼他爷。他招呼丈夫停车,说:想着你们九点才到,她俩到街里玩去了。他给妻子打电话,叫她回家。不一时,周娇和妈妈从西边回来,大家一起卸下车上乱七八糟的东西,我连盆子、台灯都带来了。被子毛毯衣物等,将车后座占满。几个人跑了好几趟,把车上卸空,周娇的爸爸将车引向后面他母亲的大院子停放。

因初二大家都回娘家,我告诉亚军:早饭也不需特意做,你们吃啥我俩吃啥,然后你们去走亲戚,中午我自己在家做一点吃,谁家我也不去,因为每家都是熙熙攘攘地待客,我就不去凑热闹了。

初二一大早,主人还是炒了四个菜,大家一起围坐吃了。他们回娘家,我送丈夫出门。到树功家门口,将昨晚说好的一点干菜放到车上,又到小洁那里,把王永杰给的一袋红薯抬到车上。这些大周的礼物,将跟着丈夫一起去武汉旅游一趟,然后于初六回到西安。

树功提醒我:今天初二,是你家咱奶奶周年,你不烧纸吗?我说:哎呀把奶奶的周年忘记了。想我的奶奶,已经在村后的地下,沉睡了三十三年,而我们这些不肖子孙,只是口中说着怀念,纸上写着想念,却忘记了这个重要的日子。好在我带回了一些走亲戚的礼品。回到周娇家立即准备几样供品,在周涛超市买了烧纸和打火机。小小乡村超市,也因过年而顾客盈门,人们挤挤挨挨,挑选回娘家走亲戚的礼品,周涛一家几口都有点忙不过来。要给我免单,我说不行,烧纸上供必得自己掏钱。微信支付五元钱,去往村后的地里,坟前看到有刚烧过的纸灰。是蒜刘表姑家的儿子,每年春节前和清明来给他的姨姥娘、姨姥爷烧纸。

大地如此安静,小麦苗格外稠密。昨天,驾车的丈夫很是惊奇:你们这里,小麦怎么种得这么稠,从来没有见过。我说:你个城里孩子,见过什么?而我中原大地的特征,就是拥挤和稠密,庄稼稠密村庄稠密人口稠密心眼稠密。这片土地上的人们,生长得旺盛而艰辛,因为资源过于有限,虽然物产丰饶,但一人均,就没有多少了,所谓僧多粥少、狼多肉少,说的就是我们中原人民,人们为了获得起码的生存资源,付出了双倍的努力,还要钩心斗角。我在爷爷奶奶坟前,看着纸变成灰,眺望无边的大地以及远处的风车,一个年过五旬的人,难免感怀良多。其实你的长辈和亲人,并没有你笔下写得那么美好,他有着这样那样的缺点,你也并没有那么孝顺,那么热爱和崇拜他们,但为了所谓的文学需要,为了你自己的某种装扮,你进行了合理的夸张,将他塑造成一个完美的形象。通过亲戚与村人的讲述,你听到他的另一面,比如暴躁,比如吝啬,你感到吃惊,感到羞涩,感到难为情。你长叹一声:都是因为太穷了,一个穷怕了的人,可以做出种种令现在人难以想象的事情。比如有一次家里请亲戚来帮忙干活,留人吃晚饭,亲戚喝完糊涂,哥哥要再盛半碗,这是待客之道,即使客人说吃饱了,也要夺来夺去,非得再添半碗,从客人手中抢走了碗去厨房,发现锅里啥都没了。奶奶做饭是按人头添水,一点都不会多,哥哥只好给客人端去半碗开水。还有一次奶奶娘家亲戚来借粮食,奶奶说没有,爷爷找个借口把奶奶支出去,赶快拿了一些苞谷叫人家快走。奶奶死后从她的箱子里找出很多从没有用过的新毛巾、新布料,而她永远穿着打补丁的衣服。村里上年纪的人提起我的奶奶,只是感叹:咦,那老婆,真仔细(指节俭,小气)。那么我父亲和我们兄妹几个的为人厚道、出手大方,可能是继承了爷爷的性情;叔叔不幸,沿袭了奶奶的风格。

往事如烟,在物质极大丰富的今天,在国人情感丰盈外溢的春节,提起这些往事,难免有点错位,真像是恍若隔世,匪夷所思。是非功过俱往矣,无论怎样,她养育了你,仅凭这一点,你就应该跪在她的坟前,额头碰在地上,进行感恩和忏悔。我捧住地上这细腻柔软的土,看着它们从指缝漏下,铺撒在脚下的麦苗间,思索了一些有关生命的话题。

假如真有那个世界，我将来去见奶奶时，要带给她足够多的财物，要告诉她：奶奶，别再仔细了，吃的穿的花的用的，咱统统都有。

周娇的妈妈对我说：不用按辈分称呼，喊我亚军就行，我们辈太高了，没办法弄。对于周娇的爸爸，我又不想喊爷，又不敢直接叫名字，就只能白搭话，实在躲不过了，敷衍地叫声爷。而周娇说：我见了女人总爱叫姨，今后喊你璞姨姨吧。我说，那就在家喊吧，出门在外不要这样喊，村里人会笑话咱不讲规矩，全都弄乱套了。

乡村的冷，是真正的冷彻底的冷不讲情面的冷，直冻得你恼火和生气，但却没有办法抵抗。屋外冷也就罢了，屋里也是同样的冷。没有暖气，条件好的装有空调，可总舍不得开。在大多数人看来，空调吹出的不是暖风而是电费钱数，他们宁愿大白天坐进被窝取暖。有一个下午，我看到周娇和父母坐在卧室的大床上，靠着床头，被子偎住，一人拿个手机，像一排三个乖宝宝。

回去之前，我准备了羽绒背心，想着在室内脱掉外套了穿它。回来一看，根本不行，胳膊上的毛衣不起一点作用，像是没穿一样，寒冷无孔不入，犹如细针扎在胳膊上。于是头一天晚上，亚军就给我找出一件周娇的粉红色大棉袄，那种乡村必备每人都有的居家服，睡衣式样的。亚军说：你可以穿到街上去，大家都这样穿，满街到处乱跑。我经过短暂的抵抗，终于乖乖地穿上了。不穿不中啊，不穿冻死你，不论你是作家、教授还是主管，不论你叫雨馨、美娅，还是丽雯、安娜，回到村里秒变翠花，每人必得套上一件这样的大棉衣，暖和才是硬道理。我最后的倔强就是坚决不穿到街里去。这种棉衣和棉花无关，传统棉衣成本也高,这种流水线上出来的"棉袄"才省事,用一种厚绒制作。洗漱间和卫生间都在院子里,你的很多行动要穿梭于堂屋和院子墙角之间,洗漱完毕穿着棉拖鞋走进屋里,脚后跟都要冷得慌。寒冷时时刻刻上岗在线,冻你没商量。可是穿着这样的大厚棉袄,洗脸就很麻烦,奋力挽起袖子,把手和胳膊强拽出来,沾了水的手背就在棉袄领子上蹭来蹭去。我说:这多不方便。亚军说:习惯了就好,我们都这样。洗浴间的热水器一直通电烧着,这样用热水方便。接一盆热水坐着泡脚,塑料盆在地面瓷砖上,不一会儿就不烫了,再一下就温凉了。周娇说:把水倒掉,再续热的。我的脚伸出来,她转身倒水接水,我的脚心被寒气割得微疼。

人们在屋里屋外穿同样厚的衣服,这大厚衣服清早穿上,直到晚上睡觉才能脱下。躺进被窝里,露在外面的脸和鼻子却是凉的。

几天后,亚军找来一个"小太阳",前几年买的一直也没怎么用,被灰尘包裹,放在我床头的柜子上,打开后会有一点暖和气。可是他们自己房间的空调都舍不得开,我也不好意思总开,只是每晚入睡之前打开一会儿,请亚军和周娇一起过来取暖,三人坐在床上,盖着被子聊天。跟女儿视频,她说:感觉你们坐在微波炉里。

男人们在外辛苦打工一年,春节回到家,与亲友伙伴相聚畅饮。几乎每个家里,都有一个喝醉的男人在躺着睡觉。周娇的哥哥,从我初一晚上到家,直到初五他去郑州上班走人,只有一次和他在院子里碰面,打了个招呼。其余时间,他要么在外喝酒,要么喝醉了在房间睡觉。在树功家,我问:你儿子哩?我还没见过。他说:噫,喝醉了,搁那儿躺着睡哩。和二锋见面几次,他都在醉酒状态,事后不记得跟我说过什么话,甚至不记得见过我,直喝得媳妇要跟他离婚,初四不愿从县城跟他一起回村待客。茹嫂给儿媳打电话请她回来,儿媳在那边说:坚决不回,现在就离婚,叫恁孩儿给我签字!茹嫂替儿子赔情说:别生气了快回来吧,就算离婚,我也是要媳妇不要孩儿。媳妇可能是真气淌(方言,气极)了,茹嫂再打几遍电话,也是不接。二锋在家,该待的客照待,该喝的酒照喝,直到下午,喝得晕晕乎乎,步行十公里,走回县城。不知是跪了搓板还是交了罚款,总之又和好了。第二天初五,二锋请我去县里吃饭,小两口又一同出现。

全民同庆的春节也会有悲剧发生,大年初一下午的一件惨案,迅速传遍方圆多个村庄,成为春节里的话题猛料:我村的外甥,南边某庄一小伙子,醉酒开车将一辆电动车上的几人撞倒又推挤在墙上,当场两死一伤。伤者送医后,抢救无效也死去。这倒霉外甥把罪责占尽:醉驾,借车。朋友大年初一喜提新车,还没上牌照,他喝醉后想要要张,不顾母亲阻拦,开出去兜风,在毛庄村后出了祸事。外甥的妈是我小时候的同学,一听名字,我想起一个个头不高,黑皮肤大眼睛的小姑娘。回来前,我曾想过,春节期间,或许会遇到童年的玩伴,因为春节是集中走亲戚回娘家的时候。四十多年不见的人,从童年一步跨到中年,真不知会是什么样子。对各种相聚,我怀着美好的期待,其实是对时光流逝的好奇。却实在是想不到,一个熟悉的名字会以这样的方式撞入我的耳中。听人们说,她有两个儿子,本来就够辛苦的,夫妻二人在漯河卖豆腐脑,常年劳作,起早贪黑,端着碗盛豆腐脑,她的手都有点变形了。苦干半辈子,这一下也不够给人赔的。不懂法,不知法,不守法,年轻人酿成弥天大祸,也毁了自己一生。电动车上三位死者,分属于三个家庭的人。转瞬之间,加上车主,五家人祸从天降,年也过不成了。

平时村里人少,很是安静,过年时人们从外面还乡,带回财物,带回信息,带回故事,带回纠葛,各样味道和气息从祖国各地、四面八方,向着大周村蜂拥而至,如乱石纷纷投入水面,激起几家欢乐几家愁。进入每一个家门,都是一串故事、一场大戏,那边哭声不绝肝肠寸断,这边喜事盈门合不拢嘴。献东秋天里就买回来砖和各种建材,将老院房子装修起来,盖新厨房,造卫生间,安大铁门,村人不知何意,原来是春节期间,儿子的女朋友要来家里。研究生儿子找了研究生女同学,二人谈定了,决定见双方父母。儿子帅秋天就说:爸爸,把老房子收拾一下吧,否则过年来客了,不好看。献东会意,立即动手。过年时,帅先去南边某县女方家里,女方父母可能是比较满意,提出到他家里看看。这下可忙坏了一家老小。献东兄弟三个,上面两个哥哥的儿子却是年龄小的,这是下一代头一个媳妇进门。十几口人齐出动共张罗,因过年好多饭店不上班,献东他哥几乎跑遍县城,终于订到一家酒店,用来招待远方新客。这边家里,夫妻二人寻思,给未来的儿媳多少见面礼。献东妻子惠提出,给一千一,意为千里挑一。在一个酒桌上说出,引起上下一片反对:不中不中,你说那根本不中,万万不可,你帅去了人家家里,女方父母都给了两千见面礼,而你给人家闺女一千一,你啥意思?你是没看上人家?惠说:看上了看上了,今儿一来,印象好得很,闺女真是懂事,吃完饭抢着刷碗。那不结了? 这么好的闺女,你这当婆子的,还不得拿出一万零一百。惠当下吃惊:给那么多! 现在只是谈恋爱,八字还没一撇。众人纷纷说:这正是展示咱男方家风度的时候,不能叫人家看不起。人家爹妈提出到你家里看看,那就是对你帅满意了,这次来,是看父母和家里情况哩,你要是给人家闺女一千一,准得把事儿办砸,我要是女方父母,领住闺女就走,婚事免谈。惠直吐舌头,吓得不轻,拂着胸口说:幸亏今天没拿出来,一千一都包好了,想着明儿清早给她。我是想把钱攒下给他们买房。众人皆替她捏一把汗,觉得是自己力挽狂澜,为一件好事锦上添花。献东两口也已经给儿子说好,今年两人毕业,工作找在哪里,就在哪里给他们买房,听这口气是买房钱也攒得差不多了。献东看来也是对未来儿媳很满意,坐在那里,也不发言,直乐得嘴角快要扯到耳朵根,任由女人们叽叽喳喳。

　　人们议论纷纷,感慨多多,说的都是关于定亲和彩礼之事。在座的一位说,他去年经手了两件换手巾定亲,家里条件比较好的,都是十五万,条件一般的,也在八九万上说话,现在行情基本这样。又有人说:某庄有一户人家玩能,不想出彩礼,得知女方怀孕,就迟迟不提结婚的事,直到女方把孩子生在娘家,找他们说好话叫尽快办事,于是他们省了彩礼钱,白得媳妇和孩子。马上有人说:不是东西,太欺负人! 我要是女方家,绝不去找他,生娘家就生娘家,现在这事也不算啥。一时从定亲说到了世态人情。我想,这一家男方,自以为得了便宜,相信今后日子也过不好,因为他们伤了女方的心,这个裂痕无法弥补。彩礼流传千百年，自有它存在的道理，其实就是个仪式和一份情意，是对女方家起码的尊重，是一个家庭宅心仁厚的基本体现。

关于换手巾和彩礼，双方父母免不了斗点心眼，拿点心气，喜乐交加，相互试探，少掏钱办成事，还要面子光彩，双方满意，一切心理活动，尽在谈价之中，但最终为着一个共同目的，那就是把孩子的终身大事给顺利办喽，双方父母长出一口大气。惠本打算给人家闺女一千一百，也不是不舍得花钱，只是一种心理活动，想试探一下女方的底线，今后都是一家人了，我们就这一个独苗，所有一切还不都是你们的。她这一小心思被大家纷纷驳斥，大有上升到我大周脸面的高度，她也就顺水推舟，颇为愉快地万里挑一了。

生老病死

乡村是个平摊开来的世界，任何事情都可成为公共事件，大家都来观看参与，指点品评，甚至想帮人家拿主意做决定。生老病死、婚丧嫁娶、添丁进口更是乡村大事，人们争相围观，积极参与，随礼吃席。大周人把随礼叫支应门事，简称为支。谁给谁支，谁与谁相互不支，这都是有讲究和传统的。没有无缘无故的支，也没有无缘无故的不支，你给我支了我才给你支，你给我不支我也绝不支你。一个门里的，必然要支；住得近的，关系好的，也需要支。至于有利益往来的，那不论多远，都得积极主动地跑着去支。

儿子结婚，必须支；闺女出嫁，可支可不支。因为很多人认为，"闺女不是任啥",打发走得了,嫁闺女算不上家中大事,娶媳妇才是重大事项。比如树功家要嫁闺女,这消息提前几个月大家都知道了,关系好的陆续到家来支,当下都是二百元起步。也有人不想掏这二百元,但又不想破坏彼此之间支的关系,使相互支的传统断掉,便让人捎话来:本想支的,但咱这里老规矩,闺女支不支都中,所以,嘿嘿,天天见面,怪不得劲的。树功妻子自霞大度地说:没事儿没事儿,你告诉她,别不得劲,按老规矩办。其实她二人每天都能见到,但这样的事情,不好当面开口,要找一个中间人来说。

死亡更是平常事,每一个人都会面对。大部分人的死亡序曲会按部就班地演奏,衰老,生病,体弱,卧床,失能,缠磨一段时光,终于有一天,传出死亡消息,人们也没有多么惊讶。可是也有那么一些中年人,五六十岁,远没有走到那一步,昨天还行动正常站在街里说话,回到家半夜突然发病死了;或者身体有点小毛病,换过一些零部件,只因生了一下气,劳了半天累,或者吃了一顿烧烤,突然走了。数这样消息让人难过和措手不及,几天里村子都是这样的话题和哀叹,伴随着几滴眼泪。

惠说:大妮和凤歌一死,我活着可没劲了。大妮和凤歌都是我的小伙伴,前者于2021年春天去世,后者于2023年正月没的,都是五十出头的年纪。大妮是得了重病,做了手术也没有用,几个月后去世。凤歌是清早起来突然发病,倒下没有知觉,送到县医院的重症室,再也没有醒来。有一天我接到一个电话,对方说是凤歌的儿子,总听他妈说起我,于是从妈妈手机上调出我的号,打来告知。唉,我想起凤歌几次真心实意地让我到她家里去玩，有一次打来电话，说儿子贝贝已经开车来大周接我了。我那天有事，说让贝贝回去吧不用来了，下次回来有空再去你家玩。没想到却是永诀。昏迷几天仍然没有醒来的希望，家属只得放弃救治，一个家庭的母亲就这样离世，一句话也没有留下。我给她弟弟建军转钱让捎去，建军拍来凤歌婆家的礼单，我的名字后面写着：大周，朋友。

凤歌的姐姐淑萍，几年前也是脑血管问题去世的。按照风俗，婆家要来报丧，这边全家不想让合昌叔知道，建军便带着父亲外出参观景点，还在景点拍照留念，得知报丧的人走了，他们才回家。整个丧事都瞒着合昌叔。老人心里肯定有所察觉，对于自己闺女再也不回娘家来，也不多问。第二年冬天，合昌叔八十五岁，寿终正寝。出殡前，儿子建亚对姊妹们（兄弟姐妹的统称）说：都不要哭，要保持微笑，咱伯（指父亲）活着时候，咱都孝顺听话，他这一辈子，也没有啥遗憾，所以咱都不用哭。想必这种子女没有号哭的丧事，在乡间比较少见。因为那种哭丧，很大程度上具有表演性质，在众人的道德监督下，你不能不哭，不哭就会被人笑话，受人猜疑。

吹响器出殡哭丧是一个人的肉体在世间停留的最后一程（这两年不行了，肉体得烧成灰才能入土）。亲人的告别仪式，必要办得隆重一些，再穷的人，也得为爹娘写（方言，请）一班响器，简称"写响儿"。写了几班响儿、来了多少人、哭得痛不痛、谁谁谁来了没、突然哪个人意外出现，皆成为出殡的主要看点。

来自土地，归于土地，这就是大地上人们的一生。关于生死，我们没有任何主动权,一切都交由上天。死亡到底是什么样子,谁也无法知晓,因为它没有回头路,没法叫死过的人再回来告诉我们那边的情况,但都很想知道或者以为自己知道,于是便对死亡进行各种想象与言说。前几年还没有实行火葬时,我村一位老太太对儿子说:将来埋我的时候,可别拿钩机吊住我的板往里放。儿子问:为啥?大家都是这样埋的呀。老人说:我怕晕。这几年实行火葬后,许多老人心怀惊恐,瑟瑟不安。献东他妈几次认真地对他说:我死后可千万别烧我呀。献东说:好的放心吧,不烧。心里却说:到那时你就当不了家了,不烧你能行吗?我哥几个都是公职人员,不得挨处分?还有你孙子们的前途,都受连累。

人间生生死死,是必然的节目,也不会因为过年就不死人。安庄的崔家,一位不到六十岁的女人,初五晚上突然身体出了状况,被救护车拉走。她儿子打电话向秋香报告。秋香作为村干部,是崔家门里的主心骨,大小事情都会通报她,请她出面。那天晚上,秋风请秋香我俩去她家吃饭。进门后,秋香说,我这顿饭,可能吃不完整,随时会回去。果然,秋风两口忙了小半天准备的油馍烙馍、热菜凉菜摆上了桌,大家坐下来,一块油馍还没吃完,电话来了,女人的儿子在那边声调悲伤地说:人不中了,现在需要买老衣置灵位。秋香擦手起身,站着几口将稀饭喝完,骑上电动车跑了。

初七是第三天,埋人吹响器,午饭后我和周娇一起去看。在崔家小道不甚宽裕的地方,逝者家门口,停放着灵棚,响器在吹。不一时起殡,逝者子女顶重孝出来。悲伤是肯定的,痛哭是必须的,但必要的表演也得有,这是少不了的程式。年轻的女儿和儿子都被左右搀扶,随着响器的哀乐,跪地痛哭,内心的话,必须说出来。女儿说:往后谁还来亲我呀?儿子说:日子可咋过呀?因为儿子的孩子还小,平时都是母亲帮着照看。这些话是说给已经化成灰的母亲听,也是说给观众听。因逝者还算是年轻,又走得突然,儿女的悲痛就很深重,场景令人心碎。响器如泣如诉烘托场面,定要人人断肠。观众里有人唏嘘,有人抹泪。然生死两隔已经注定,谁也无力挽回,时辰已到,连一盒小小骨灰也不能再作停留。响器在前领路,几个男人在后,拉着盛放棺材的小滑轮车去了,孝子跟在后面,分别由两个人架住,身子往下坠着,一路痛哭诉说,缓缓离了家门。最后面跟着观众。一个老太婆说:这看看还不胜不看,净是心里难受。又有一个叹息:唉,谁都有这一天,早晚的事儿。我在人群中看到秋香的女儿,她说,她妈在人家家里,帮着招待客人。想必是这两天,秋香都在亡者家里帮忙照应。

出殡演化成了一种必要的表演和纪念,总是有许多观众。一个再平凡的人,一生也有三个时间成为主角,值得人们去关心关注,为他举行必要的仪式,那就是出生、结婚和死亡。遗憾的是只有中间一个自己有所知有所感有参与权,前后两个,都浑然不觉,由着亲人操办。那些活到七老八十、九十上百的人,死得从容平顺,家人也有思想准备,子孙的哭,随大流、走过场成分多一些,其实哭不哭都无所谓,更注重仪式的规范性和观赏性。

最是这些英年早逝、猝不及防叫亲人肝肠寸断、无法接受,旁人也唏嘘不已，免不了兔死狐悲。然而生命来到世上，犹如一片树叶随风飘摇，不知哪天坠落，吹向何处。死神也不管你过不过年，轮到他值班拿你，那也是一刻不等，阎王叫你三更死，谁敢留人到天明，不听你的哀告和理论，上来索了就走。

我的表姑（即奶奶妹妹的女儿），家有长寿基因，九十五岁，耳不聋，眼不花，头脑清，大有活过一百的趋势，不想年底，因为疫情，于腊月初四走了。她儿子告诉我，正月初八是五七，到时他家里所有成员聚齐，为母亲烧纸，问我愿不愿参加。我说当然愿意。于是初八这天，他一大早开车将我接到蒜刘。之前我向人打问，带什么礼物合适。人说，闺女辈的，带一只鸡，再有不拘什么一样礼就行。于是我买了一只活鸡、一桶食用油。

表姑生有十多个孩子，成人了七个儿子三个女儿，最小的闺女还不到五十岁，也就是说表姑四十七八还在生孩子。大些的儿女也都有了孙子，除了个别在外地不能来的，每家都来了两三个人，再加上他刘家门里的侄子侄女孙辈们，是一支很壮观的队伍。先在家里院子，杀了两只鸡子装盘上供，留下一只活的带去做仪式绕坟几周。一队人出了村子向后地而去，年纪大的，坐电三轮，拉了两车；年轻些的，相伴步行；前头的男人，拿着各样道具。将要开始一场声势浩大的祭奠活动。

几十人沿着小路进到麦田，来到一座新坟，坟前放下长方形木盘，两只轻微煮过的鸡子作为供品。表姑的一个儿子，提着一根绳子，绳那头拴着一只活鸡，弯腰在坟边拉着那只鸡子正转三圈，再反转三圈，口中念念有词：骑住马走了啊妈，骑住马走了啊妈……原来是用鸡子当作马。那只活鸡百般的不情愿,被拖拽得翅膀扑扇,羽毛凌乱,直要晕死过去。它只是比盘里的两只多活了几个钟头,一会儿回到家里,它也要被宰杀,和那两个同类一起,成为这一群人的午餐。鞭炮声起,闺女带头跪下号哭,引发哭声一片,人们纷纷跪了下去。有一个年轻女人站着大喊:纸还没烧好,俺三奶奶还没拾住哩,你们就哭开了?看来是哭早了,影响了表姑在下面收钱。于是有人止住哭声,先站起身来,两个闺女不管,已经放开了悲声,收不住了,便自顾一路哭去,身边站着的女人劝她:妥了妥了,桂花别哭了。桂花不理,只是一直亲娘亲娘地哭喊。我混在人群中,挤不出一滴眼泪,也不愿意作态假声,便默默跪在那里,把头低着,不时偷眼观看。大地上的麦苗被冷风吹得瑟瑟发抖,烧过的纸灰如黑色蝴蝶飞向空中,碧蓝静冷的天空,清新无比的空气,天地辽远,无言见证着人间百态,以及有关的表演。鞭炮放完,有人站起身来,又有一个男人喊道:还没烧完哩你们都站起来了?都不哭了?谴责大家哭得太短暂,停止得早了。因为要把所有人带来的纸全部烧完,那是一个挺漫长的过程,需要足够的眼泪和耐心,虽然膝下是松软的大地和麦苗,跪得也挺累的。遭到谴责与呵斥,站起的人又重新跪下。看来这场祭祀活动应该提前排练一下,或者有个议程,还应有个主持人,哪项活动几分钟,哪个点儿开哭哪个点儿收尾,都要提前定好,由他来发号施令,否则纷纷乱乱没个章法,七嘴八舌各自发表意见。

学校撤销

2023年春天，大周村发生一件历史性的"大事"：学校撤销。学生们分散到周边学校上学。

学校位于大周村东头，乡级公路的旁边。这里半个世纪前是个龙王庙，我周姓人世代积累建起的庙宇，梳理和安放着大周人的精神生活，孩子们在庙里上课。我父亲记得，他小时候一边上课一边偷看龙王爷的塑像。小小的孩子，对于那个威严的形象还有些害怕，他更喜欢龙王奶奶的慈眉善目。后来在庙旁建了学校，"文革"时候龙王庙拆除，留下一个青砖大殿是学校办公室。我小的时候，老师们在那里面办公。敲铃的铁钟挂在门前大树上，预备铃是"当——当——当——"的长音，上课铃是当当、当当的短音，下课铃是更短促的当当当、当当当。不同音节下，孩子们奔跑或行走的步伐都不一样。从小学到初中共七个班级，每个班都有三四十个学生，队伍很是壮大。校园里有三排瓦房，进校门处有两个乒乓球台子，除此就再没有空地了。操场和篮球场就设在学校东边隔着乡村公路的地方，现在的村委会办公地。操场边上一个公厕，几棵桐树，再东边就是张尹的田野。几十年后，这个场景还会偶尔出现在我的梦里。有一年秋天下大雨、发大水，我站在北边篮球架下，看着操场成为一片湖水，被风吹起层层涟漪，我的头微微地晕，怕水的记忆由此开始。每天早上学生们在这里跑步做操，学校和村里的一些重要活动，都在这个操场上举行。

　　大周的孩子在这里度过了愉快的童年,多少蒙昧的幻想和记忆都遗落在这小小的校园和操场。多年之后我再回大周,瓦房没有了,初中也没有了,盖起了二层小楼,腾出地方建了操场,有树有花有国旗,孩子们的一切活动在校园里进行,老师也都是师范毕业的正式公办教师。

　　学校撤销,人们几多无奈,几多不舍,也给接送学生带来了麻烦,但是也没有办法,越来越多的孩子到县城和镇里就读,或者随父母去了城市,农村常住人口减少,学生也越来越少,五个年级加起来才三十多人,撤校并校成为趋势。

　　曾经喧闹的大周学校,几代大周人的记忆,从此人去楼空,大门上锁。据说学校院子将要租给几个大学生做网店。

生死相依

　　汽车拐进即将成熟的玉米林筑成高墙的新村路口,我的心忽悠下沉,回乡的喜悦被对逝者的哀思所取代。再次归来,已见不到大妮和大国。三年前我在村中深入生活时最熟悉的两人,在 2021 年一年内因病先后离世。正式的说法是英年早逝,大妮五十二岁,大国五十六岁。而如今,这两个近邻的家里,分别剩下了大妮的丈夫儿子和大国的妻子小洁。

　　来开门的小洁,穿一条时尚合体的灰色花纹连衣裙,脚下一双尖头细跟黑皮鞋,刚冲了澡,洁净白皙,短发半干,若不开口说话,完全是一位大城市里颇有层次和实力的中年女性。招呼两声,进到厨房关了门炒菜。吃饭时我问她:在自己家,为何穿得像出席什么场合一样?她说:刚从地里回来,一身汗两脚泥,估摸时间俺姑快到家了,赶快冲澡换衣服做饭,之前穿的一双凉鞋烂得趿拉不起来,所以蹬上一双皮鞋。我说:你的腿恢复得怎么样了? 穿高跟鞋不影响吗? 她说:没事儿,你看我还瘸吗? 果然进门以来,没有发现她走路显瘸。

家是新家,前年秋天装修好的,一切设施跟城市没有区别,只是再也没有了大国的身影。

世上已无周大国

不提大国是不可能的。小洁说:噫,他要是活着,那不知要咋忙排哩,吃完晌午饭就支搁(方言,行动)起来了,得跑出去几回,往涛的超市蹿去几趟,安排人接你哩,安置晚饭哩,一个下午不得安生,啰唝得全大周都知,俺姑要回来了。

因他们的儿子周通暑期在外打工,于是我的这次返乡,不再住二楼毛墙毛地的售楼部,而是在一楼小洁家里驻扎下来,两室一厅的房子,我俩一人一间。

旅途劳顿,我不到十点就去睡觉,窗户开着,外面田野上吹来的风有一丝丝清凉。我很快睡着,迷糊中听到小洁站房间门口问我:姑你热不热? 热了到我屋睡,有空调。我摆摆手,继续睡。

第二天她对几个娘儿们说:俺姑真是不怕热,我这边空调成夜吹,想让她过来跟我一个床凉快凉快,推开门见人家盖着薄被了睡觉。

我说:小洁,你不能整夜吹空调,电费是一回事,对身体也不好,你睡前定时一两个小时,停了后屋子里也是凉的,能让你睡到天明,我在西安最热时候就是这样。

小洁说：噫，根本不中，只要空调一关，我立马就醒，心里烦得没法儿。我就得这样成夜吹着，身上啥也不盖，才能勉强睡两仨钟头，要不根本睡不着。

中年之后的小洁长期失眠，晚上能睡两三个小时，就是万幸，有时候辗转一夜不能入睡，看手机直到凌晨四点，起床开车，下地干活去。只能是这样熬上几天，换得一夜安睡。日他奶奶，好好睡一夜那是真得（方言，舒适，舒畅），清早起来，眼都是亮的，干活也有劲。小洁说。

我回去的那些日子，小洁每天喝中药调理，说是现在一种新式中药，不需熬煮，一次一小包，玻璃杯里冲入开水，勺子搅一搅就喝。听起来都像是骗人。喝了十几天也不见效，可六百多元钱已经花了。为了有一个好的睡眠，小洁曾试过多种方法，核桃分心木、褪黑素，都不顶用。

有一天我说：最近睡眠不好，一夜才睡五六个钟头。小洁一听火大：净说那气人话！你一夜五六个钟头，快顶我一星期睡的了。

周大国是个能人，我在《回大周记》里写道："现在全大队所有两千多亩土地，被大国和另一个腿有残疾的涛两人承包，再分转给别人。腿脚不好的大国，脑子里比别人的弯弯绕要多得多，口才更是一流，就差能把死人说活。据说一年下来，不少挣钱"，"村里壮年人跑到外面打工挣辛苦钱，而家乡这一片方圆十几公里的平展展大地上，是大国和涛两个腿脚不灵便人的战场"。兄弟两人，哼哈二将，把土地再转包给王曲的王永杰，王永杰把农业做成了产业，比他们挣得更多。还有一位姓尹的，不太涉及他们的土地承包，自己开加工厂，承揽大小工程，也是乡村精英。所以他们几位，平时来往较为密切。王永杰有着高雅志趣，耕作经营之余，读书写字绘画，钻研古物，又是外村人，所以不太与他们一起吃吃喝喝，而大国、涛、尹，自称大周"铁三角"，新兴富裕阶层，在物质生活得以解决之后，常常聚在一起喝酒打牌，寻找挣钱新门道。

大国的突然离世，留给小洁的，无疑是情感与物质的双重困扰。刚送走大国时，小洁曾在微信里给我说：根本接受不了，每天脑袋都是晕腾腾的，真是生不如死，现在谁说拿一百万叫他回来，我毫不犹豫，立马出去借钱；感觉活着一点希望没有，以前外圈的事我从不操心，只是跟着他掏劲，虽然这个人干不了啥活儿，看起来好像没啥用处，现在他一走，才知道，啥事儿都需要他，这还不如去的是我。我问她：大国之前在外面的经济往来、账务问题，你都知道吗？一定要搞清楚，把握好，不要被人坑害。小洁说：放心吧姑，他经手的事儿，每一件我都知道，现在涛和尹，也还是像从前那样真心待我，他们是多年的好哥儿们，不会有问题。

村里人都说，大国虽然短寿，但也算是成功的一生。作为一个先天病弱之人，本来找媳妇都是做梦。农村里总是有各种原因娶不上媳妇的人，本来就男多女少，改革开放后，女性又流向城市，多少长得排场亮堂、身体健康的小伙子都说不上媳妇，至于那些眼有点斜的、鼻子长得歪的、多一根或少一根手指头的，更是有自知之明，自觉站进乡村婚姻市场被淘汰的队伍里，命定的一生光棍。可周大国从小双腿细如麻秆,身形犹如豆芽,长大后怀揣残疾证明,若能找个残疾或者弱智的做媳妇,已经属于胜利,而他竟然胆大包天,异想天开,去追求小他三岁、健全美丽出挑的小洁,而又竟然追求成功,这在 20 世纪八九十年代的乡村,简直是天外传奇。

这样一个女神,当年怎么就跟了身体病弱的大国?别人零碎的传说,慢慢解答了我的疑问。当年大叉口(大国父亲的绰号)两口子,为了儿子的婚事,可是扎了血本。1990 年前后,农村里电视机还很少,全大队只有两台,他家里就有一个,天天晚上拥满了人来看电视。小洁时常被大国引来家里,有一次大国妈说:小洁你去箱子里给我把那件衣裳拿出来。小洁掀开箱子找衣裳,见里边花花绿绿的一堆,大张小票,都是钱。再加上大国的热情追求,又是写情诗,又是捎情书,还讲述往年行走城市的经历。诗与远方彻底征服了一个乡村姑娘,又有经济实力,又聪明能干,除了身体不好,啥都很好啊。亲友团合力爱心包抄,全方位密集轰炸,小洁彻底蒙了,与家里人闹翻也要嫁给大国。至于箱子里那些钱是借来的还是自家真实财产,只有大国和他父母知道。

女方家里当然是坚决反对,基本断了来往,但爱情的力量就是这么强大,漂漂亮亮的大姑娘跟定了一个干不了重活的男人,接连生养了三个孩子,家里家外没少出力掘劲,直将一个细皮嫩肉的小美人儿锻造成吃苦耐劳的顶梁柱。

小洁因常年劳作,时常腿疼。我 2019 年 6 月份回去时,小洁刚从医院回来,心情很糟,脸上少有笑容,面庞像一朵愁苦的花儿,但这丝毫不影响她干活,地里家里,一样都不能少。

大国弄了几个塑料大棚,四季不闲,夏天种的是豆角、西红柿。除草、灭虫、打药、扶秧、采摘,都是小洁一瘸一拐地来做。

——摘自《回大周记》

我们试图分析,大国这一壮举,是在向生活和命运发出挑战,他勇敢地追求自己的幸福,反正最坏结果已经摆在那里,就算失败,他也不损失什么。而作为小洁何尝不是赌上一把?一个农村姑娘,在改变农民身份、进入城市无望的情况下,想要过更好的生活,在嫁一个正常普通、按部就班的农村青年和一个见多识广、聪明机智、“家境富裕”、只是身体有点缺憾的人之间,她肯定是有过抉择和对比的,而她能勇敢地走出这一步,也算是有胆有识。当然,更大可能是被爱情冲昏了头脑。情诗情书和大国父母举全家之力的亲情围堵也起了重大作用,人是感情动物,处一处就有感情,追一追就会动心,有时候死缠烂打也是一种办法,总之是周大国和他们全家最终拨动了小洁的心灵之弦。

婚后的日子,虽然艰苦,但夫妻二人齐心协力,过得也算充实。几个孩子受到该有的教育,没有发生上不起学交不起费的问题。两个女儿出嫁,日子过得也挺好;2021年,儿子考上大学,虽然不是名校,但好坏也是个本科生。大国时常说:我这一生很知足了,老天爷对我真是不赖,没有叫我打光棍,并且还儿女双全,现在每天都很幸福,只等着当爷。我能想到,大国说这话时龇着牙笑的样子。

大国的去世,令人猝不及防,前一天还好好的,睡到半夜呕吐头晕,以为是感冒,吃了头疼粉接着睡觉,第二天早上小洁做好饭叫他,发现他已经不能动弹,半夜里呕吐时已经大脑出血。拉到郑州的大医院抢救一天无效,丢下这个他苦心经营的家庭、他无比热爱的世界,匆匆去了。这一点让小洁不能接受,她说:要是像大妮那样,病床上俇几个月,伺候他一阵,心里也有个过渡和准备。

小洁三个月没有走出家门,家里地里,到处都是大国的影子和声音。她想不明白,每天无数次打开关上的家门,进进出出这么多人,怎么就没有了大国的影子。天天晚上,有人来看她、陪她,拿来吃食儿,跟她说话。她一个人躺在里屋的床上,一语不发,看着房顶,陷入自己的恍惚世界。来人坐在客厅,小声说话,也不敢打牌,从前她家里是打牌场,夜夜灯火通明,热闹开心,大国龇着牙,和大家喷空儿调笑。笑脸是周大国留给世人最深的印象,他出现在人前,总是谈笑风生,出尽风头,必要把人逗乐,将大家的注意力吸引到自己身上。现在牌桌闲置,麻将和计价纸牌散落一桌,随时可以开战的样子,但人们安静地坐着,低声地说话,心里都是逝者的好处。大国虽然油滑精明,但并无坏心,也没有害过谁,热情仗义,爱帮助人,一听说谁有啥事儿需要他办,开车就蹿出去了。说媒拉纤是他的爱好,很是成就了几对夫妻,也成全了村里人很多好事,别人的谢意他也坦然收下。他做这些事情,一定是有着十分的热爱与兴趣,做成了,比受助者还要开心。当叔的建军,比大国小洁小好几岁,如今每天晚上必来报到,再冷的天,也来看看坐坐,哪怕停留几分钟,哪怕啥也不说,看到小洁安静地坐着躺着就行。三三两两的人,流水般走动,这个来了,那个去了,保持客厅里一直有人。或有话,或无话,坐到九点左右,农村人的睡觉时间,到房间门口对床上的小洁说:你睡吧,我们走了。默默关灯,锁门而去。涛和尹,失去了好大哥,打击实在是大。涛躺在自己超市的床上,嗷嗷直哭,悲痛连带操持丧事,连打了几天吊针。每天干活回来,二人来这里坐坐,看看,有事儿没事儿都跑来推开她的家门,苦恼、迷茫、欢乐、真情,一如既往,跟嫂子诉说商量,就像当初向他们的大国哥靠近一样。二人对小洁说:嫂你别操心,不会让通上不起学,不会让你为生活作难。总之黑天白里,小洁的家里没有断过来人。

大年初一大早,小洁对孩子们说:我得出去,你们不要打电话,也不要找我,该回来时我就回来了。一个人开上车,来到寥天地的西河坡,缓缓巡视了他们的大棚,然后把车开到另一条路上,四野无人,大地铺着小麦厚毯,望不到边。仁慈的土地,年年产出希望年年都有收获,却吃进她的大国再也不放回来。她坐在车里,把自己定格,一直坐到午后,估计村子里年的喜气差不多过去了,这才开车回家,跟孩子们一起过年。

春节过后,天暖和了,几个妇女来说:你出门走走,跟大家一起到外面站站。我们想来看你又不敢来太勤,一来说起话,你直泪儿流。小洁出门站到人群中,不到五分钟,就转身回家。没有大国的世界,在她眼里再也不一样了。

方圆周边的人,继续用大国的抖音和小洁联系,给她留言:我们都知你来大周几十年,真是吃苦受罪了,今后有啥困难你言语一声就行。

小洁说,咱这一片的人,真是太好了,对我是真好,实实地陪了我几个月。

　　小洁发了怀念大国的抖音。南边村里有一个女人，也是出于好心，但不会说话，留言劝她：嫂子你别伤心了，就大国那个样儿，走就走了，没必要想他，又不能干活，也给你挣不来多少钱，要是我我就不想。这让小洁不能接受：啥叫走就走了，啥叫没必要想他，他是个大男人，是我的一家之主，又不是一个随随便便的小动物。小洁恼得不行，将那条抖音连同留言删去。从前人们说坏人不得好死，她也会跟着说，现在听到这话她就心惊，再也不敢接茬。大国并不是坏人，为什么早早去世？

　　事后想想，聪明过人的大国，走每一步好像都有安排。平常花销挺仔细的人，可在发病的前几天，花几百元给自己买了一件上衣，这让小洁非常意外，因为夫妻俩的衣服，一般都是大女儿给买。前一阵才给买了一双六百多元的皮鞋，后脚跟那里不太舒服，没有穿过几次。出事的前一天，他又拿回来一双新皮鞋，说是四百多元在网上买的。这与他平常的节俭极为不配，小洁不太高兴，两人差点为此吵架。

　　大国是 2021 年 10 月 22 日去世的。死前一个月，他和王永杰在地里，看着即将成熟的秋庄稼。因为村里换了领导，王永杰担心明年的土地能否继续承包，免不了唉声叹气。他大气地说：大孬（王永杰小名）你放心吧，就是我死了，这地你也能继续种，涛和我是一条心，我咋想他咋想。

　　大国的丧事，办得气派风光，一切都是最好的。在他死之前几个月，这里实行了火化政策，刚好叫他赶上。小洁和朋友们一时接受不了，不愿意大国被一把火烧了。有人说民政局找关系可以蒙混过关，几个朋友决定出钱托人,保留大国的全身。小洁说:钱我来拿,你们找好关系就行。大家跃跃欲试想要操作,又听人说,但凡有人举报,将进入黑名单,影响子女的就业、升学和入党。小洁权衡利弊,决定放弃捣鬼,火化拉倒,国家领导人、多少大人物都走这一步,咱一个农民算得了什么。推入火化炉之前,二国给大国衣兜里装了一卷子真钱;大国好打快板,有人放了上千元的檀木板子,朋友们给他身边摆放许多好东西。有传说值钱东西连同好衣服都会被火葬场工作人员拿走,但他们顾不得这些,只是一味厚葬大国。

随着春天来临,小洁振作起来,去大棚里种菜,试着担起大国撂下的事务。也或者说,她之前就承担着这个家里的重担,地里活儿都是她干,只是大国站在前面,能说会道,貌似大权在握。地球离了谁都转,生活的轨迹也不因某一个人的去世而有所偏差,一个普通人的离去,只和自己的家庭亲人有点关系,其余一切照旧,人性本质也不会改变,这片土地上的好人还是那么好,坏人仍是那么坏。日子一如既往,每个人都得携带着自己的问题和困难朝前看,往前走。

小洁从前不咋喝酒,但大国死后,她爱上了喝酒,有了酒场,涛和尹也常邀请她去,为了让她散心解闷。小洁来者不拒,见酒就喝,一喝就哭,想起从前和大国在一起的日子,那时也曾跟着他外出,串过一些酒场,应付过一些场面,也曾替他喝过酒,喝多了回家倒头睡觉,心里旁无牵拌。而现在她只想借酒浇愁,越喝越愁,几杯下肚,眼泪纷纷,仿佛又回到大国刚去世的那些日子。

贫贱夫妻百事哀

　　小洁跟了大国这样的男人，没少出力掏劲。她说，此生要说有轻松时光，也就是在娘家当闺女，享了十几年的福。

　　刚结婚时，家里有公公婆婆顶着，她没有太辛苦。几年后，二国结婚，按农村习惯，两兄弟要和父母分家另过。

　　他们几口人的责任田全凭小洁一个人种，她那时就当个男人使了。大国只想着外面有"挣大钱"的事业，做事全凭一张嘴，干活没有半斤力。两个女儿，从小就跟着妈妈下地。小洁骑自行车，前面带一个后面驮一个，到西河坡地里薅草，一是看护孩子，二是小孩也能多多少少帮她薅上几把。两个女儿都曾经在地里中过暑，直到现在一听说下地，还是心有余悸。

　　收麦时，收割机割完，麦子铺满一地，别人家劳力多，跟在机器后边就地捆好，而她一个人干不完，又害怕夜里刮风把麦子刮飞，晚饭后再去地里，月光下一个人捆一晚上，直到清早别人下地，问她：噫，你咋来这么早？

　　秋天在蜈蚣渠砍苞谷秆，一亩九分地，大清早去，一气儿砍到中午过后，啥时砍完啥时回家。

　　孩子有了感冒发烧闹肚子，想借两块钱都借不来，不是别人不借给你，是大家手里都没钱。生活的艰辛，日子的困苦，再加上两人都是要强有个性的人，免不了生气打架。听村里人说：那周大国，通孬着哩,敢拿钳子叮小洁的肉。我问:那小洁不会反击吗? 村人说:咋反击? 大国全身一碰就黑紫一片,一流血就止不住,不是打不过他,而是打了他,还得带他去看病,所以只能让着他,唉,真不知跟着这人遭了多少罪。我们猜想周大国,虽然走出家门一派阳光,但毕竟从小身体不健全,多多少少会沉淀一些心理阴影,从而锻造出对外部世界与他人的一套应对方式。可奇怪的是,从小洁口中,从来没听说过大国针对她的"恶行"。或许失去的总是珍贵,她记着他的种种好处,世上男人那么多,都不胜她的大国好,所以她讲述大国,是用平静、爱怜的语气。

20世纪90年代生下两个女儿,一心想要个儿子,夫妻二人躲计划生育跑到西安,在那里倒卖服装,一年两年三年,却也没有怀上。到医院检查,医生随便一摸说,肚里长了瘤子怎能怀上? 必须尽快切除。大城市里看不起病,二人赶忙收拾东西打道回府,到县医院,说要切除瘤子。医生查来查去,肚里根本没有瘤子,可也找不出不能怀孕的原因。距离上个孩子出生已经快十年,想着可能不会再有孩子,大国也想通了,只要小洁身体安康,两个女儿也挺好。他已经放话出去,你们都争着要孩儿,等着看吧,将来全村最享福的,肯定是我。

在村里种地,几乎是要赔钱,很多人把土地使用权转让出去,选择外出打工。那些不想远离家乡的男人在附近干建筑队,承接零星小活儿,一个月挣几十至一百元。此时农村兴起土地流转,他们也把土地流转出去,大国没能力去干建筑队,想做生意手里也没钱,愁得没法儿。

小洁的姨,一万多元买了个榨油机,刚试完机自己还没有用,可怜小洁、大国没有挣钱门路，叫小洁把榨油机拉回来用。二人便支起摊子榨油挤豆腐皮。没有钱买黄豆，就先来料加工，赊账收豆子，周围人也愿意提供黄豆，总比放到自家没有出路强。一百斤豆子出八斤油，保质保量，优质豆油供不上排队购买的人群。挤完油的黄豆渣磨成豆面，再挤成腐皮，豆面最多时候一百斤的袋子装了九十袋。

挣一点钱还给姨，再挣一点钱拿去还给姨，用了一年多时间差不多还够了钱，自己落了一台榨油机。多年之后，大国提起小洁的姨，还是非常感恩。

或许是对人没有防备，言多必失，大国那么精明的人，却还是被人骗了一伙。前几年夫妻二人在西安躲计划生育卖服装时，贾井一个人因是他们生产队一户人家的门婿，做生意遇到难处，到西安找大国、小洁避难帮忙。夫妻二人对他非常关照，管他吃住，屋里一张床换上干净床单让给他睡，二人在地上打地铺。姓贾的对二人感激不尽，二人回到大周后，姓贾的时常来往。秋天里有一日他来找大国，说：金子在灵宝六十多元一克，在漯河这里八十多元，俺爸在漯河一家银行上班，负责回收金子打金首饰，你能不能弄来货源？咱们吃个差价。大国姑奶奶的两个儿子，在灵宝干活，认识金矿的人。联系之后，表叔介绍的人从灵宝带来四根金条，交给大国。大国仔细地将金条装入空烟盒，透明胶带封好，又去漯河交给姓贾的。二人带着金条前往金店，姓贾的大大咧咧装到自己夹克衫衣兜外面，大国提醒他装好，姓贾的说没事儿，一会儿就有人来拿。却不想路边走过来两个戴墨镜的人，从姓贾的口袋里掏出金条便走，一眨眼东西没了，人也不见了。大国惊骇，姓贾的说,事已至此,你先回吧,我下班后回来找你商量,实在不行咱俩给人家赔钱吧。大国回到家中,天黑左等不来,右等不到,和小洁一起到姓贾的家中,见他正在院里喂猪,没事人一样,竟然矢口否认此事。大国去到他家灶房,拿了菜刀出来砍他,无奈体力不济,对方衣服又穿得厚,没有砍着。姓贾的一味对赖,总之是不认账了。

小洁从贾井一路哭闹吆喝回到大周,被姓贾的岳父岳母听到,问清情况,跑到贾井门婿家中,对他连扇耳光,大骂有声,回来告诉大国、小洁:我们卖了粮食,也要给你还钱。

金子总价两万六,姓贾的岳父岳母万分艰难,回家里把所有粮食卖掉,东拼西凑,也只送来了六千元。灵宝的人怀疑是大国和人做局,骗取他们的金子,住在家里不走,必要拿钱回去交账。大国、小洁走投无路,四处借钱。小洁连大周学校的校长都求到了,要把孩子们交的学费借用一些时日,说是:等我把手上的豆面挤成腐皮,赶年内卖了钱还你,绝不耽误你上交。天才爷在学校门口打煤,每天也挣不了几个,将身上家里大大小小连同毛票,一张张数出来,凑了不足五百元给她。小洁又找到自己娘家一个收麦子的老同学,将自家麦子全部掳走,又将明年小麦抵押出去,人家给拿了几千元,但还是远远不够。

小洁真是无路可走了,精神恍惚,进入屋里,插上了门。二国陪着灵宝来人,在院子里靠墙晒暖,发现嫂子好一阵没有声息,叫门也叫不开,用脚踹开套间门,见小洁拿着绳子正要上吊,一众人将她救了下来。求死不成,账还得还,小洁继续厚着脸皮借钱,几乎求遍了村中每户人家,几百几十也伸手接住,回家记到纸上。可还是凑不够数。小洁的娘家妈当时在外地给侄女带孩子，小洁打电话编瞎话，说他们榨油准备大量抵豆子没有钱了，请妈和表妹务必帮忙想办法。妈和表妹凑来凑去给打回了几千块钱，真是雪中送炭。为了这两万多元债务，恨不得全村总动员，亲戚朋友不得安生。此过程中，感受到多少人情冷暖，见过了不同人的热心相助或冷漠无情，从此她见谁有难处，便感同身受，伸手相帮。

　　终于凑够了钱，但灵宝的人还是无法回去交差，因为当初托人拿走金条，说是这边赚取差价后分作三份，大国、姓贾的和灵宝的各得一份，现在他们那一份两千多可以不要，但要大国跟着他们去往灵宝表叔那里作证解释。大雨的天，小洁又给大国挤出五十块钱路费。去了后，钱花完，回来的路费没有，借了本村在灵宝干活的周宗信五十块钱，大国才能买票回家。小洁说：那是人生中最灰暗的日子，九死一生不堪回首，二国当时如果晚踹开门一会儿，我现在早已沤糟二十年。

　　二人放开收购豆子，远处送来的生人拿钱买，近处的熟人先赊账。没日没夜地开动机器，豆子榨完油磨成豆面，豆面用水搅拌挤成腐皮，每天加工几百斤豆面的腐皮，就凭双腿站着看护机器，双手搬运、劳作，屁股一整天也不曾挨过凳子。大国所能做的，就是在机房陪着她，拿取个东西，说话招揽顾客。做好之后小洁骑着三轮车给周边村庄大小店面送腐皮，请求人家能给现钱，不要赊账。二人还要插空赶会零售。那是毛驴被蒙上双眼绑缚在石磨边的日子——暗无天日的时光，除了短暂的几个小时睡觉时间，她都在干活操劳。后来想想，为何那些年一直没有怀上孩子？那样的心情，那样的境况，怎么可能怀孕？

小洁给村子里的人挨家还账，凑够一家还一家，腊月里进入还债高峰，每天营业额不等暖热，拿着就去还钱。腊月二十九那天下午，人们都在家准备过年，小洁还在雪地里踩着去给一家又一家还钱。

那姓贾的挣得人生不知"第几块金"，第二年春天在村头开了一家浴池，风光挣钱。大国至死与他再无往来。小洁专门交代我：不要再提姓贾的名字。事情已经过去这么多年，也念及我那俩大大（指姓贾的岳父母）人太好了。

农民没有工资，没有社保，一天不干就没有一天的收入，一时不动就没有一时的来源，也没有哪样工作是可以保险稳赚地一直干下去，总有这样那样的问题和岔子，叫他们好梦断送，急转直下，前功尽弃，欲哭无泪。前三年、后五载的局面也很是不同，运气好了惊惊险险小捞一把，运气差或者遇人不淑便会蚀了老本。

还完金条的损失之后，不再挣命般劳作，小洁发现自己三个月没来例假，到医院一查，果真怀孕了，于是停了榨油机和挤腐皮。

世纪之初，他们的儿子出生，起名周通，跟二姐姐差了一轮，两人同一个属相。

大国吃过丢金条的教训后，谨慎了一些，不再云天雾地乱想，也不再一说来钱就立即行动，而是一看二慢三通过，试图寻找新的商机。但作为一个腿脚不便的农民来说，社会留给他的机会，少之又少，只能在几乎就要违法的边缘试探，在几乎快要夺命的崖岸徘徊。

孩子能丢开手了，小洁开始四处跑着挣钱，跟着周边的妇女去浙江剥过橘子，去新疆摘过棉花，去上海打过工，还经历了一次桂林传销的惊险。

大国脑子爱琢磨事儿，他看着闲置多年的挤腐皮机，想到腐皮已经市场饱和，人们也吃絮烦了，能不能用这个机器挤面皮呢？那时面皮在本地还是新鲜吃食儿，而腐皮面皮，都是一个道理嘛。大国将机器擦洗干净，开始调试，做了几次，竟然成功了，于是夫妻二人在县城租门面房带后小院挤面皮。一开始没有搅面机，全凭手工和面，小洁每天要揉搓五百斤面粉的面团，再将它们搓成面剂子，这边放入机器，那边出来就是熟面皮。天不亮起床，直干到天黑，夏天要到晚上十一点，大国睡下了，她还要收拾场地，打扫屋里屋外，准备第二天的东西。因为制作食品，里外场所要干净，这样才能吸引顾客。小洁时常晚上睡不够五个小时，有时候活儿多了通夜不睡。夜里将运转一天滚烫的面皮机铁轴取下，第二天再清洗安装。冬天的早上，三四点起床，刷洗螺旋形铁轴的时候，伸手抓住，手粘上去脱离不开，只能那样抓着，用手心的温度将铁轴温暖过来，才能拿开手。那时她四十来岁，正值壮年，觉得自己的身体就像这机器一样，只要通上电，就可以永不停歇地转动下去，能源源不断地来钱。

成年累月掂面皮、称面皮，现在她手掂东西估摸重量，基本不差几两。他们的面皮质量好，夫妻二人信誉高，大国能说会道，将男女老少安抚得来去开心，在方圆几十里都很有名。外县的人也来进货，每天天不明，骑自行车的人就站满了院子，一时间面皮供不应求，直要把小洁累死。好在三个孩子也都大了，大女儿已经结婚，儿子周通也快十岁，功课之余能来帮点小忙。许多来进货的女人问她：你跟他是二婚吧? 小洁开玩笑说:是哩,俩闺女我带来的,这个孩儿是跟他生的。女人们说:嗯,我就说嘛,要是个大闺女,你能寻他? 大国在一边龇牙直乐。

大国慢慢地把面皮机的门道和原理研究清了,自己开始设计,买来铁皮和部件,叫来小洁的表弟帮忙焊接,试制出第一台面皮机,竟然产出了面皮,于是丢开挤面皮而生产面皮机。每台投入成本几百块,大国牌面皮机售价两千元,先后累计卖出了好几十台,算是小挣了一把。加上这几年挤面皮的收入,这才有了后来的投资大周村商品房。

也曾仗剑走天涯

儿子两三岁的时候,听说去南方剥橘子一个月能挣五六百,小洁带了五十块钱、两身换洗衣服、一袋大宝搽脸油,跟上妇女们坐着厂里包来接人的大巴,到浙江去剥橘子,供罐头厂做罐头,厂里管吃管住。至今小洁已经想不起浙江什么地方,估计不是杭州。大城市或小城镇又能怎样呢? 西湖美景与她无缘,江南水乡也不是诗,她们没有时间逛街看景,只是冲着每月六百元而来。

每天接触酸性的橘子,小洁手指头泡得发白,开始溃烂。除了买卫生巾和不得不买的生活用品,再无其他花销。三个月之后,带去的五十元还余十五元,又有劳务费一千八,小洁即将胜利归来。

没有分开过这么长的时间,夫妻俩很是想念彼此,三天两头打电话。大国这边有手机,两人掐好时间小洁到公用电话那里接听。回来的前两天专门打了电话,离别的思念和已经到手的一千八使两人开心异常,小洁恨不得扎上翅膀飞回家里。

归来的那天黄昏,大巴开到村头学校旁边,在迎接的人群里,没有看到大国,只见堂弟媳妇手牵周通前来迎接。她很是意外,问:你大哥哩?弟媳目光躲闪,说:俺大哥他在家哩,我领着孩子来接你了。大小三人一起回家,见大国有气无力地躺在床上,只说不舒坦,歇歇就好。小洁到那院与公婆相见,拿出三百元要给婆婆,说婆婆这三个月在家给她带孩子洗衣裳辛苦了。婆婆咋都不要,小洁极力相让,婆媳俩就像打架一样在院子里扭扯,最终三百元也没有给出去。

小洁只觉得家里人都有点不太对劲,但也不明所以。

小洁又去外村的砖场干活,继续挣苦力钱。日子如常地过,直到半年之后,生产队里一个妇女无意中说漏了嘴,小洁在外剥橘子,大国在家打牌,时赢时输,在小洁浙江归来的前一天晚上,一夜输了两万多。赌友催逼要钱,大国他妈叫回二国,喊来自己出嫁的俩闺女,还有大国的堂弟超,降住一众小辈,每人借的磨的挤的,必要拿出几千元来。大国他伯又卖了家里的牛,并且和大家说好,对小洁瞒下此事,今后他们苦死做活,悄悄还钱。

无限的愧疚和一个男人的责任感催逼着大国。他跟涛谋划,两人一起开了一个月的打牌场,招集周边村庄好赌青年来此打牌,少不得玩弄手腕,终于捞回了本儿,和涛平分,还完了欠账,还给自己花一千元买了一套杉杉西服,从此洗手不干。那套西服质量很好,大国平时不舍得穿,在柜子里宝贝般挂着,十多年后跟着他一起埋进坟墓。

小洁想找更挣钱的营生,于是第二年8月,跟大家去新疆摘棉花,郑州至乌鲁木齐,是三天两夜或两夜三天的火车旅程。小洁的腿出现问题,或因前些年出力太多劳损,或是缺钙严重,坐在火车上酸沉麻酥,双腿就像虫子乱爬乱咬,犹如受刑,恨不得把腿锯了扔掉。车厢里人挨人人擦人,不能走动,也不能活动双腿,有一度她真想砸烂车窗跳下火车,几十个小时的旅程生不如死。第二年有了经验,出发前带足安眠药,上车后吃十几片,座位底下铺了大布袋,钻进去倒头就睡,几十个钟头,直到下车,不吃不动不说话,就像死过去一般。同村妇女十分担心,过一阵弯腰拍她,喊她,确认她能答应,给她喂点水喝。到站后爬起来下车,再跟着众人坐一天汽车到农场去,一路昏昏沉沉。回程也是这样,她基本上不知道怎么回的家,只是跟着同村的人走,到家半天后,脑子才慢慢恢复正常。

辽阔的边疆,渴望挣钱的人们,从内地中原奔赴而来,蚂蚁一般匍匐大地,由这片白色转移到那片白色,每天除了几个小时的睡觉时间、几十分钟的吃饭时间,他们全部都在摘棉花。进入9月,天已经很冷,早晚温差大,夜里棉花朵上露珠上冻,清晨要先将外面一层冰敲开才能摘,或者从冰壳子里往外抠棉花。人人腰绑大白布袋,手拿一根棍,小洁说真像一群孝子贤孙的送殡队伍。

农场管住管吃。住的是大通铺,吃的是白水煮面条撒几把盐,人们去时带一些木县南街村生产的方便面,时不时自己泡上一包,算是改善生活。有的人刚去一星期,就把方便面吃完了;有经验的人当作宝贝仔细放好,一个月后别人的吃完了,她才拿出来吃,馋得大家眼珠子发绿,围一圈观看。有人请求说把最后碗底的一口汤让我喝了呗,经验之人只是抱住碗不放。小洁说:几十天下来,青菜见不到几片,荤腥更是没有,熬渴得没有办法,心里想着,现在有一块肉,哪怕是掉到粪坑里、茅厕里,拾起来也会吃的。

棉桃裂开,变得尖硬,很容易扎到手,而要从硬壳的棉桃里摘取棉朵,不可能不碰触棉桃皮。小洁皮肤与别人不同,人家手上起泡,过几天变作老茧,她的双手很快裂口崩烂。买了风湿膏,当胶布将手指一根根包裹,用这双烂手,每天不停地摘棉花,只恨自己怎么才长两只手。她希望没有黑夜,只是白天,她可以不吃不睡,也要一直摘下去。别的女人们白天干活,晚上回来洗衣服,第二天穿干净衣服,而小洁的烂手不能沾水,洗脸还要别人帮忙,更别说洗衣服了,便多带几身,每身衣裳要穿半个月,回来时带一包脏衣服。她回顾那时的自己,完全跟乞丐流浪者一样,平时漂亮清洁的一个人,顾不了形象,一心只想挣钱,挣钱。

大国在家想念她,电话打得勤,他记住时差,在她夜里躺倒还来不及入睡的时候,两人通话。此时小洁已经有了手机,大国在家给她充足话费,八千里路云和月,思念的话说不完。一个棉花季下来,带着三四千元和两只贴满风湿膏的烂手以及一堆脏衣服,小洁回到大周。方圆村庄去三四十人,数小洁手最快,收入最高。第三年,棉花涨价,工价也高了,小洁拿回来六千块,十个手指头全部烂完,要在家养十来天才能蜕皮长好。其间她还在新疆自己弟弟承包的建筑队上干过活。

路上十几片安眠药尤其吓人,大国不愿让小洁再去。小洁便在县里小叔子二国的建筑队绑钢筋。建筑工地也不能说让女人走开。总之哪里有钱她到哪里，哪怕是天涯海角、刀山火海她也敢去。

自从当年嫁给大国，小洁就成了方圆十几里的名人。结婚后的拼命劳作，又使她名声大增，人人皆知大周村有个能干的妇女，有了活计或挣钱渠道，也都来找她。小洁本性善良温柔大度，多年行走江湖，身上又有了一股杠子气（方言，大丈夫气），自己也结交了一些朋友。

小洁的一个表弟，从广西桂林不停给她打电话，说这里有个好项目，稳赚不赔，老家很多人来，都赚钱了。小洁也曾听到一些风言风语，说他们在那里搞的是传销。无奈对方一遍遍催促，说得无比真诚，以亲戚名义担保。于是小洁开始相信。广西那边落实了家乡报名的一批人，便包了大巴来接他们。在车上小洁还认识了一位县人大代表，在县里有许多店铺，竟然也信了朋友忽悠，放下手上的生意奔赴广西。

重重山，层层水，走了一天一夜，到了广西，进入一个山沟里的小镇，她被带进一套单元房，不能随便外出。里面有年轻姑娘，还有戴眼镜的青年，小洁一看情况不对，进到卫生间给大国打电话说：砰了（方言，坏了），真的是传销。大国说：传销就传销，反正你没有钱，能把你咋样，实在不行就报警。小洁观察形势，所住楼房旁边就是派出所，街镇两边的墙上，大标语改革开放、搞活经济、响应政策之类。街上人头攒动，广场人山人海，都是来自全国各地的人，男女老少，拖家带口。白天专家讲座，夜晚上线授课，口号震天响，推销药品补品化妆品，每天不停洗脑，越来越多的人相信能挣大钱。小洁说那场面谁去谁迷，可不是只有憨子迷只有笨蛋迷，人们陷入狂热之中，每天轰轰烈烈地上演节目，派出所难道不知这种行为？报警肯定是没用。小洁想出对策，她不用去听那些讲座，害怕听了也会入迷相信，只对表弟说：我看这个项目很中，已经给你姐夫说了，他在家正在筹钱，我先入三股，这就回去取钱。表弟说：那我先给你垫上钱吧？每股三千八。她说：好的，你给我垫上，我回家拿钱来还你。装模作样给大国打电话，说钱筹好了，还假装给家乡的亲友联系，说这里有好项目，来就能挣钱，让表弟看到她对此深信不疑。当时来的很多人，如果不表态不同意，就无法走出这个山沟。小洁做出很虔诚的样子，听从他们的指挥，取得了表弟的信任。表弟向上线汇报，说表姐要回家拿钱（幸亏那时没有微信转款，银行转账也不普及），得到上线许可，表弟到小卖部为她申领一张回乡的车票（当时车票也还没有实名制）。小卖部也是传销者开的，里面有一份表格，哪个人带来的人，谁想通了愿意了，回家拿钱，才能得到一张车票。表弟将车票交给小洁，在此困了一周的小洁，得以走出山沟，她至今不知详细地址是桂林哪里。回到家后，表弟又打电话催促，小洁说：我是不会再去了，你替我垫的钱，你若发财，就别要了，你若赔了，将来你回来，我会还你。而表弟也是被一个朋友骗去，将之前做生意辛苦挣的十多万元，全部扔到了广西。每人租一个单元房，发展下线，都被洗了脑，骗自己最亲的人。表弟的单元房里，天天鸡鸭鱼肉地吃，制造幸福生活美好前景的幻觉，两年经历了一场梦样人生，直到把钱花光，上线看他再也榨不出油水，放他回家。表弟说：当年曾有不少人在那里家破人亡，再也走不出那个山沟。

　　在这些传奇的间隙,她还曾去上海的双汇公司打工,经历了按部就班的工厂生活,每月拿到手里的钱很是踏实。小洁吃过的苦,经历的险,几天说不完。小洁笑说:好事坏事我都干过。

　　无论如何,夫妻一条心,苦干加巧干,日子走在了人前头。前几年大周村引进一个南方开发商,在村东头建了两幢商品楼。大国夫妻俩有了面皮机挣的钱,眼看着工程来到了家门口,便深度参与,不知是投了钱还是入了股还是折了工还是运了沙。乡村的经济合作与纠葛,没有合同,没有条文,全靠口头约定,外人很难搞清来龙去脉。若出问题,各说各的理,每人都有理,但每人都没钱,总之出发点是都想发一笔财。但他们错估了形势或者运气不好,现在农村青年结婚兴了县城买房,虽然大周商品房盖得跟城里一样,但这两幢粉红可爱的楼房,因没长对地方,只有十公里的距离,比城里房子便宜三分之二,也无人问津。农村青年宁愿跑到城里买四五千元一平方米的,而不愿要一千多一平方米的大周新家园。房子卖不出去,投资收不回来,产权又不明晰,合作双方都说对方欠了自己的钱。开发商急火攻心,栽倒住院,再也不来大周。当初楼房建好后,开发商为了抵周大国提供的十多万元沙子钱,将一套五楼的三室一厅装修到位给了他们。可大国夫妻俩腿都不好,以不方便上楼为由,自己打开一楼把头的一小套两室一厅,毛地毛墙住了进去,前年又将对面的一小套装修好,搬了过来。五楼上那一套,时不时上去看看,打扫打扫,后来干脆卖给了村里人。开发商无奈,权当让夫妻俩替他们看着房子。楼房长在我大周的地盘上,背不走,移不动,拆不了,俨然成了大国和小洁的财产。村里有人想住楼房的,也悄悄在大国手里购买,当然是用很低的价格,据说七八万就能得一小套。没有房产证?那怕啥呢,楼房长在我大周的地盘上,证不证又能如何。于是这两幢楼房里住进了十多户人家,乡村之夜,楼上透出点点灯光,和前面的几排小别墅一起,被称为大周新村,住户多是经济条件较好的人家。

大国以一个病弱之躯,一个在传统眼光里根本娶不上媳妇的人,硬生生把自己打造成一个幸福的丈夫、成功的父亲、远近闻名的能人,尤其承包了土地和看护了商品楼之后,俨然以大周上等人自居,挺注重保养,会做饭,爱享受。两个女儿出嫁,儿子考上大学,眼见着幸福生活开花结果,不想却突然撒手而去。

小洁经历了失夫之痛,渐渐缓过神来,勇敢地承担起一切。周涛和王永杰的合伙人,从精明圆滑的周大国,变成了女丈夫老马,从前是有事来找大国商量,现在是有事来找小洁拿主意。这个位于两幢商品楼咽喉要道的一楼的家里,并没有因为大国的离世而显得落寞,打牌场重新支起来,酒场子隔三岔五来一顿,嫂子、婶子、老马的呼唤从未停歇,楼前楼侧的汽车也没有间断。

西河坡的大棚,小洁一个人种着。从前是夫妻二人前去经管,大国在棚外闲转,与来往行人说话喷空儿,小洁在里面劳作;或者小洁一人开车下地,大国在家坐镇指挥,至多二三十分钟打个电话,问她累不累、热不热,记着喝水,出来透风。小洁觉得摘豆角的时间几乎没有接电话的时间多,大国说:我得提醒你,不要热闷到大棚里。

现在没有了大国的提醒,小洁说:日他奶奶,赌狠一个人搁棚里扑腾,差点把命要了。

有一天下午小洁外出办事回来,想着开车到大棚里看看,西红柿是不是该摘了,明早趁凉快下地来摘。他们的土地,他们的大棚,总是有着强大的吸引力,大国活着的时候也是这样三天两头要来看看,即使不用干活,两三公里的距离,开车跑来瞅瞅也是安心的。大国死后,小洁对这片大棚更是牵挂。停车进棚一看,妈呀红了一片。天气炎热,两天不见,西红柿就迅速长熟。小洁是个见了活儿恨不得马上干完的人,哪里能等明天早上。她穿着高跟鞋,掂了塑料大筐就开始采摘。天地之间热流滚滚,方圆几公里再无一人,只有一个女人在犹如蒸锅的大棚里孤身作战,汗水像眼泪一样,唰唰地流,衣服很快湿透,包裹在身。在小洁眼里,这西红柿就是钱,摘下一个,几毛钱稳稳到手。从种下,到出苗,从开花,到挂果,耐心走过三个月,等的就是今天。眼前一黑,差点栽倒。外面骄阳似火,气温四十多摄氏度,棚里少说也有五十摄氏度。小洁一想不好,要是我撂倒在这里,没有一个人知道,后果不堪设想。西红柿装满筐是七十五斤,这快要满筐,差不多五十斤,身体摇晃已经搬不动了,但舍不得扔到这里,她挣扎着连拉带拽,好容易把筐子弄出大棚,装到车上。坐进车里,口干舌燥,几近脱水,车上一瓶水都没有。开车逃离,头晕脑涨。那几天恰遇车内空调坏了,钢铁家伙晒得烫人。眼前发黑,什么也看不见,她停下车,趴在方向盘上,但她提醒自己不能昏睡过去,抬起头拼命摇着,用手打自己,掐自己,呼唤自己,慢慢看清楚眼前晃动的路,再次踩动油门,做梦一样往家里开,平时不到十分钟的车程,此刻很是漫长。她歇歇走走,眼前黑了，就停下来，眼睛闭住一会儿，摇一摇头，再次睁开，直到开至毛庄村后，见到有人，她的心放下一点，不至于一个人死在荒野无人知。拼力开回家中，停下车子，跌跌撞撞打开家门，抓住杯子喝水，恨不得把玻璃杯咬碎吞进肚里，接连喝了几杯，走进卫生间，打开沐浴龙头，先流出的是凉水，顾不得扒去裹在身上的衣服，她坐在水下，将全身浇湿。

你完蛋了！我打断她的讲述。那么热的身体，凉水一激，要出问题。

我完啥蛋？要像你们那样又是讲究哩，又是保养哩，早没我了。

你咋这么不爱惜身体？

当时那情况，真是的，要是有一池子凉水，我得一头扎进去，先凉快了再说。

她坐在喷头下，确认自己的身体从魔鬼那里赎了回来，眼前不再发黑，呼吸逐渐平顺。脱掉衣服，冲洗之后，回屋打开空调，躺在床上，一直到天将黄昏，缓了过来，才起身开车，把西红柿送到超市，换取了一百多元钱。

土地不等人，作物不等人，农民无法挑选下地的日子，天降大雨或者大火，你也得下到地里，钻进棚里，收割你的庄稼，采摘你的果实，否则多日的耕耘和等待过期作废。

从前大国在时，好坏是个帮手，就算他在家指挥，也是一个陪伴和牵挂。他提前给小洁备好喝的水，一再说水要带足，哪怕喝不了再带回来。从冰箱冷冻室里，拿出几瓶冰冻好的水，告诉她最热的时候，拿出来在脸上脖里腋下冰一冰,起到降温作用。大国病弱无力,小洁皮实能干;大国油滑动脑,小洁耿直实在;大国细心体贴,小洁粗放大度,两人互补,形成绝配,虽然也有吵吵闹闹,但生活过得也算安心。现在没有人为她做这些准备工作,也没有人过一会儿给她打电话问她热不热累不累,提醒她喝水降温、出来透气,小洁一个人在塑料大棚里闷头苦干。

她不想掏钱雇人,便一个人开车下地进棚摘豆角。2022年夏天格外热,动不动四十摄氏度以上,大棚里因不透气不通风,走到门口,就像揭开了蒸馍锅,扑面热气烫脸得慌。她戴的棉布遮阳帽,都能湿透滴水。即使是早上五六点出门,棚里温度依然不低。疯长的豇豆角,掐头搭秧,捉虫打药,一样都不能疏忽。豆角长成之后,一两天得来摘一次,否则长老发白,卖不上价。有一天极度高温,她一个人从早上六点摘到九点多,已经热得眼前发黑,头晕目眩。她怕再像那天一样,倒在这里无人知,便挣扎着回家,路上依然是眼前黑一阵明一阵,好在有水喝没有造成危险。豆角送到超市,回家躺下歇息,想起大国在的时候,好坏有人招呼,冷暖病痛有人体贴。现在孩子们离得远,只是微信视频说:妈你不要太累,大棚要不就不管了。说得轻巧,大棚不管,钱从哪里来?种下的西红柿豇豆角,盼了几个月,就等着最热时候采摘卖钱,每天拼死拼活,换回来几百元,再苦再累,也就是这一两个月,过了这个时候,想拿命换钱都没处找。小洁心里忧伤,中午饭也没有做,好在邻居们时常惦记着她,做了菜合烙了油馍给她拿来一个,包了饺子给她端来一碗,轧好面条给她送来一把,女儿网购食品快递给她。

一个人的饭不好做不想做,有时候对付着吃点面包,喝袋牛奶,心情不好,实在不饿的时候,也就省过这一顿了。总还是惦记着没有摘完的豆角,下午四五点,又带足了水,脑袋扣上遮阳帽,开车去了西河坡。明知那里是炼狱,太阳榨干你的汗水,大棚吮吸你的鲜血,高温要夺你的性命,可还是勇敢地奔向那里,义无反顾地扑向大地,钻进大棚,一个人在寂静无人的天地间,听着扑嗒扑嗒的汗滴,闻到自己灼热的呼吸,一个个采摘下劳动成果,能每天见着现钱,心里无比踏实。

临颍美人神扬扬

小洁的身体是一个奇迹,能摔能打能劳能累能饿能渴能痛能伤能病能灾能忍能扛,只要能挣来钱,几乎没有什么不能承受,向来也不会退缩,火中取栗、滚水捞豆也是敢的。中国农民摆脱不了拿命换钱的魔咒,他们也随时做好了受伤受损甚至忽吞(方言,忽然)倒下的准备。我开玩笑说:你是特殊材料制成,已经不是正常人的身体,你体内驻进了火焰,有一个发烧的害虫,要不为啥晚上离了空调活不成。小洁笑说:就这样了,能动就干,不能动再说,哪天死了算球。

小洁的大女儿,自己开实体店,又搞网络直播,做得还算不错,去年因故离婚,干脆到济南开店,这样好照顾在此上大学的弟弟。大国的去世,让孩子们变得更加懂事成熟,处处体谅母亲的不易。大女儿说:妈,今后通上大学我来承担,通毕业找到工作之前,我不考虑再婚的事儿,否则就算别人给介绍对象,我说要承担弟弟上大学的费用,对方怎能愿意？儿子周通暑假里回来看望小洁，陪伴一个星期后，说想出去打工，多少挣点，减轻妈妈的负担。大姐说：那你干脆来我店里吧，我就不再雇别人了，每天给你一百元工资。于是周通又回了济南。

周通2021年到济南上大学。戴眼镜的帅小伙儿一去便被一个当地女生追求，给他买这买那，大胆表白。父亲去世后，周通告诉女孩，家里经济情况将会变差，女孩也不在乎。两人一时感情升温，儿子告诉小洁，已经去过女孩家里，女孩家人也挺喜欢他，支持两人来往。小情侣将二人的合影头像做成抱枕，儿子带回来摆放在小洁的床头，还不时将女孩的照片和视频发给妈妈。小洁叫我看了，是一个健康漂亮、大方可爱的女孩子。我说：也许过年会把女朋友给你带回来。小洁说：可不敢带回来，这么小，不一定能谈成，来回一趟，吃吃花花买买车票，我半棚豆角没有了。

第一年寒假回来，小洁发现儿子学会了抽烟，上大学之前是偷偷地抽，现在大大方方地抽，身上装一包烟，很快就没了，涛和尹也时常给他。晚上跟着村里的小伙伴一起玩，或在谁家聚众闲聊，回来很晚。小洁问他，你为啥天天回来这么晚？让我夜夜等你。儿子不说话。寒假结束儿子临走，小洁又说起他的抽烟问题，儿子说：我抽的没有爸爸抽的多。原来是不论多晚，他回家前一个人绕到村南边的坟地，坐在爸爸坟前，点两支烟，一支插在地上，一根自己吸上，他和爸爸说话，汇报家里现状，说说村里情况，谈谈自己每天所见所思所想。大国活着时候，父子俩话并不多，青春期的儿子，在父母面前更愿意保持沉默；父亲死后，儿子敞开了心扉，每晚必来坟前坐坐。小洁不太相信儿子所说,孩子们也不愿让她到坟地里去,直到清明来临,她到大国坟上烧纸,果见坟前地上插满烟头,已被尘土快要盖严。

小洁天生丽质,生活的操劳和岁月的流逝虽然让她脸上有了皱纹,皮肤变得松弛,身材有所发福,但她总也脱离不了与生俱来的美人心态。女儿给她买了全套护肤化妆品,洗脸池上方、卧室飘窗上摆得满满当当。她常常对镜装扮,晚上洗完脸又是面膜又是护理,一点也不输城里女人。外出干活时全副武装,确保不让自己晒黑。脸颊上针鼻大一个黑点,不仔细瞅根本看不出来,可她也要去县城金百汇的祛斑柜台处,让人家拿药水点掉。头发一长出白发根,就要去理发店染黑。行走在乡村路上,皮鞋嘎嘎响,时装得体优雅,也并不是多么高级值钱的衣服,但穿在她身上就显出风度,总之完全不像一个村妇。

家里白天晚上都有人来玩,夜晚联系的基本都是乡村的成功人士,这个镇的那个乡的,七里头的五里庙的,她的手机时常响起。要么就是哪个村头的夜市里坐着周涛几人,请她去吃烧烤,她谢绝不去,电话就一再地响,那边几个人轮番着打,涛在那边说,来给咱姑带回去,叫咱姑尝尝咱这儿的味道嘛。于是她出门开车赶去,几十分钟后,拿回来一袋子烤面筋烤羊肉,多得第二天都没吃完。常有人在她这里约喝酒的场子,有一次听她在电话里谢绝,但是没用,人还是要来,酒菜都是自带,不用小洁张罗,她只是换好衣服,揽镜梳头,打开门锁就行。有一个大嗓门的妇女先到,是县城边上哪个村里支书的妻子,每次都带酒来,有好几瓶来不及拆封,归了小洁,因为她下次来还会再带。我用手机扫码,发现都是几百元的好酒。那女人坐在客厅的沙发上,抽烟喝酒,大声打电话喊人快来,对着我上下打量,审问般的语气询问:你写的啥书?那表情大有拿来让我审查一下的感觉。我心中不悦,不想正面回答,只说:小洁那里有,你拿去看就是。拧身不再理她。但见关着的大门,一会儿被拉开,走进一个人,一会儿再被拉开,进来一个人,除了涛和尹之外,还有两个我不认识的男人,手里都提着吃的,不一会儿客厅的茶几上摆了个满满当当,全是各种肉类,还有涛自己种的甜瓜。一群人让得死劲,非叫已经刷过牙的我吃了个鸡爪子,尝了一块甜瓜。感觉这种场面已经成为她家里的常态。

小洁继承了大国的朋友,担起了主人的任务。他们带来的熟食肉类,能剩一多半,直接扔了是不行的,放进冰箱,几天也吃不完,放来放去,吃不成了,最终还是进了垃圾桶。他们吃喝喧闹,猜拳行令,烟雾腾腾,永远都是怎样挣钱的话题,似乎这就是乡村富裕阶层和有追求人们的美好生活。直到半夜,各自开车离去,大嗓门震得路边灯光乱颤,远处月影晃动。

2022年8月,趁我回乡之机,河南文艺出版社策划了一系列活动,其中之一是镇里主持召开了《回大周记》座谈会,我提出让书中几位人物出席并发言,尤其小洁要重点发言。小洁说,她平生第一次参加这么重要的会议,让我给她写发言稿。我在村委会的电脑上,写了几百字,以她的口气,重点提到:遗憾的是,周大国没有等到这本把他俩当成主人公的书出版,如果大国还活着,那今天发言的一定是他。俺姑这次归来,他不知有多高兴,真不知该怎样嘚瑟炫耀哩。人生就是这样无奈,提示我们要珍惜身边的亲人,珍惜眼下的生活。我俩靠在她的大床上,小洁举稿念着,不时抹泪。我说:我写的是干条条,你也可以照着念,也可以自由发挥。她说:我要是发挥起来控制不好哭得收不住咋办?此时儿子周通打来视频,她幸福地在床上滚动半圈身体,犹如杨贵妃全身松软,对儿子说:明儿上午,我要参加一个非常重要的会议,你姑奶给我写的发言稿,我先给你念念这样说中不中。儿子在那边,她在这边,粗哑着自己不满意的嗓子,从头到尾读了一遍。儿子说:姑奶写得很好,你不用再发挥了。

　　正式会议那天,她穿上女儿给买的一件黑色纱绸红色盘扣中式裙,细白的面庞略施粉黛,点染口红,手挎皮包,步入会场,真有点令人惊艳的感觉。与人招呼握手,落落大方,发言时,提及周大国,保持了恰当的悲伤,泪光闪闪点到为止。涛在一边,满脸欣赏的表情,给她录像。事后,河南文艺出版社马总编辑说,真想不到,周大国的妻子风度不凡,简直像个副县长或者县政协副主席。我们传话给小洁,她说:也别副县长副主席了,叫马总在他们出版社给我找个打扫卫生的活儿吧,工资多少都没关系,就图个工作环境好,我最爱文化人了,跟着你们好好熏陶熏陶,沾点文气劲。

　　小洁说,天凉之后,待大棚里的西红柿豆角薅了秧,她就要找新的营生,准备去郑州当住家保姆,微信里已有朋友发来的几条信息供她选择,有生活不能自理的老人,工资比较高;有能自理需要陪伴、做饭的老人,工资稍低一些。

　　我说:几个孩子肯定不同意你去,我都不愿意你干这样的工作,你很需要这些钱吗?

我咋能不需要钱哩？谁不需要钱？

大国没有给你留下钱吗？

他能留下多少？我们的钱，都押到这两座楼上了，现在房子卖不出，钱也收不回来。

你五楼的那一套，不是卖给杰叔了吗？

是卖了，为了周通上学，把那一套卖给了杰爷，他只给了一半钱，那一半还欠着，说是有钱了再给，也不知啥时候能给完。

孩子们都大了，通也上学了，你再没有什么负担，不要为了钱再去拼命了。

通每年学费两万多，吃穿花销，每年得五万块，将来结婚娶媳妇，买房子，都需要钱，我不能总让大闺女往家里贴钱，只想让她尽快找个合适的人再结婚。

你的身体也很重要，只有保重好身体，才能更好地生活。

身体就这样，还能再拼几年，多少挣一点，真要出问题，死了算球，到那边能早点见到他，也好。

说干活就是扑下身子干活，说出场面就能直起腰来打扮得体，大大方方应付，从没有缩到后面、拿不出手让人小看过。之前有大国在外面跑着，她只是家里地里出力，不用操那么多心，她也不喜欢抛头露面，现在大国没了，她必须顶上去。她说：如果遇事不出面，不喝酒不应付不周旋不过问，安心做一个家庭妇女，那么不用一年，人家就把你踩在脚下，没有人看得起你。

我这一生真是掏大劲了，将来身体会垮得很快。三十多年，跟着他大风大浪也经过,啥罪也都受过,丢失金子、赌博输钱、承包土地……就没有让你安生过,忽吞一个大事,几万块钱的窟窿;忽吞一个马虎,几千块钱的债务。现在听起来,几万几千,没啥了不起,二三十年前呀,两三万块,对于咱农村人,那真是惊心动魄扒你几层皮。小洁现在讲起,还是心有余悸。大国死后,接二连三又发生几件事情,真不知我是咋过来的,这也是我一直没有主动跟姑你联系的原因,心里就没有静过。

2022年春节期间女儿和同学在漯河吃饭,与人发生口角,上升为打架事件,被带到当地派出所,又是看病,又是赔钱,跑了几趟,扯闹个没完。春天,生菜百年不遇的好菜价,每斤收购价都要两块钱,却不知谁用药将她三棚已经长好的生菜全部打死。她进棚一看,立即报警,镇里派出所、县里公安局来人调取录像,然后就是小洁往派出所一趟趟跑,最终也没有找到凶手。人们都知是谁干的,但没有证据,也是没法儿,本可卖几千元的生菜,白白损失了。乡村就是如此复杂和凶险,踏实肯干、纯朴善良、热情乐观、相扶相帮与懒汉滑头、奸佞小人、鸡鸣狗盗、拆台陷害相伴共生,气人有笑人无,飞短流长最是拿手,平静之下隐藏暗流,常常比的是蛮力与心计。失去大国的小洁,心里再难过,也要做出坚强的样子,努力顶住生活中的一切风浪。

村里的土地,又一轮承包的斗争,涛和尹有意见不合的地方,全凭小洁出面协调。涛愁得吃不下睡不着,人都瘦了很多。小洁给他打气,帮他出主意想办法,两人一起奔走周旋谈判,最终又把承包权拿在手中。涛说,要不是老马你撑起来,这一摊子真要秃噜到地上了。

多年来,小洁想尽一切办法挣钱,压缩开支省钱,她像所有世人一样,对金钱无比热爱与珍重,愿意为它奔赴千里,日夜劳作,熬尽心血,在所不惜。大棚里的活儿,她自己挣扎着干,她说:再掏钱雇人,那还不胜叫豆角烂在棚里。但对于钱,她也有自己的原则和态度。春节过后,他们生产队里几个人说:婶,我们今后到你家打牌,给你抽成吧,最少够你的电费水费,主要是给你打热闹让你不至于太侇(指寂寞,孤单)。小洁说:你们来玩可以,钱是绝对不要,谁也别提给钱的事。2019 年,我在大周深入生活,断续二三十天,在她家吃饭,微信转给她八百元,说是我的饭钱,她怎么都不收,二十四小时后,自动退还回来,我又拿现金给她,她几次扔回来,急红了脸。去年夏天回家,听她说她和大国都没有办老年医疗保险,而农村人口要在六十岁之前交上一千多元办了这个险,才能享受今后的老年保障。我拿出一千元给她,让她尽快去办保险。她又是坚决不要,说:姑别来回让了,我肯定是不要,谁知我能不能活到六十,过几年再说吧。反而提醒我说:尹和涛的孩子今年都考上了大学,姑你应当随一份礼,这是老家的风俗,每次你回来,两人热情地接送、张罗,冲着那份亲热劲也该有所表示。

我问她:你跟大国怎么会有那么好的感情? 他到底哪一点打动了你?

小洁不直接回答这个问题,只是说:就这,把我这辈子弄得死不死活不活的,半道上他又撂下走了,一摊子给我扔这儿,他去那边图清静了。一个家里最大的事是儿子结婚,所以,我后面任务还重着哩。

对于大国的身体,小洁的定位是:不像外人认为的那么糟糕。她说大国并不是我在书中写的那样，常年吃药，他身体各个器官与内脏都很好。血压也不高，血脂也不稠，他只是毛细血管脆，溶血机制差。小时候调皮跑着玩，摔跤跌倒，血聚到膝盖那里不能流通，越聚越多，造成了腿不能打弯，其余他的一切都很好。一起生活三十多年，我最清楚。或许是吧，因为他们的三个孩子都健康漂亮。

2022年8月初的某天早晨，小洁的手机微信里传来外孙的语音：祝姥姥生日快乐！她这才想起，今天是她五十四岁生日，自己都忘记了，没想到女儿记着。她惊讶感叹一番，高度美颜自拍一阵发了抖音，迎来一大批点赞祝贺。

当天下午我在茹嫂家玩，告诉小洁晚饭不用管我。傍晚时分，见小洁打扮精致，踩着细跟皮鞋进院子来，其实也没有怎么打扮，只是她天然有一种风度，随便换身衣服，皮鞋一蹬，就显出大姐大风采，那丰满自信、翩然悠然的感觉，仿佛让她现在进京去当个娘娘，照样玩得转拿得下。来到堂屋，房门钥匙交给我，说：涛和尹，还有几位朋友，要在县城给她过生日，晚上回来得晚，叫我不用等她，她还有一把钥匙。说完犹如城里高级女人那样，转身去往街里。堂屋里有人揶揄她打扮得真洋气，她绷着脸回赠一个字：滚！在一阵笑声中仪态万方走出院子上了汽车，去赴县城的派对。

那晚她十一点多回来，面色微红，略带酒气，说他们吃完饭又去唱歌。给我看了手机上的视频，一个男人手持话筒，在彩灯闪烁和乐曲声中说：祝马小洁女士生日快乐。小洁说全都是大国的朋友，见她发了抖音，就策划着给她过这个生日，每个人都为她献歌一首。

小洁是乡村世界的传奇和话题,是闺女们父母眼中的反面教材,不听爹妈话的后果,年轻时跟着男孩们瞎胡跑。多少年来,人们关注着她,背后议论着她,意味深长地观察她,说白了就是等着看她的笑话。当初跟了大国,或许是看上他家的"富裕"条件,期待过上好日子,却不想被命运套牢,苦作一生。能人周大国死了,她也没有就此倒下,日子没有走下坡路,爱打扮、好交往的心性永也不灭。她成为打不败的小洁,打不死的小强。

2022年夏天我只是在家乡住了两周,离开后,时时牵挂着她,有一天在微信里,羞答答告诉她:回来后,很想你。她立即语音回复:姑,我也想你呀,通前天微信上问我说,俺姑奶走了你一个人在家傈不傈?我说,傈有啥办法? 秋秧薅了后,我要出去找活儿干。走之前我把藏钥匙的地方告诉你,姑,你下次再回来打开门自己住吧。

最终,因为儿女的反对,也因为舍不了大棚,她没有去郑州当保姆,而是留在家里继续经管大棚。却不想这让人爱恨交加的大棚,又给她带来一个劫难。

2023年3月,因盖房之事我和哥哥回大周,本说好我住小洁家,就在我们回去的那天上午,她去西河坡大棚浇地,滑倒崴了脚,踝骨骨折,从地里直接送到漯河市骨科医院,钥匙带在身上,我本打算漯河下了高铁去医院拿钥匙,再一想不妥,她肯定是正在病床上疼得要命,我也没带什么东西给她,到病房拿了钥匙转身就走(因为让表侄接我们然后送回大周,打地基拉线的人等着我们最后确定),很不合适,于是只好晚上又住在周娇家里。

　　第二天上午专程去医院看她。在桥口村头坐班车来到市里，见到病床上的她，脸色苍白，给我讲述受伤经过。她起了大早一个人在大棚里给刚栽好的豆角苗浇水，浇完之后拉着皮管去关水，一不小心脚下打滑踩进一个小坑窝里，跌坐水中，她自己清晰地听到咔嚓一声骨头折断的声音，水管还没来得及关，胶皮管脱手掉在地上，口朝上喷水，大水兜头浇在她的身上，瞬间淋湿。她双手用力拔出自己的腿，脚已经成为横向，完全断了的样子。坐在泥水中动弹不了，大水继续浇打全身。幸亏手机在口袋里，她拿出来给附近干活的几个人打，那几人不知是没带电话，还是没有听见，只是不接。她打给涛，说自己腿折断了。涛说爬蛋吧你，崴一下就能崴断？完全不信。她说是真的，你快点来！又给几百米外租种大周土地的几个外村人打电话，说你往西边看，我正坐在水里。她看到那两人扔了机器往这边跑，同时也看见涛骑着电动三轮飞奔而来。涛来到身边，距离她跌倒在地已经过去差不多二十分钟。涛通知尹，两人带她火速赶往市里医院。病床上的小洁泪光闪闪，说不出的辛酸与无助。我掀起被子，看到夹板和纱布包裹的右腿肿大发黄。现在暂时对接好了骨头固定起来，几天后做手术，切开皮肉，打钢钉固定，几个月骨头长好后再切开皮肉取出钢钉。真是命运多舛，我想象着她跌坐在地，忍着疼痛，任由水管冲击的情形，可想而知是怎样痛苦难熬，那是命运对她的再一次捉弄和打击。正像俗话说的，命运专欺苦命人，棍子撵着瘸子敲。几天后手术，又几天后才可出院回家。大国的妹妹在医院照顾。她至少十来天在床上不能动弹，至少几个月不能下地活动，又至少半年不能丢掉拐杖、去大

棚干活。春天里悉心培育的豆角苗庆幸刚栽好,那么接下来的一系列
管理,都要雇人来做。小姑子在医院里守了几天,婆婆轮到来她家吃
饭,于是她又要回家给婆婆做饭,只好给小洁请了护工。小洁不想让
孩子们知道这事,但娘家哥来看过她后,出病房就给她两个女儿打了
电话。大女儿在济南业务繁忙,二女儿嫁在外地经营着一个快递点,
两人都回不来。小洁的哥哥气得差点摔了电话:都不回来,那就让你
妈一个人这样受罪吧。可能是迫于压力,大女儿回来照顾陪伴了几
天,开车走了。陪护小洁的任务又落在了小姑子身上,可小姑子还要
在工地上干活,像男人一样绑钢筋,每天回来累得动弹不得,只能是隔
三岔五来看看她,送点吃的,为她简单洗涮。

　　小洁常年失眠,有一次夜半头痛欲裂,从床头柜里摸出一包头疼
粉,却没有水送下,干着倒进嘴里,无法下咽,躺床上动不了,便支撑上
身趴在床边,用手捧起地上尿盆里接的一点水(打牌人临走时给她放
在床前的),就着把头疼粉喝下,一个人流泪到天明,更加想念大国。
大国若是活着,怎能让她遭这份罪。他在那边干什么呢,怎么也不想
家,也不想我,也不回来看看,也不给我托个梦。

　　第二天,她托人买了一个烧水壶,放在床边小桌上随时能够到的
地方。

　　白天黑夜,小洁躺在床上,接受人们的看望与慰问,又像是大国刚
去世时那样,人们流水般来到她家。刚好那几天我又回大周,因为她
的大女儿回来了,我仍然住在周娇家里,过来给她做了几顿午饭,陪伴
她几个上午。她的床边堆放了一地的食品,厨房里一大盆子鸡蛋。桌

面上不时出现一两张百元钞票,那是不愿意费事买东西的人放下的。靠卧在床的她,身体偎在被子里,穿着一件时髦的 T 恤,露出一块洁白的胸脯和一根金项链,不是在打电话就是在照镜子。电话的内容多是豆角苗、大棚、病情讲述。困在床上的她,热切地吸收着来自外面的声音和信息,微信视频、语音通话、电话热线,常常是这个还没结束,下一个又打进来。来看望她的人,有的带着食品,有的拿着鸡蛋,有的拿几把刚薅下来的蒜薹,有的送来自家烙好的油馍。女人来了就走进卧室坐在床前的椅子上,男人来了就等在客厅,小洁借助双拐艰难地把自己挪到轮椅上。这是一个高级得有点复杂的轮椅,感觉要操作它得进行相关培训。去年秋天王永杰的母亲安妞摔伤了腰,深圳工作的小儿子给买了这个高级轮椅,性子急躁的安妞使唤不了,自己开着磕碰了几次,王永杰一看不行,老妈用了这个轮椅,伤情只能加重,便不让她用了,听说小洁受伤,拿来让她使。小洁操作轮椅从卧室里出来,缓缓来到客人面前,向人们展示她包裹着的右腿,声情并茂地讲解摔伤的经过,手术的过程,纱布里面切开又缝上的几条口子,大号订书机对着皮肤咔嚓咔嚓,如何疼痛,如何肿胀,如何无感无力。这些过程她肯定讲了无数遍,但每次都很认真地讲解,用以回报来人的慰问,在一次次讲述中锤炼语言,很是把握住笑点,总能把来人逗乐,而她自己脸定得平平的,有着一点忧伤、一点憔悴、一点美丽。

更多的时候,小洁一个人躺在床上。她盼着下雨,因为下雨人们不用下地和出工干活,会来找她玩。吃过午饭后,人们还像平常一样来打麻将,小洁把自己从床上运送到阳台的麻将桌上。毕竟身体虚弱,坐的时间也不能长,只打一会儿她就退场,回到卧室的床上,听着外面麻将声声。没有电话的时候,拿着小镜子,研究自己的面容,找出脸颊上的一个小黑点,待到行动自如时,再去把它点掉。病床上的她悟出了很多道理:你中了,不用跟谁联系,全都是跟你联系的人;你不中了,找谁都没用,谁也不会帮你,还是要自己有钱有能力;我经过这一次磨难,真是啥都想通了,下次要是俩闺女说带我去哪儿吃喝玩乐,我立马就去,再也不会像从前那样,舍不得花钱;这一季豆角弄完,大棚我也不管了,到哪儿找个轻活干干,多少挣点就中了;要是没有周通,就这俩闺女的话,现在日子要多美有多美,有个儿子,就得要干。

回西安后,有一天和她视频,见她头发吹着造型,脸上薄施粉黛,脖里挂着金项链,坐在沙发上,接待来看望她的两个女人,手机转过去,向两人展示她的作家姑姑。几人正在谈着挣钱的渠道,说得兴致勃勃。那女人在劝说她,腿好之后,再也不要弄大棚了,加入她的业务吧。小洁脸上闪闪发光,好像是腿已经好了,她可以自如行走,去过她重新安排的生活。

不知道什么样的爱美力量支撑着她,即使卧病在床,也要坚持把头发染黑。去医院复查,我陪同前往,她早早化妆打扮,脸上涂抹防晒霜,穿着得体,坐在门口放好双拐。开车捎她的人先叫上我,再来接她,我一敲门,她起身挂拐而出,不忘拿上遮阳帽。

小洁只是一个初中学历的农村妇女。这些天来,我不断想象,如果她生在城市,如果她上过大学,如果她有一个职业,那又会是怎样的一个人生?我想起杜甫诗中的佳句:临颍美人在白帝,妙舞此曲神扬扬。千余年前的公孙大娘及弟子李十二娘,仗剑行走天下,舞剑流芳百世,凭借女性之力,使一县之名留在诗中。美人早已香消玉殒,这片颍河水灌溉滋养的大平原上,生长着一代代兰心蕙质的女子。苔花如米小,也学牡丹开。哪怕低到尘埃,也要怀抱梦想,哪怕命运不济屡屡挫败,也始终如一地热爱生活,在极其有限的生命空间里,努力绽放自我,吐露芳华。但愿这次受伤,能让她好好歇歇,不再那么拼命劳作,能让她爱惜身体,慢慢养护,开始新的生活。

秋香秋风姊妹花

　　提起村支书,人们心里会有什么印象?我的脑中差不多有这样一个形象:五六十岁的男人,面色偏白,不苟言笑,披着衣服,背手走路,章子挂裤腰,是乡村的土皇帝。他对待事业和村民,全靠自觉。遇到人品好的支书,村民安居乐业,正常生活;人品不好的支书,专横跋扈,欺男霸女,在天高皇帝远的乡村制造出一桩桩人间悲剧,而村民只能自认倒霉,慢熬岁月。我问自己,为何会有这样的印象?是文艺作品和新闻媒体传达出的固有形象,还是源自我的童年记忆?问了几个有农村生活经历的人,基本都是描述大致如此的一个样貌。总之,怎么说呢,其形象不敢恭维。

　　当然这是计划经济时代的产物。改革开放,农民摆脱土地的束缚,自由流动,去往城市,寻找自己的生活,村支书的影子,不再笼罩他们头顶,也不靠村支书吃饭,不再因支书的品行好坏而生活、命运有所改变。再加上基层选举的实行,支书都是大家选出来的,所以村支书在很大程度上,成了乡民的服务者。

2022 年,我再回大周,发现村支书是一个和我同龄的女人贾秋风。三年前她还是村主任,原支书、把我喊姑奶奶的周献东考上事业编到镇里工作,秋风被大家选为村支书。而她按辈分喊我姑老老,转眼之间,我在支书面前又提升了一辈。

> 我一时不敢承受姑老这个称呼,但她喊得很自然,听起来很亲。我终于搞明白了,原来我跟她丈夫的那位埋在村后地里早已化为泥土的祖爷爷是同辈。

> ——摘自《回大周记》

秋风平时,却只喊我姑奶,自动减了一辈,或许是怕姑老把我喊得太老了,也或者她认为当了领导,该找补回一辈,总之刚认识时她喊我姑老,现在喊我姑奶。反正喊什么都没关系。总之我还是村支书的姑奶奶,于是心里不再有从前对这一角色的敬畏和不良印象。而秋风这个嫁给大周最低辈分周孝堂的女人,当上了大周村的一把手。这感觉总是有点错位,用一句网络用语说,现在我大周村的女支书,她萌萌哒,见人就喊叔、婶、大大、爷、奶奶、老老。

村委会共有五人,各司其职,秋风将其称为伙计班。她的伙计们分别是民兵信息员、治保主任、会计,还有一个女性专属职务:妇联主任,曹秋香。

我们常见到两个女性一起共事的各种不睦与龃龉——婆媳、姑嫂、同事、同行……天配的关系，离不开又处不好，为了生存与工作，不得不旷日持久、锲而不舍地守在一处，面和心不和，私下里相互攀比、猜忌，相互攻击与拆台，或口蜜腹剑，或冷言冷语，但生活对她们的惩罚是：你们必须待在一起守在一处。

二人刚组合的时候，村里人说：两个娘儿们一起，看吧，没几天就得斗起来，非弄掰了不中。

可秋风与秋香，这两个学历并不高的女性，或许是天生的善良与真诚，或者人到中年已经悟透了人生，懂得齐心协力达到双赢才是最好的合作方式，总之二人创造了一种较为理想的女性相处模式：心往一处想，劲往一处使，搞好工作，处好关系。

时间是最好的证明：几年来两人不但没有弄掰，反而感情越来越深，合作越来越好，成为一对形影不离的好姐妹。用秋风的话来说：早已抱成了团。

饥饿的女儿

曹秋香是北边曹庄的闺女，生于 1966 年，嫁来大周村安庄崔家已有三十多年。

秋香生于一个多子女家庭，三男四女，父亲是老实头儿，母亲常年害病，不能从事重体力劳动，家里总是不够吃。几个哥哥都很聪明，但没有好的条件，不能继续学业。大哥在高中里交不起粮食，没有吃的，一个在学校食堂工作的长辈喜欢他，每次多给他打饭，接济他一点吃食,勉强上完高中,算是个小知识分子,在村代销点工作。秋香七岁该上学的年纪,学校里报了名,大姐生了小孩,因没有婆婆没人看小孩无法出工挣工分,叫秋香去给她抱孩子。秋香到姐姐家抱了一年小孩,第二年八岁才上小学。她头脑聪明好使,爱学习,但是没钱买本子和铅笔。老师交给她一瓶糨糊,让她负责张贴班里的优秀作文。谁写得好,撕下来贴到后面张贴栏里。她对这个工作非常尽心,张贴得及时到位,同学们作为回报每人从本子上撕一张纸送给她,她回家缝成自己的本子。一个本子当然不够用,很快正反两面写完,只得拿鸡蛋换本子,一个鸡蛋换一个作业本。可全家还得吃盐,还得点灯,还得买火柴,也都是立等鸡蛋,于是鸡蛋供不上家里需求。缺笔缺本是她的常态。秋香的大哥在代销点工作,手里也没有钱,但是能给她一支铅笔。小秋香性格活泼好动,跑着玩把铅笔跑丢了,只好借同学的,飞快写完作业,铅笔还给同学。今天借这个,明天借那个,班里同学叫她借遍了。作为学生,没有笔总不是长事,无奈又去找大哥。大哥咬咬牙送她一支一元钱的苞谷钢笔,说:这个再丢了,腿给你打断! 秋香爱死了这支小钢笔,绿色的苞谷叶是帽,黄色的苞谷穗是杆,拧开来扎进墨水瓶,捏几捏吸饱一皮囊蓝水儿,拿着写字真是开心。秋香用一根毛线,拴到笔帽的鼻儿上,穿进衣服扣眼绑好,这样再也丢不了啦。孩子的天性是跑跳玩耍,有了新钢笔,她心情舒畅,跑得更加欢实。第五天上课时低头一看,衣服扣眼上只吊着一个空笔帽! 挨打已是小事,痛失钢笔的懊恼和悲伤,令她终生难忘,现在想起来还是摇头叹息,唏嘘有声。

　　兄妹几个都头脑好使,成绩拔尖。当时考第一名的,学校敲锣打鼓送大红花,那一年给她家一下送来三朵,她和哥哥、妹妹一人一朵。可家里实在交不起学费,不可能全都念下去,必须有一个拉架子车的。二哥考上高中,伯、妈不叫他上,只好回家拉架子车。拉了几年,二哥说:妈,我不能总在家干活吧,我要出去,到外面去看看,为家里挣钱。那时70年代,农民还不能随便出门,二哥叫大队开了介绍信,带着外出,跟村里人学刷漆去了,这下轮到二姐拉架子车。

　　一说不能上学,妹妹便日夜不停地啼哭,饭也不吃。她伯没法,提了半袋子红薯干、半小袋谷子,出去换了钱,给妹妹交学费。对秋香说,你的六块钱学费,自己想办法,能借来就上,借不来就耍上了。秋香跑到邻居家借钱,头一家没有,第二家只有五块给了她,她拿着五块钱交给老师,每天给老师殷勤地干这干那,算是免了她一块钱。初二上完,实在是借也借不来了。开学时候没有见她到校,老师找到家里来,母亲把她藏到大哥结婚时置办的大镜框后面,不让她和老师见面。就这样,十五岁的秋香辍学回家劳动,因为二姐出嫁了,轮到秋香拉架子车,她成为家里的主要劳力,一直干到寻媒出门。

　　秋香说,都是因为我太实在了,心也软,可怜伯妈,想着老的不容易,咱能回来帮着干活,减轻家里负担。俺妹子人家就精,一说不叫上就哭,白天哭夜里哭,直哭得伯妈心软,斟倒(方言,寻找,筹集)粮食卖了叫她去上,人家一路上到高中,考了出去,现在两口都是具中学的教师,日子过得要多美有多美。作为当姐的,我真是羡慕嫉妒爱,家里一圈人都沾她的光。后来秋香问妹妹:那时你咋想的? 妹妹说:我那时怕出力不想在农村劳动，除了哭别无办法，三姐你那时要是也哭，就能继续上，要是咱俩都考出去，现在能把家里上下都顾住。秋香说：我不忍心看伯妈受罪。

秋香说以她对学习的热爱，以她的头脑，若能上到高中，兴许也会考上一个什么学校，成为公家人。

那个年代的乡村，没有哪一家不缺钱不缺物的，能吃饱肚子是最大理想。中原农村人口稠密，吃饱穿暖一直是大问题，人们完全吃饱饭也就是三四十年的事。秋风家的情况和秋香家差不多。

贾秋风生于1969年，娘家在邓庙，不足一岁时父亲生病去世，母亲一个人拉扯他们六个孩子，其艰难可想而知。秋风的二姐是个哑巴，皆因母亲怀着的时候，出力太大，见了几次红，似乎想要掉落，找人扶一扶托一托，躺家里歇几天，终是没有掉下来，但毕竟受了损害，生下来是个聋子，长大后成为哑巴，不能上学接受教育，智力也显得不是太全乎。

秋风或许是最后一拨拥有饥饿童年的人，也时常有吃不够吃不饱的经历。奶奶有一大群孙子孙女，儿子们也早已分家另过，奶奶跟着大伯一家生活，能力有限，亲不过来，极其困窘的条件下免不了偏向着哪一个，这个儿子又死了，她尤其看不起秋风家姊妹多拖累大。秋风二年级的一天放学回家，路过大伯家门口，见大姑来拿的吃食，奶奶正坐在院子里吃。见她走过，奶奶把手里东西快速藏到大腿弯，用肚子和大腿夹住。八岁的孩子当然也想吃点，便停在门口，奶奶坐在那里纹丝不动,秋风靠门框站着痴痴地看,想着奶奶或许会心软,或者相持不过,把吃食拿出来给她。奶奶大声嚷她:还不回家去? 恁妈都该做饭了! 秋风仍然不动,二人就这样一个院子一个门口对峙。秋风她妈路过,看出端倪,把秋风拉回家中,打了一顿,恨她没志气好吃嘴。小秋风没吃上东西又白挨一顿打,记忆深刻。

冬天生产队分红薯,她夜里跟着母亲去队里场院等待,直等到瞌睡,蜷缩着睡倒在红薯秧上,被母亲叫醒,看见分了一小袋子红薯,母亲背回家里,是全家过冬的口粮。

也是因为交不起学费,秋风初中没上完就辍学回家,和妈妈一起扤上竹篮卖麻糖,卖炒瓜子。先买来生葵花子,在家里煤火炉上炒熟,将报纸撕成块,卷成筒装上瓜子,小筒五分,大筒一毛,她跟着母亲一起,游走于附近几个村庄,在学校门口兜售。这算是她生命中的初次经商。

农村里不乏聪明能干有想法的青年,在贫困与禁锢中想尽一切招数,只为挣几个钱。秋风的三哥听说贩猫娃能挣钱,便买了几只小猫,带到十多里外同学家那里出售,头一次很顺利挣了几块钱。第二次又连本带利全部搭上,多逮了几只猫娃,可是这次去了后被人全部没收,定为投机倒把。晚上,等不回来哥哥,母亲睡不着觉,心中焦躁不安,半夜找到邻村算命的让给下一卦,问吉凶。算命的说:哎呀不好,如果天亮见不到他,就得会儿(指很久、很难)见着了。母亲回到家里,交代秋风看管好哑巴姐姐,自己紧急赶往儿子同学家中,见到儿子已经借了路费,同学帮他打好了行李,他说赔了钱没脸回家,要外出闯荡做生意,啥时挣住钱了再回来见妈妈和妹子。母子俩抱头痛哭,妈妈把儿子拽回家里。后来三哥去参军,复员后改革开放已经几年,人们可以自由走动、做生意,三哥骨子里的冒险精神始终不灭,贩摩托,跑买卖,最后在深圳赔了生意,得了病英年早逝。

秋风记忆中没有穿过一件新衣服,都是捡哥哥姐姐打下来的。她清楚地记得十几岁时,冬天穿的一件光筒破棉袄,小了许多,袖子短得露出半拃小细胳膊,冻得红通通的。她的三哥寻媒,未来嫂子的妈在村学校门口看到她后心疼地说:噫,这闺女的胳膊,冷不冷? 来我给你暖暖吧。将她冰凉的手臂抓在手中好一阵才给暖热过来,又把她带回家里烤火,给找了一件大人的衣服穿上,身上才暖和了些。

十多岁的秋风头一次拥有一件新布衫,是她妈给她做了一件紫红色士林布上衣。做好还没有穿,上面通知要发大水,所有人紧急转运到西边颍河河堤。秋风说:要回家把我的新布衫带上。她妈说:闺女,保命要紧,别管衣裳了。秋风执意跑回家中,把那件新衣服抱在怀里,才和大家一起去往河堤。好在人们憨坐一夜,也没有发水,她又抱着那件新衣回来了。

秋风说:现在生活真是好了,这不吃那不吃,牛肉切好放这儿都没人动,不知为啥又兴起吃粗粮,都吃苞谷面哩。我从来不吃,一辈子不吃都不想,因为小时候吃够了吃怕了,那时苞谷面磨得太粗,嗓子眼拉得生疼难以下咽。家里一年到头吃不到细粮,连粗粮都不够吃。秋风记得她妈有一个记账本,写满了借谁家几斤苞谷面、几斤红薯干、几斤豆面,一条条一件件写得清清楚楚。

　　二哥在县氨水厂工作,有时需要带饭,好一些的饭食尽着给二哥带走,赖的粗粮留在家里他们吃。秋风记忆里,世上最好吃的是菜蟒。那一年她刚下学,县氨水厂秋天里地上落了一层树叶掉了很多树枝,她和妈去厂里搂柴火。也不是谁都能去搂的,不认识人根本不让你进,她们因为二哥的原因得以进入。她和妈搂柴到晌午,食堂里人说:婶,今晌午别走了,蒸菜蟒哩。秋风妈作假儿说:啊不了,俺一会儿就走。食堂人执意挽留,她妈又客气一番,留了下来,母女二人饱餐一顿菜蟒。小秋风对母亲说:妈,这真好吃,咱回家也自己做吧。妈说:憨子闺女,咱咋能吃得起这东西哩? 多年之后秋风回味起来,那真是比肉都香,再好的美食,也没有那天的菜蟒好吃。

　　还有一个无限幸福的记忆,是秋风拾了一个猪头。也是十几岁的时候,腊月下旬,她妈给她五块钱,叫她第二天早上跟着门里一个爷爷到王曲赶集,买点羊油回来炼炼,油渣剁剁包饺子吃。第二天天不明,那位爷爷来喊她同去。她从床上爬起,给爷爷说:你头前先走,我洗了脸去撵你。她收拾好,扛着竹篮去追赶爷爷。在微明的天光中出了村子,看到一个男人骑着自行车,车后座夹着一只荆篮,篮里放着一个猪头,由村边小路经过。因路边有一个砖瓦窑,路上有碎砖头蛋儿,咯噔一下,猪头跃出来一点,再咯噔一下,猪头再跳出来一点,终于,那只硕大猪头跳出篮子,滚落地上。那男人丝毫不知,骑着车子自管跑。秋风喊了一声,他也没有听见,很快身影消失在前面一个村庄。秋风走过去,抱那个猪头,滑溜溜抱不动,她将自己的竹篮倾斜,把那个猪头推着滚了进去,奋力抱着篮子回家叫门。母亲隔门骂她,还不赶快去撵上恁爷，又回来弄啥。小秋风兴奋地说:妈,快开门吧。母亲打开门来,又喜又惊,娘儿几个赶快关了大门,捅开炉子收拾猪头,忙了半天,炼了几斤油,盘了一盆饺子馅,这个年过得真是肥美。可能是上天垂怜这孤儿寡母,给他们送来这个新年大礼,这也预示着小秋风是个有福之人,多年以后将成为乡村中用人物。后来得知,是北边村里一户人家,年下给儿子结婚办事,杀了一头猪,好肉留下自家用,猪头拿到集上卖钱。赶集路上丢了猪头,成为几个村子的新闻事件。秋风一家人已经吃进肚子里,自是不敢声张。

没爹的孩子,成长之路万分艰难。十七八岁,母亲就托人给她说媒,让她早早到婆家去,一是见点彩礼,再一个是不在娘家受苦。就这样贾秋风来到我大周村,嫁给西头一家三兄弟的老二周孝堂。

困苦的媳妇

1988 年,秋香嫁到安庄的崔家。丈夫家弟兄四个没有姐妹,每一个结婚都很不容易。秋香头一年来,过年吃的饺子里根本找不到肉,全都是萝卜。

秋香的丈夫也是老二。结婚后一个多月,公婆给他们掂锅分家,她夫妻二人分得一只小锅、两个大碗、一个面缸。秋香看着分到的家当,伤心流泪。奶奶帮着他们在堂屋墙边用泥抿(方言,垒)了一个小锅台,丈夫在屋檐下搭了一个小棚子,算是能生火做饭了。但手里没有一分钱,丈夫便去附近打零工。

　　秋香在家干农活,地里没活儿时编娃娃筐,起早贪黑,手下不停,为了节省时间,每天只吃两顿饭——汤面条和苞谷面糊涂。怀孕后身体反应,看到苞谷面糊涂直吐酸水,有一阵特别想吃煮牛肉,那时煮牛肉四块钱一斤,她给丈夫说:你去赶会,割两块钱的牛肉吧,我实在太想吃了。丈夫去了半天,回来说会上没有见到卖牛肉的。秋香现在想起这事,都觉得丈夫"可赖种",不舍得给她花这两块钱。她每天忍受着孕期反应,胃里反着酸水,手下不停地编筐,到饭点了在夹道的小锅台上点火烧苞谷面糊涂。邻居一位奶奶看不过去,给她拿来一块豌豆糕,让她吃了,然后去说她的婆婆:你媳妇太可怜了,怀着孩子,吃不上东西,你也不去管管?婆婆给她拿来别人家蒸的几个小红薯。豌豆糕和小红薯就是秋香怀孕期间除了饭食之外的"好东西"。

　　头胎生下个儿子,身体很弱,半岁时开始生病,接连几年,没少跑医院。没钱看病,她编娃娃筐手更加地快,一两天就编好一个。哄了孩子睡觉,她在灯下编筐,经常编到夜里两三点,有时候为了赶着第二天交活儿,可以一夜不睡。好在娘家时常贴补她,嫂子过年时给她蒸几锅馍送来,让他们的生活和内心有所慰藉。秋香时常鼓励自己,既然到了这一家,不论多么困难,也得想办法把日子过好。

　　秋香喂了一头猪,想着猪长大后卖钱。丈夫的四弟结婚没钱盖房,婆婆给上面三个儿子下硬任务,每人拿出四百元支援弟弟。可秋香两口手里没有一个钱。彼时秋香怀着二胎,在外躲计划生育,计婆婆帮她喂着那头快要长大的猪,没想到婆婆把她的猪牵走卖了四百块钱,全部拿去,一分也不给她留。秋香回来后看着空空的猪圈伤心落泪,当时想死的心都有,心里恼恨婆婆,直到多年之后她才释然,都是因为那时太穷。当时在婆婆一手指挥下,老大的缝纫机拿去卖了还不够数,又凑了别的东西变卖;老三家的驴卖了,婆婆直接扣下四百元。如果不采取这一强硬措施,老四可能就打了光棍。

秋香婆家的状况,真实反映了当时农村多弟兄家庭的境况,大多会落下一个娶不上媳妇。通过她的讲述,我倒是挺佩服她的婆婆。在那样无比艰难的情况下,只能铁腕治理,看似对不起上面几个儿子,但却为小儿子弄个窝成了家,否则错过时机,年龄过岗,就会铸下一生的遗憾。母爱有时也只能以无情的方式来呈现。

秋香生下二胎是个闺女,倒是合了心意。当时正赶上"万人千村"计划生育运动,二胎一律罚款五百元,还要把家里东西全部抬走。连一个鸡蛋都没有,丈夫出门去问邻居借了五个鸡蛋,度过生产后的前两天,去娘家报喜,等到娘家来人,鸡蛋才接续上。娘家哥嫂凑出钱借给她去交了罚款。屋里东西抬得只剩了一张床,她和孩子躺在上面。生产十天又被叫去做了结扎手术,回来后崔家门里每户给她一元钱,共十四元。丈夫拿十元钱买了一点蜂窝煤,回来生着炉子,家里有了一点暖和气,秋香洗尿布有了温水。满月后恰逢过年,抱着孩子回娘家,娘家长辈和哥姐每人拿出十元,给她凑了六十元钱,让她补身子增营养。她回来后拿这钱买了尿素,春天用于上地。

那时的日子真是艰难,别说买新衣裳,就是想把旧衣服补一补,都找不来一块布。丈夫在外干活,每天工钱两元五,总是钱没到手,就有必不可少的支出在张嘴等待,干了一季挣了一百多,基本都用来给儿子看病。总是没有钱还给娘家嫂子,嫂子说:把你喂大的猪娃给我得了。于是把半大猪娃给了嫂子,猪圈里又是空空荡荡,再逮回一只小猪喂上。那时除了土地和庄稼,猪娃和母鸡也是农村人的希望。

儿子三岁之后,身体强壮起来,不再害病,也能丢开手了,丈夫干活的钱能存下来。秋香把女儿用被子围到一个大木盆里,放在身边,继续日夜不停地编筐。人们说她:孩子整天这样围着,也不怕围出个罗锅腰?那有什么办法呢,她只有两只手,不可能把孩子抱在怀里。

20世纪末的时候,攒了点钱,买砖垒起了院墙,盖起了门楼,是个家的样子了。又过几年,存了七千元钱,秋香决定要盖平房。因为结婚时盖的瓦房地基不牢,住了几年就墙体下沉,出现裂缝,屋门上方有半拃宽的缝子,淌雨进风,再加上老式瓦房顶为木质,地面是土,容易进老鼠。那时乡村刚刚兴起平房,亮堂气派,但造价挺高,秋香却一心想要平房,因为在农村住房好坏直接体现着一个家庭的门面和生活质量。亲戚和娘家兄弟姐妹那里又借了一些,凑足两万元,盖起了四间大平房,毛地毛墙,手里没钱了。丈夫又出去干活,她在家中还是编筐,半年后有了一千多元,才粉刷墙体,铺了地面,终于有了个像样的家。

现在回想起来,真不知怎么熬过来的。秋香说她无论如何也想不到,日子能过到今天这样,竟然不愁吃穿还有小钱花。

秋香在娘家,自小见到母亲和姊姊妯娌纷争,家族打闹,真是怕那种斤斤计较,打小算盘,乱嚼舌根子,平地起烽烟。她结婚出门,成为一个新家庭的主妇,再苦再难的日子,她都能咬牙撑过,最主要的是想要一个和谐的生活环境,大家相互包容,邻里和睦,家庭和美,这才是生活该有的样子。丈夫的兄弟几个在一个承包组,她对哥嫂说,咱们虽然日子艰难,但要齐心协力,首先把地种好。她出面牵头,每天招呼兄弟妯娌干活出工,安排布置谁去干啥,因为她思路清晰,调度合理,带头苦干,不怕吃亏,大家也都愿听她的。一小群人扛锄拿锨走在街里,有人说:咦,你们这又是一个小生产队呀。每年他们承包组的地种得好粮食打得多。日子慢慢稳定下来,逐步摆脱了赤贫状态。

秋香为人厚道,聪明能干,言语诙谐,得人一个,必要回报三个。那些艰辛至尴尬的往事,她也能自己慢慢化解,理解了婆婆的行为。要强的心性和从苦难环境中走出的经历,让她总结出许多生活感悟,比如"行路短,走不远",比如"吃亏是福"。这些朴素的道理,引导着她不断塑造自我。她一直还保留着爱学习好读书的习惯,但凡有点条件有个机会,便拿起书本。做教师的妹妹开始帮衬家里,也和秋香保持着情感和文化方面的沟通。秋香从妹妹那里获取外面的信息,得到熏陶和启迪,一心爱慕着文化,不断地亲近知识,不使自己掉落进一个彻底的农村妇女境界。她成为理家好主妇,崔家门里的好邻里、主心骨、婆媳关系、妯娌关系、夫妻关系,皆融洽和美,日子一步步和谐幸福。这一切人们有目共睹,村里领导也把关注的目光投向她。

2013 年,秋风卸任妇联主任,当上了村主任,村里一次次动员秋香,让她出任妇联主任。而她只往后缩,村里领导却看准了她,认为她素质高,人品正,爱学习,有能力。其实她年轻的时候,当时的村领导就找她谈过。她说自己是要饭的背了破套子,要啥没啥,一无所长,实在是干不了。秋香一次次推辞的借口竟然是觉得自己长得不好,不愿到人前去丢丑。或许是作假儿谦虚,或许是真心感觉,她总是将自己"长得黑丑"挂在嘴边。

客观来说,曹秋香的形象属于中等偏上,如果打分的话,我给她打八十分。她中等个头,身材匀称,肤色偏暗,漫长脸形,一头乌发,双眼皮大眼睛明亮有神,睫毛浓密,忽闪之间,显出灵动与聪慧,嘴形偏大,厚厚的嘴唇微微前突。如果是个条件优越的都市女性,也或者当年顺利上到高中,考上大学,成为职场女性,有了成精和嘚瑟的条件,也会不遗余力把自己往个性美女的路子上整,美颜自拍照见天发朋友圈也有可能;如果放在追求个性自由的欧美国家,那一定是性感迷人的火辣女神,成为万人迷的电影明星、著名歌星也不一定。可秋香是一个中原乡村女子,深受传统审美的影响,她一定是认为那种白皮肤、小嘴巴的女人才算好看,而自己形象是这两点的反面,所以总为不甚理想的长相而对世界心怀歉疚,只专心干好自家事务,兢兢业业地带孩子做家务,带了自己的儿女,又带两个孙女。丈夫和儿子儿媳外出务工,家里全靠她一手操持。她不事张扬,不爱往人前去,从来没有想过要出头露面到外边做事。

村干部和说客们找她谈了几次,她都回绝。对方说:你不干,那把你的选票交出来给我们。秋香说:我的选票我当家,我要选真正为大家办事的人。丈夫也说:我们不犯法,你把我们没法儿,就算我们犯了法,你们大队干部官太小,也管不了。这一拨人走了,再来一拨。春节的一个晚上,村干部又和与她丈夫关系好的人到家里来。她只当是男人们喷空儿说话,便带着孙女在里屋看电视。来人在客厅说到快半夜,告别走人。丈夫对她说:他们是来做我的工作,我已经答应了。秋香说:我年轻时还不干哩,现在老了,再去干这?我把家里招呼好就中了。丈夫说:可我已经答应他们了。秋香不好驳丈夫的面子,却又心里为难,怕干不好,便去找娘家大哥商量。大哥说:多少人想干还干不了,你倒往后缩,去干吧,我们都支持你。

就这样,四十多岁的曹秋香走上大周村的妇联主任岗位。

一个人走向某一个位置,取得某方面成绩,必有他的过人之处。我对这一点抱着好奇,想寻找秋香身上的闪光点,找个借口到她家里看看。2022年夏天,她邀请我和秋风去她家吃芝麻叶面条,我欣然应允。

崔姓世代居住在安庄的路南,形成了一条崔家过道,有几排房子,十来户人家。走到她家门外,便眼前一亮。院门朝南开,从邻居的院墙边上回家,水泥路面扫得干干净净,丝瓜苦瓜搭棚成荫,路边种着绿植花草,一看就是精心打理过的样子。进入院子,干净程度令人惊叹。我回大周多次,去过很多人家,头一回见一个庄户人家如此洁净,竟然地上不见一片树叶、一个杂物,角角落落都是干爽清洁。房子是二十多年前两万元盖的那座,后来经过装修,简朴大方。院里屋里灶间,设施齐全,摆放合理,干净整洁,处处体现出乡村小康人家的从容与尊严,墙上贴满孙女的奖状。时代发展与进步,现在的孩子,男孩女孩都是宝,再也不用承受秋香当年上不起学的磨难,家家都把小孩的上学当成头等大事来抓。条件好的到县城买学区房让孩子在城里上学,条件一般的到镇里去上学,到教学质量相对好些的村庄去上学,家长风雨无阻每天接送。早上和下午,那些奔跑在乡村公路上几千元一辆带后箱的电动三轮,基本都是接送孩子的。平日里秋香在家带两个孙女,不用说里里外外全靠她一人收拾,要接送孩子,要干村里工作,要做家务,还要辅导孩子写作业。她的时间和别人一样都是每天二十四小时,却能每样做得到位合适。这个洁净的农家小院,让我深有感触,一个人和一个家庭的体面与尊严不在于钱多钱少,而是用辛勤双手营造出的一种氛围。初中学历,月工资一千五百元,她照样能把日子打理得有条有理,活得美好而踏实,走在村里受人尊重。

第一次拿到我的书,她抱在胸前无限珍爱地抚摸着说:噫,我最爱看书了,只因那时家里太穷,上不起学读不起书。说这话的秋香,眼里闪动着晶莹的泪花。连续几个晚上,照顾两个孙女睡下,她在灯下读完了一本书。再次见面时,和我交流读后感想。

成为大周媳妇的秋风,也没少掏劲出力。丈夫兄弟三个,公婆都是老实的农民,没有什么家产,分家时秋风家分得一个大面缸,使了多年直到现在还在用着。每一分钱都要自己挣来,夫妻二人辛苦种地,农闲时一起到处打工干活,给人搬砖装炕(指烟炕),秋风身板结实,像个男人一样出力劳动。由于从小没有父亲,她的人生字典里没有"伯"这个字眼,结婚前从来没有叫过,嫁到大周后,她对着公公喊不出来,只把婆婆叫妈,经过一段很不自在的调整,她才能面对公公把"伯"喊出口。

生了孩子，还不到十九岁，自己几乎还是个小孩，不知道该如何抓挠。幸亏有个好婆婆，给孩子从头到脚做得停停当当，又全程帮她带小孩。

刚结婚时，算卦的曾给她丈夫说：你将来要享住你家里的福，你个人不中，强着挣俩，你得出点事儿。果不其然，结婚后连出两事，周孝堂死了几死。1990 年，秋风刚生下女儿，他去给别人出树（指伐树），树枝扎到肚子上，撅住肠子挑出来，差点死了。养好身体到新疆去，打了几年工，挣了一点钱，回来不久又出了一次交通事故，腿撞断了几截，肇事者只负责医院里的支出，出院后的养伤休息没有付钱，到现在骨盆里还打着四块钢板，基本丧失了劳动能力。她和丈夫开玩笑说：大难不死，必有后福，不知咱将来老了会有啥福。

1999 年，丈夫新疆归来，给她买了一条金项链。秋风说，当时非常知足，从前咋也想不到，这辈子还能戴上金项链。那条项链，秋风一直戴到现在。我在《回大周记》里写道："我看到我村的村主任秋风和丈夫在经营一个水煎包的摊点，秋风脖子上挂了条沉甸甸的从盛夏到深秋一直坚守着的金项链，拿一条油腻腻的抹布擦盘子，准备给顾客铲包子。"这个镜头是 2019 年的秋天。后来她当上村支书，成了一把手，不再赶会卖包子了。直至 2022 年秋天，我再次采访的时候，秋风的脖子里还是那条项链。我近距离坐在她身边，手伸过去掂一掂，不想却轻飘飘的，原来是空心，我还以为那小金豆子都是实心的呢。秋风说，那时哪能买得起实心，就这空心的都把我满足得，觉得啥时的生活也没有现在好。

世纪之初，乡村经济进一步搞活，人们八仙过海，各显其能。夫妻二人开始卖水煎包，先是在娘家邓庙街里支个摊子，也在周边村庄四处赶会，卖了十几年水煎包，初步脱贫有了一点经济基础。由于带头致富，经见过一些世面，头脑灵活，家庭和睦，孝敬公婆，2008年贾秋风被选为大周村妇联主任，五年之后当村主任，再之后接替献东任村支书。

胖嘟嘟的秋风，讲起从前吃不饱的经历，讲起她冻得通红的小细胳膊，听起来真是有些梦幻。秋风属于高大健壮体型，目测体重一百五十斤朝上。每当听到人们说孩子营养跟不上会影响长个子，秋风嗤之以鼻：我小时候在吃上成天欠着，也长了这么大的个子。我问：你是当上村干部之后胖的吗？她说：不是的，是当年卖水煎包时胖的。那时只是忙着做包子卖包子，早上顾不得吃，中午顾不上吃，都是随便对付一点，到晚上收摊了，放开大吃一顿，躺下就睡，从那时胖起来，就瘦不下去了，结婚时的棉袄，现在根本穿不进去，能差一拃多。主要是小时候很少吃饱吃好过，落下一生的饥荒，就一直饭量好，吃啥都香，再生气再操心的事儿，都不影响我吃饭睡觉，能不胖吗？我开玩笑说：当了村里一把手，这体形不利于廉洁形象啊。秋风哈哈大笑：噫，有啥法儿哩？喝口凉水都长膘，谁要为这说我不廉洁，那可冤死我了，天生好胃口，躺倒三分钟就睡着，每天起早贪黑跑来跑去，还是瘦不下来。人家都成精减肥哩，我从来不减，好容易生活好了，却又拿住自己不吃饭，那是何苦。

秋风心宽体胖，占了个心态好。没有一颗宽厚实诚的心，不大可能处好大家庭的关系。她的公公是大周有名的好人，见人不笑不说话，婆婆少有的贤惠。在她嘴里，婆婆就是全大周、全天下最好的婆婆，她能有今天的事业，全是享了婆婆的福，亲手为她带大两个小孩，现在她的孙子孙女，老人因年迈抱不动带不了，却早早地为孩子们做衣服做鞋。

尽责的村干

乡村工作千头万绪，很不好做。每一件事都牵动着各方利益，每一个人的背后，都有着千丝万缕的人际关系，亲戚套亲戚，交情摞交情，一个再不起眼的人，身后也站着三叔六爷、七姑八姨，出各种各样的主意，打花样百出的算盘。吃低保，交农合，参医保，承包土地，换届选举，每一个政策都牵涉方方面面。宗族力量，亲戚力量，朋辈力量，各种力量汇聚交错比拼咬合，一句再保密的话，也能半天之间传遍全村，亲近与疏远，忠诚与背叛，前任和现任，支持和作对，都能一夕之间演化出各种花样和版本，很少有一件事是正常顺利进行的，总要盘来盘去，扯来扯去，而最后的结果谁也预料不准，也或许早已和初衷相去甚远。总之，谁要是说农民都朴实善良，那是他不了解乡村。农村人表面憨厚实诚，其实跟大千世界所有人一样，千差万别，人心复杂，好人坏人都有。丁点利益面前各打各的主意和算盘，又因眼界有限，常常是为丁点小事，闹得鸡狗不宁，是是非非一锅滚水。

日常工作和处理事件，很是考验村干部的综合能力，要有随机应变的头脑,还要有一碗水端平、容人容事的态度与心胸,更要有坚持不懈、忍耐坚强、不怕麻烦、不达目的不罢休的信念和精力体力。对待老实人,好商好量以诚相待;对付奸猾者,也要两面三刀耍心眼,必要时撒泼骂人,各种手段都得使上,总之以解决问题为最终目的。没有过人金刚钻,难揽村干瓷器活。

秋风刚选上村支书时,有门里长辈来告诫她:别高兴太早,不是那么好干的,前面塌了一堆账,看你咋弄,你面对的是两千多张嘴、两千多个心眼,不管干得再好,都有人说你不是。要有肚量,忘掉从前合作的不快和人事纠纷,多想着大家,真心给群众办事。

秋风说:大爷放心吧,我知道该咋办。秋风来到大周已经三十多年,早已把大周当作自己的家,和这里的人们守望相助血浓于水。

秋风说:人的一生没有说过得可平展的,都是坎坎坷坷,能过到现在,也可理想,也可幸福,不管有钱没钱,赌是日子自在,不愁吃穿,一家老小和气美满。现在村里两千多口人,各种各样情况都有,有在外工作功成名就的,有亿万富翁,也有吃低保的,谁过得好我也不眼气,人家有人家好是人家有本事,那都是自己挣来的;过得不好的,咱尽量拉一把帮一下,能办低保办低保,能寻路子寻路子,总之是让大家都把日子过顺当了。秋风一儿一女,都已经结婚成家,分别又有了一儿一女。她家里大事已经办完,心无旁骛,一心扑在工作上。

秋风时常将相关政策、水电气医保交费相关通知、招聘信息、反邪教、防诈骗、雨雪天气安全提醒等发在村群里。有时刚发一条,有人在群里说:发这个有什么用,不如给老百姓办点实事。大有你当你的领导,我不吃你这套的感觉。秋风也不介意,还是照样发各种通知和政策链接,因为这是她的工作。

上面一声令,下面一片动。有关农业农村的各种政策,最终一步步要落实在乡亲们身上,落实在大地上,各样工作需要村干部和广大农民来最终实施完成,各家各户通知到位,网格长(从前叫队长,分地后叫村民小组长,网络普及后又称为网格长)动员起来,分片包干,以点带面。网络信息时代,全国一盘棋,看似跟农村无关的事情,也会在乡村引起涟漪掀起波澜。疫情三年,乡村和城市一样绷紧了弦,过年过节村群里发布告乡亲书,倡议外出务工人员减少流动,不要还乡。有个别因事必须回家的人员,在手机上提前报备,你人还没有回来,电话就打去,询问你的行踪。你的双脚刚踏上故乡的土地,村干部电话及时打来,请你去先做核酸再进村回家。2022年秋天富士康员工因疫情"逃离"事件,乡村立即行动起来,排查回村人员,进行登记和隔离,村里微信群繁忙异常,通知一个跟着一个,信息更新得很是快速。这件事情还没有结束,突然之间,又从新疆回来一对"阳性"夫妻,全村立马封锁起来,村头挡了铁皮护栏,村干部全副武装变身"大白",天天入户挨家做核酸。两周后,富士康事件平息下来,村群里又放出招工信息,高薪召唤人员回归,倡导人们去富士康打工。基层乡村,是国家的最细微神经末梢,连接着全国各地、各行各业,北京上海打个喷嚏,小小大周村也要震动一下。国际经济发生变动,外贸订单有所减少,便会有几个在外打工的青年失业回乡,家庭收入大幅下降,全家脸上有了愁容。哪儿也没去过几乎不知道外面世界东西南北的村干部们、乡亲们,从来没有像现在这样,主动或被动地卷入国内外局势,与外面的世界发生着千丝万缕的联系。

一大早六点,秋风电话响起,丈夫把在那头充电的手机拔下来扔给她。原来是东头老河道里着火,扔的柴火和庄稼秆子不知怎么点着了。秋风立即给另两名村干部打电话,因秋香家有孙女,没有惊动她。来不及换出门的衣服,秋风骑着电动车赶去,只见现场狼烟遍地。几人赶忙抬来水泵抽水,手忙脚乱灭了大火。幸亏是假日里,否则镇上立马知道,村里就得说明情况,接受处罚。秋收时节,不许燃烧秸秆,谁冒烟谁负责。

灭了火,又招呼大家吃饭,吃完饭回家快九点了。刚进家门,又接一个电话,换了衣服转身出门,和秋香一起去处理两家的吵架纠纷。双方各说各的理,怒气都很大,她们要先保持中立,两边都得听完,才能决定怎么调解。还没有把双方安抚下来,又接一个电话,要回到村室,迎接镇里来人检查工作。下午又去村西头颍河处理乱倒垃圾事件。

每天起早贪黑,没有节假日,根据需要,骑着电动车或开着带后厢的电三轮,不识闲地四下里跑。早上出家门,不知今天午饭在哪儿吃,也不知晚饭会在哪里,更说不准几点能回家。周孝堂少不得抱怨:家就是你的旅社,扒明起早走了,天黑透了还不见回来,想回来了回来,不想回来了连个电话都没有,连你的影儿在哪儿都摸不到,做不做你的饭也搞不准。秋风默默听着,对别人开玩笑说:我可不能犟嘴,犟嘴了小心挨打。秋风是个好脾气女人,说周孝堂家人几辈都是急脾气,一有了活儿脾气就躁,不是心平气和地干,而是乱发脾气,相互怼人。她揶揄说:看你们谁能急得过谁,急燎着吵完,活儿还是在那儿放着。秋风儿子、女儿的孩子,她都没有给带过。秋风说:我闺女的孩儿,是婆子带大的,等我当了婆子,却不能给媳妇带小孩,我作为一个婆婆,孙子孙女小时候夜里没有搂过,断奶没有管过,要不是媳妇通情达理,我的日子就没法儿过。儿媳妇说:我生第一个小孩,俺妈正干妇联,没空带孩子;生第二个小孩,俺妈又当支书,更没时间帮我带小孩。

事无巨细,啥心都要操,任何事都得到场。为了工作方便,村室楼梯间建了个小厨房,秋风负责做饭,几个人谁有空谁来吃。清早秋风吃完洗碗,到镇里开会,在外面办事,下午回到村室,见几个男人吃完饭的锅碗还没有洗,她嘟囔几句:没人洗?就那样放那儿吧,下顿饭就在不洗的锅里做了。大家各忙各的,无人理她,她只得下手去洗了。

一大早,村民就来村室门口排队做核酸,四五点村干们就得起床,配合镇里的医生维持秩序,维护现场。小喇叭里传出秋风深沉舒缓的录音:做核酸,佩戴口罩,保持距离;做核酸,佩戴口罩,保持距离……在村室外小广场循环播放。

秋风说起外村某某女村干"也是搁村里跑着哩",很形象地说明村干部工作就是整天跑得不着家。丈夫少不了有意见,时有表达不满,说她几句她装作没听见。丈夫文化不高,有时生气了话也说得难听,她便和孝堂谈心:你觉得我一个女人家,在外头跑来跑去容易吗?我在外面好听的也听了,难听的也听了,回到家里还得不到你的理解,你作为我最心爱的人,再不信任我不体谅我,我就没啥活头了。温言细语地谈了几次,孝堂也渐渐理解了她,心疼了她,慢慢地开始干点家务,里里外外替她分忧。秋风对丈夫说:从前跟人有矛盾,可以大肆放开来吵架、论理,不中了干上一架,现在不能由着你性子来,该忍让就忍让,能吃亏就吃点亏,不能让人家说,你仗着家里有村干部,欺负人家。

除了村里的正常工作,还要替人处理一些家务事。秋风、秋香对全大周几乎每一家的人口、状况、事务都一清二楚、了如指掌。虽然清官难断家务事,但村里人发生这样那样的矛盾,吵闹纠纷起来,还得叫她二人前去劝架、调和。她们将心比心,苦口婆心,对矛盾双方进行劝解,劝了婆婆劝媳妇,说了嫂子再回头哄小姑子,一次不行两次,两回不成三回,旧的矛盾还没解决又生出新的矛盾,那么就这样地老天荒地调解下去,这就是生活和工作。有时候调解得某一方不满意,把怒火转嫁到她们身上,指桑骂槐地咉(方言,骂人)到二人面前,她们也只能装作听不见。

秋风、秋香二人配合默契,相互支撑,补台合作。秋香大了几岁,性格忠厚,言语诙谐,时常用自嘲化解一些小问题,恪守副职的责任,听从秋风的安排。有时候开口称呼周书记,秋风大声抗议:咋把我的姓都换了?秋香笑说:大周的书记,简称周书记。

二人也会经常直言说出对方有哪些不好不足,大周叫作吵人,被吵的人也不反驳,而是默默接受,因为这个吵里,还包含着关心爱护和提醒。大周人都知道,吵你是想让你做得更好,吵你比不理你强似百倍。那天闲谈,秋风给我们说起秋香说话不考虑听众,不注重方式,当着两个儿子都找不到对象的一个人说:有孩儿没本事也搭了,该寻不下还是寻不下。你不想想人家听了啥味,把我在这厢急的,都想上去砍砍她的脸(指打耳光)。秋香嘿嘿一笑,自认了失误。

那次我和秋风到镇党委书记办公室,商议为我的《回大周记》开座谈会。天气炎热,进屋甫一落座,秋风张口说话,声音洪亮,嗓门高亢,立时感觉办公室面积过于狭小,空调也不再凉爽,村支书把在乡间田野喊人的气势拿到这里,生怕人家不知她是一个身体倍儿棒吃嘛嘛香的中年女性。书记中途有事出去,我提醒秋风说:出了大周,说话要降下音量。秋风吐舌一笑,回来后给别人说:今后说话不能搁大腔了,俺姑奶又该吵我。唉,其实我就不会像你们那样秀秀眯眯(指内向,秀气)的,捏制着说话,生成的粗喉大嗓,乡村工作又很复杂,啥人都有,对于那些两头搋是非、人品不正的赖皮渣,就不能慢声细语。有一次在西河坡里对付一个那样的人,我说着映着,完全没有一点温柔劲儿,就跟那泼妇一样,直映得那人脸红缸缸的,就跟耳巴(方言,耳光)扇得一样,一句反驳的话也说不出。

当然这样场景只是特例,针对个别"坏人"万不得已时偶尔一用。平时秋风在村里的工作,其实少有支书的威风,更多一些女性的温柔敦厚。首先她没有架子,也不拿着端着,随时都会停下脚步来跟村人说说笑笑;其次她严格按照辈分喊人,老老爷爷奶奶大大叔叔喊得很亲。她家在最西头,每天骑着电动车从街里穿过,一遍遍喊人打招呼不厌其烦。去年村里安装景观石,本打算放在路边地头,那里有雨叔借着地边种的一行豆子,豆子碍事需要拔掉。她亲自跑到雨叔家里,

喊着老老说:把恁家那几棵豆子薅了吧,咱一起摘摘拿回来给小孩煮
着吃。雨婶很配合地走出来,大家一起拔豆子。拔下之后,秋风秋香
雨婶和我,四个女人围着摘豆角,摘完的豆角放在塑料袋里,豆棵雨婶
抱回家中。秋风想叫雨叔把地边平一平,亲热地喊:老老你给俺把这
儿挖上几锨吧。雨叔自然也很乐意挥锨干上几下。对于忠厚老实的
村民,她更多的是尊重和肯定。她真诚地说:雨老老两口都是老实人,
可配合咱的工作,有关人家的事项和诉求,咱就应该做好做到位,不能
伤了老实人的心。平时遇到村民就业上学入党这些事需要回村盖章
出证明,秋风尽快放下手里的活儿,拿出章子给盖好,哪怕正在家里吃
饭休息,只要接到村民电话,骑着电动车分分钟跑来给人家盖章。她
说:咱也没啥大本事,引不来项目资金,要不到扶持政策,不能给村民
带来更多好处,就尽着手里现有的条件,尽量满足大家的需求,配合大
家的工作,叫咱大周人不管外出走到哪儿,家乡都是他们的亲情港湾。
有一个人顺利办上低保后,很是感谢秋风,送来两瓶酒。秋风回家后
听说,等到天黑骑上电动车送了回去。过一阵,那人又拿来一条烟,给
她儿媳妇说不是掏钱买的,过节时亲戚送的,请一定收下。第二天秋
风把烟拿黑袋子装着送回那人家里,说:你这样叫我心里不好受,咱都
是乡亲爷儿们的,只要国家有政策,就会给你办,等你哪天不需要低保
了,孩子们挣住钱生活好了,给我送啥东西我都要。

　　婚丧嫁娶,添小孩,考大学,主家待客,乡亲凑份子,前面说过的
"支",办酒席为出桌,支过的人,拖家带口前来吃桌,吃点兜点,甚至主
要为兜,有的问服务员要塑料袋,有的从家里自带,品相好的剩菜争相

打包,稀的汤的,吃不完也兜不走,一通搅和,少不得造成浪费。秋风说:想想从前吃不饱,看看现在扔的东西,真是造孽。乡村支应门事,近年逐步成为负担,主家和客人都很劳累。好了孬了,多了少了,咸了淡了,总是有人不满意,吃完喝完再包弹(方言,挑剔,埋怨)一番,钱没少花,埋怨不少落。乡村是人情社会,谁跟谁都认识,全村都是爷儿们,遇事少不了要去支应。20世纪早些时候五块十块,如今生活好转,物价上涨,门事价格也一路上扬,关系近的三百五百,关系一般的二百元,点头之交的同村人,一百元是底线,再少了拿不出手。支了份子,就可扶老携幼,呼朋引伴,全家出动去吃席。有的人家一年支应门事近万元,最多的时候,有人一天奔三摊吃三家,掏了钱,必得吃了才心甘。面子上光鲜和美,归家后咬牙心疼。门事负担日重,农村有的地方出现了娶不起、死不起的现象。

于是县里推出节约办红白事的政策。份子钱比较隐蔽无法干涉也不必禁止,那么就从杜绝浪费上下手,规定不许大操大办,尤其是白事,力推一盒烟、一块布、一班乐、一碗汤。秋风的娘家三哥死在深圳,回来办丧事,三嫂想办得隆重些,好对得起死去的丈夫,要顶风出桌。秋风劝嫂子不要出桌:依你现在条件,不出桌人家也不会笑话,不如执行新政策,吃大锅饭,一人一碗,管饱就中。嫂子最终听了她的。三哥遗体停放三天,整个丧事只花了两千多元。她将此作为例子,告诫大周人,移风易俗,丧事简办。

之前的土地承包没有经村里管理,五年承包期满后,村里收回管理权,又转包出去,承包人先给钱后种地,每亩按八百五十斤小麦的国家保护价给村民发钱,村里每亩地收三十元服务费,用于街里路灯电费、下水管道及各项设施维护。从前村里没有资金来源,没有收入,每个网格长自想办法,问村民收取也好,自掏腰包也罢,反正每年拿出二百元灯费电费。现在有了地款,不再问群众要钱,减轻了村民负担。

村干部的工资由镇里拨款,村支书每月两千五百元,其他四个人员每人一千五百元。秋风觉得自己比他们拿得多,就得多干点,于是她台面也能上,粗活也能干,抹桌子扫地,搬东西打杂,厨房里做饭,样样都亲力亲为,除了不会电脑操作,其余各项工作都能拿得起。

问及秋风工作中有什么困难,她说:也没有太大困难,大周村民素质都挺高,各项工作也很配合,在土地新一轮承包中,在最近的土地整治、拆除危房和一宅多院中,正向的力量多,都能支持村里的工作。这么好的群众,咱只能努力干,为大家做好服务,办好实事。

最早接任书记时,没有经济来源,因种种原因,前面村委有历史欠债,别人一来要钱,她就心焦上火,但想办法自己消解,多方协调,虽没有还掉多少钱,却慢慢度过了心理焦虑。

她担任书记后,伙计班里再没有出现过公款吃喝现象。有时出去聚餐,五人轮流买单,或者大家凑钱AA制。她是一把手,担着全部责任,啥心都得操到,大家关系协调了,各项工作才好发展。

秋风基本没有假期,没有休息日,要保证白天全天村室有人值班,群众任何时候来办事都有人接待。夜里手机从不关机,二十四小时电话响立即接听。有时候挂了电话就得出门,不管外面正在刮风还是下雨,开上电动车就蹿出去。

　　妇联日常事务本不太多，家庭矛盾调解，妇女儿童工作，计划生育实施，独生子女办证及父母六十岁后补贴办手续。因独生子女在农村也不太多，所以工作不忙，秋香本来应该比较轻松省心，认真负责按部就班就行，但实际中秋风把二人的工作都搅到了一起。秋风干有关工作的事，都把秋香叫上同行，出双入对，及时通气商量，一是两个女人一起外出方便，再一个两人行动也有利于相互提醒和监督，增加工作透明度，遇事考虑更周全。二人相处几年，真正实现了农村人说的两好搁一好。那些等着看笑话的人，每天见到的却是和谐与团结，是两个女人取长补短，优势互补。秋香细腻温柔，诙谐豁达，迂回婉转，遇事多想一步；秋风憨厚率真，粗喉大嗓，喜欢直来直去，做事风风火火讲求速度。眼见着二人蜜里调油，工作干得起劲，感情如同姐妹。有人将她俩称为"俩娘儿们""狼和狈"，她们一笑置之，更加团结友爱，我行我素。秋香说：现在跟着她，我也是吃大盘荆芥（指见大世面），放开腿脚踢腾。

　　这样的工作与生活，分不清哪个是哪个，也没有严格的上下班时间，需要的时候，夜里十点村室还有人，伙计们在一起干活忙碌。没有紧活的时候，秋香回家给孩子做饭，按点接送孙女。两个女人每天见几回面，基本是晨昏相伴。秋风给秋香说：我跟你在一起时间比跟俺家孝堂在一起多得多。有时候我回家他睡着了，清早天不明爬起来，他还没醒，我又是来跟你见面。只要是醒着，就跟你一堆儿，除了没跟你一张床上睡过觉。秋香嘿嘿一笑说：那我跟你还不是一样。

　　对待工作和生活，她们有苦有乐，有喜有忧，更多的是热爱和真心投入,也能在平淡生活中过出一些乐趣。2022 年 8 月,我给村里老人办爱心捐赠活动,因九十岁以上老人有几位没有到场,她俩陪着我,赶在中午之前把慰问品送到老人家里。二人各骑一辆电动车。秋香穿着早上出席活动的白裤子黑皮鞋,悄悄给我说:好看是好看,太厚了热得慌。秋风穿一件重磅真丝旗袍,身上肉肉横着形成道道,金项链放在脖领外随电动车行驶而跳动,下面裙摆随风飘动。我开玩笑说:秋风你像个香港富婆大姐大。三人咯咯笑着,秋香的电动车后面带着我,在村子里穿行,跟遇到的人打招呼。秋风嘴里大声喊着这老老那老老,一阵风似的吹拂而过。脖子里那条服役二十多年的空心金项链,她非常珍爱,一直将它看成幸福生活和夫妻恩爱的象征。

二人外出开会学习,与各种人相处交往,见识了一些乡村生活之外的"大场面",开阔了眼界,除了对家庭和工作一味奉献之外,女性自我意识有所觉醒,也注重了自身形象的塑造,气质风度得以提升。她们经济虽不富裕,服装不多,更没有贵重衣物,但总是把自己打理得干净利落,尽力根据不同场合穿着相应的服装。在一个饭局上,见秋香穿一件格子呢外套,里面衬高领镂空花边黑 T 恤。那件外套的色泽与款式一看就是货比几家审慎一番之后买的或者做的,要货真价实面料好,还要样式大方得体尽量多穿几年,总之穿在她身上很合适。修剪齐整的短发,保持微笑与沉默,很能找准自己的位置,让人不由对她产生发自内心的尊重。一个一心向好的女性,尽管生长环境曾经那么窘迫局限,但她总是保持着要强向上、爱美爱好的顽强心性和点滴诗意。

辛勤干工作,只为得到认可与好评。大周群众对她们也比较满意。不想 2022 年年底支部评比中,因为人事关系的原因,某一项考核意外得了低分,给大周村评了个三类支部。得到消息是腊月底的一天下午,秋风正领着一群娘儿们排练大年初一的节目,接到电话,五雷轰顶,好心情一扫而空,强颜欢笑支撑局面。人群散去,她坐在村室里难受,觉得对不住伙计班的人,大家奖金工资都要因此受损。她像个孩子样赌气说:枪(秋香二字的连音)你走吧,叫我一个人好好在这儿哭一场。秋香当然不走,只是坐着陪她。人们在家忙着迎新年,"狼和狈"坐在村室的灯光里如泄气皮球。工作中的委屈、辛劳,不被理解的愤懑,让她一时难以接受,当即给镇书记打电话,说明天就要去跟他谈心。说是谈心其实是申诉叫屈,为大周鸣不平。临近春节,书记也很忙,没有时间见她,只叫她放宽思想,年后再谈。她一个年下里,对此事耿耿于怀,积极性大大受损,告诉自己明年再也不会这样拼命干了。

　　不想初五上午,张书记突然来到大周,跟她好好谈了半天。秋风是那种给点阳光就灿烂的人,一下子舒展开来,答应书记放下包袱,好好工作,争取新的一年做出成绩。

归来仍是少年

2022 年 9 月初的一天下午,我正在厨房,刚打着火,油倒在锅里准备炒菜,手机响了,来电显示为成都。我在那个城市只认识有限的几人,也都不熟,莫非推销电话? 犹豫一下,仿佛有一种神秘的力量驱使,还是接听了。传来浑厚的男中音,标准普通话,准确地说出我的名字。可能是当地电台或电视台采访? 没想到对方说:我是你几十年没见的一个老同学。我关了火,走出厨房来到客厅。

对方继续说话,我客气应付,等待他自报家门。他说:我是你的小学同学,你能猜到我是谁吗? 这听起来像是玩笑,小学于我,已经是四十年前的事,我怎么能知道他是谁呢? 对方竟然变得害羞起来,说他姓安,问我:猜不出来吗? 我仍然一头雾水。他说,他回到老家安庄,听家里人说起来大周有个作家,从老家刚走,他很好奇,上网查找,找到了我，又问我村在外工作的人找到我的电话。然后他问我：你还不知道我是谁吗？语气越发羞涩，甚至有一丝扭捏迟疑。我这才明白，不是西安的小学而是大周的小学。我脑中搜索四十多年前的记忆，大周学校里的同班，安庄那边只记得三个男同学的名字，却都不姓安，我只好老实交代，实在想不起来。他的耐力真是让人佩服，又兜了一会儿圈子，终于说出自己的名字：安清。

漂亮小男孩

　　这个名字，在我几次回乡中，大周人都向我提起，问是不是我同学，而我不能肯定。此时我脑中现出一个似有似无的模糊印象，于是连蒙带猜地问他：你小时候是不是长得很漂亮？圆脸蛋，大眼睛，双眼皮？这样说着，我问自己，真的有一个如此形象吗？是切实的记忆还是看过的电影，我为何描述得如此精准？他说是的。接着又说：你知道吗？小时候你长得文文静静，穿得比我们好，像个洋娃娃，你爸在外工作，家里条件好，大家都羡慕你，后来你转学走了，我心里非常失落。这次能联系到你太高兴了。我在网上看到你很多照片，还是小时候的样子。我说：怎么可能，都已经年过半百了。再说我小时候完全不是你说的样子，现在看我那时的照片，又土又傻。他说：在我的记忆里，你真的长得很好。我说：可能是在你一次次的回忆中，美化了我，我真的没有那么好。他说他每年都要回家住上十多天，陪陪母亲，见见同学。母亲已经九十八岁，他是家里老小，在全国好几个城市都有公司，也都有住房,可老妈哪儿也不去,只在漯河待着,因为离安庄最近。他又说了几个在外工作同学的情况:某某资产过亿,还在马不停蹄地挣钱,从不娱乐,很少消费,是那种除了自己生活的城市、有业务的城市,哪儿也没有去过的人,真不知要钱干什么。朋朋曾是某市一位官员的女婿,十分风光有钱,可前几年官员岳父出事落马,朋朋的公司也随之关门,从同学通讯录里消失,再也联系不上。量量医学院毕业,在县里医院上班。言言也是小学转学去了东北,他父亲在那里工作,他长大后接班。安清将自己电话号码交给言言的堂哥,让对方联系他,很久不见消息,安清下次回家时问言言堂哥,堂哥说,他让我转告你,你们都是成功人士,而他只是普通工人,后来下岗到北京开出租车,彼此差距太大,所以不需要联系。自认人生失败的言言从十岁离开之后,再也没有回过家乡,真不知他是否想念出生的村庄和度过快乐童年的大周学校。不觉间电话聊天已经四十分钟。我说:我国庆节还会回去,如果你有时间,我们可在老家见面,现在挂了电话,你加我微信,然后把你现在和小时候的照片发来,我要看看我的记忆是否有误。我其实很是怀疑自己描述的那个漂亮小男孩是否真有其人。

很快,他发来一张童年照片,是洗后染色的那种。满月般一张圆脸,双眼皮像是刀刻出来,就像今天女士们动手术变出来的那种宽而厚实的造型,眼角上挑,玲珑精致,倔强饱满的嘴唇微微张开。穿着小黄军装,上衣口袋里插着两支钢笔(我猜想,这小黄军装和钢笔或许是摄影师带来的道具),戴着红领巾,精神面貌像是 20 世纪 80 年代电影里那种叫小刚或小强的男孩。我们得承认有人中龙凤的现象,同样是生于娘胎,长于大地,上天偏爱某一些人,给他出厂配置了明亮夺人的外表和浑然天成的优良气质。一个大约十岁的男孩,竟然长得如此规范亮丽,没有一丝乡下孩子的土气。他说:就是拍这张照片的那一年,你离开了我们班,好羡慕你去了大城市。

安清朋友圈有许多自己的视频,好像从事企业教育一类的。历经几十年风霜,当然没有小时候那般纯情而精巧,但也绝不油腻,形象气质略像发明了"油腻男"这个名词的作家冯唐,比冯唐的脸形略微短而圆润一些。

那几天里,他不断发来自己在老家开车穿行在田野和村庄之间、在大周学校门口的照片。他说他每年都要回乡,都要在学校门口留影。在一段视频里,他的镜头走过学校,穿过大周东头的街里,在路边打牌人的注视下,走进我家老宅的过道,拍下我家大门。然后他站在安庄的街里,对着镜头侃侃而谈。他着装讲究,表情自然,一看就是经过了大场面洗礼、对自己形象非常在意的男人。考究的休闲西服里面,是一件白色文化衫,胸前写着大大的"安"字,整体看他比实际年龄小了许多。他说:这么多年的打拼,难得有这么半个月的回乡休息,我老妈近百岁了,生活在漯河,多些时间陪陪,也是一种幸福。中秋过后,又要开始奔忙了,如果你十一回来,我们约一下,在老家见。联系到你好像有一种时空穿梭的感觉,从童年到中年,相聚回味,看还能记得几多孩提往事,同时也看有无机会创造未来。

随着国庆的临近,疫情防控加码,最后几天,突然全市通告,公职人员不能出省离市,确需离开者,要单位报备,领导批准。我到单位报备获批，丈夫单位却不予批准，而我们是说好两人驾车回去的，计划了两月之久，现在他不能走，而我空有驾照却基本不会开车，更不敢上高速。姐姐回乡心切，愿意开车带我回去，但她没有跑过那么远的路，还需再找一个没有公职不需报备的人一起开车。一会儿是这样，一会儿是那样；一会儿能走，一会儿又不能走；一会儿我说算了干脆不回了，一会儿小洁说她已经告诉老家人我要回去，几个人约好了要来大周见我。小洁说：你通主贵着哩，这么多人盼着你，你就回来吧。在这样没有准信儿的情况下，眼看着国庆假期临近，我却不便和安清联系。他9月30日一大早在微信问我：瑄璞，国庆节回家乡吗？我歉意地说：明早开车回，因变故太多，想稳妥一点，出市区上高速再告诉你。这样说着心里有所愧疚。他们干事业的人，会把每一天的行程提前安排，而我拖着不告诉他，很不应该。他回复道：我现在在济南，如果你回去，我安排时间，明天去郑州，后天就可以回漯河了，你如果在家几天，我们就可以有三天左右的畅聊了。

　　我回大周后，处理了一些别的事情，他又比之前说的晚到漯河一天，他回村找我，我外出办事，他便先到漯河看望母亲。等到两人终于在大周见面，已经是10月5日上午，中雨哗哗，气温骤降，一辆颜色个性的汽车停在新村小洁家的窗外。我走出单元门，见一位身材管理到位的男子由车里下来，拿着手机，穿防雨服，玉树临风般走来。我们相视而笑，感受着一股奇异的氛围，对方是一个完全陌生而又似曾相识的人。将他让进小洁的家里，从他脸上已经看不到小时候的样子，我甚至无法判断，记忆里是否真的有一个漂亮小男孩的印象。四十多年的时光,将一个精致玲珑的男童塑造成一个成功稳重的男人,脸上没有一丝市侩,也没有金钱的味道,更没有资本的霸气和惊险,而像是一位大学教授或者企业高管,笑的时候略带羞涩,在穷乡亲小洁面前也没有任何架子。

我们先到安庄他的家里,只有他嫂子一人在家,坐下说了一会儿话。堂屋桌上摆放着他父亲的照片——一位相貌英俊、干部气质的中年男人,穿中山装。他说父亲只活了六十八岁。建造得功能齐全的院落和房屋,平时无人居住,七十多岁的大嫂偶尔从城里回来看看。这位大嫂的儿子,也就是安清的侄子,美国名校博士学成归国,在省农大任副院长;安清的另一个侄子,在国家高科技部门就职。

这个家庭在大周之所以有名,是因为出现了他们几位社会精英、顶尖人才,各行各业都很高大上的人物,令普通乡民无法企及。

告别他嫂子出来上车,我说:把车开到你庄东头看看,小时候我们去王曲去台陈,都从你安庄街里走过。出了村子,过老颍河,走到王曲村后,再沿着北街走过王曲学校门口,去往十字路口,那里曾有无数美食和新奇货物吸引着咱们这些农村孩子。安清说,他也曾无数次走这条路,他初中是在王曲中学上的,从这里考到县一高,又从县一高考上大学。

出安庄向东而去的土路,无数次在我梦里和心中出现,此刻它就在眼前,与那些修好的水泥路面相比,显得有些落寞,因为现在乡间很少见到土路了,只有步行的人和电动车才走这里,而它仍然保持着几十年前的风貌,静静躺在那里,接受雨水的冲刷,接受两个中年游子的回望。车缓缓前行，来到颍河故道，因河中常年无水，也没有桥，只是用土堆起一条小道，略为低洼地坐在河床之中。天地悠悠，雨水哗哗，两个年逾五十的人无言坐在车中，看路边的树，看地里的庄稼。相信他心中和我一样，涌出一些思绪：我们再也回不到童年了，我们分别走过那么远的路，去过那么多的地方，见过这世上诸多风景，领略人情世故、江湖险恶，心中最为牵挂、寄情最深的，还是这一片土地，外面那些各样美景、流奶滴蜜的富饶之地，与我们又有什么关系？终究只是他乡，而我们只是过客游客，大老远奔去，花钱看一看而已，只有回到这里，内心才是安妥、宁静，有归属感的。我会长时间地站在路边，对着一望无际的土地眺望。他却会做短视频，亲自出镜，张开双臂，深情地说：安庄，我在这里出生，我在这里成长，任何地方，怎么样的豪华，对我来说，都不如我的家乡。每年的新春伊始，我要回到自己的家乡，回到自己出生的地方。

他扭头问我：想不想去看王曲，去看那棵大银杏树？我们开过去吧？眼前这条小土路，尤其颍河故道上的土桥墩，估计没有走过汽车，因为不远的身后，就是向南去的水泥路面，分分钟可达王曲。我没作答，心里却想：如果是我，就开过去，有什么呢？比起一次相隔几十年的故地重游，一次雨中心灵之旅，车算什么。他说出我的心声：开过去！于是汽车擦着两边的树枝、庄稼、菜园的栅栏，在雨中缓缓而行，车上坐着两个年逾半百的顽童，老迈而赤子的心灵激动得微微颤抖，怀着一点惊喜与淘气，没有任何担心和不安，在自己的土地上，在自家的老根上，还有什么可怕的呢，大不了车陷进去，大不了回村唤来几个青壮年,再大不了打电话叫来吊车,一台车对他来说,小毛毛雨。啊哈,竹杖芒鞋轻胜马,谁怕? 有钱任性,干就是了,莱斯狗!(Let's go!)第一次在汽车里,我越过了这条四十多年前曾经走过的乡间小路。河道里种着许多树木,烟雨蒙蒙,犹如我多次的梦境。老颍河在临颍县境内拐了一百多个弯,安庄东头去往王曲的这段不足一公里的地方,也要不辞劳苦地拐一下子,那一洼水隐一下腰身,甩出一个逗号尾巴,看不见了。此处在我童年的记忆里,最是神秘,不知这些弯曲从什么地方而来,也不知它为何不厌其烦地拐这么多道弯,穿起那么多村庄。流淌了亿万年的河道,六十多年前以人定胜天的力量取直,规划在了西边,而这里只留下一个旧梦一声叹息。有关部门也曾有恢复旧河道的提议,但让河流改道谈何容易,由曲到直,好办,由直再回到曲,牵涉太多方面。

　　汽车终于走过被雨水泡软的土路,踏上王曲村几户人家房后的水泥地,来到村中,拐上北街,进入他的王曲中学。大铁门敞开,无人看守,迎着大门独有的抗美援朝英雄葛洪臣的塑像。国庆假期,学校放假,整个校园空无一人。中雨仍然在下,好像永无停歇的样子。见证千年历史的银杏树雨中屹立。它早先在校园之内,安清说,上学时候,同学们下了课就去抱银杏树。而现在它被一堵高墙圈起,在新近复建的吉祥寺中,不像从前那样容易接近,学生们只是隔着院墙仰望。它被作为景观,专人看守,再也不是谁想抱就能抱的了。

　　出校园向南,来到王曲十字路口。周边乡民的繁华旧梦,美食与信息的集散之地,喧嚣了千百年,现在终于凋落了,沉静了,往日有限的几个路边摊点,卖肉卖饼配钥匙,也因下雨而消失。除了我们的汽车,四处空无一人。就这样停在雨中,一时不知往哪儿去了。我俩回忆着指画着,哪里曾是邮局,哪里曾是商店。南街曾是两边高大房子形成的一条窄道,地面青石板铺路,早集和过会的时候人群摩肩接踵。他说:在漯河陪母亲的日子里,有时会早上开车三十公里回来,买一碗豆腐脑,塑料袋挂在车上,晃晃悠悠带回漯河给母亲品尝。我说:8月份我回来时候,西街向南一条小道里,有一座至少上百年的老房子,每一块青砖都风化为圆形,一摸就沾一手碎砖末子,去看看还在不在了。因咱大队开始拆危房旧房,想是全镇的统一行动,这里老房子恐也难保。车开进去,果然不见了那座老屋,只有一堵新墙矗立。我叹息一声,真是可惜,一座房盖的时候,倾注无尽心血,几多筹集和谋划,历经风雨百年,承载时光的故事,而拆时只是半天,它立在那里碍什么事呢?后悔自己当时没有拍照留念。现在农村开展危房拆除工程,不允许一户多宅,我家老院旁边就拆了三座老宅,挖大坑将拆碎的砖瓦填埋,再铺上土,成为复耕土地,上面种菜养花,就像从来没有过那些老宅院以及宅院曾经居住的人、发生过的故事一样。历史车轮无情地碾过一切,拆解,埋葬,很多事物将一去不返。

他说:面对这一切,你想的是文化传承,而更多人想的是商业价值和经济利益。

继续向南,看到颍河老桥,几百年的桥身在雨水冲刷下发着暗青色的光。我俩坐在车上说着从前,这个同学如何了,那个同学怎样了。有一个姓崔女生的名字和形象,我始终清晰记得。她长得很好看,高个子,单眼皮,面色红白,鼻尖上总是有几点小汗珠。我去她家玩过,现在还知道她家的位置,她爸爸在县里当工人,她家生活条件也比较好,她的妈妈高挑而漂亮,她还有一个哥哥,形象文弱。据说她现在平顶山生活。安清说想联系的话,其实也不难的,问村里人要来她妈妈的电话,就能找到她。我说不必了,联系了又能怎样呢?对方是不是像我这样时常想起她,是不是也想见到我?如果不是过得生活无忧经济宽裕,如果不是像我这样为了寻找写作素材,谁有闲情逸致从外地赶回来相见呢?县城里有一位同学,曾经微信里说,下次你回来请你吃饭,可安清这次给他打电话说一起聚聚,他也是找了借口说下次吧。动一动、出出门都是时间和花销,这才是问题的实质,中年人,各有各的现状和牵绊。而感情价值几何,回忆又算得了什么?你说值了它就值,你说不值,它一块钱也不顶。百十公里以外的人,实在没必要回来与一个再无交集再无用处的人相见。于是我说:算了吧,若有缘,总会自然见到;若无缘,今生也就如此错过。这样说着,想到安清是专门安排几天时间,一路辗转回来相见,我心里有一些感动。

　　我说:到王永杰的农庄看看吧。于是从粮站门口向南,直走进村外一处院落,大门敞开,我们的车开到院子尽头,也无人出来询问,只有雨声喧哗,打在水泥地上,激起无数泡泡。我拨通王永杰的微信语音通话,原来他在西屋读书。我们掉头走回大门口,王永杰站在西屋门外的雨中。他将我们迎进屋里,烧水泡茶,坐下闲话。突然造访,冷雨热茶,村庄之外田野围绕的书房里,自有一番雅趣。两个对坐的男人都算得上成功,一个是走出家乡寻找梦想,一个是扎根乡土以农立业。他们谈论企业发展、品牌经营的话题,安清在办公室观看一圈,就判断出他的企业在哪个段位、目前的发展诉求,给王永杰描绘一幅可见的做大做强的前景。王永杰是一个安静务实的人,对自己目前这种晴耕雨读的生活十分满意。很明显,两人不在一个频道上。

我们告别,走人,雨中向漯河去,看望安清的母亲。从他发来的母亲照片,我感觉小的时候见过安庄这位圆脸中年女人。快到漯河时,路过一个村庄,安清指给我看,说那里有个娘娘井,因为这个村曾出过娘娘,可是村子至今默默无名,因为他们村没有出一个作家。而大周村,没出过什么名人,也没有可歌可泣的故事,但出了瑄璞你这样一位眷恋故土的作家,一部又一部来自大周的作品,迟早会把大周写出名的,如果作品拍成影视,大周村将会成为网红打卡地,说不定会成为文化旅游的一处风景。我说:网红不敢说,起码是一个真实可爱、可亲可感的村庄。作家要书写当下,书写火热的现实生活,书写像你这样的时代新人。

安清的父亲曾是右派,母亲是富农的女儿。父亲的右派帽子是这样得来的:大炼钢铁时候,某县钢铁厂的安厂长,看到工人们吃的馒头很小,就说,工人干这么重的活,能吃饱吗? 当时厂里凑不够二十个右派名额,便因这句话,将他划为右派,打回原籍喂牲口。安清从小住在父亲的牛棚里。安清的母亲是位个性鲜明的人,有一次生产队里分肉,母亲让安清的哥哥端个筐子早早去站队,但每次喊到他家,人家一次次让哥哥站到后面,最后给他家分了碎的烂的骨头碴子。母亲端着筐子吆喝了一条街,去到队里倒在地上,摆清事实,破口大骂,直骂到队长给换了好的。安清的大伯是生产队长,有一天敲铃召集开会,大家都到齐后,队长大伯喊自己弟弟名字,让他站到台前,宣布批斗。安清的母亲当时正在人群中纳鞋底,将绳子往鞋底上哗哗哗一缠,针扎进去,扑上去用鞋底挥打大伯子,伸手一把抓烂大伯子的脸,说:你批判自己亲弟弟,还是人吗?等到队长回过神来,已经血流满面。一个女人大闹批斗现场,追着大伯子又打又骂,致使批斗会不欢而散。在安清从小的记忆里,母亲是个骂街的泼妇,谁也不敢惹她。母亲却说:人善被人欺,当你被人作践的时候,就要拿出泼命的力气来反抗,下一回人家就不敢了。在富农女儿强悍力量和强大气场的保护下,丈夫很少挨批斗,夫妻恩爱,家庭和睦,安清虽然顶着右派子女的帽子,但度过了愉快的童年,保持了一个孩子应有的天性,聪明漂亮,调皮捣蛋,都上学了,夏天还光着身子在村里乱窜,从东头跑到西头。用母亲的话说,他从小就脸皮厚,不老实,四五岁跟着唱戏的学戏,《沙家浜》《红灯记》唱得有模有样,大人们就让他唱,唱一段给一盒烟,他曾经一天内挣了好几盒烟。到出嫁的姐姐家里,给小朋友们讲故事,吸引来许多小孩围着他听。或许这是他最早的领导气质的培养,好为人师的天性。他至今记得我们上学时的情况,他当过班长、领歌长。学习雷锋——好榜样,唱!谁跟谁说话,谁跟谁是一对,谁跟谁是一派,大家选择站队,他希望我跟他站在一队,而我很冷静地站在了另一队。天哪,我从来不记得有这些细节,而他讲得清清楚楚,仿佛昨日重现。过家家般的儿童游戏,他如今讲述得有条有理,不得不说他有一个超强大脑。后来我想,鉴于他所从事的职业,这或许是他演绎编造出来的,说得那么符合往事追忆的色调与情趣。

20世纪80年代，他的父亲得到平反，恢复公职，任舞阳县工业局局长。按照政策，作为补偿，母亲和小于十六岁的兄弟姐妹，户口农转非，而他的大哥大姐因超龄没有转为商品粮。这一点和我家情况一样，这是那个年代的特殊烙印，转眼之间，一母同胞的孩子，有了不同的命运。而他因成绩好，从小学一直当班长，一路当到大学。

事业起征途

他大学学的专业是工商管理，刚考上大学那年，国家停止大学生分配。90年代初大学毕业，正是计划经济与市场经济接轨时期，要自己找工作。他到郑州的人才市场应聘，人山人海，犹如菜市场，他一时陷入迷茫：我能做什么呢？最终应聘到一家三资企业，到中澳合资的漯河三和木业公司，从车间工人干起。

一个大学生，怎么能安心做这样工作，跟各种木材木板车床打交道？安清的特点和长处是头脑灵活，行动力强，喜欢与人交往。有一天经营部经理来车间视察，他抓住机遇，说自己学的是经营管理，能否去经营部上班。对方问他：你能做什么？他说：我能把业绩做到第一。对方说：上千名的员工，你凭什么呢？他说：只要给我机会，我就能做。当时的矛盾是车间里产品卖不出去，经营部市场打不开，安清想要打开这个症结，将这么好的产品推销出去。经理噢一声，转身走开。而他却记着这件事。母亲说：去找经理，给他送礼，说明你的想法。他想知道经理家住哪里,又不好向人打听,便下班后在厂门口等待。经理骑摩托车,他骑自行车,自然是跟不上,第二天便在经理拐弯消失的下一个路口等待,如果经理没有按时回家,他就在路口等待几个小时,直到他的身影出现。一个又一个路口相接,用了一周时间跟踪,找到了经理的家。当他敲开经理家门,对方大为吃惊:你是咋知道我家的?安清说,我天生是做业务的,想知道的事情,就会想办法知道,想知道客户在哪儿,也就会找到,想办法把产品卖给他。经理说:公司现在严整,你再等待一些时间,一有机会,就调你过来。

过一段时间,果然经营部招人,他成功应聘。两个月之后,业务做到了第一名,从经营部调到了采购部,后来又调到销售部,一直稳居销售部业务第一。三资企业不讲论资排辈,而是业绩为王,能者上,庸者下,他很快做到了三和木业管理经营的副总。

两年之后,因环境保护政策,不许伐树,企业失去了原材料,关门倒闭,他一夜之间失去了工作。变压器厂、挂面厂、卷烟厂,这些原本他看不上的国营单位,他也前去应聘,却不想人家也看不上他。最为灰心的时候,他从前的澳方老板联系到他,请他到澳大利亚参加培训,告诉他:我们正在中国南方投资,到时企业开张还会用你。澳方老板给他买了飞机头等舱。二十八岁的安清,头一次知道坐飞机还分舱位。培训半个月后,不想澳方在广州准备投资的项目意外流产。老板说:那你还是回去吧,今后有机会再合作。

他在回国飞机的头等舱里,心灰意冷,觉得自己与这么豪华的机遇又擦肩而过。转头发现身边坐着的一位中年男人非常面熟,那人正在低头认真翻阅《人民日报》《经济日报》《中外管理》,原来这是双汇集团董事长万隆。安清多年前曾经应聘双汇未果,因为他学的不是食品加工,而现在,机遇就在身边,怎样才能进入双汇? 安清主动询问搭话,介绍自己。对方表情冷漠,没兴趣搭理他。安清说:在漯河有两个企业是市政府挂名的,一个是双汇,一个是三和,我曾经是三和木业的经营副总。这引起万隆的一点好感,说市政府开会时曾听到他的名字。安清问:我怎样才能将三资企业工作的经验带到双汇? 二人在飞机上谈了一路,万隆表示,国有企业很缺三资企业的经营管理方式。在首都机场下了飞机,他跟着万隆一起走出来。司机来接,万董事长就像不认识安清一样,径直一人上车而去,丢下安清茫然地站在路边。那一刻他知道,成大事者,时常需要冷酷和无情。但这样的事,安清做不到,他想,即使是一起下飞机的陌生人,如果顺路,他也会捎上对方。安清自己打车进入市区。中学同学是双汇集团驻京办主任,安清打电话问他,怎样能再见到万总。同学说万总住在京西宾馆,安清便也住到那里,一晚上三百五十元。当时人们月工资才四五百元。他刻意住在了万董事长房间的斜对面。第二天早上万隆在院子里散步,安清也出门下楼,制造偶遇,又花五十元钱买一束鲜花,请服务员送过去。万隆告诉他:我们两个月后招聘高层,你有兴趣的话,可以来试试。

　　回到漯河,安清找来双汇公司的所有资料,读得滚瓜烂熟。两个月后,他走进双汇人事部的办公室说:我是董事长介绍来应聘的。

　　一轮又一轮的竞聘,安清脱颖而出,是双汇公司唯一一个没有在本行业工作过、从外部进来的高层人才。其实万隆也曾给人事部的人说过,注意一个叫安清的孩儿,在飞机上我已经决定用他了。

英俊,聪明,勤奋,得体……安清具备赢得人们好感、获得成功青睐的所有条件,业绩仍然是拔尖,很短的时间里,做到了分厂副厂长。本是要把他派到开封分厂,但有一个和人事部关系更好的人顶掉了他的名额。他便去了内蒙古分厂,年薪几十万,在世纪末是极高的收入了。此时安清不足三十岁,结婚成家,女儿降生,事业成功,志得意满。

后因种种原因内蒙古地区业务亏损,按集团规定,凡亏损企业高层管理人员一律回来养猪。从高级管理岗位来到猪圈,落差太大,安清毅然辞职。

先去一个民营企业打工,月收入五千元。他自然不会满足于沉在低处,还在寻找机会。有一天他在《大河报》上看到一个信息,郑州有一个高层次培训,每期收费五千元。安清便拿出他一个月的工资,前去省城听课。他发现老师讲的内容他曾在美国听过,就是世纪之交那种心理学、心灵成长、成功学之类。

后来他又从郑州到北京,北漂十年,做过很多份工作,但花钱上课学习,成了他的人生常态,他把提升认知看作是阶层跃迁的唯一途径。有一天在北京参加一个台湾老师的培训,台上老师正在讲课,突然发病晕倒,送去医院抢救,大家嚷嚷着要承办方退钱。安清给承办方说:要不我来讲吧。承办方问他:你讲过吗?他说:没有,但是我听过这类的课,我相信我能讲好,请给我一次机会。承办方在下面学员的起哄声中,只好让他去讲。英俊潇洒的安清走上讲台,侃侃而谈,结合自己的经历与感悟,一节课讲得行云流水,台下掌声热烈。下面坐着一位长春一汽的高层,找到安清说:你讲得太好了,去长春给我们讲吧,我们的中高层要做系列培训。安清故作冷静地说:我最近很忙,日程安排太满,半年之后吧。他利用这半年时间,不断地学习,参加各种讲座,恶补各类有关演讲、领导力的知识,力保初战告捷。

安清由此开始做文化产业,成立了本源教育集团,陆续在长春、郑州、成都、济南、太原成立十多家分公司,做到了这个行业的全国顶尖,开始持续稳定的发展。世纪之初,经济蒸蒸日上,全体国人像海绵吸水般地学习、培训,汲取知识营养。他的公司做企业咨询、包装明星、各种培训、工商管理、EMBA、企业家、总裁班……纵然是天价的培训,人们也还是趋之若鹜,争先恐后地报名。

安清是幸运的弄潮儿,时代大潮中一路走来,为了挣钱,也总有一种做事的愿望,由此得到感悟:那些看着不像是自己机会的机会,勇敢地上去抓一把,做一下,竟然也能赚钱。

安清从小骨子里就有一种爱说话、要表达的欲望,也曾经认为自己是个偏于内向的人,但亲人们都说他是个活泼外向、表现欲强的人。对于有的人来说,挣钱无比艰难,为每月几百几千的收入,累弯了腰身耗干了心血,有时为难得无路可走,为了生存需要付出巨大代价。而安清这样的人,有上天眷爱,天资聪慧,抓住机遇,财源滚滚而来,好运阻挡不住。世纪之初,他常驻北京,飞行在全国各地、世界各地,日程满满,高接远送。安清相信,问题本身就是答案,干扰本身就是资源,凡事发生,必有恩典,机会总是给有准备的人。他每一天都在做着准备,时刻都在学习总结,将劣势变为优势。别人眼中的不利条件、困难阻碍，比如国家不包分配、企业倒闭破产、回猪场养猪，别人看来是命运不济，倒霉透顶，起码要停下来哀叹一番，但对他来说，是新的机遇和起点。他认为有能力的人，生命中几乎没有荒废的时间，他们的人生殿堂里，没有垃圾面积，角角落落都利用到位。搞教育，就像是犹太人追求的那样，财富就在你自己的脑子里，只身一人走到哪里都能赚钱，不需固定场地，不需投资生产线，不需进货出货，也不需招收大量工作人员，你自己就是一个场，就是最大的财富。

安清被誉为中国商界教练风云人物，被称为快刀教练。他包装推送过一些明星大腕，为企业发展问诊把脉。世纪之初是他资本积累的快速上升时期，放眼望去机会如此之多，自然不再是讲课赚钱那么简单的事了。

那是他人生的黄金时代，行走全国全世界。他不会在一个城市停留超过一个星期。他是好奇的孩子，探索世界与人生。他要飞来飞去，看这世上的风景。在美国居住时期，他会开车将东部西部跑遍。

他也曾走了一条过度扩张之路，公司几乎是全国开花，管理起来也有难度，挣来的钱不断地投入，牵涉过多精力。疫情之后，他关闭的公司就有十多个，调整方向，适时止损。

虽然早已实现了财富自由，但内心依然是个农村孩子，不论在讲座中，还是阅读中，对乡土文学情有独钟。他追求诗和远方，也念念不忘家乡，不论事业的任何阶段，他每年至少驾车回乡一次，在故乡土地上寻找某种滋养和力量。虽然村里一多半人他都不认识了，但他从那一张张面孔上寻找曾经熟悉的表情。在街里走一走，院子里停一停，有时候他不进村,或者进村了不下车,开车从自家门口缓慢走过,因为妈妈不在家里,他家院里没有人。他绕着村子走一圈,庄稼地边看一看,下车来在大地上静静地站一会儿。他一点点回忆,这里是他经常走过的地方,那里是他游泳差点淹死的坑塘,大周学校是他童年启蒙学习玩耍的地方,他会站在学校门口拍一张照片。一点一点,往日重现,他感到返回童年生活现场。没有人知道车里是谁,年轻人也不认识这个陌生人,他用这种方式在村里村外逗留几个小时,驾车而去,凭此身上获得了某种力量,无论他飞在何处,都觉得自己是个有根的人。妻子开玩笑说:妈又不在家里,你回去看谁呀,难道你在那儿有相好的吗?

我们谈起走过的地方,他去过许多国家,而我去过的国家有限,一只手就能数清,谈起某个落后国度无法习惯的饮食,我说:真是很难吃。他说:不能说难吃,而应该说对不起我没有品尝和接受这种美食的能力。我心里笑,不是一样吗? 非得把一句话说得那么玄乎那么绕,再一想,他常年搞教育培训,或许就是研究说话的艺术、与人相处的艺术。其实,各种文学艺术、人生领悟,何尝不是一勺大大的鸡汤。而安清,就是那个用自己的天资和经历熬制鸡汤而出售的人,区别在于,他卖出了好价。我突然想,关于童年记忆,他对我的那番描述,那些美好印象,会不会是他编织与演绎的? 发挥他的才华与教育能力,运用了激励法,运用了夸大其词或者将本没有的事情讲述得那么诗情画意。

他说:我的风格是条条大路通罗马,走过去就是胜利。多年来,我就是这样的,不好就走,不满意就改变它,不会过多留恋与纠结,你今天认识的我和过去的我是不一样的。人们免不了会戴着有色眼镜看你的过去和出身。我就是有一股不服输的劲头,小时候右派子女的待遇,促使我改变命运,活出最好的自己。看似我是幸运,其实我每分每秒都在坚持,每一天都在努力进取,看准了目标就要前进。对于一个问题,我会用不同的角度去看去分析,坚持目标,直至抵达。保持初心,听从内心的召唤。比如我对安庄的感情,不论走了多远,她都是我内心最柔软的那一部分,每当我心烦气馁、心浮气躁,每当我遇到困难挫折,都要回来和她静静相守,停下来,看一看儿时的路,看一看大地上的庄稼,看一看村头的老河道,问自己到底要什么,然后就做出一个选择。安清的集团公司名叫本源,就是他在村后面的一条小路上,望着绿油油的麦田而想出来的。家就是爱的根本,家乡是汲取力量的源泉,正本清源,让爱飞翔!

最爱是亲人

安清的父母,总共生育八个孩子,养大成人七个,他是家中老小,在父母和哥哥姐姐的疼爱关照中长大。他对家里人情深义重,不论是现在有钱还是当年没钱。

大学毕业刚参加工作不久,有一个姐姐重病,婆家借遍全村凑不出医疗费,准备放弃治疗。医院将姐姐扔在院子里,婆家人准备拉她回家,听天由命。安清得知消息,拿出自家全部积蓄几千元,夫妻二人一起将姐姐送到医院,最终治好了姐姐的病。

有一个哥哥盖房,买小型拖拉机,孩子上学、结婚,每一个人生关口,全都是他伸手相助,出钱拿物,安置到位。妻子说:你帮助别人要有底线有原则,否则他们失去了生活的动力,产生了依赖,一遇到用钱的事就来找你,最后会适得其反。果真,一个侄子最终因为嫌他资助不到位,和侄媳妇一起跟他吵架。而安清不在乎这些,但凡支持孩子们的事业,出手仍然大方。多年以来,他为村里也捐了不少钱。他觉得财富是上天对他的眷顾,有钱给大家花,让钱发挥最大的作用,才能体现出财富对于社会的价值和意义。

现在的安清,已经完成了原始积累,稳居富裕阶层。近几年受疫情影响,不像前些年大把挣钱。他说:保持平常心吧,每年有一些收入,维护几个公司的运营,保证员工的待遇,养好自己的家,这样就很好。就算再也挣不到钱,我也不会痛苦懊恼,我仍然是生活的幸运儿,因为我有精神生活,我有丰富的人生经历,家乡安庄就是我最大的情感慰藉,每年能回来看看,停留几天,待在亲人的身边,梳理自己的羽毛,如此,足够幸福。事业进展不快的时候,他不放弃学习进取,每天读书,耐心等待时机转变。他在几个城市的住房里,都有大大的书柜,保存着读过的书。

在漯河市内一个较为高档的小区里,安清为母亲买了一套房,在另一幢楼上,同样也孝敬着岳母。他请来自己的姐姐照顾母亲,时不时地,几个哥哥姐姐也来看望,让老妈享受子女环绕的天伦之乐。

小区里停车位比较紧张,好在他家楼下附近有一个车位。他停车的时候，只将半个车身倒进，前面车头留在路边。我感到不解，问他：为什么不倒进最里面？他说，如果倒进最里，我的车前有可能横着停一辆车，而我们下来的时候车出不来，要不停地寻找、等待、打电话，我曾经遇到这样的事，整整几十分钟，才等到那人来开自己的车。生活中小小的、我们都不在意的细节和经验，他也能记住，时时考虑到位，做到提前预防。

安清的夫人是一位高挑美丽的女性，或许是为了迎接我的到来，穿着礼服式的黑色纱裙，皮肤保养很好，浑身上下散发着生活优渥女性应有的高级亮光，怀里抱着一只来自美国的约克夏小狗，这只狗一路辗转来到漯河的机票，远远高于人的机票。我问：这小狗背井离乡，想不想念美国？夫人说：没关系，我会给它最好的陪伴。

雨天降温，家里提前烧上了暖气，室内干净温暖，绿植点缀。安清的母亲午睡起来，穿着华丽的红色绣花外套坐在一只摇椅里，胸前挂着珍珠项链仿红宝石吊坠，左手戴金手镯，右手是玛瑙手镯，安坐于富贵祥和的生活之中。老人家自然是不认得我，因为不是一个自然村，说我父亲的名字她也不知，耳朵有些背了，思路也不甚清晰，毕竟是近百岁的老人。或许她已经忘记了被生活逼迫为泼妇的那些年代，斗志昂扬地在街里大吵大闹，那时怎能想到晚年会过上这样的日子。虽然白发苍苍，皮肤松软，但仍然能看出年轻时的端庄与美貌。椅背上面用绳子吊着一个速效救心丸的小瓶，随着摇椅的晃动轻轻摆着。早先几年，老人曾经生病，危及健康与生命。安清将母亲带到郑州求医，表示要不惜一切代价看好母亲的病。为了有更多的时间陪伴，在郑州开了分公司,基本常住省城,最终医好了母亲的病。此时老人沉浸于自己的世界,坐在那里,闭起眼睛,对我们的讲话不闻不问。活到这个年纪,已是生命的奇迹,母因子贵,啥心不操,只是享福,无疑已经进入另一种精神境界。

安清的妻子,舒缓优雅,与丈夫对视,眼神温柔,笑意盈盈,两人说话客客气气,相互赞美,注重礼节,感觉不像是夫妻,倒像是社交场合的一对朋友或者生意伙伴。从他家出来后,我说出了自己的疑问。安清说,因为二人长期聚少离多,他在全国飞来飞去,而妻子更多时间在美国陪女儿上学,从高中到研究生,疫情之后就一直待在国内,照顾两位母亲。有妻子的坚强后盾,安清才能放心地干事业。

安清这样的风云人物,必然会成为大周人的谈论话题。人们对于在外富裕发达的人,总是心情复杂。我几乎每次回乡,都被人问及,你知道安清吗?在和他取得联系之前,我对这个名字没有印象,只好说不知。当时甚是奇怪,安清到底是个什么样的人物,为什么都要问他谈他?在人均月收入两千元上下的大周人嘴里,关于安清的一切,版本众多,免不了演绎与想象,也有诸多说法和指摘,有人说他有很多情感故事,也有人说他并没有很多钱。我也曾开玩笑地向安清求证,"你究竟有几个好妹妹",他笑言:我是做文化教育产业的,必须有一个良好的社会形象,不是说自己现在有多好,而是要向好的方向做,这是我们讲课的内容之一,也是我一直对自己的修炼和要求。通常情况下,我们一定要以家、以爱、以亲密关系为主题,平常交友也要讲究对方的品质。我在更年轻些的时候,也有过几段感情,但不至于像他们说的那么离谱。我们每个人都会有感情故事、隐私或者秘密,比如我也曾经领过女同事回安庄。这样的事情村民们怎么想,我没太计较,问心无愧做好自己就 OK 了。我不是多么纯洁多么一尘不染,但我也不像那种花花公子,我不太喜欢那种情感方式,因为工作原因也没有那么多时间流连于男女情感。其实对于人一生所要经历的情感,我也有自己的困惑,所以有时间的话关于这些方面我们可以做一个探讨,或许还真能写一本书呢。

安清有文学情结和写作爱好,著有十多万字的讲座书稿,是那种常见的大商之道、心灵成长、职场秘籍,当然也不全是鸡汤,也有自己多年的职场经历和心灵感悟,有挺大的可读性和可操作性。他常年在深圳、厦门、济南、沈阳、长春和成都讲座,曾邀请我去听他的课程,亲身感受他的授课氛围,再来把握他的书稿。他发来其中几个城市的讲课安排,每期四天,让我定时间前去参观。因疫情、时间这样那样的原因,我一直也没有行动。2023 年 7 月,我到山东参加中国作协的一个活动,恰逢他在济南讲课,我提前与他联系,要去他那里看看。于是活动结束后,我无缝对接地退了曲阜的酒店,入住济南的酒店。安清的助理是个年轻人,每一个步骤都得体礼貌地主动联系,关于问候的专业术语说得到位熨帖,一副训练有素的样子。

那天傍晚,济南以大雨迎接我的到来,助理提前叫好的网约车堵在距离火车站两公里的路上,年轻人立即取消又叫近处的车,微信中表达歉意,好像这个意外是他造成的。我到达酒店已经晚上八点,来不及换下淋湿的裙子,便去餐厅,因为不愿让他们等待。却不想安清还没有到来。原来他们的课排得很满,上午、下午、晚上连续上。助理说安清一个课程下来会很劳累,衣服都会湿透,所以需要稍事休整。他上课没有讲稿,完全根据学员的情况,根据课堂反响随机应变,从头到尾一个人掌控局面。直到八点半,安清才焕然一新走进包间,看不出一丝疲惫和懈怠。

第二天上午八点半,是学员分组讨论。安清安排我参加他们十点的分享活动。他将对上台发言的学员进行点评。我吃早餐时在电梯里遇到一位女学员,问她一期学费多少,她说:这是其中的一节课,而整个商学院体系学习,要经过一百多天,费用过万。我说:这么贵,管吃管住吗? 不管。你觉得花这么多钱学习,物有所值吗? 她说:很好啊!

常年合作的酒店会议室成为课堂,门外,穿制服的工作人员把守,闲人免进;门里,近两百名学员排排坐,将要上台分享经历的十几人站在左右两边。带着一些紧张好奇和跃跃欲试的表情,这些三十多岁到五十多岁的企业家和小老板乖顺得像听话的孩子,不分神不交头接耳不上厕所不看手机,全神贯注地投入这场几千元换来的体验式研讨会中。挨个儿上台的人在规定时间内分享昨天课程和团队游戏以及刚才分组讨论带来的收获,讲述自己的事业、成长。后排坐着十几位之前通过课程受益的老板充当义工,维持秩序,配合课堂气氛搞一些团队形式。他们做这些没有收入,只是依恋这个集体。安清坐在最后,对每一位发言的学员进行点评和引导,将那些找不到要领的发言引向主题。我心生疑惑,是什么力量将早已成年、独自打拼、忙于挣钱的散兵游勇们组合起来,花着几万元乖乖地听他说话,任他摆布? 安清是一个魔法师吗,掌握了人性机密和商业运行要领,研制出某一套或好几套策略? 在这个人人都说钱难挣的时代,这些人争相报名上课,上完之后再替他宣传、推广,让他每年顺利开几十场这样的课程,拥有一个庞大的粉丝团、拥趸军。稍微学过数学的人,都能大致算出他公司的盈利和收入,猜测他的净收入,那是一个又一个的"小目标"。

学员们来自各行各业,从事电信、服装、家具、建材、雕塑、设计、连锁店、小商品加工、餐饮服务、冻品批发等,是民营企业、民间经济的庞大基石和中坚力量。他们携带着创业、团队、订单、参展、食材、甜品、痛点、原创、模具、复制、价格战、营业额、加工厂、运输链这样的词汇和气息,他们谈论和关注着竞争对手、营商环境、走出阴影、强大自己、合作伙伴这样的内容,他们分享着亲情、家庭、成长、情敌、背叛、失去、后果、创业、结婚、前夫、外遇、闪婚、裸婚、恋爱脑、直男癌、净身出户、人生精彩、多年以后这样的经历与感受,每一个人都说着最想说的话,讲述最真实的事,交流成功经验,诉说经营困惑,回顾人生谷底。每一个人讲出的故事都不一样,但他们想要表达,想要了解,想要倾听和共鸣,想要得到朋友,想要交流与分享的愿望却是相同的。而安清,给他们提供了这样的机会和场所,这些散落在生活海洋里的人,这些辛勤打拼、寻找财富的人,通过"企业家智慧"研讨班而得到。值乎哉? 一定是他们觉得值,才会心甘情愿来到这里。还有很多没有排上班次的人,在后面挂号列队。完成了原始积累的年轻创业者,想要扩大经营,想要升级上台阶,想要资产翻番,想要货物变现,想要得到社会认可,想要寻找精神和灵魂的出口,他们相信从安清这里能得到答案。

安清说,授人以鱼,不如授人以渔;授人以渔,不如授人以欲。这个企业家研讨会,不能帮他们挣钱,也不能帮他们办理相关证照、疏通现实中的某个路子、介绍某一位贵人,但能给他们提供一个停下来瞭望与舒展的机会,使他们在一往无前的挣钱路上,看到一幅别样色彩的画卷。他们在这里停留、观看、选择、出发。

安清所讲,其实也并没有什么出奇和意外。太阳之下,永无新事。只是人世间的那些道理和游戏规则,已然摆放在那里多年,这些还没有来得及从书本上找到,或者没有从自身经历中悟到但却渴望拥有的后来者,从安清这里便捷地触摸到了。安清只是比他们多读了一些书,多走了几段路,多思索了几步,通过体验式的方式激发他们自己内在的潜力,而他们甘之如饴,于是这些几万元对自己来说是毛毛雨的人,持币蜂拥而至。他们也有的是老板掏钱给优秀雇员报的,有的是朋友听后替交学费赠送的,并且表示自己学完也要给别人转赠。这些经过社会筛选,较为聪明的头脑、较为幸运的人聚在更为聪明更为幸运的安清这里,相识,交友,扩大,巩固,团结人脉,追求更高更大更强,总之,培训班期期爆满,为了保证教学质量,不得不控制人数,一个班不能超过二百人。

本源教育集团有自己的讲师团,有十几个老师在讲不同的课程,是一个类似企业 MBA 商学院的机构。而安清作为集团创始人,在关键的市场,还是会亲自出马坐镇开讲。他授课、对话、游戏、座谈;他着装得体,仪表堂堂,笑容灿烂,因常年说话而嗓音沙哑,偶尔也会表情夸张,略带一些表演和煽动来调动情绪;他储存着无数煽情小故事,时不时抛出一个,把气氛牢牢掌握在自己手中,让学员在轻松愉快的环境中互动。

安清认为,一个企业的成长,归根结底是企业家的成长,企业家的心智模式,决定了企业的商业模式。用安清自己的话来说,人与人之间的差距,不但在于金钱、地位,更在于认知。你所赚到的每一笔钱,都是你对于这个世界认知的变现;你所亏损的每一笔钱,都是你对这个世界认知的缺陷。你很难赚到你认知之外的钱,除非你靠运气,即使是靠运气赚到的钱,也会因为你的某些缺陷,因为你的根基不稳而只是昙花一现。

多年以来,他在自己的密室里,调配了经营方略和人生药方,输出给那些比自己年轻、比自己起步晚的人,让他们感到在这个培训班大有收获,经历这几天的学习大有提升,这里是自己人生道路和生意场上的加油站,从此以一个新我面对人间。

安清一直喜爱自己的这份工作。他的那些体验式的、对话互动式的、激情四射的授课和演讲,或许仍然是童年梦想的延续,那个唱一段戏得一盒烟的孩子,他只是爱表现,想表达,好为人师,乐于输出他的人生理论,怀抱着不屈不挠的信念和对于生活的一派天真,他其实是一个赤子,因热爱而坚守,因坚守而成功。

世界本没有奇迹,努力到了一定程度,机遇会以奇迹的方式呈现。

安清说:半百之后,我时常想停下来一些工作,静静地回忆,或有三两个童年小伙伴,找个地方去海阔天空地谈,或者干脆回到家乡,坐在乡间地头,有主题地谈,谈我们的家乡,谈我们还能记得的那些往事。我们专门做这个主题,由你这个作家来执笔,我们真的能写一本书呢。写一本从你的角度、我的角度,你的记忆、我的记忆,还有其他人的记忆与角度,全方位三百六十度的回忆之书,去梳理和记录我们的那个年代,那些人与事,那一片土地。另外,我特别希望瑄璞你写的作品能够有一部拍成电影或者纪录片,那样能让我们的大周村,让我们的乡亲,都走到镜头前来,让他们被更多的人看到,让我们的共同经历成为故事,成为永恒。

有多少人猜度他的收入,有多少人计算他的资产。其实我们无权考察也无法考察他有多少财产,以证实村民传言他到底有没有钱。我也无法全面求证他讲述的真实度。总之,他的人品如何,财力如何,作为写作者的我目前不能下一个定论,或者不愿意说出我的定论,我只是记录我所听到和看到的。

其实我们聊得最多的,还是童年的光阴故事,是他一路走来的创业艰辛和奋斗履历、感悟收获。或许对于一个男人来说,这才是值得回味和炫耀的话题。

百年沧桑系一身

乡村养老现状

2019 年我在大周定点体验生活，听说村里有一位百岁老人，便提出想去拜访，沾沾老人的福气。当时的村支书周献东、村主任贾秋风和妇联主任曹秋香，陪我来到老人家里。

陈天佑的母亲那年整一百岁。我们叫开院门，是老人来开的门，矮小精瘦，目光明亮。献东指着我问老人家：您认识她不？老人摇头。我问：那您认识周长安不？她说：认识。我说：我是他孙女。老人像鸟儿呼扇翅膀那样张开双臂扬了一下，说：噫，西安回来的不是？引我们进屋，原来她正在院里捶豆子。步履轻松，头脑清晰，状态就像七八十岁的老人。坐下后，交谈轻松自然，没有任何障碍，眼不花耳不聋，提起我家的事、我爸名字、我叔名字，说得清清爽爽，记性也好，哪年哪月的事，也都理得清楚明白。不得不承认，长寿者都有一个超强大脑，因为大脑是人体总指挥，大脑好用，全身都好使。无法想象坐在眼前的是一位活了一百年的，跟所有人一样经历过苦难、饥饿和悠悠岁月的老人。在她身上，看不到迟钝呆滞，觉不出糊涂遗忘，也没有老人身上常见的阴沉冷漠，而是身体仍然灵活，思路依然清晰，笑起来张开了嘴，咯咯有声，露出仅存的几颗牙齿，自感笑得太厉害的时候，便伸手遮住嘴巴，就像小孩子害羞，真是一派天真。不由得我们也心生欢喜，而这一切也无来由，就是受到了一种强大生命力和日常欢喜心的感染。一双缠过又放开的小脚，笨拙而又灵活，我的脚伸过去，跟她的摆在一起，拍了照片，她十分配合。人常说老还小，老人到一定年纪，就跟孩子一样了，人们看待他们的目光，对待他们的态度，也调整为对待孩子那样，于是我提出一个请求：能不能抱一抱你？得到许可，我拦腰将她抱起，可能有六七十斤吧。她在我怀里咯咯咯笑，留下可爱的定格。

告别的时候，她送出大门。我们说：别送了，回去吧。她愉快地说：中啊。真的停下了脚步。我们走出几步，又回头看，见她小小身影立在大门口，背着手，东看看，西望望，仿佛很好奇的样子，也不再理会我们，专注于自己的世界。

从她家里出来，到西边邻居家看望她九十五岁的妹妹。三姐妹当年都嫁到了大周。大姐最先嫁来，然后把自己两个妹妹也介绍过来。

大姐在六十多岁上得病去世,是她们家族女性的一个例外。妹妹和姐姐长得很不像,年轻时是个身材高大魁梧的人,如今老了也很巍峨,所以我有自知之明,没敢再说抱的请求。同样的思路清晰,对我家的人与事也说得明白。如果说姐姐是活泼外向的,那妹妹是沉静内敛的,言轻语慢,亲切温柔,举手投足很有大家风范。

在另一个村子,她们还有一个妹妹,年过九十,每当人们夸她长寿,她说:我还有俩姐哩,都在大周。

人们对长寿老人,皆怀有三分尊敬,十分喜爱。邓氏老人基本成了大周村的村宝。她走出家门,和她迎面相遇的人犹如抬头见喜,主动向她问好,她也对大家微笑挥手致意,停下来说几句话,拉几句家常,只是她说的很多事情,年轻人都没有听说过。想想吧,活了一百岁的人,开口就是八十年前,随随便便,就是半个世纪的话题,中青年也只有洗耳恭听的份儿了。

2022年,我再次还乡,搞了一个针对全村九十岁以上老人的爱心捐赠活动。大周四个自然村,约有十位九十岁以上老人。因有的老人被子女接到城里居住,有的没有家人陪伴,那天上午来了五位,其中就有这位已经一百零三岁的邓氏老人,在轮椅上,被儿子陈天佑推着来到会场。老人一下认出了我,拉手说话,依然语句清楚,笑声咯咯。

那天上午她九十八岁的妹妹没有来到会场。接近中午时候,我在秋风、秋香陪同下到她家,送上慰问品和红包。天太热,老人正在院子里擦汗洗脸。和三年前一样,喊着我的名字,拉着手亲热地说话,非要我们留下来吃午饭。她给我们做饭,我们婉拒,站在院子说了一会儿话。老人仍然话语缓慢，但绝不是糊涂迟钝，而是有条有理，自带一种天然贵气。

百岁老人身体很好，平时干点小活，自己洗衣服，出门活动，偶尔来到村头，还能跳几下广场舞。她出门行动，走在街里，就有人拍视频发朋友圈。我在树功的朋友圈见到她几回，笑意盈盈地由西边走来，到村东头小广场做核酸，脚步轻松，神清气爽，挥手跟人打招呼，很是可爱。只因春季有个雨天，出门做核酸时一个三轮车堵路，她绕着想过去脚下滑倒，摔坏了腿，坐了轮椅。老年人骨头长得慢，也不敢轻易做手术，只是静养，几个月来，靠轮椅行走。因儿子和儿媳照顾得好，精神头儿依然十足，干干净净，身上没有任何异味。我和她拉手说话，感觉到皮肤洁净干爽，柔软松弛，犹如年久的绸缎一般。

不禁想起我在《回大周记》里写到的东乡表叔，"身体本来还中，就是三个月前骑三轮车赶会，下车时摔倒，在地上蹾了一下，把腰骨蹾坏了。屋子里散发着不好闻的气息，乱七八糟堆放着东西，灰尘厚厚一层，哪里也不能下手摸"。我和姐姐走到表叔身边，看到"床上的腈纶薄毯下，像是没有人一样。我俩叫几声表叔，无人答应，再向床边走去，惊起几只苍蝇。表叔醒来，挥动胳膊，又是一阵苍蝇飞舞。表叔抬起头看看，再慢慢坐起来，面色苍白，瘦得吓人"。细心的评论家在文章中写道："他已在家人嫌弃的目光和行为中，孤零零等着最后时刻的来临了。这个悲哀的情节让人倍感压抑，生命对生命的麻木漠视是可怕的。"现在想想，表叔那时也只是八十左右，如果看病及时或照料用心，身体也会慢慢恢复。可一般的农村子女，都会选择放弃，任由他们的生命慢慢凋零，油尽灯枯。子女没有时间全程陪护老人，没有情感对失去能力的父母温柔体贴，热情以待，我认为对老人造成致命打击的，还不只是病痛，而是漠视和冷淡，是随之而来的孤独与凄凉。家人除了送一碗饭，端盆倒尿，再也不愿意接近他了，谁也不愿多跟他讲一句话。从早到晚身边没有人，行动不便的老人整日里躺在床上，连近在咫尺的阳光也不能触摸，情感的哀伤与失望可能也会夺走他对生活的留恋，心劲松了，身体垮得更快。

养老在农村是个大问题。表面看来，很多农民对父母不敬不孝，不愿尽心，是因为农村人经济条件不好，忙着挣钱养家疲于奔命自顾不暇。有这方面的原因，但不尽然。除了物质的匮乏，还有精神的贫困、道德的滑坡、传统美德的缺位，使人们的麻木自私本性更加凸显。我想起在敬老活动几天前，和几位朋友到本县某村参观，这个村子是新农村建设的典型，村容村貌住房打理得很好，处处洁净美丽，墙上各种绘画是亮点，常有人来游玩和观摩。但我们在村子里看到了不和谐的一幕，一位可亲的老妇人，坐在自己小屋的门口，主动与我们打招呼，我们上去拉话儿，得知她一个人住在旁边破旧的两间小屋里。小屋倚傍着一个高门大院的院墙而建，低矮而凑合。得到许可，我们进屋参观，盛夏天气，即使到了下午五点，小屋依然热得待不住人。老人很亲热，非要我们在凳子上坐一会儿，我坐下来，从包里拿出一百元钱说：我们出来玩，也没带礼物，进了您的家不能空手，钱您收着吧。老人客气一番，收下了。我们又坐到门外她的小菜园旁边说话。老人九十一岁，面目慈祥，精神很好，年轻时应该是个挺出色的美人。我们以为她没有儿子,通过拉话儿得知她有两个儿子三个孙子,旁边这个大门楼就是她大孙子家。我们惊愕:那为啥自己住在外面?儿孙们应该养活你呀!老人说:我自愿的,他们做的饭我吃不惯,有辣的,有半生的,不如我自己做点吃着合适。我问:那平日谁照顾你呀?她说:我腿脚利索,自己照顾自己,儿子闺女经常过来看看我,拿来面和吃食,衣服也都是他们买,我每月有政府发的一百多块钱,也花不完,还能存点。我现在晚上睡觉都不插门,这样就算有啥情况,他们不用麻烦摘门,随时推开门就能收我。老人是个明白人善良人,坦然面对生死,处处为儿子说话。而我听得心里冒火,这是怎样一群儿孙,忍心把自己老娘和奶奶丢到外面,吃饭吃不到一起纯属借口,不能为老人多煮一会儿?不会饭做好后盛出来只给你们自己碗里放辣子?无论怎样,家里有老人不能迁就一点?老人辛苦一生养大了你们,怎么就不能住在你们的空调屋里?怎么就不能吃上你们做的饭菜?另两个朋友到路边去跟几个妇女闲聊,那几位妇女说:现在农村都这样,人老了后,自觉地搬出儿子家里,省得让他们见了讨厌。

　　像我的表叔一样,击倒他的不只是身体的伤痛,还有小辈人的疏远和嫌弃。临时的伤,如果及时医治,耐心调养,像陈天佑夫妻这样把母亲照顾着陪伴着关爱着,有很大可能会好起来。告别时候,老人说:你给我留个电话吧,明天俺闺女来,我给她说一下你来过,给过我钱。或许在她看来,一百元是个挺大的事。于是我给老人的号码拨过去,将我的号码留在她的老式手机上。她告诉我她姓薛,我保存为"薛大妈"。第二天一大早,薛大妈的电话打来,一个自称是她闺女的女人用很戒备的语气问我:听俺妈说,你昨天给了她一百块钱,我问问你,是啥目的? 我一听火起,想跟她在电话里吵上一架,想到对方只是个普通农村妇女,处在错综复杂的家庭关系里、强大无比的乡村思维中,我要吵的内容对她来说是另一套理论和生活方式。我平定一下心情,缓一口气,告诉她:没有目的,只是去你村玩,遇到大妈,她邀请我去她屋里坐坐,于是给了一百元钱,仅此而已。那女人噢了一声,说:那谢谢你。快速挂了电话。半天时间里,我心中都很不舒服,组织了一些语言,很想打电话回去质问她:在你们眼里,世上就没有好人吗? 给你钱都是有啥目的别有用心? 你们为什么要让一个年过九十的老人自己住在外面破屋里,自己做饭吃? 为何对一个陌生人的好意过度戒备? 你两个兄弟、几个侄子良心大大地坏了! 她可能把我当成暗访记者或者调查什么的工作人员,金钱利诱,让大妈说出什么难言之隐然后给她和她的兄弟们办难看? 大家都是如此,为何偏偏挑我家不是? 叫我兄弟在村里如何做人,今后与母亲怎样相处,老人还能活几年,就这样掂对(方言,潦草应付)一下凑合下去万事大吉,你一个外来者何必多事? 她和他们,乡村里的人们,一定都是这样想的。

　　回到大周,我问秋风,咱村里有没有把老人推到外面一个人生活的? 秋风迟疑一下说:嗯,也有,不多。联想到前不久,镇里工作的献东让我帮他修改一个稿子,是关于台陈镇开展接老人回家的倡议,这从侧面证明这种现象在农村很是普遍。"个别村庄目前还有不赡养老人现象、老人独居现象。有些子女长大结婚后,自己住进宽敞明亮的新房,将父母'遗忘'在脏乱差的危旧房里,吃着粗陋食,穿着破烂衣,物质上清苦,精神上孤独,老了病了,床前竟然无人照料。甚至有的子女把'买车购房,不养爹娘'当成了谈婚论嫁的前提条件。这是与中华民族传统美德完全背离的行为,是精神文明建设的不和谐音符,是可耻的社会现象!"至今犹记得,我修改写出这些语言时的愤怒和不解。最该将中华民族传统美德继承到位的乡村,却普遍不愿赡养老人。养儿防老,现在基本成为养儿没用,膝下承欢在乡村成为稀有现象,因为儿孙都跑到远得够不着的地方,儿子普遍把再也干不动活儿的父母当成累赘。秋风说:咱大队某一个人,宁愿每月掏一千五百元钱,也要把老娘送到敬老院,因为他夫妻俩见不得老娘,说啥也不能让她在家待,为此吵闹不休。秋风秋香前去调解几次无果。

想想邓氏姐妹,幸亏遇到孝顺的儿子和媳妇,否则,能不能愉快长寿,也很难说。

敬老活动上有个议程是老人代表发言,村主任说:请我们村的长寿老人邓氏讲几句话。她被儿子推到前面,落落大方地挥挥手说:我老了,讲得不好,请大家多多包涵。咱村这几年的工作都做得很好……哈,诸如此类的官样话语,她也能来上几句,说得有条有理。

于是我萌生了记录老人生平的愿望。一个人,在这世上行走超过了一百年,那得经历和见证了多少事情。我的想法得到老人和她儿子陈天佑的支持与配合。于是在一个下午,秋风陪同,来到老人家里,我再次握住了那双劳作了一百年的风霜之手。

说起从前岁月

　　老人身份证的名字为邓氏，出生时间为1920年。因为当时办身份证时，儿媳妇说不上她的名字，光知道生日时间，却也记不清具体哪年出生，那时没有电话，没办法及时询问。工作人员也不想细究，可能是觉得这么老的人了，叫邓这这和邓那那又有什么区别呢？于是就随便录入了。

　　老人真名叫邓桂玲，1919年生于北乡袁庄。没有上过学，不识字，小时缠过脚。从老人姐妹俩的气质风度，以及讲述的情况推断，她们的娘家应该是当时乡村的中上等人家。邓氏家族女性有长寿基因，在物质生活条件极差的年代，老人的母亲和姨都活到了九十多岁。

　　邓氏娘家兄妹五人，邓氏母亲的娘家先前有钱，邓氏的姥爷吸大烟把家败光，娘曾告诉她，自己的爹先将妻子卖掉，再把大些的女儿卖掉，家里卖得小孩子没有衣服穿，娘小的时候冬天披个麻袋片蹲在灶前取暖。等娘长大一点，也被爹卖给一户人家做媳妇，后来那个男人死了，娘又改嫁到袁庄，跟了姓邓的，生下了他们一男四女姊妹五人。邓氏的父亲是一个银匠。可以想象，当时物质条件有限，生活水准低下，人们的普遍要求是吃饱穿暖，银器需求还有点遥远，所以父亲的生意没有多好。家道艰难，经常是吃不上，穿不上，大人小孩一起劳作，勉强维持一个家庭的最低生活。

　　邓氏老人的双手伸出来，没有一根指头是直的，每个指关节都扭曲变形,这是一辈子劳动造成的。

小桂玲从四五岁起,就开始做活儿,撕棉花,络线子,捻经子,打穗子。十一二岁,就学会了织布,起早贪黑几乎被钉在织布机上。别看整天织布,家里人却穿不起衣服,布要拿去卖钱换吃食,她记得身上盖的被子总是有着大大小小的窟窿。

她第一次出嫁,嫁给马庄一个军人,一起生活几年,有了两个闺女,第三个闺女刚怀上,男人出去当兵,再也没有回来,从此音讯全无。男人二月里走,她十月生下一个闺女。一个女人拉扯三个孩子,艰难可想而知,孩子后来夭折一个。1949年之后,她知道丈夫再也不会回来,便经由嫁到大周孙拐的大姐介绍,带着两个闺女嫁给大周村的陈全法。

陈全法是个苦命人,独根一条,上无片瓦,下无立锥。他的母亲早先带着两个姐姐不知从哪里逃荒来到大周,跟大周的陈建森一起生活,生下了他。他六岁死了爹,家里很快没饭吃,娘把两个姐姐嫁了出去,不几年娘又亡故,剩下他一个,吃百家饭,天地间自己生长。长大后在邓氏大姐的帮助下成亲。陈全法小邓氏好几岁。

我追问:他小您几岁?

老人羞涩一笑,说:不论大小了,怪丢人的。当时只想着,只要对俺闺女好就中。

她说那时的大周,人口并不多,街两边的房屋都没有盖严,哪里像现在,过道挨着过道,层层叠叠几排几道几横几纵。当时房子也不讲究,土坯房,草顶子,一间两间,栖身就中,大都是破旧院落,院墙和大门基本没有。她家附近路北连人家也没，站在街里就能看到后地的田野。陈全法没有自己的房子，结婚也是借住在别人家里。婚后夫妻二人打坯烧砖，盖了两间小屋。

穷人的最大支撑就是情感与善意。好在夫妻二人很是恩爱，陈全法对她前面两个女儿也很好，大女儿个性强脾气坏，陈全法相处得小心谨慎，极力维护家庭和睦。

后来邓氏的妹妹，也是经由大姐介绍，嫁进孙拐，三姐妹的家离得很近，相互之间有个照应。

邓桂玲来大周后，又生下四个小孩，两男两女，大儿子陈天佑出生于1954年，二儿子名叫陈天奇。加上前面三个女儿，老人一辈子共生了七个孩子，成人三个。二儿子前些年浇地时被发电机电死，只有四十七岁。天奇死后，他的妻子照看邓氏，直到陈天佑夫妻从西安回来。邓氏目前只有两个子女在世，女儿八十岁远在青海，儿子陈天佑守在身边。

说起从前的岁月，老人和儿子唏嘘有声，记忆最深的就是饥饿。

1958年"大跃进"，为了造成粮食高产的假象，几个生产队的红薯拉来聚到一起，组成一个队里的产量，然后再拉到另一个队，充数他们的产量。每个队不甘落后，争相往上报数字。如此折腾来去，受罪的是老百姓。浮夸的结果，是人命的代价。邓氏三天里死了两个闺女。陈天佑饿得全身浮肿，眼睛都睁不开，看不清道儿，扶着墙摸索走路。在那几年里，夫妻俩拼尽全力就是为孩子们吃饱肚子。

1960年前后吃食堂，不许私人家里冒烟。大周和贾井两村合开一个大灶,每村派出几个妇女来灶上做饭。巧妇难为无米之炊,稀饭稀得照见人影。陈天佑曾记得打回来的饭只有一点点,根本不够全家人吃,每次先尽着他吃,就这也还是不饱,小孩子不懂事,经常喊着:你们都把饭吃完了,为啥不给我剩点?

吃完了"饭",还是饿,人们炒蚂蚱吃,挖野菜吃。广阔天地,寻找一切能吃的东西,红薯叶、七七芽、羊屎蛋、酸木浆、糠皮……只要能弄来吃的就是好事,粗陋苦涩难以下咽,但不得不吃,不吃就只能饿死。

生产队的岁月,成天死的活的苦干,每家分一丁点东西,常年不够吃,每一天都是饥饿,所有的心思都花在怎样弄来一点吃的。有一个冬天,邓氏带着儿子陈天佑外出拾红薯,因起得太早,天还没明,出村后迷路,十冬腊月,穿得又少,又冷又饿,在黑暗中咬牙挨到天亮,才从犁过的地里拾了几块冻坏的红薯,宝贝一样拿回家。红薯长期以来是中原农民的重要口粮,在艰难的岁月,为了得到几块红薯,人们拼尽了力气,演绎出几多悲剧。从冬天吃到春天,长达四五个月,每天吃红薯。我的一位亲戚看到城市街上卖烤红薯,说:倒找我钱都不吃,当年吃怕了,看见红薯胃里流酸水。

吃大食堂,队里派几个妇女推磨,邓氏和其他几个妇女每天的工作就是抱住那根棍子奋力推动巨大的石磨。吃不饱没有力气推,不推就没有饭吃。多少麦出多少面,有人验秤。之前有人顺手抓一些回家,说是正常折(shé)秤,于是磨出的面粉斤数总是不够。队里发现,邓氏推磨的时候,没有出现过折秤现象,便固定由她每天带着另三名妇女负责磨面。而她本来身形瘦小,又饿得枯干,总感觉再也推不动了,可那石磨神奇地每天转动。那时她和丈夫四十岁左右,正当壮年,人生最美好的时光,所有精力都用在如何吃饱肚子、如何养育孩子上。后来队里有了牲口拉磨,解放了人力。

艰难的日子特别漫长和难忘,老人讲来讲去,总也走不出那几年岁月。春天里青黄不接,粮食短缺,吃菜更是奢望。邓氏看到榆树上茂密的叶子,心生一计,将一把镰刀绑到棍上,爬到树上,伸长棍子,很快捋了半篮子榆叶,扛着送到大食堂。人们惊叹,这女人,瘦成了一把骨头,还能爬树。榆叶、榆钱、槐花,人们仰头盼着它们生长,爬到树上够下来,用以果腹。她还在路边拣一些因为坏了被人家扔掉的红薯,拿回来切开晒干,在碓臼里捣碎了吃。

姐姐孩子多,吃的也有困难,到自己家搲粮食,她将自家仅有的粮食,分了一点给姐姐,叫她拿回家去。姐姐在家纺花织布,邓氏养的有鸡,鸡下蛋后,她煮了给姐姐和孩子送去。

再艰难的日子也得咬牙走过,再困苦的生活也要一家人团结一心。哪怕自己吃亏受苦,也要从嘴里省出来一点接济别人。后来条件稍微好了一些,家里有了一丁点芝麻,她烙了几个焦馍,自己的孩子只留下一个,其余全部拿去给大姐的孙子吃。

20世纪60年代,家里辛勤喂了一头小牛,长大后卖了三十块钱,恰逢贾井一人因为家里盖房前来借钱,邓氏将三十块钱借与了他。那时人们之间借钱,也都不打欠条,还钱全凭自觉。忽一天听说那人死了,邓氏一家想,钱不知能不能要回来,姓贾的儿子不知是否认账。找到死者的嫂子询问此事,好在姓贾的儿子还认,答应有钱了就给。一年后,给他们还了钱。邓氏笑着对我说:净干那冒险事儿。可那时候人家来借,知道俺家刚卖了牛,实在找不出不借的理由。

善良是她的生命基因,成为家庭传统,伴随她一生。早在她出嫁前,那一年已经结婚的姐姐家给柜上学徒发了半年工钱十二块,那人回家路过袁庄附近,钱掉在了柴火里。小桂玲撮柴烧锅,从柴火中捡了出来,交给父亲。学徒回到家里,晚上找不到钱,说是自家媳妇掏去给了娘家,便逼问毒打,媳妇哭着回了娘家。娘家也是没法儿,那时穷苦人家,谁也一下子拿不出这么多钱,媳妇只好又回婆家,走到颍河桥上,遇见小桂玲,流泪倾诉委屈。小桂玲赶忙跑回家向父亲报告。

父亲拿着十二块钱赶到那个学徒家中,见他又在打骂妻子,及时送钱解救了这个可怜的女人,也将这个家庭从赤贫苦难之中拯救出来。多年之后,那女人见到桂玲的父亲,还称他为救命恩人。

嫁到大周,她的善良美德也带到了陈家。俗话说,一个好女人带起一个家庭。陈全法正是因为邓氏的到来,建立起一个虽苦寒却稳定的家园,过上了正常人的生活。邓氏常说人要积德行善,不做恶事,谁家有难就帮助谁。她虽然日子窘迫,却专爱接济穷人。她说,宁给穷人一口,不给富人一斗。再穷再难的日子,只要有要饭的上门,从自己嘴里省出来,也要给人家一点。

1963年夏季,老天爷一连下了十几天雨,颍河泛滥开口,河水漫溢出来,流向村庄,庄稼全部淹了。大周西头一人深的水,村子中间水位在成年人胸口处,好多房子水泡坍塌,只有东头的水稍浅一些。西头一位叫周河的村民,妻子刚生完小孩,家里房子被水泡塌,周河让女人抱住小孩子坐在水缸里面,在水中推着走,一直推到村子东头,住在庙里。人们顾不得抢救粮食和财产(也无法抢救,也几无财产),携家带口,呼儿唤女,丢弃家园,纷纷向东避难。有的人去往亲戚家,有的人住进庙里,无处可去者在村东头人家暂且蹲伏。没有任何办法,只能无望地等待,祈求老天别再下雨,祈求母亲河嚘再上涨。那个年代,本来也穷,每亩地打不到百十斤粮食,吃的也都不够。受灾之后,更是没啥吃。最后上级救济了粮食,村民渡过难关。

逃难而来的陈家,一直在村里最穷,吃的吃不上,穿的穿不上,住着两间破草房,房子的根基,俗称践脚,也只用了一层砖,每逢刮风下雨天,全家人都担心害怕。记得有一年,一连下了好几天雨,墙都湿透了,怕有危险,夫妻二人就找来些砖头,下着雨挖补墙体,和大雨比赛抢时间,把砖头一点点塞进去。1963年的大水,全家人更是担忧,幸亏她家地势稍高,水位刚好淹到践脚那里,房子在风雨中飘摇,总算是没有倒塌,夜里也不敢睡觉,观察水位上升情况。不用说老少一起,又挨了一阵饥荒和担忧。

老人的这段讲述,在中州古籍出版社1996年10月第1版第1印的《临颍县志》上得到佐证,在第52页大事纪1963年条目下,这样记载:

　　8月2日1时至9时,巨风暴雨,中心地区8个小时降雨量350—400毫米,其他地区200毫米以上,颍河决口3处……(列举县内11条河流决口情况),坡、河不分,一片汪洋,为百年不遇之水灾,全县积水面积457301亩,127个村庄被淹没;倒塌房屋27561间,伤亡社员58人(亡11人),伤亡牲畜35头(亡2头);冲走、泡坏粮食 1401605 公斤,冲走、泡坏饲草约 1000 万公斤,社员损失衣被 7676 件,国营企业单位损失折款约计 181000 元。

由老人的讲述,结合详细确凿的数据,我在脑海中试图还原六十年前那场凄风苦雨,不知我的家人们当时是怎样熬过去的。我的爷爷奶奶,正值壮年,他们肯定也在奋力保护家中的老人和孩子,拼命守住一丁点粮食。我的妈妈,那时还在大周,是否坐在东屋看着大雨发愁?我家在村东头,或许没有被淹,没有遭灾?人在大自然面前渺小无力,只能随波沉浮。志书上那些被淹的村庄、倒塌的房屋、泡坏冲走的粮食与饲料,皆有我大周父老的伤痛和记忆,他们不幸地为这些定格于历史文献的数字添砖加瓦。而这些,对于百岁老人来说,只是一生中经历的诸多灾难和苦痛的一个小小片段。像对待所有突然降临的灾难一样,人们只能硬扛,在洪水中挣扎等待,忍饥挨饿,担惊受怕。事实证明,所有的灾难都会过去,所有的废墟都会长出新绿、开出花朵,这片土地上人们求生存的勇气与能力无与伦比。

老人此番讲述,如今听来令人惊异,村子最西头距离颍河也有好几百米,哪里来的那么多水,能在大地漫延,能把庄稼和村庄灌满?而如今颍河水,细细的一缕,人们只担心她会断流。时光只过去了六十年,就有如此大的变化。如今人们出于乡愁和闲愁,来到母亲河的身边,拍摄你过于苗条清瘦的身姿,站在河岸,忧伤地看着你,期待你的流量能丰沛起来,成为新的景观。

1976 年,本县东部王岗、瓦店等公社遭遇罕见大水灾(这个事件县志上也能查到,证明百岁老人的记忆力精确无误),邓氏号召他们十一队各家各户妇女烙烙馍支援灾区。她说任凭咱自己少吃一点，也要支援人家。想想十几年前发大水咱受的罪，就能体会到他们现在有多难。在她的带动下，各村各队的妇女都端出和面盆，支起铁鏊子，一沓又一沓热乎乎的烙馍，由各个生产队送到大队，大队统一送往灾区。

70年代，她担任生产队的妇女队长。那个时候，没有机器，很多劳动全凭人工。生产队把小麦收回来，全靠人力和牲口脱粒，摊到场里打、碾、摔、翻、扬、晒、蹚，要好多道工序，历时几天，才能将麦粒装入袋中，拉去粮站完粮，余下的分给各家一部分，然后归入队里粮仓储存。中午趁天热正是晒麦好时候，需要翻好几遍麦秆，称为翻场。正和面做饭，翻场时间到了，面没和好，也从面盆里抽出手来，去各家各户喊人，把正在家里做饭的妇女全喊出来，率领娘子军奔赴场院。身形瘦小的她，处处带头苦干，赢得大家的信任，妇女们愿意听她的。

那时，生产队的会计每年都要聚在一起搞年终决算，1973年至1975年连续三年都是在邓氏家里搞的。当时她家有地方，十三个生产队的会计都在她家做决算，邓氏为他们做饭，中午和几盆子面擀面条，给大家下捞面条吃。

即使后来年龄大了不当妇女队长，她仍然关心村里队里的公益事业，爱张罗一些事情。80年代末，有一年六月二十九（阴历）大周过会，一般情况下，每个村庄一年都有两个会，至少唱一次戏，可当时村里没有钱写不起，人们又很想看戏，早早地打听、期盼。为了让老少爷们儿看上戏，邓氏联络本队和相邻生产队几位妇女，比如新奇他妈、献民他妈,反正是那几个热心妇女,三伏天挨家挨户收粮食,粮食卖了换成钱给大伙儿写戏。人们不缺粮食只缺钱,捐一点粮食还是愿意的,于是纷纷在自家囤里掠粮食。那时乡村的人们还没有大批进城,家家人丁兴旺,村村人欢马叫,人们为这场即将到来的大戏摩拳擦掌,奔走相告,饭场里天天都是端着碗的人们说着唱戏的事。妇女们流汗出力,在所不辞,收了粮卖了钱,却还是不够。邓氏就把大儿子从西安寄回来、自己舍不得花的六百元钱捐了出来,凑够了请戏班子的钱。戏台搭起,戏班进驻,会上各种大锅支起,嘹亮的豫剧在大周村街里响起,整个村庄欢腾起来,十里八村的人们都赶来看戏。

1988 年冬天,她在地里放羊,赶着自家的五只羊回家,走着走着,羊群里多了一只,不知是谁家的,四处看看,也再无人,都不知这只羊什么时候进来的,她便先带回家。队里人说:该你幸,得只羊。她说:丢羊的人多着急呀,我得出去问问。她把羊全部赶回家圈好,又来到西河坡,向过路的人打听,告诉路人,她捡到了一只羊,如果有人寻找,可到大周十一队来领。果然北乡马庄一个人,来找他的羊。问清公母大小特征,她把羊还给了对方。马庄的非常感动,第二天又买了东西来看她。

对待日子比她更艰难的人,邓氏乐于伸手相助。她说:穷没根,富无苗。谁也不能把人定死,现在穷的人,不可能永远都穷;现在有的人,也不可能一直都有。在人最难处时候,帮衬一把,胜似人家有时再去撵趁(方言,巴结)。尽管自己也不富裕,但她出手助人,总是很大方。

　　1992年阴历十月初七(这些日子她记得如此具体,张口就来),她卖了一只羊,得到六十块钱。队里有一个人,常年生活困难,家中有事,到处借钱,没人借给他,一是大家都没有闲钱,再一个是怕他将来无力偿还。他无奈找到邓氏的小儿子陈天奇。天奇跟妈商量。邓氏说:刚卖羊得了六十,再添添借给他吧。天奇问:他要是不还咋办? 她说:不还就算了,不还咱不要。那人在危难中遇到邓氏慷慨解囊,非常感动,等有了钱,及时来归还给她。

　　一个老太婆,有一天为难地对她说,自己孙子学习很好,但没钱交学费,恐怕不能再上学了。邓氏问:需要多少钱? 老人说:要五十块。邓氏说:你在这儿等我。她回到家里拿了五十元,出来给了老人。那时人们都知她大孩儿在西安卖服装,她手里有闲钱,遇到困难总爱来找她,她基本是能帮就帮,小到五块十块,大到上百元,有送的有借的,也有借出去不见归还的,她也从不去要,全凭对方自觉。

　　2008年汶川地震,当时她在西安跟着大儿子生活,从电视上看到震后场面,心里十分难过。得知所住地碑林区白庙村搞募捐救助活动,她从家里拿出来好多衣服(儿子正在销售的服装),并把儿子给她的三百元零花钱全部捐了出来。

　　她为人宽宏大量,很少生气,大事看淡看开,小事能忍则忍。队里分给她家的自留地,挨边的两家不自觉,欺负他们是外姓人,西边的往东斜着种,东边的向西斜着种,本来应该是长方形的地块,成了梯形。邓氏也能一笑而过,专心种好自己的就行。

最爱当下生活

陈天佑上过高中，当过民办教师。改革开放后，夫妻二人到西安做服装生意，令家里的经济条件大大改观。弟弟意外去世之后，他们盘点西安的营生，回到大周，陪伴照顾母亲。

如今，儿子陈天佑也年近七十，夫妻二人精神头儿很好，像网上说的：这个年纪还能叫一声妈，也是一种幸福。陈天佑还干着农活，夫妻二人带着孙子，陪着母亲，因为经济宽裕，所以安静从容，为人处世，亲切有礼。

老人一生，除了西安之外，没有出过远门。陈天佑 1998 年第一次请她去西安，坐的是绿皮火车，2010 年之后有了高铁，她又坐高铁去过。她说，做梦都想不到能跑这么快，这高铁真是又快又舒服。在儿孙的陪伴下，一双小脚游遍西安诸多名胜古迹：华清池、钟鼓楼、城墙、寒窑……在兵马俑博物馆，有好多外国游客见到她的小脚和笑容，听说她九十多岁，争相与她合影。

邓氏老人的家庭，重视教育，家教很好，子孙也都成材。大儿子陈天佑的女儿西安交大毕业，现在外省某地医院工作，任心内科主任兼副院长。陈天佑的儿子部队复员后在西安庆华公司上班，后下海经商。二儿子陈天奇的两个儿子，也都上了大学，现在漯河工作。操劳一生的老人，过上了衣食无忧、幸福安康的晚年生活。

老人能够长寿，除了家族基因之外，也和性格、心态、情绪有关。

邓氏老人一生很少生病，没进过医院，没吃过药。她心胸宽大，天真乐观，仁爱柔和，从不记仇，不管有多大的事从不放在心上，不愉快的事隔夜就忘，很少与人发生矛盾，更不会恶语相向，笑对人生是她一贯的态度。早年间夫妻恩爱，晚年后儿孙孝顺，家庭一直和睦。她说：不论日子穷富，要心态平和，尽力活出好滋味。

她也很会开导人、劝说人，谁家要是生气闹矛盾，她就去劝解，讲道理，打比方，一通说劝，对方再大的气也没有了。有一次邻居家两口子吵架生气，大闹不止，经她劝说半天，二人言归于好，从此不再生气。在相当长的时间里，她是生产队和邻里们的调解员，家庭矛盾、邻里纠葛、婆媳妯娌龃龉，人们都愿意请她来评评理说说话。大多人经她调解，化解了矛盾，处好了关系。

老人热爱劳动，一生勤快，从小到大下苦出力从不退缩攀伴，生产队的时候按时出工挣工分。六七十岁之后，干不动重体力活，但也不愿闲着，始终养着几只羊，养大了卖掉，再买回小羊来养，这样家里花销方便一些。一百岁后还经常干点小活，洗自己的轻便衣服。尤其惊人的是头脑清醒很少忘事，这一点儿媳妇也比不上她，六七十岁的人经常出现东西忘记放在哪里。邓氏调侃儿媳：年轻轻的忘性这么大，你到我这岁数，就得糊涂到吃屎了吧？儿媳说：天啊，我哪能活到你这岁数？

国家政策规定，农村百岁老人每月发放五百元养老金。连带其他补贴，每月六百多按时打到她的社保卡上。家庭幸福，生活舒心，经济条件又好，她不进医院不吃药，也花不了什么钱，常拿这钱来周济身边有困难的人,前两年疫情时候,还为村里抗疫捐款。

邓氏的大半生,都是为了吃饱肚子而努力奋斗。进入八九十年代,吃饭对家里来说不再是问题了,她走进安详平和的晚年,不再扒明起早地劳作。娘家和婆家之间,不足十里地,除了几次西安之行,她的足迹主要就是这条南北路,从前是土路,后来变成了水泥路;以前是小脚走路,现在是坐着儿子的电动车、孙子的汽车;以前是发愁在家没吃的、走亲戚手里没拿的,现在是发愁东西吃不完。

从20世纪50年代嫁过来,七十年的时间,生活在大周,眼见着一个村庄的沧桑变化。她这一生经历过每一个历史变迁,走过了各个时代:旧社会,新中国,合作化运动,大炼钢铁,挖河修渠,吃大食堂,"大跃进",合作社,人民公社,改革开放,分田到户,农民进城务工,农村人口外流。她见证着一辈辈的孩子出生、长大、外出,看着一个个与她同龄的人永远闭上眼睛,躺进村后的地里……时光永不停歇,又像是画着圆圈。老人的讲述和记忆,是一条时间的河流。

生命之所以神圣,是因为她承载了记忆和历史。每一个人都是时代的见证者,每一个个体,虽然细小如微尘,但对于家庭和子女来说,都是独一无二、不可替代的存在。

她说:我这一生过得很长,吃过那么多的苦,如今也享了福。现在政策好,生活好,大家吃穿不愁有钱花。最喜人的是科技发达,人还能在天上住(指航天员在太空的生活),这些过去做梦都想不到。从前光听人家说,楼上楼下,电灯电话,也不知是啥意思,也没见过,更不知啥时候咱会过到,没想到这一切我都见着了。看大家的房子盖得多好,村里的变化真是大,每月还给我发六百多块钱,大队干部秋风领导得好,经常来看我。瑄璞这闺女多么好,关爱老年人,给老年人发东西又送红包,还关心咱村里的小孩。

我看青山多妩媚,料青山见我应如是。在善良人的眼睛里,一切都是美好,世上皆是好人。时光淘洗了一切,冲刷了一切,那些处心积虑多种她一尺半尺自留地的人,不见得比她收获得多,也都已化为泥土,而邓氏安之若素,坦然地走过岁月,安享晚年。

半天时光在屋里缓缓流淌,如水一般,窗外夕阳斜照,暗影逐渐降临,我坐在客厅沙发上,老人的轮椅推得离我很近,真可谓促膝谈心,有一种地老天荒的感觉,又像一场电影,从黑白过渡到彩色,从无声默片到声光电齐全。老人思路清晰,对答如流,常常以××年×月为话题的开头(她说的月份,当然都是阴历)。屋子里谁说话她的眼睛就看向谁,很是灵活地眨巴眨巴,认真听着的表情像孩子一样。讲起所受苦难,已经风轻云淡。秋风说:看现在全村就数你享福哩。老人开心地一笑。

我写这篇稿子的时候,有一些细节问题,需要不断询问天佑爷,他除了耐心解答,有时也会在十多小时后说:今天外出,没拿手机。或者:今天一天种麦,没空回复。再或者:她已睡了,明天我问她。有时候百岁老人也在微信语音里给我说话:瑄璞,你每次回来都来看我,我很不好意思啊,过意不去,不知道咋感谢你,你待我这么好,我要记着你的情谊。

独自走过

我们要涉及一个较为沉重的话题。许多年来，它在乡村无解。

熟悉农村生活的人都知道，每个村庄，甚至每个生产队都会有好几个无法娶妻的男子，早先是因为家庭成分不好，后来是因为家里兄弟多，一般都是老大或者外形较差的那个做出牺牲。关于对男青年的形象要求，往往很是苛刻，有一个只是因为黑眼珠上长了一丁点小白花，俗称的萝卜花，也并不影响视力，便因此没有找到对象。其实说来说去，还是因为太穷，如果有钱，这点小问题根本不算什么。可从此他们的人生仿佛打入另册，是一个永远也长不大的人，有义务给家里出力流汗，有义务帮助兄弟们干活，在家庭大事的节骨眼上，永远沉默地待在一边，基本没有发言和做什么表决的权利。

这不得不说是个巨大的遗憾，因为这个结果不是他们的主动选择,而是生活所迫,他们不是现在的不婚族,家长各种催促也不愿走进婚姻,挑来拣去总也遇不到合适的,而是他们压根就没的挑,一个都没有!父母抽筋扒皮榨干血汗,求爷爷告奶奶,也没有能力为他们讨来一个媳妇,连说媒提亲这个环节也没有过。农村人传统的娶妻生子、传宗接代在他们身上成为空白,血脉就此中断。世上行走几十年,没有留下任何东西,也不会有人怀念他们,就像他们没有来过这个世界。

　　我也曾想为他们专门写一本书,为此展开过采访计划,曾去往某地进行采访,写出了一两万的文字,没有拿出来发表,最终也没有进展下去。因为我感到了这个主题采访和书写的难度,受访对象能够说出、愿意说出的十分有限,或者他们的讲述真实程度较低。当然我们无法要求他们,说多说少,怎么说,其实说与不说,说到什么程度是他们的权利和自由,不愿意讲述的,我们也不能强求,讲述出来那部分的真实程度,我们也无从考证,当然也不能想当然地去拼凑。可是文学表达的首要前提是真诚与真实,如果书写他们达不到一定程度的真实,不如暂时放下,由此我那一篇采访文章沉睡在电脑里五年之久。

　　某年某月,突然铁链女、铁笼女进入大众视野,揭开无情现状的一角。发生的事令人痛心疾首,泱泱文明古国,已步入现代化,竟然还有如此原始野蛮的事情,竟然有这样一群人,用毁掉别人一生的行为,来成全自己的人生。我突然想,大周也有不少光汉条,他们是怎么生活的?有没有拐卖妇女或者娶过拐卖来的女性?我在记忆中搜寻,好像没有,从来没有听说过谁家媳妇是外地的、买来的。我不甘心,又给秋风打电话追问:咱村到底有没有这种情况? 秋风说:没有,真没有。想想也是,在记忆中,我确实没有见过外来女人。我长舒口气,仿佛心中的愤懑有所纾解。所幸这伤天害理的恶行恶风没有刮到家乡这片土地。我痛心地问自己:如果故乡真有这样行为,你会怎么做呢? 去举报? 去营救? 去呐喊? 一边是受害女性姐妹,一边是家乡亲人,我真不知道自己是否会有那个力量和勇气。但我对故乡的情感,我对大周人的评价,肯定会因此大打折扣。

由此我又想到,在大周和周边的土地上,几乎每个村子都有好几个没有娶妻的人,某种程度上来说,他们其实是乡村不安定因素,因为他们中性格偏激的人难免会认为,是命运对自己不公。一个人一旦产生这种想法,便会为自己的不良行为找到支撑和依据。但是,并没有听说哪个女孩受到侵犯,乡村花朵们都平安顺利地长大了。我在《回大周记》里写道:村庄对于一个孩子来说,是安详圆润之所在,长大之后,再回大周,听到人们所说诸多事情,爱恨情仇,鸡飞狗跳,像外面那个世界一样的复杂纷乱,我大为吃惊,怎么小的时候不知道呢? 那时的人不做这些事吗?

这里所说的"诸多事情",不是公开正当的行为,更多是指男女风月、花边新闻。是的,会有成人之间的游戏和纠葛,但在这片儒家文化深深浸润的土地上,人们还都保留着坚固底线,男女之事要双方自愿,不会去无端侵害别人,更不可去掠夺霸占别人的人生,比如拐卖妇女这类缺德违法之事。

这些终身未娶的男人,他们默默地生,默默地死,平静地生活,接受命运的安排,没有怨言,前面历朝历代曾经有着那么多人,都是这样走完了一生,我个人的力量,又能怎样呢?他们的内心,或许都奔涌过滚滚洪流和惊涛骇浪,也时有冲破堤坝的危险,但最终也都平顺下来,做一个老实人,依照命运的安排,走完自己的一生。我们生产队几位终身未娶的我称为叔和哥的人,自尊自爱地过着自己的生活,也没有任何负面消息。宗义叔今年八十多岁了,安静从容,笑起来阳光灿烂,是一位慈祥的长辈,越老越像他的母亲——我童年记忆里那位圆脸黑黑、嘴唇淡灰色的奶奶。他前些年在学校门口看门,非常尽职尽责。今年学校没了,他不再每天驻守学校门口,而是经常出现在闲聊的人群中,静静地坐着,听别人说话。秋风说有一次他找到秋风,很谨慎地问:听说有上级资助的被子,能否给我一个。秋风赶忙给他找了一床被子。因为他是一位不卑不亢、令人尊重的长辈,从来没有提过什么要求。

曾经在"小城临颍"视频号上,看到一个画面,一个男青年偷窥女厕所被抓住曝光,镜头对着,周围人责骂他,那个健壮的青年跪伏在地,脸埋在双手中,全身发抖,似在躲避,又似在祈求:放过我吧,我知道我错了!这是多么沉重的画面,青年人是很可气,可是人们这种类似于游街示众的处理方式,也值得商榷,弄不好会造成更大的问题,毁了他的一生。好在很短的时间内,视频消失了。可能也是出于这种考虑吧。这真是一个无法言说、不好界定的事件,我们对这个青年,除了一声愤怒的斥责与叫骂,或许还应该有哀其不幸怒其不争的叹息,但最终,还是应该放他一马,批评教育为主,给他一个改过的机会。

　　从前人们都在村里，没有外出，男女比例稍微均衡，农村男青年找对象困难现象虽然也有，但不是多么严重和普遍。而现在乡村女孩大量外流，很多好模好样的男孩子都找不来对象，因为放眼四望，没有闺女。这一问题比着前些年更加严峻，于是这个沉默的男性群体，再一次进入我的视野。

　　《大周表情》这本书的写作，我要为这个人群记上一笔，哪怕是匆忙单调的几行文字、不成篇章的一些片段，因为他们也是大周的一员，在这片土地上生活着，他们一定也用自己的方式、自己的眼光爱着生活，爱着大周，爱着家人和女性。于是我请秋风、秋香为我提供采访对象，想要找一位性格温和、容易交流沟通、完全愿意接受采访、并且不姓周的人。之所以有最后一个限定，是因为同姓之间，会有辈分、伦理的顾虑，我对于那些称呼叔或哥的人，或者把我叫姑姑、姑奶的人不便于展开更深层次的话题。"人太熟，不好下手。"给她二人说，最好是找安庄、贾井我不认识的人，至于是否使用真名，完全尊重受访者的意愿。

　　我们在正月初三的下午，一起来到了安庄村后，走进尹忠安的小院。他在敞口院子的门口等待我们。低矮的个子，穿一身新衣，戴一顶新帽，干干净净的样子，可能是过年的原因吧。因为他是五保户，两间屋子是村里给盖的，薄墙水泥小屋，典型的冬冷夏热，可想而知这村后田野边一个人的家，此刻是何等的冰冷。

　　尹大哥端了几个凳子，我们一起坐在门外的阳光里。他表情拘谨地接受我的提问。

尹忠安生于 1951 年阴历十一月十四,兄弟姐妹七个,他是男孩中的老三。在大周学校上了六年学,1966 年高小毕业。他童年有过饿肚子的经历,1959 年、1960 年前后最为深刻,吃不上饭,身体营养供不上,小小的孩子掉头发,每天只能靠墙坐着,没有站起来的力气。不知是否这个原因,他没有长高个子。

四个兄弟,每个人都要盖所房娶个媳妇,当父母的艰难程度可想而知。前面两个和下面一个经历种种艰辛,总算是有个窝娶了亲,到了他这里,没有地方,也没钱盖房,而且他又个子低,身形小,要想说媒难度更大,父母实在没有能力了。而他自成年之后,也清楚地意识到自身条件的不容乐观。没有房子,没有家当,也从来没有人给他说媒,那时的农村青年,过了二十五六,就算大龄,人们称为年龄"过了岗",基本是注定要打光棍,他也只能接受了这个现实。

快到三十岁的时候,自己的小妹妹十八岁,有人给他出主意,叫他给父母施加压力,拿妹妹给他换亲,这是他最后的机会。这种情况在农村也很常见,实在没有办法的时候,牺牲自己的妹妹。妹妹哪怕百般不情愿,但迫于父母的主张和哥哥的亲情绑架,还有周围人的道德压力(说你不懂事不听话,不心疼父母哥哥)——这片土地上的女儿仿佛生来就是要做牺牲和奉献的,她们会认为本应如此——大多数妹妹最后也都只得就范。

如果他跟父母吊(方言,气人,吵闹,怄气)着闹仗,各种要挟,执意换亲,或许能给自己换来一个媳妇。没想到尹忠安一口回绝,他说,凡是换亲的,总要当妹子的吃亏,不是亏这个就是亏那个,而他,不能亏自己妹子。几十年来,他的这一态度从未有过改变,直到坐在太阳下成为一个接受采访的口齿不太清晰的小老头儿,他仍然态度坚决地说:不能换,坚决不换!

当时他主意打定,牺牲自己一个,成全大家庭的和睦、兄弟姐妹的安宁。三个兄弟结婚后分家另过,留下他和父母一起生活,支撑家庭,出工挣工分是个好劳力,经他手打发走了两个妹妹。

后来地分了,父母年纪大了,地里的活儿全靠他,干完自己的再去帮几个兄弟干。最后他给父母养老送终。然后,这个曾经热热闹闹的大家庭就剩下他一个人了。

虽然是分家另过了,但他还常常帮助兄弟们。他善良好说话,谁家有活儿都来找他干,他也觉得这是应当。后来侄子们长大外出打工,他一个人在家为他们种地,十多亩地他起早贪黑地干,好像已经形成了习惯,一个人顾一大圈子,干了这家干那家。

不管怎么说,别人有家有孩子,只有他光杆一个。在农村没有婆妻的男子,总好像低人一等,仿佛大家都有权利驱使你去干这干那,因为你孤单寂寞,你需要亲情,需要家人的陪伴,那么有时候亲情也是一种交换条件。你用不停地出力干活,得到兄嫂的看顾,得到孩子们的亲近,有人愿意到你身边来,或者你得以停留在他们身边,给你一点家庭温暖和点滴温存。

尹忠安的大哥当过生产队的会计;二哥曾在东北工作,前些年死去,妻子嫁人走了,家里留下两个儿子,一个成家,一个大学毕业后在外就业,还没有结婚。

尹忠安年轻时候当过民兵排长,下地干活,冬天修河,上外县拉煤,年轻时付出力量,不停地干活。年老了力气渐失干不动了,手里但凡有几个小钱,还想着给这个给那个,为的是让孩子们喊他一声叔,在他身边停留片刻。

他五十多岁的时候,曾经跟着村里人去新疆干活,工地管吃住,每年能挣将近万元,他自己也没有花钱的地方,记挂着家里的侄子侄女,基本上贴给了他们。

六十岁时,他因脑血栓和腰椎狭窄得过半身不遂,行动不便。本是说大侄子照顾他,照顾了一阵,大侄子搬到新村住得远了,不能更好地管他,他便自己慢慢偎着行动,好在最终恢复了,又能站起来行走。

在同村人秋香的印象里,尹忠安从未与人发生过矛盾,也没有不好的传言,从未夜里拍过谁家妇女的门、明里暗里骚扰过人,所以人们对他评价挺好。他说自己从来也没有那个想法,个子低形象不好,白天只顾着给兄弟几个没完没了地干活,喝罢汤天黑了就睡,夜里从不出门活动。当然他们也有自己的交往群体,那就是同村娶不上妻的人。同病相怜惺惺相惜,他们成为朋友,时有来往,在一起说话喷空,交流得更多一些。尹忠安几乎知道全大队每个光汉条的情况,哪一个聪明能干,哪一个老实本分,哪一个外出干活或者卖菜,手里有了一点活钱,和一个寡妇过到了一起,哪怕自己的钱被那女人捋个精光也心甘情愿。而这样的人,成为他们这一群体的羡慕对象,总算是有过一个家。

尹大哥在讲述之中,突然失声痛哭起来,像个孩子一样全身颤抖,涕泪滂流。秋香走到他身边拍他肩膀劝解，对我做一个数钱的手势，我赶忙拿出提前说好的红包，递到他手中，又给他一张餐巾纸。他擦了眼泪鼻涕，暂时平复一下情绪，接着讲述。其实也不是主动讲述，只是回答我的问题。而我面对一个痛哭流涕的人，也不知道该问什么。秋风、秋香与他说些别的闲话，我尴尬中站起身来，参观他的两间小屋。外间是厨房，里间是卧室。有一个小男孩在看电视。那是他二哥的孙子，现在无人照管，他接过来养着。

　　这样的采访比较困难，想多了解一些，又不愿触及他的痛处。

　　一说起他为全家的牺牲奉献，他又一次孩子般啼哭。秋香坐在他身旁劝解，提及他年轻时候的风趣幽默，说：叔你年轻时候性格多好，爱说笑话，还记得大家都在那谁家玩，你说，哼，你们都怕老婆，我不用怕，也不操心做饭养家的事，顿顿俺妈做好，回家吃现成的。那时你说话多有趣，你开朗乐观了一辈子，为大家庭牺牲奉献了一辈子，现在咋又想不开了呢？他们也都记着你的好，看侄子们现在也都对你挺好，你过年的饺子不都是侄媳妇包好送来的吗？俺那姑姑（即尹忠安的小妹子）不是常挂着你吗？时不时回来看你？他点点头，慢慢地，情绪稳定下来。

　　如今他的五保户补助每月五百五十元，另有一百多元的养老金，自己的地款，还有父母地款的四分之一，每年近万元的收入，自己省吃俭用不舍得花，总想给条件不好的侄子侄女补贴一点。总之他一生都在为家人付出，尽其所能地爱着他们。他的小院里，也时常有人来给他端饭、做饭，陪他说话聊天。

　　太阳西沉,阳光移动,我们也跟着挪了地方,借机岔开话题。我问他:这么多年,你有没有跟哪个女人走得近点,帮人家干点活,讨好一下,然后两个人能相好一阵? 在我的内心里,很希望他有一段这样的经历,哪怕是短暂的几天,也不枉一个男人来世上一遭。他回答说:没有。我想追问:真的没有吗? 一个都没吗? 有是有的不好意思说吗? 却张不开口,我们四人坐在那里沉默了一阵。我对自己的采访又一次产生疑问,这算不算揭人伤疤,算不算伤害无辜? 为了自己的写作,在这里问来问去,专拣人家的隐私和痛处问,勾起一位老人的伤心往事。作为一个写作者,可以对自己进行无情的审视、剖析、挫败追忆和灵魂拷问,却不能对他人,尤其是一个弱者进行不合时宜的询问,我提醒自己:那么可以结束了。

　　我站起身,又去参观他的小屋。两间小小的房子,外间锅台上几件简单厨具,疏于打理,落了一层油腻和灰尘,地面是粗糙的带颗粒的水泥地,刚扫过的痕迹清晰可见,证明他为了接受采访做了一些准备。里间一张床一个桌一只柜子,一个六七岁的小男孩靠在床边看电视,我问他话,他不答不理,就像我不存在一样。我走出来,问他们几人这个孩子是怎么回事。

　　尹忠安的二哥前些年去世,二嫂走了,侄子外出南方打工,结识了一个贵州女子,女子说是自己遭受家暴,丈夫常年打她,她跑出来打工。女子跟侄子产生了感情,跟着回来,在村里生活,生下一个女儿一个儿子,却因为没有结婚证孩子报不上户口,无法顺利上学。村里给学校说明情况做了工作,让两个小孩进大周学校就读,但没有户口总不是个事,今后生活会有一系列麻烦。于是女子便试图和贵州家里的丈夫联系,想要离婚,那边当然不能轻松答应,女子便亲自回到贵州找丈夫协商,不想人刚回去,遇到了车祸,受伤不能行动。这边侄子到贵州去照顾那女人,带走了女儿,把儿子留给三叔帮忙照看,一去半年不见返回,尹忠安就这样养着这个孙子。两个孩子都有一点先天的问题,女儿在学校,书本上的知识理解吃力,学习跟不上;儿子是先天性的"来自星星的孩子",从不与人交流说话,只沉浸在自己的世界里。爸妈一直不回来,他就只能这样跟着三爷爷生活。

多年以来,在这个大家庭里,人们也都习惯,有了困难和问题,都交给三叔来处理,他是为大家兜底的人。而他自己也觉得,这一切理所应当,他已经这样,反正光杆一个,便尽着自己最大的力量照顾需要帮助的侄子侄女。

除了一声叹息,我实在无法更好地表达对此次采访的感想与收获。只是有些恍惚,人与人的命运差距如此之大,小小一个村庄,便有千差万别,尹忠安与前面采访的安清,两家相距不足百米吧。

春天里我再回大周,在王曲西头的路上,看见尹大哥骑着一辆小三轮,车后斗放着一点不知什么东西。他目视前方,若有所思又毫无所想的样子,缓慢地蹬着前行。天已经暖和了,他还穿着春节时接受采访的那件蓝色新棉袄,戴着那顶新帽子。我在汽车上一闪而过,他目光迟缓地看着前方,慢慢骑着。

没有妻子和孩子,也不影响他变老。他跟那些成家立业、一串儿孙的男人一样,在时光流转中苍老了身心,曾引以为本的力气也没有了,再也不能帮助兄弟干活,只有那一丁点钱财,省下来接济侄子侄女。愿他们能记住叔叔的情义,力所能及地尽孝,让他的晚年生活,葆有一些温暖和色彩。

走在还债的路上

　　我对树功说，你现在日子之所以过得好，是因为有这几个闺女。你当年虽然躲计划生育，到处跑着吃苦受罪，现在却好了，闺女们都长大结婚，你的好日子还在后头。树功大嘴一咧，发出由衷的笑声。

　　树功是我家前院邻居，我叔叔跟他父亲周宗理因为宅基地的问题闹了多年，宗理叔成为我叔叔嘴里的"仇人""小个宗理"。而我和树功都认为，那些事情早已过去，他们的恩怨是他们的，与我们无关，说来说去就是几块砖的地方几十厘米的地盘，占去了又能怎样。万里长城今犹在，不见当年秦始皇。宗理叔那么精明强势的人，老来也偏瘫在床，最终进入地下，而我们争来争去，那些针头线脑、蝇头小利终将跟着我们一起灰飞烟灭，一切都归于脚下的土地。回到大周的我，还是把树功、自霞当成亲近的人，远亲不如近邻嘛。

关于我们的童年,我只记得一件事。夏天的一个学期结束,几个小孩子在学校门口,相互翻看每个人的学期评语,前面写一串优点,后面加一句轻描淡写的缺点和不足。在树功的评语最后,有一句话:学习有冷热病。小伙伴们笑闹着传看,说着喊着冷热病对树功进行调侃,他自己也开心地笑。现在想来,那个年代老师对学生还不懂得尊重,本可以用粗心大意、成绩不稳定来形容,他却简单粗暴地写下冷热病。可是再一想,如果他写下不稳定这样模糊的概念,我不可能记住,而正是这几个看似不好听的字眼,让我记了四十多年,成为我在大周村的童年生活的清晰印象。前几天给树功说起这件往事,他完全记不得了。

除此之外,我对树功印象不深,好像只有一个小小的他夏天里端着搪瓷碗在自家门口吃饭的镜头,大太阳照着,他小脸通红冒汗。还有他家过道去往后面二奶奶家院子,他家低矮院墙上一个破洗脸盆里种的太阳花,此外再无记忆。因为农村里都是男孩跟男孩一起玩,女孩跟女孩一起玩,所以,我们虽然是邻居,但童年生活似乎是隔离开的。长大后再回大周,他又外出打工,跑着躲计划生育,总也见不到他。直到有一天,看到了四十多岁高大健壮的树功,喊一声瑄璞姐,咧开大嘴一笑,哎呀——跟春莲婶极像。小男孩一步到位成了大男人,有了几个孩子,经历了那么多的艰辛和颠簸,但他给人的感觉是过得挺幸福,总是面带笑容,阳光灿烂。你认为苦,他觉得甜。

宗理叔和春莲婶有三个小孩:俩儿子,一个闺女。这三个孩子一人长了一个样子,谁跟谁都不像。树功为老大,继承了春莲婶的形象和气质,身坯壮大,圆脸阔嘴,实诚健朗,说话大嗓门,干活有力气。二功有一点像宗理叔,更像自己的爷爷,不高的个子,言语不多,似乎总是在沉思,看起来精明稳重的样子,不像树功那么大大咧咧、性格率真。到了老末宝贝闺女,长得更像宗理叔,个子不高,长条脸形。据说她一落地,宗理叔走到街里大声宣布,这下老丈人是当定了! 老疙瘩闺女可能是三个孩子里最聪明的,一直学习很好,顺利考学出去,毕业后有了公职。

借钱还钱几时休

树功二十岁结婚,娶个媳妇比他大两岁,可能是为了平衡他的冒失鲁莽,媳妇姐自霞忠厚老实,时时处处让着他。结婚成家后,分家另过,树功就成了一家之主,地里的活儿卖力地干,打了粮食拉着架子车去完粮。每人上缴二百八十斤小麦,他拉着全家要交的粮食,跟大伙儿一起,夜里喝了汤就去粮站排队,架子车的队伍一点点挪动,等到第二天早上也排不到跟前。好容易进到院子里,就算有了希望,粮食要接受各种测量检查,完全合格了才能交上。这个粮属于白交,农民拿不到钱,只有一张白条。乡统筹,村提留,乡级和村级很多开支都是从农民身上出,从粮食上面出。树功经由干活完粮的磨砺,从一个小男孩成长为大男人,支撑起一个家庭。

头胎是个闺女,开始躲计划生育,心情也没有那么紧迫,因为农村基本默认可生二胎。当时的计生政策是,提倡一胎,控制二胎,杜绝三胎。生育二胎交点罚款就可,孩子户口能顺利报上。口号喊得响,执行起来会有些弹性,村干部里里外外、上上下下为乡亲们通风报信打掩护。二胎又是个闺女,情况有所不妙,成为计划生育小分队的重点防控对象,开始东躲西藏,四处里跑。树功本是在灵宝干活,这下也没心思干了,生儿子才是人生大事,回来陪伴自霞,和小分队斗智斗勇,其惊险程度丝毫不亚于当年那个小品——《超生游击队》。

两人都被抓走过,关进小黑屋接受教育。自霞说她生完第二个闺女,满月后被抓走那次,还住到了二楼上。小分队的人训她,住住二层楼,看比你的平房美不美,叫你来你不来,趷趷磨趷趷磨,不胜踩你两脚!自霞不敢吭声。小分队审问她:听说有你俩闺女?自霞说:一个。若承认上面有两个,那就得去做绝育手术。对方说:我要是把第二个抱来哩?她说:去抱吧,抱来了我就承认,抱不来我不认。想来那时的自霞,就像是当年的地下女党员,无论怎么审问,只是拒不承认,她也明知小分队抱不来孩子,因为二闺女送给了自己的姐姐,成了姐姐的孩子,小分队只是听说,但拿不出真凭实据。关了一天一夜,人家也没法儿她,自霞的娘家哥也是大队干部,托了关系,说了好话,把她放了回来。我问自霞:你当时怕不怕?自霞说:那怕啥哩,咱又不是城里有工作的人,怕开除了你,咱个老农民有啥好怕,能把我开除到哪儿去?只要打不死我,回来还得生。实际也没打,就是关起来吓一吓,训训话,他说他的,咱生咱的,反正说一百二十圈,没有孩儿万万不中。那几年自霞是重点监控对象,时不时来人寻找她,她基本是不敢在家待,各个亲戚家里躲藏。

　　20 世纪 90 年代初,计划生育抓得最紧,各种名词也是很多,"万人千村"运动;十户联保;一人超生,四邻受损……因为他家的超生把杰叔家的牛牵走、国珍哥家的水泵和架子车轱辘弄去,自霞的缝纫机放在雨叔家里,也被抬走。树功又掏钱把东西都赎回来,还给邻居。

　　关于那些花样繁多的计生标语,树功到现在还烂熟于心,比如:该扎不扎,株连全家;该流不流,扒房子牵牛;该引不引,四邻受损。宁添十座坟,不添一个人。可能后一条过于血腥,写上几天后又被涂掉了。当时还有一个闻名全县的悲惨事件,北乡一个姑娘,长得有些丰满,冬天又穿得多,显得笨重,路遇小分队,把她当作怀孕妇女,上来抓住就要走,姑娘自是坚决抵抗,呼喊自己还没结婚。小分队都是各村抽调来的二杆子组成,哪里肯听,几个人抬着往小手扶拖拉机后斗里扔,一下摔出了大出血,送医院抢救止血后,失去了生育能力,最后镇里以赔款五十万元了结此荒唐事。

　　自霞接连生下三个闺女,其间还小产了一个女孩,直跑得家徒四壁,外债一堆,生小女儿的时候大出血。自霞说:差点把我流死。就这也不敢懈怠,不愿过多歇息养护受损的身体,生怕被抓去结扎,小女儿百天刚过,又赶快怀上。一怀上就没有奶水,女儿嗷嗷待哺,奶粉是买不起的,便熬点米汤、冲点面糊喂她。总之为了生个儿子,几乎是不惜一切代价。终于 1996 年第五胎是个儿子,接生婆费用五十块,树功手里只有四十五块,说好话给了接生婆四十。出得门来,找人去自霞娘家报喜,遇到西头一个人拦住他说:生了孩儿,请客! 他把手里五块钱给了那人,让人家自己去买烟吸,他身上、家里连一毛钱都没有了。超生罚款的四千元全是借的。自霞的妹妹当闺女时自己攒的两千元,他们借了来,好多年之后才归还。夫妻二人在一贫如洗的家里,抱着奋斗七年得来的儿子,那幸福劲就别提了。

有了儿子,再无后顾之忧,不再颠沛流离到处跑,生活稳定下来,二人从此走上一条借债还钱、还钱借债之路。

时代的发展,真是三十年河东,三十年河西。那时何曾知道,有一天国家会放开生育,鼓励生育,年轻人却都不愿生了。随着观念转变,也不是非得要有儿子,就连农村,也都只是一胎两胎,有年轻人生了两个女孩就此打住,更有头胎是儿子不敢再生的,怕再生住儿子。放眼农村,再也没有从前那种为了要个儿子再三再四地生的。

树功是乐观的天性,四处跑着干活,攒一点钱拿去还债,凑一点钱赶快还账,再苦再累也是每天乐颠颠的。好在几个孩子身体倍儿棒,吃嘛嘛香,从来不生病不需看病抓药,听话争气,也不吃零食,只把家常便饭吃饱。别人家炒菜用盘子盛,他家炒菜是用盆装,反正每顿就那一个菜,拿小盆直接端上来,但见筷子纷飞,几个孩子你争我抢,不一时就见底了,儿子最后用馍把盆底擦得干干净净,给自霞说:妈,你看这盆都不用洗了。看着几个茁壮成长的孩子,二人心里高兴,生活有了奔头。

二功跟树功一样,也是上面三个女儿,第四个才是儿子。当初躲计划生育,把女儿放在家里,夫妻二人跑到灵宝,在那里打工干活,也开创了事业局面,便买房置业定居下来。

树功的宅子在村后一片洼地,家里潮气大,到街里来要拐好几个弯,住得很不如意。宗理叔成天吵他:这么大的人了,没给自己弄个好点的窝,你看你一般大的,个个都比你强。树功从小习惯了父亲的威严,也不敢反驳,只是暗下决心加油干,日子过好一些。

孩子上学成长,都是必不可少的花销。树功打工挣钱,一家人省吃俭用,开支压缩到最低,还要挤出来一点用于还钱。历经十多年,差不多快要还完,儿子也快二十了,面临找对象结婚,房子是大事。

终于在2015年,树功花一万元买了外出定居不再回来的临街一户人家的房子,在自家老宅的东边,盖起了一座二层小楼。他家老宅和新宅夹起一个过道,进去是我家的老院。当年宗理叔盖房时多占我家的过道,因为老宅分给了二功,二功人在灵宝,不翻修新房,无法兑现村里调解时说的"下次盖房时收缩回去",他这边新院墙和二层楼盖起,我家过道显得更为狭窄,老院的院墙因年久失修向外歪着,岌岌可危,随时有向过道里倒塌的风险。

经过几个月的筹备、建造、装修、收拾,树功家一个小小的院落胜利竣工,楼上楼下差不多二百平方米,亮堂气派,功能齐全,少不得又借了一些钱。小二楼用于将来儿子结婚,过年过节弟弟妹妹带着家人回来也都能住得下。为了这所房子,2015年的夏天,他在街里整整睡了两个月,看护东西,监工进展,电风扇对着脑袋呼呼吹,操不完的心,受不尽的累,一切不在话下。房体起来后,里面的活儿都是自己慢慢地弄,墙是自己刷的,地是自己铺的,紧省慢省,也花了二十多万元,差不多借了一半。没关系,盖房这么大的事不借钱显得不隆重不真诚,在农村,有关房子的事,大都要借钱。建设家园的雄心壮志促使他历尽艰难在所不惜，只想担起大哥的责任，建一个像样的家，成为弟弟妹妹的心灵家园和情感归宿。只可惜宗理叔在前一年去世，没有见到儿子这一丰功伟绩。

漂亮的临街房子建好，收拾停当，甩开膀子大干还钱。开心入住没两年，哪想县城买房之风越吹越紧，男青年必须在县城有房，才有人给你说媒，家里房子盖得再好，没用。眼看着县城的房价不停往上涨，大有越来越买不起的感觉，无奈于2019年在县城按揭买了一套，首付十八万元，其中还借了四万元，每月还银行贷款两千五百元，由儿子自己归还。

树功跑着在周边干粉刷，每月能挣五六千，儿子在上海打工，每月收入七八千，小女儿在漯河打工，也能给家里贴补一点。全家四口人，月收入接近两万，这在农村算是差不多的家庭。可是前面历史欠账过多，攒点钱拿去还债，有点钱赶快给人家还了。这两年又攒了一些，本应拿去还账，可又该给儿子装修房子、购买家具，眼看儿子二十六七，该找对象，张罗结婚的事。我说：房子装修好就行了，不必买家具，现在买好未来儿媳若看不上咋办，不如到时让他们自己去买。自霞说：怕的就是那样，到时真的给介绍好了，领着人家闺女去看家具，万一她不管价钱，只拣称心的要，恐怕贵了我们拿不出来，所以咱现在慢慢挑，仔细看，找那样子差不多又不太贵的，先弄好放进去，她也不好说啥。我追问：万一人家闺女真看不上哩？树功说：实在看不上，我拉回来放楼上用，儿子有本事就自己拿钱买吧，我是没法儿了。自霞说：现在一心想的就是给儿子娶个媳妇，只要有人愿意跟俺，她说咋着就咋着,她说弄啥就弄啥,可着我们全部力量,没钱了再去借。树功说:直到哪天把媳妇娶回家我才能安生。我说:媳妇进门,你们还会接着操心孙子。树功说:那就不管了,好坏由他们去。

前两年,自霞和树功的身体先后都出了问题住过院,年逾五十,按说该停下来休息,但停不下来,要为儿子继续做贡献,直至把自己榨干榨净。这是普通农民来到世上的使命和心愿,累死累活也心甘。

几十年来,树功一直走在给人还钱的路上。就这,儿子要是结婚,还得"怼个大窟窿",要给未来的媳妇买够"四金":耳环、戒指、项链、手镯,要带着女孩去金店看着现场买。树功专门解释:订婚和彩礼不是一回事。订婚就是换手巾,前些年只是意思一下,给手巾里包点钱。我们小时候的 70 年代,换手巾包五块十块,八九十年代二十块,进入新世纪几百块,再后来涨到几千,近几年突破了万元大关。随着时代发展,根据女方要求和男方家经济条件,一路上涨。树功小女儿去年订婚,男方手巾里包了一万七。西头一户人家,姓师的男孩要娶姓孙的闺女,可能家里条件比较好,一家伙包了十万。想这世上,可没有那么大的手绢包这十万现金,或许升级换代成银行卡了吧。换手巾是双方订下婚事,彩礼的话还要十万起步。还要有一个十万左右的汽车。待客吃饭,一应看不见的琐碎花销,又得几万元。我说:那你也见钱了呀,这些年给别人随的礼,到恁孩儿结婚时候,也会一把挣回来的。他说:那不济多大事,就算待客不赔,可那几个大头,至少还得二十多万。一旦儿子找来对象,就得立即借来,准备到位,然后再用今生的岁月慢慢来还。但即使再艰难,没有儿子是万万不可。树功、自霞觉得此生最大成功，就是历经波折要了这个儿子。

树功说，像他这种情况，遇大事必借钱的很多，十户里有八户都是如此。我们生产队里，在县城买房的，只有一户人家是一把全款付清，其余全都是贷款按揭，并且像他这样首付款一二十万中也有借钱的人不在少数。形势逼人，没有办法，县城有房是农村青年找对象的首要条件，就像上个世纪给儿子说媒必盖三间大瓦房一处新院子一样，现在农村家家户户盖得这么好的房子，都不算数。

树功前年得了一场病，住进医院救治一回，现在在家康复，时常去县里扎针治疗。他有三十年吸烟史，为了身体而戒烟，不想却开始发胖，腰围三尺多，每天早起在田野间走路，晚饭后夫妻二人再相伴行走几千步，有时连晚饭也不吃，彻底戒了烟酒，再无什么花销，只吃自家地里种出的菜，平时吃吃玩玩，不再外出干活。悠闲是悠闲了，自在是自在的，可收入也没有了，只是孩子们给他一点，存起来用于还账。

二人的衣服，都是闺女和妹子买的。春节时自霞指着客厅后面一间屋子让我看。我走过去，见一间没有住人的屋里，桌上地上摆满了吃食，尽是各式各样的盒子、筐子，有些水果已经放蔫了。

树功的小女儿去年定亲，女儿代表男方家，来试探爸爸的口气，问树功：他家说，彩礼八万八，你看中不中？树功说：噫，让他们再添添吧，拿个整数。我一分也不要，还是都陪给你，到时存一张卡你带走。女儿传话过去，对方也答应了。这讨价还价的过程，其实也是一个愉快的交涉，再一个对方也清醒地知道当下局势。我曾问过树功：男方家要是不答应哩？树功说：不答应婚就不结呗，这个我说了算，因为将来我家娶媳妇,对方说了算。

男方家一个独苗,感觉条件也挺不错,树功对小女儿的出门,准备得很是丰盛,除了那张十万元的银行卡,各样用品一应俱全,光两个丝绒被就花了两千七。也是为了给女儿脸上增光,叫婆家人不能小看。

那两口,人不赖

我听到村里好几个人说,树功那两口,人不赖。在农村,一个人要得到别人背后这样的评价,不是一件很容易的事,那是常年的为人处世奠定的基础。

树功给人帮忙,从不吝惜自己的力气。因为村里青壮年多外出打工,剩下的都是老弱病残妇,谁家有需要人干点小活的地方,给树功说一声,他立即就去了,扑下身子就干,干完转身就走。就是前几年他在附近干活每天挣二百块的时候,若遇谁家里有大事需要人手,他也会放弃当天的出工而去给人家帮忙。这在当下农村,是稀有的事,别的男人会以外面有活儿没有空闲来婉拒。

我队和相邻生产队,有史以来办丧事都在一起相互帮忙,因为丧事需要打墓抬棺,报丧写乐,使用人力较多,这种事家家都会遇上,所以约定俗成全都是义务出工,主家只用每人发盒烟。新世纪以来,人们都外出挣钱,村里劳力更少,打墓使用小型挖掘机,有的精明人以腾不出空为由不再参加,所以丧事也不像从前那么热闹了。但树功只要遇到这事,必放弃外面的二百元工钱,前去给人帮忙,他说人家多年遇到一桩这样的事,不参与说不过去。

大国活着时候,没有体力,多动脑子,早先各家种地时候,他知道树功在地里种麦,就在河堰上等着他,见树功走来,叔长叔短叫声起,树功就顺手给他把地耩了;浇水时候,他又在路边等着树功,边递烟边口甜喊叔,树功也就顺便给他把地浇了。

大国去世后,树功说他从没有去过小洁家里,因为他嘴笨不会劝人,不知道说啥好,怪不得劲的。直到我回大周,住在小洁那里,他才去她家里坐坐说话。大棚里的活儿小洁一个人硬撑着干。去年有一天刮大风,小洁急忙开车要去坡里把塑料棚盖好,在村后路上遇到树功。打招呼时,树功听说情况,要去给她帮忙,拉住车门非叫小洁停车,他上了车,一起去西河坡,赶在风雨来临之前,两人把塑料棚全部盖好。

2022年国庆假期,我和叔叔都在大周。叔叔说一起去给我的爷爷奶奶和他的爷爷奶奶烧纸。他借了别人一辆电三轮骑着,非要让我坐在后车斗,来到后地烧完纸后,我头前走(幸亏没有坐在车斗里),他在后面倒车,因为不太掌握电三轮要领,车翻进了路边的沟里。我听到一声响,回头望去,但见车和叔叔都在沟里了,忙跑回去,叔叔万幸没有被车砸住,而是被围在车斗和一棵杨树间。路边正在干活的两个男人过来,我们一起把叔叔拉上来,但电三轮却抬不上来。那两个男人说:恐怕得找吊车了。叔叔问:如果再来俩人,咱六个一起,能不能把车拉上来?男人说可以的。叔叔让我给村里人打电话。我说给树功打吧。叔叔说:不叫他!我说:你都这样了,还计较从前的事。电话打给树功,叫他再喊上雨叔,两人速来。只有三分钟时间,但见树功骑着电动车,后面带着雨叔,疾速飞来。六人齐动手,把电三轮从沟里拉了出来。树功又把错位的车斗在车轮上放好调正,给叔叔掉过头来,一切弄好,才骑车又带上雨叔走了。这一切都是在我叔还记恨着跟他爸闹矛盾的情况下进行的。遇到那不诚心的人,听说是我叔的事故,也可能磨蹭几个来回,以找不到人、车没有电为由,叫你多等上十几分钟。而树功脑子里压根没有动这心眼的那根弦,接到我的电话,立即走到打牌场叫雨叔说:起来吧别打了,跟我到后地去。而也曾因小事被叔叔吵过的雨叔也是立即放下手中的牌,坐上车跟他来了。

　　叔叔回大周时住在没有上下水的老院,拿桶提水,从不去树功家,越过他的家门去东边人家提水,见了面也不咋理树功。自霞说:他要别那么犟不理我们,我给他把水接好送回去,缺少个啥我给他拿去,平时招呼着,多好。树功不计较叔叔对他的态度,每次都主动跟他打招呼。有一次我跟叔叔在老院说完话,叔叔骑着电动车外出,我在后面落下几步跟着,叔叔在街里刚一露头,我听到树功声音明亮地喊他:哎!大爷你出去哩?叔叔冷淡地应一声走了。我走出过道,见树功坐在自家门口的花圃矮墙上,悠闲地跷着二郎腿,阳光灿烂的样子。我心里很是感动,再一次给他说:叔叔年纪大了,心胸就那样了,你不要跟他计较,该招呼招呼,该问候问候。树功不在乎地说:那是当然。

　　某天我见西头的一位老人站在树功家门口,低声说了几句话,两人开始撕授着让钱,老人非得给,树功非不要,钱在二人手里传递,一会儿塞进树功口袋,一会儿又塞回老人兜里。我问:你们这是在干啥?

老人羞涩不语。树功说，自己家里一个用不着的东西，他拿去使了，非要给钱，这咋能要钱哩？坚决不能要。两人又十分用劲地相让了一阵，老人的力量自然没有树功大，便把钱装回了自己口袋。

树功有时候会给我寄点家乡特产——芝麻叶、红薯干、大蒜。东西我是欢迎的，但不忍让他花邮费，便让他使用邮资到付，可每次他都是付了邮寄费。想想他还欠着外债，我于心不忍，便也给他和孩子寄点小东西。他生病住院时，我给他微信转了六百元，说我没有在家，不能去看你，小小心意请你收下。他却是怎么也不收，第二天钱又自动回来了。

春节期间，他家小院里热闹非凡，每个房间都住着好几个人，他的闺女儿子，二功的三个闺女一个儿子，还有妹妹的女儿也住在这里。每天大门敞开，人来人往，夜晚扯起小彩灯，孩子们在院子里啤酒烧烤，十几个人欢声笑语，简直是一个青年纵队。树功、自霞做饭张罗，忙前忙后，乐此不疲。白天家里人来人往，说话的，拜年的，这个来了，那个去了。妹妹的女儿睡到半晌揉着眼睛从楼上下来，脸没洗头没梳，树功说她两句，她一头扎在舅舅肩上撒娇，树功开心得快要把接近二百斤的身体融化，脸上只剩了一张咧开的大嘴。他家里成为快乐大本营，他是大哥大伯和大舅，接待着弟弟妹妹和来往亲戚，很是自豪当年亲手建起的这个院子。

他的胖大身影时常在家门口晃动，成为大周东头的一道风景线，或者是稳定元素，谁有点事都喊他帮忙，他也愉快地当成举手之劳，所以他虽然没有外出挣钱，但也是忙忙叨叨。表弟在外打工，汽车放到家里快要生锈,树功他姨叫他去把车开到大周,归他使用,于是他的闲事更多了些,全是些不打粮食(指不挣钱、没效益)的事:给这家盖房找个干活的,给那家帮忙拉个东西顺便到镇里取个快递,一会儿又开车带人外出办事,说的是一个钟头回来,却不想耽搁在那儿仨小时回不来,免不了跟下一件事时间冲突,赶得满头大汗。我开玩笑说,大周东头如果缺了你,人民群众的幸福指数要打点折扣,下降几个百分点。他就像得到夸奖的小孩,擦着脑门上的汗水,开心地笑。

树功问我:姐,你有没有最痛苦最无助的时候? 我说:每个人都有,谁能没有呢? 树功说:我最无助的时候,一个人躲起来哭过好几回。

当年宗理叔活着时候,树功在家守着,只为他干活,没有给过他钱(主要是没钱给他),于是宗理叔总觉不出大孩的孝顺;二功一年回来几次,因为自己的两个女儿在家由宗理叔春莲婶给看着,二功便给他钱,所以他总觉得二功孝顺,便处处偏向二功,在种地、分家、分粮食时向着二功,态度强硬地给树功拍桌子说:少一个子儿都不中。这引起了自霞的不满,让她对公公积怨在心。

宗理叔和春莲婶晚年时先后都得了病。宗理叔先病,挂着棍叽叽歪歪走路,却还不影响发脾气骂人,一家人不敢还嘴。宗理叔最终瘫在床上,生活不能自理。春莲婶又突然发病,需要送医院,手里却没有钱,树功为难得掉泪,只有借钱一条路。春莲婶住院回来,行动不便。树功顾不了两个老人,经门里长辈主持,两个老人分开由两个儿子照顾。春莲婶病症轻一点,能自己端碗吃饭,分给二功,于是二功把母亲接到灵宝。宗理叔在家,一天三顿要喂饭,大小便要收拾,每天几次翻身挪动,还要时常擦洗。自霞因从前对公公的不满,不愿照顾他。树功跟她商量:你只用喂他中午一顿,早上晚上我来喂,然后出去干活,床上厕的尿的你都不用管,晚上回来我收拾。自霞还是不同意,从不往公公的院子里去。树功认为,不管从前爸爸再偏向老二,但现在他病了,作为儿子不能不管。无奈的树功只好在家专心照顾父亲,从后面自己的院子,住到前院宗理叔的身边日夜陪护,一天三顿喂饭。不出去干活,就没有收入,一个大男人,手里常常没钱,只有还不完的外债,最为难的时候,树功自己偷偷掉泪。

小女儿考上了大专,树功让女儿好朋友的爸爸来劝孩子:你爸爸没钱,你能不能别去上这个学了?女儿一听不说话,只坐那儿流泪。树功立时心疼,一咬牙说:上!不能让孩子受屈,我再去借钱。于是女儿拿着他借来的钱到三门峡上学去了。

到了年底,自霞一看家里没有一点收入,便同意给公公喂中午饭,叫树功外出干活。

宗理叔刚瘫痪没多久,身上便长了褥疮,树功借钱从郑州买来充气床垫,又四处打听买来药物涂抹治疗,褥疮很快好了。因为翻身擦洗得勤,护得好,宗理叔瘫在床两年三个月,只在临死前几天身上又生了指甲盖大的一块褥疮。这在农村瘫痪老人里,很是少见。树功感叹,自己妈在灵宝,跟着二功享了快十年的福,想吃啥喝啥二功给她买,冬天有大炉子,夏天有空调风扇,光电视就看坏了两三台,有空了推出去转着玩玩,试问农村老婆,哪个有这样的待遇?2021年夏天,春莲婶在灵宝去世,农村的火化政策当年出台,春莲婶生前专门交代儿子,不要火化她。那时农村也有逃避火化偷埋老人现象,但树功考虑到妹妹有公职,害怕受到不良影响,便和二功商量,直接在灵宝火化,骨灰送回大周埋葬。老人活着咱对得起他,至于走了,也就不必有那么多讲究了,我们再看一眼能咋? 树功言辞之间,对父母情深义厚,念念不忘。

自霞姊妹七个,她十来岁时没了父亲,那年恰是她小学毕业,家里拿不出钱让她上中学,于是回家干活。二十二岁经人说媒嫁给树功,就一直生活在大周,没有外出打过工,没有出过远门,除了当年躲计划生育跑过一阵,再没有离开过大周。她每天的活动范围是自家院子内外,东邻居的打牌场里打几圈牌,然后就是做饭干家务,带大自己的孩子,现在又管大闺女的孩子。

二人都是头一次被人说媒,便满意了对方。我问自霞:你这辈子跟了树功,幸福不? 自霞疼爱地看看树功,嗔怨道:现在好了,不打我了,年轻时候打我哩。我说:敢打你,还了得,跟他不过了。自霞说:不过咋办? 两边都有老的有小的,让老人生气。我立即想起童年时候,见到宗理叔打春莲婶的画面,难道打媳妇也有遗传? 自霞说:脾气上来可不得了,拿起平底锅往我头上抡。那一回是政哥和玉发叔拉住他,我给跑了,要不是可得惨了;又有一回我没跑了,硬是让他打了一顿。我听得来气,说:跟他离婚! 自霞说:打完了又给你说好话哩,气来得快消得也快。我又想起小时候老师给树功的评语:有冷热病。

我说:树功年轻时候,挺帅的吧,为啥找一个大两岁的媳妇。树功幸福地说:瞎眼了呗。自霞说:咦,帅啥哩,瘦得跟鬼一样,刺挠(凌乱)着头。春天里就要出嫁的小女儿坐在廊檐下,安静地听着我们闲聊,从手机里调出爸妈的结婚照给我看。哈,那时的树功,是个干瘦的青年,脸上只有骨架子和肉皮,感觉面积是现在的一半,胡子拉碴,头发凌乱,去拍结婚照也不说把头发整理一下,真不知咋想的。而自霞是个俊美的姑娘,烫着卷发头,脖里戴着纱巾,眼珠黑亮,五官精致,充满灵气。一对新人青葱懵懂,眼里充满对新生活的向往。经历三十来年的时光,奔波在生育、躲藏、操劳、借钱还债路上的两人,又都先后脑梗住院了一次,精气神消散,面目完全变了,被生活洗去了火爆和尖锐,变得随和柔软相互包容,更加体贴恩爱了,每天晚饭后,双双外出散步走路。

树功说年轻时候脾气赖,没有耐心,一句话说不好,就想打人。拿平底锅往自霞头上抡的那次,他们还住在村后的院子里,盖了简易厨房,要垒一个小锅台,自霞说这样弄那样弄,树功说:你来弄。自霞说:我不会。垒到一半,自霞走过来说,垒得这样不好那样不对。树功说:你来垒。自霞说:我不会。树功说:不会就别说。也可能他垒得确实不好,他又不是专业人员,平生头一次弄,怎么能弄得好呢?自己看着也是不像,暗中有点恼火。当自霞第三次走过来说他垒得不好时,他抡起平底锅向她甩了过去,幸亏没有砸上,自霞抱头跑出院子,树功一个人在家跳脚大骂。国珍哥路过门口,跟他说话他也不理,越想越气,抬脚把快要完工的锅台哐哐两脚踩倒,还是不能消气,一时间眼冒金星,暴跳如雷,出门找自霞算账,蹿到几个邻居家里一通乱找,最后发现自霞躲在顺财大爷家。见他走进院子,自霞跑进小东屋插住了门。树功硬是把门踩开,揪出就打。一时拥上来好几个人拉劝,自霞再次跑开,直到几小时后才敢回家。树功的气自然也消了。

下一次实实挨着打是自霞怀孕时候,为几句话,说不到一起,吵了起来,自霞起身要回娘家,树功追到村后路上,把她打倒在地,揪住头发在雪地上往回拖。只因那次路上无人,连个拉架的都没有,自霞无奈受了一顿饱打。

我当下替自霞谴责他:你都不怕把她打流产了?树功说:那时考虑不到恁些,你不知老实头儿就这样,有气出不来可不中,必须得打她一顿。要是现在,她打我我都不会还手。自霞说:现在你敢打一下,我就零散到这儿了,看你咋弄。夫妻二人争着讲述当时的情景和细节,孩子们在一边笑眯眯听着,因年代久远镜头对不到一起,各人说的有所不同,总之都能指出对方的不是。这是树功小女儿出嫁后三天回门,孩子们都在家,我问树功的儿子:你小时候见过你爸打你妈没?咋不帮你妈打他?儿子说:那时上学哩,不在家,光听别人说,俺爸爸揪住俺妈头发在地上拖可远。儿子长得很像树功,胖大结实,看样子性格也很随和。树功偶尔的暴力倾向没有影响家庭氛围,也没有给他们造成童年阴影,孩子们一个赛一个阳光灿烂。一家人父慈子孝,母爱女贤,饭桌上其乐融融,儿子和爸爸开玩笑,妹妹不时给姐姐夹菜,自霞坐在那里,心满意足地看着这一切。

树功坐在小椅子上,讲述往事,不好意思地前后晃着,脸上是羞愧的爱意,对着自霞说:不管咋说,对你不算赖,这么多年,叫你出去干过活没？自霞反问：那打过我没？其对话的表情和样子，恰似一对斗嘴的姐弟。

两件小棉袄

春节时，邓庙过会唱戏，树功开车拉我去看戏，给自霞丢下一句，晌午就回来了，两人奔北边而去。邓庙街里停好车，走在熙熙攘攘的人群中，找到戏台看了几眼，巡视会上卖的各种粗劣商品、食品，多年规则不变而产品有所升级换代的套圈游戏，仍然对乡村孩子有着吸引力，不由感叹起时光流逝和我们的年龄。树功突然说：不中了，姐，老是挨吵。我问：谁吵你？他说：俩闺女。他眼里含着一点不知是幸福还是凄凉的泪花，又有一点难过和委屈。我问：吵你啥？他说：吵我这没做好，那没弄对。我突然想起自己年轻时候，也是时常对父亲态度不好，各种顶撞与嫌弃，父亲只默默忍受，或者转身离开。现在想来心里很是难过。而他的两个女儿，二三十岁，正是我当时的年纪。我感觉像是安慰多年前的父亲，替两个女儿向他解释：她们吵你是爱你关心你，想让你过得好，照顾好自己的身体。他点点头，不再说此事了。

过完年，人都走了，家里就剩下夫妻二人和春天出嫁的女儿。

树功说：等女儿办了婚事，他就去新疆干活。有老乡在那里建工程，管吃管住，每天工钱三百，住地离干活地方挺远，要每天开车拉着人们去，他现在让一个亲戚开着车，把名额给他占住，他去再开上车的话，每天又多五十。他不抽烟不喝酒，可以每月存下一万元，干到天冷回来,挣四五万,拿去还债。

树功说:我这一辈子的心血,挣的钱,买的房,全都给了儿子,等我老了干不动了,就指望这俩闺女了。我说:你这叫啥话? 气人不? 不是养儿防老吗? 咋要指望闺女? 他说:因为儿子负担也重啊,他要还房贷,要生活,还要管他的小孩,自己顾不住自己哩。我又不像你们将来有退休金,我是啥都没有,只能指望闺女了。我说:闺女不照样有压力吗? 他说:闺女没那么大压力,首先不用还房贷,问题是闺女也愿意管我,我也愿意叫闺女管。有口吃的就中,得大病了也别抢救,死了把我火化了,骨灰用塑料袋兜回来不拘挂哪儿,种地的时候撒地里妥了,也不用花钱办丧事,我这一辈子就这样过去了。

几年前给儿子买房大闺女给了一万,装修房大闺女又拿来了一万;树功考驾照的钱,是小女儿给拿的;树功和自霞脚上的鞋,分别一百多和二百多,都是小女儿给买的;小女儿婆家买的车,出嫁前放在家里,树功开着。他的日子眼看着苦尽甘来,除了没钱花,其他一切都好。

树功去年生病住院,白天是三个闺女(送出去的二女儿也回来相认)照顾,晚上是两个女婿轮流值班,病床前总围着几个人,无微不至地照料呵护。旁边病床上躺着一个男人,除了妻子之外,再也不见有人看望,失落之情溢于言表,跟不知在哪儿打工的儿子视频说:你看看旁边你这个伯伯,把我眼气(方言,眼红,嫉妒)得没法儿。千里之外的儿子说:知道了,就把身体保护好,不要得病。

我问树功:你当时要是头一个是儿子,还会不会再要? 他说:肯定要啊,人都不知足,有了孩儿还想要个闺女,如果二胎还是个孩儿,那只能自认倒霉。

目前农村的婚姻市场,两个儿子压力实在是大。树功的大闺女,头胎生了儿子,现在已经六七岁,也不敢轻易要二胎,怕再生住儿子。因为现在小孩花钱太多了,从生下来,奶粉、尿不湿、零食、看病、上学、培养,全都是钱,而农村人来钱渠道太少,只能期望有个好身体,干点出力活。

树功目前家庭存款零元,不算银行贷款,还有近四万元的外债。儿子如果找到对象,前面的二十多万窟窿还在等着他。五十多岁的树功在未来几年里,仍将是走在借债还钱的路上。但是他对此充满了向往和期待,盼着有人给儿子说媒,想早点步入那个愁人而幸福的程序,愉快地将债务背上不再结实的肩膀。

儿子继承了夫妻俩的忠厚老实,从小乖顺听话不惹事,没让人操过心,在上海工厂干活,每月挣的钱自己交银行按揭,只留下饭钱和房租,其余的打回家里交给父母。疫情时候困在上海没有收入,树功问他:要不要给你打去点钱? 你在那儿得吃饭呀。儿子说不用不用,手里还有钱。儿子有个同乡好友,也是每月给家里父母打钱,没有收入却不想让家里知道,那个月凑不出给父母的钱,问树功儿子借钱,傻儿子卡上只有五百元,全部转给了朋友,自己没钱吃饭,悄悄地问姐姐要钱。树功知道此事,又难过又欣慰,感叹着儿子咋能老实到这个程度。自霞说:那还不是跟你一样?

树功后背上长了一个良性脂肪瘤,不疼不痒,柔软无碍,只是随着时间推移而缓慢长大,现如今比鸡蛋还大一些。有人说最好切了,有人说长着没事。一打听，切去它得花上千元，树功不舍得花钱，就让它在身上长着。在他的意识里，身体的病到了不得不上医院时才去，就像前年自霞和他先后中风，走不成路，要有生命危险了，才会去花钱住院看病。我估计他这个瘤子，最终还得哪个女儿拿钱，吵着逼着让他去切了。

春天来临，两个女儿商量，要开车带爸妈去洛阳看牡丹。树功二人先是答应，晚上又一商量，花钱受累没必要，看牡丹又不是生活的必需。第二天告诉女儿：不想去了，你妈怕累。大闺女又开始吵人，说得好好的咋又不去，花的是我俩的钱，又不花你们的。噢，啥事非得吵一架才能中？见女儿生气，树功不敢反驳，只好说：中中中，去去去。周围人也劝他俩：闺女想带你们出去玩，是她们的心意，小闺女马上出门走了，她是想用这种方式孝敬你俩一回，别不知好歹。可是谁的钱都是钱，花出去还是心疼，但终究不敢再说不去的话，乖乖地坐上车，跟着两个女儿到洛阳去玩了两天。年龄越大，从情感上越依赖女儿，小棉袄的诸多决定，包括吵他，也都是为着他好，他只得一一听从。

大闺女在镇里超市上班，时常住在这里，孩子由树功两口接送照管，平日根据她的上下班时间调整吃饭时间。因为树功给我家招呼着盖南院的房子，因为一些细节问题时有争执，树功抬高嗓门，我也毫不相让，大有要吵起来的趋势。院子里传来大闺女的歌声，下班回来的女儿在哼唱，树功就像是听到了天籁之音，眼珠一轮，紧绷着的一张脸瞬间笑成了花，说：嘿你看看俺闺女得哩。于是不再争论刚才的话题了，一切按我说的办。

　　五一节前两天,小女儿出嫁。送出大门上车后,树功哭成了兔子眼,自霞站在街里,掀起衣襟擦泪。他伸出手给她递餐巾纸,一副患难夫妻情深义厚的样子。另一张照片是女儿坐在车内,仰着头努力睁大眼睛,眼里含满泪水。视频中,穿着新衣的树功领着女儿步入婚礼现场,满脸严肃,表情僵硬,走到女婿面前,抓住女儿的手,像抓一只刚出蒸锅的小红薯,放在女婿手里,显然是很少和成年的女儿再有肢体接触,女儿按照婚礼程序的挽胳膊和拥抱都让他紧张不安。主持人说:请叔叔给新人说几句话。树功摆摆手不说,走下台子。事后他说,当时心里可矛盾,很想给闺女说几句话,又怕一开口控制不住眼泪,算了不说了。

　　树功说,老大闺女结婚时,他俩哭得比这痛多了。从前闺女离家上学、打工,也有一走半年一年的,却从来没有这样离别的愁绪。现在出嫁,虽然走得不远,三天两头都能回来,但就是心里难受,从此不再是自己家里的人了。

　　这就是父母的矛盾,嫁走了伤心,嫁不出了着急。前两年小女儿挑挑拣拣没有找到合适对象,眼看二十五六,自霞少不得嘟囔,女儿说:那你给我找一个吧,最好找个咱庄的,离家近,随时回来。

　　家里还贴着鲜红的囍字,屋里墙角堆着齐样八箱酒,树功说是新女婿结婚前过礼送来的,他留着将来给儿媳妇家过礼,到时就不用买了。我说:真会打算,赶结婚前你还又敲了女婿一把。他笑嘻嘻说:那咋弄哩,现在都兴这了,将来俺孩结婚,我也得伸着脖子让人家敲呀。大女婿坐在那里羞涩讪笑,七八年前他们结婚时,县城买房之风刚刚兴起,却还没有那么紧密,树功自霞也比较厚道,没有给他家提出买房要求,他算是逃过一劫,少花几十万就把媳妇娶回家里。

小女儿和新女婿三天回门,提了八样礼,喜气洋洋地堆放在客厅的地上。烟、酒、牛奶、饮料、火腿肠,其中的一块猪后扇煞是惊人,拿大号红色塑料袋兜着,少说也有三十斤。酒是跟屋里那八箱同样牌子的一箱。想必男方家为娶媳妇、待客过礼,或许买了一车这样的酒。岳丈大人树功跷腿坐着,幸福得意的样子。

我说:有闺女真好! 树功嗔爱地说:你看看,大闺女住这儿就不说走,住成了自己的家。因为闺女外孙常年住在这里,女婿打工归来,便也时常跟来住着。

树功问我:姐,你知道我为啥挣不住钱吗? 我自己把这个问题来来回回想通了,太老实太善良,心不够狠,啥事都要按规矩来,稍微感觉有一点对不住别人,心里就过意不去,晚上都睡不着觉。唉,这性格也没办法改,还传给了儿子,算了管他哩,做个好人问心无愧。这辈子就这样了,借借还还,只要身体好,一家老小平平安安,把外债全部还清,将来老了最好是说死就死,别偎到那儿拖累孩子。

树功的家见天有人,过年过节弟弟妹妹常来走动,平日村人、朋友愿来串门,院子里、门楼下,总是坐的有人,客厅里、沙发上时常有人在说话。相当一部分内容,是给儿子介绍对象的事,儿子个子高眼光也不低,还想挑拣一番。而树功、自霞是那么热切,想伸长脖子,让不知哪一村哪一户有闺女的人家,举刀而来,把他们狠宰一下,而他俩全力以赴,愉快配合,那将是夫妻二人后半生的甜蜜事业。

巧手修人间

借用一句网络用语：如果不是亲眼所见，我是万万不敢相信啊。在西安市东郊某大企业门口的生活区，有一间小小的修理店，从早到晚异常繁忙，店主人朱语庆的身边总是围绕着几个人，门里门外跟着，买这订那，要这问那，好像他这里是个魔法小世界，与日常生活有关的什么小东小西都能变出来。无论是各种型号的螺丝、钉子、管子、接头，还是各样功率的灯管、插头、五金电料、水暖配件，千奇百怪的生活小零件，只要你说出名字，他都能在异常拥挤繁杂的小屋里准确找到，拿给人家。二十多平方米的屋子，四面墙全是货架，门后也安个小架子，上面挤满了各种小零件、日常用品，屋顶上躲开电风扇转动的势力范围，又挂着几个个头大、分量轻的塑料家伙；卫生间里，安放一个小货架，密集放置各类不怕受潮的小货品；门外卷闸门与墙体之间五六厘米的空隙,也定制小货架,安放身姿轻盈修长的黏合剂、喷雾瓶等小物品;门边还有广告板,上书封阳台,这个业务不是他的,是替别人做广告;卷闸门如果拉下来,上面还有其他广告文字。总之他的门面房里里外外上上下下没有丁点空闲地方,连做饭区域的水管案板上方的空间都利用起来,侧身去那里够取上面东西要努力把自己的身体拉长变细才行。

门外马路沿上,总是停着几辆正在修、等待修的电动车,还站着一两人在立等可取。他还经常被电话呼叫,到附近小区上门修理修补家庭生活所需的方方面面,真的是像广告里说的:除了感情,修复一切。小到配钥匙、换锁,大到修理空调、洗衣机、抽油烟机、电动车、水暖管道,外加马桶及下水道疏通。

这个工作看起来不起眼,但是谁也离不了。在我家里,但凡是门把手、地砖缝、下水道、燃气灶、窗户台出了问题,夫妻俩会不约而同地说:给语庆打电话。

语庆一天要接几十个电话,预约时间,请他上门修理。他的手机通讯录里有四千多人,除了少部分亲人朋友外,其余都是打过交道的附近居民。

我在他的店里坐着等待半个小时,采访无法开展,因为他腾不出时间给我说话,连烧开水的空儿也没有。屋子里除了一个破烂短小沙发和一个小桌子、小案子、小水池,其余全部是各种货品,可怜的一点空地站三四个人都觉得拥挤,基本转不开身。不停地有人进来,进行各种各样的咨询、对话、买东西。小桌上有一个 A4 纸装订的大本子,横向正反两面使用，一行行记录着需要去干的活、顾客预订东西的型号牌子。桌上还放着一套打开的成人高等教育考试卷子，是收废品的大爷送给他的，他要阅读上面的作文试卷，画出优美句子，吸收文章精华，归纳中心思想，总结心得体会。

我在现实生活中见过两个无比繁忙的人，一个是大作家贾平凹，再一个就是修理店老板朱语庆。他们虽然行业不同，社会地位不同，但都同样被人们热切地需要着、预约着、簇拥着，一个是精神，一个是物质。而在某种程度上，后者被需要的程度可能更强烈更迫切，因为没有他，你家里损坏了的东西就不能恢复使用，日常生活无法保证。

无奈我只好先行告辞，他十分歉意地和我约定哪天晚上八点半下班后再过来。

我在两天后的一个夜里，带着我的小行李箱，再次来到门口搭了遮阳棚的朱师傅便民维修中心。这个行李箱使用多年，一切都好，只是拉杆柄上的两个小疙瘩其中一个弹不出来，致使拉杆有点松动歪斜，借机让他修理一下。我俩坐在终于安静下来的小街路边，店铺门口，他将我的小箱子摊开，拉杆拆卸下来，寻找原因。我从来没见过行李箱里面会有着怎样的构造，见他拆得放了一地，我问：你修过行李箱没？他说：没有。那你怎么能保证修好？他说：所有东西都是一个原理，咱打开来仔细看看找找。伴随着一个多小时的采访，他研究拉杆里面那个黄豆大小的塑料疙瘩，弹簧看一看，润滑油滴一滴，穿进去试一试，不成又拆开，砂纸打一打，锉刀磨一磨。我几次说：实在不行就算了，可能是塑料老化，一个小疙瘩不弹也不影响箱子使用。他仍然仔细研究,一个方法不行再用另一个办法,试了几次,其间换了几个工具,对着那颗小塑料又是锉又是磨又是量,最终再穿进去,摁摁试试,好了,那个不知为何闹了罢工的小疙瘩灵活如初地能吐出来,可是拉杆插进箱子时方向反了,装好后才发现拉杆柄弧度朝外,再拆开抽出重装一次,嘿,灵活而稳定,就像新箱子一样好使。

其间他还先后接到三个电话。一个女人说:朱师傅,我是矿山路的,你让我买的那个线我买好了,目前的情况我给你发图片了,你看明天能不能到家里来安装?他说:明天不行,约的有活儿了,后天去吧。一个男人说:老朱,我家洗衣机出问题不排水了,你能不能来看看?他说:明天晚上八点你再打个电话,我下班后过去,活儿太多,我怕忘了。一个老太太说:小朱,你问问那个封阳台的,我家阳台墙上瓷砖掉下来,摔成两半了,他能不能来修一下?语庆说:为一块砖跑一趟他肯定不来,我会粘,后天早上八点到你家去。

天资聪慧

朱语庆是北乡杜曲镇某村人,生于 1967 年,是家中唯一的儿子,有三个姐妹。父亲过于本分老实,农活外没有别的所长,除了工分没有一点经济来源,家里比一般农户人家还要贫穷困难。语庆上学时候,每学期十块左右的学费还要去借,经常是借几家才能凑齐。语庆说自己的聪明来源于姥爷。他从小心灵手巧,动手能力强,对身边事物充满好奇,十三四岁便跟着大爷学会了编竹活,竹床躺椅之类的,他编好后让姐姐拿出去卖,为家里挣得一点活钱,用于他在学校的花销。他在校睡的竹床,就是自己编的。他把家里的锁拆开、观察,然后再安装好,从此修锁技术无师自通。

每一学期都开学半个月了,老师还会在课堂上说,还有某些同学,这学期的学费没有交来。他低下头不敢吭气。他和姐姐学习都很好,因为家里没钱,姐姐早早辍学回乡劳动。"某些同学"的待遇,让语庆自尊心很受伤害,也不想再上学了。中考前半个月,他还在奔忙着去买竹竿,操心着回家编竹活。考试后,他连分数也没有去看,自动离开了校园。他深知没钱的难处,不愿让伯妈为自己操心,也知道上了高中不一定就能考上大学。他眼见同村一个大他两岁的伙伴,学习也很好,考上高中后,勉强上了半年,回家不上了。那个少年自己到亲戚家借钱交的学费,母亲给他擀一些面条晒干,让他带到学校,等到灶上做完了饭,他用人家的锅和火煮自己的面条。在这种环境下人很自卑,学习成绩也不稳定,便自动离开学校回到家里,后来到新疆干活去了。农村里有不少优秀聪明的青少年,空有远大志向,但极度的贫穷捆绑了他们的身心,局限了他们的视野,因而阻隔了向上发展的道路。语庆早早地看到这一点,打算用稚嫩的双手铺开自己的人生之路。

十五岁的语庆就这样回家,帮助家里干农活,从事竹编工作。小小年纪的他,比一些老编家编得还要快还要好,跟着村里的大人到处跑着卖竹床,为家里挣几个活钱。

同一个生产队的伙伴,和语庆关系比较好,小时候成天一起玩耍,这人只上了二年级或三年级就辍学回家了。他先去北京,在建筑工地上干活,1984年收麦回家,对语庆说:跟我上北京转转,去干活吧。此时语庆除了竹编活外,找不到更好的事,便跟着同伴坐火车去了北京,在阜成门外建筑工地上干活。

那时农村青年还没有大量拥入城市,基本是老乡带老乡,形成了某个工地上都是区域性人员的局面。建筑工地大量要人,这个老乡虽然没文化,但是出去得早,知道活儿咋干,在外有些根基。家乡青年除了本村的之外,也都人托人找到他想要去北京挣钱,芝麻庄的谷子村的,姨家的儿子,姑家的儿子,表叔表舅的儿子,姑奶奶姨姥娘的孙子,他带出去了三四十人,成为小工头。于是阜成门外这个工地,基本都是来自河南临颍的青年。他们大部分连小学都没有毕业,竟然有许多人不识字,不会写信,那时候也没有电话,想跟家里联系只能写信,于是语庆成为帮他们写信的人。整个工地干活的就语庆文化程度最高,他的才能很快显现出来,给大家派活儿记工分,工资每月一百四,其他工人一百二。

人多了不好管理,又都是十七八岁,半成年不成年,没有任何知识,更谈不上法治观念,时不时把公家的东西偷出去,有的偷个铁锹,有的偷个榔头,拿到外面卖几个小钱,逮住的话就是罚款。干活之余,工地把他们集中起来天天开会,防范偷盗行为。可其中一个胆大的还是顶风作案,偷了一盘电缆线,工地上把这个人和工头关了起来,要每人交五百元罚款。没想到这俩人翻窗逃跑了,他们几十个成为无人领管的羊群,议论纷纷,不知出路在哪儿,害怕工地上找他们要罚款,又跑了几个,一时间人心惶惶。

　　最后工地决定，小工头带来的这一帮人，一个都不要了，每人发一张火车票让回家去，工资也都没有，语庆就这样在北京待了两个月，又两手空空回到家乡。好在这两个月里，每当休息日，他就到北京各地看看逛逛，增长见识，还跟着一个同村青年，每人花了五毛钱门票，用一整天时间好好参观了故宫。遗憾的是毛主席纪念堂那天没有开放，没能参观。

　　回到家乡的语庆又拾起竹编手艺，编好了用架子车拉出去卖。有一次，他和一个堂哥拉着各自编的竹床到外县去，在一个集市上，两人分开经营。几个地痞从他堂哥那里抬走一个竹床说：俺家就在这过道里，先回去试试，好用的话就出来给你钱，不能用的话抬出来还给你。堂哥答应，但总也等不来那几个人。两人卖完架子车上的竹床，便在巷口寻找等待，见那几人抬着竹床出来，不理堂哥，只对语庆说：这个竹床不好，不要了，把刚才给你的三十块钱还给我。语庆解释说：这不是我的竹床，你也没有给过我钱。堂哥说：是我的竹床，你刚才拿去没有给钱，现在看不上就还给我吧。但那几人见语庆人小好欺负，只问他要钱，一时围上来很多人观看。语庆向大家说：这不是我的竹床，我俩竹床做工不一样，我的编得结实，砂纸打得细致光滑，弯头接口那里严丝合缝，最重要的是一个竹床腿的里面刻着"made in linying duqu"（临颍杜曲制造），不信你们看看。众人过来看那几人抬来的竹床，果真不像他说的那么做工细致，床腿上也找不到那一串英文。在众人的谴责下，那几人放下竹床走了。

　　竹床比别人做得细致结实其实没有什么窍门，只是愿意多出力气,多费功夫,仔细打磨,因他的竹床做工精良成色好,每次都能顺利卖出。曾经在外县一个集镇里,他做的竹床被几个青年一眼看上,要二十块钱强买。语庆说:连工带料,你最少给我三十五。四个青年只扔下二十块钱,一人抓住一只竹床腿,抬起来越过他的头顶扬长而去。语庆见他们人多势众,也不敢多言,看着他们抬走。周围有人说:还给你二十,不赖了,平时他们在市场上看中的东西,根本不给钱,都是白拿。

语庆二十岁那年,有人说媒,介绍邻村一位十九岁的姑娘。这个叫爱芳的姑娘是我嫂子的亲妹妹。双方一见之下也都同意,便订下了婚事。其实之前语庆上下学,经常从她家菜园边路过,相互看到过几眼,或许早已心下中意了。换手巾时包了二十块钱给女方。家里的房子,是父亲和他一起——拉土,脱坯,晾晒,攒够上千块土坯,拉到窑上烧砖——用了好几年时间,从他上学时就开始积攒土坯烧砖,终于攒够了砖而盖起的。结婚时聘礼九十元。我问语庆:为啥不给一百块凑个整数?他一笑说:十块钱能办好多事哩。主要是她娘家伯妈人好也不挑这个理。就这样把媳妇娶回了家。

竹编做了几年,他意识到这是传统工艺,毕竟快要走到头了,便想学一些新的技艺。他天然地对各种器械好奇,又很爱钻研,动手动脑,便摸索着修理自行车、缝纫机、门锁。

当时杜曲有个农机厂,厂子倒闭后,语庆的二舅便将各种设备收到家里,自己办了个农机厂,车床、铣床、刨床都有。语庆便到这里干车工车床,学会了一些简单的修理。二舅利用这些设备,自己制作打麦机,做水泵配件。语庆在那里连学带干,外边谁有什么活儿了,他就去给人家修理,打井机、脱粒机、带子锯,他都修过,还有方圆几里的架子车轴滑丝了,也来找他们修理。人家有电焊,没有螺纹,便拿来让语庆给他车螺纹,或者做一些配件。这样认识了一个在杜曲镇上修车的人,名叫金坤,当时金坤有六十多岁,修了一辈子各种车子。语庆那时候二十来岁,经常和他交流。金坤一有车轴就拿去让语庆给他加工,语庆的自行车坏了,便去找他修理,又向他请教修理的知识。金坤耐心给他指教车轴、链条的原理,又鼓励他:你们年轻人学东西快,只要掌握了要领,给你一说就会了,往后闭住眼都能修。

语庆和爱芳婚后头胎生个女儿,二胎还是女儿,便开始躲计划生育,将老二放在孩子姥娘家,由姥娘带着,也没有给上户口。按政策,语庆这样的独子户允许生二胎,其实也就是睁只眼闭只眼,让你自己看着办。现在回望当年基本国策,在农村其实是上有政策下有对策,基层干部对村民还是比较关照的,口头整天喊着只生一胎,但大多还是两三胎,或者更多,总之要让人家有个儿子。

三胎还是女孩,送了出去,保持身边只有一个,为生"二胎"保驾护航。语庆他妈每天跪在家里烧香:求菩萨给俺家一个孩儿吧。

西安谋生

五年里生了三个女孩,他们决定到西安投奔爱芳的大姐和姐夫,也就是我的哥嫂,主要是为躲计划生育。1993年秋天种罢麦,语庆夫妻二人来到西安，先是在我嫂子的小店里住了几十天，晚上临时栖身，后在东郊的东小寨村和长乐坡租住。

初来城市，没有资金，不知自己能干什么，语庆便每天出去转转看看，想有个本钱小投资少的营生，就在东郊这一带游荡。看到一个配钥匙的，那个机器就是个卧式的仿型小铣床，跟他曾经干过的农机里边的铣床一个道理。语庆便扎了五六百元的本钱，买了个配钥匙机和一些钥匙坯子，于来到西安的第二十二天，在路边出摊开始配钥匙。头一天挣了二十多块钱，很是开心，如果这样下去，每月能挣六百元，那时候像我父亲单位这样的国营大企业职工每月工资也就是三百多。建筑工地的民工，高手一百八，一般工人都是一百五、一百二，小工才几十块钱。

就这样开始了配钥匙，当然每天情况不一样，有多有少，最少的一天只挣了三块钱。语庆摆摊位置刚好在一户人家的窗子外面，相互一问都是河南老乡。这位来自南阳、姓习的老汉告诉他，你光弄这不中啊，得增加项目，买两个打气筒放这儿，也能增一些收入。因为老汉的兄弟和侄子都是修自行车的，那时自行车特别多，每家都有好几辆，上下班时间满大街都是自行车，便有不少河南老乡来西安修车。语庆摆摊的家属区，短短一百多米的街道，两边修车点就有六个，每一个都有生意可做。

语庆便买了两个气筒放那儿，打一次气一毛钱，人也是络绎不绝地来，有时候打气的人便让他修点小问题。他在老家时有修理基础，慢慢接活修车子，在实践中技能一点点提高。

当年春节回老家,他二舅问他在西安干啥,他说配钥匙带修自行车,只是干的人太多,竞争激烈,他的活儿比较少。二舅说你写个牌子:打气免费。这样就把顾客吸引过来了。过完年回到西安,语庆试着写了个纸板挂在摊位上。刚挂出三天,一个老头儿,也是修车子的老乡,走过来告诉他:你要是这样做,你是不想在这儿干了,真的是为人民服务吗?要是真服务,你干啥都别收钱,一切免费。语庆知道自己坏了行规,便把牌子拿下来。老人接着教育他:你要干这,就得有个做生意的样子,人无我有,人有我全,人全我精。这个精不是你人精,而是你的手艺要精,人家干不了的,你能干,那才是最要紧的。语庆一听老人说得有道理,便不再使用这种雕虫小技。可是有顾客来问他,昨天还是打气免费,今儿个咋不见那个牌子了?语庆说:你自己打免费,我给你打收一毛钱。在这个过程中,语庆也悟出一些做生意和为人处世的道理,学会了在复杂的现实生活中怎样更好立身。

街道办事处整理市容,把这个路段修车子的六个人统一划分区域,每人四米的摊位,挨着摆到一起。这样又给语庆提供了一个学习机会,自己没活儿的时候便全程观摩那些老手的修补过程,偷学了不少关键技术。从前他不敢接复杂的活儿,比如梁撞歪了,叉子撞变形了,不知道怎么处理,后来在看的过程中慢慢看会了。开始人家活儿多他活儿少,眼见着挨边的鄢陵老乡每天都能挣四五十、五六十,而语庆连带配钥匙总是徘徊在三十上下。没活儿的时候他除了细心观看,也时不时给人家递烟搭话示好,顺便询问请教。

六人当中五个是河南人,许昌、鄢陵、洛阳、南阳的都有。同行是冤家,他们在表面的和气之下,其实也是暗自竞争,不会真心教他。后来因为一件小事,鄢陵人和语庆成了好朋友。

有一天鄢陵人卖了一辆自行车,买主是语庆给介绍的。这个安徽人在西安东郊做豆腐,爱芳在他那里卖豆腐,语庆每天天不明就去他店里,给爱芳帮忙批发豆腐,店老板经语庆介绍从鄢陵老乡那里买了一辆二手自行车。却不知这个鄢陵人是从一个贼娃子手里低价买来的车子,自己赚了一点钱又出手。第二天,警察的偏斗摩托车拉着一个戴手铐的青年前来指认。鄢陵老乡害了怕,告诉警察:自行车这会儿让一个亲戚骑走了,一会儿回来就交给你。过来低声问语庆:买车子的人在哪儿,你是不是认识他? 语庆赶忙到安徽人那里说好话,自己垫钱退给人家,把自行车骑回来交给了警察。这样警察便不再追究鄢陵人倒卖贼车的责任。从此鄢陵老乡对语庆比较信任,两人成为忘年交。鄢陵老乡20世纪50年代就到西安来修车,一身的本领,愿意教给语庆一些修理要领和软技术,比如校叉子、校车梁、校车把这些一般人不会的不在意的细活,他都教给语庆。再加上语庆自己慢慢琢磨,手艺渐长,活儿也干得越来越好。

后来鄢陵老乡去世,再后来虽没有修自行车了,但他的儿子、孙子、孙女婿都在东郊那一带家属区继续干着修电动车的工作,在附近小区也都买房安家,成了西安人。

由于语庆手艺好,收费合理,周围的人们都来找他。大城市里到底文明程度高一些,人们对他比较友好,除了偶尔市容驱赶,偶有顾客言语粗暴无礼,他倒也再没有受过什么欺负,居民们亲切称呼他小朱。

习老汉夫妻俩心地善良,家里有好吃的,隔窗递出给他。语庆冬天腰疼,阿姨给他做了个棉垫护腰。

有一些来修自行车的人问他,会不会修洗衣机。他说,可以上门试试。那时的单缸洗衣机、双缸洗衣机功能少,结构也很简单,基本都是线断了,或者哪里卡住了,人们也不懂得,只当是机器坏了。他研究洗衣机,初步看出一些门道,其实这都是中学物理课上学到的知识,他试着动手,竟然给修好了。小小成功尝到甜头,他去买来相关修理的书本进一步钻研学习。

其间爱芳在西安还引产了一个女孩,很是遭罪。终于怀第五胎的时候,B超查出是个男孩,便回老家买准生证。农村里有相关政策,像语庆这样的独子户,生过头胎五年之后,可以发放二胎准生证。这种准生证每个村里只有少量,本应是免费发放,但因为求大于供,便需拿钱买,一开始是二百、五百,后来一千、两千,一路涨到了世纪末的五千元。二人用在西安干了几年攒下的钱,回村买了一个二胎准生证,1997年生下宝贝儿子,治好了全家人的心病。1998年,刚好赶上村里重新分地调地,他们有证有人,手续齐全,爱芳抱着儿子回到老家,为儿子分得了土地。然后把儿子放在家里由婆婆照看,她又来到西安,跟语庆一起在城市里挣辛苦钱。有儿有女的日子,虽然艰辛,但夫妻恩爱,吃苦耐劳,挣的钱寄回家里,供几个孩子生活。

女儿先后到了上学年纪,爱芳回到老家,在县里租房居住,让两个女儿就读于全县最好的学校实验小学,照顾她们的生活起居。

语庆在西安,配钥匙加修车,每个月收入一千多元,除了交房租和吃简单的饭食,全部打回家里,就这也几乎不够全家的花销,总是钱还没有到手,家里已经断顿。此外,父亲生病还需吃药。语庆恨不得每天二十四小时都在干活、修理。晚上躺下睡觉之前,还要再看几页修理方面的书,如果能从收废品的大爷那里得到一本文学书籍,他也会熬夜读完。顾客送来的东西、报修的家用电器,他拆开来仔细研究,边学边练,总要弄懂、修好才算罢休。

2000 年,他搬到我父亲那个大企业的厂区南门,住进我姐姐家旁边一个奇异的小房子里。当时我姐一家住在一座两层家属楼的一楼东头,家属楼东边是一所小学的教学楼,教学楼伸出廊厦,使两座楼中间有个一米宽、十一米长的窄道,不进风雨。我姐本想将这个窄道临着马路的后面封起当杂物间,一想语庆一个人花钱租房,便问他愿不愿意住在这里。语庆为了省钱,便搬来居住。将我姐家门旁边封起来,在家属区背后的临街安装木门,把这里变成他的住房。我姐让他从自家扯了电通了水,替他承担水电费,他每月给我姐五十元钱,基本也就是房子免费居住。主要是因为这里在厂区门口,人流量更大,他便在家门口摆摊。于是他的战场从家属区转到了厂区门口。此时他的修车技术已经练得比当时相邻的那几个人都好,所以生意比之前更好了。姐姐和一些邻居时常做了好吃的给他端上一碗,他给他们免费修车,和附近居民相处得很是融洽。

语庆为人实诚,总为顾客着想,能修则修,从不鼓动顾客换零部件。那些车子轴、脚蹬子,其实只是滑丝了,或者磨毛了带不动,一般修车的都给顾客说:你得换一个新的。但是语庆有板牙有丝锥,简单地一套一过便可以骑了。这样一来,他有了很多回头客,那些在别处被告知"得换一个"的人,都把车子推来让他修理。

有一次一个人的泥瓦螺丝断了,去两个修车点,人家都要他换一个泥瓦挡板。那人不甘心,经路人指引来找语庆,语庆给他取了出来换个新螺丝,只收他三块钱。

有一个骑摩托车的,来补带或者打气,看他这里能取断丝,说自己摩托车排烟筒的螺丝断到发动机壳上了,取不出来,新螺丝也安不上,问语庆能不能给取出。语庆说可以。他问:需要多少钱? 语庆说:你这个大一点麻烦一点,得十块钱。那人说我给你三十,你给我取出来。语庆便用取断丝技术给他取了出来。那时候还没有电钻,是手摇钻。他将断处先钻下来,再取出来。

那人付钱后说:你知道吗,我去摩托车修理店,人家说叫我换发动机,得花好几百;又去找机械加工的,人家说最少得要一百块钱。语庆说:这其实是个挺简单的技术,就叫取断丝,前面那些修理店一个是嫌麻烦,再一个是只想挣钱,不想给你弄,或者不知道该咋弄。而语庆遇到这种事情都能用最节约成本的方法解决问题,并且要钱不黑不贪,于是来找他的人越来越多。

语庆是个爱钻研的人,看到什么东西总想了解它的原理。有时候遇到创卫或者市容检查,城管通知不让出摊,他便外出在街上走走看看,观察各样营生的挣钱方式。他还经常去小东门里的市场上转悠。这里最早叫鬼市,天明之前经营交易,天亮之后撤离,有很多渠道和来路明或不明的千奇百怪的东西,新品或者二手都有,卖家急于出手,售价都便宜。后来市场习俗沿袭下来，相当于西方的跳蚤市场，从早到晚都有经营，人们将家里不用的东西拿出来卖，语庆在那里买到了好几样自己需要的工具。

那次遇到一个女的，报纸卷着一个卡尺，要价八十，问语庆要不要。当时市面上一个卡尺售价一百二，语庆说：没带那么多钱，要不成。当时语庆只带了二十元钱，想买点小东西。走了一会儿，那女人在后面喊他，说五十块给你吧。语庆说：我真的只有二十块钱。女人说太少了不能卖。语庆说：我也没想要啊，转身又走。过一会儿那女人在身后又喊：算了二十给你吧，留在我家里没一点用。语庆将这个还算新的、质量完好的卡尺买了来，一直到现在还用着。它的用处非常之多，可以量各类钢珠的直径。他所使用的钢珠能精确到 0.02 毫米的差别，这样便可减少钢珠磨损，所以他修好的车子质量稳定，十分耐骑。

顾客多了，啥人都有。有修好车子不想给钱的，说：叫我试试修得怎么样，骑上就跑了；也有人半偷半抢，趁他不注意，就骑走修好的自行车；还有人盯上正在充电的电动车，拔了电骑上就跑。那几年没有摄像头，社会治安也比较乱，贼娃子多，时常在街上出没，有时候他们相互掩护作案，所以语庆眼看着他们骑走车子却不能去撵，一个是撵不上，再一个不知他们的同伙会出啥幺蛾子，自己的摊位上还有正在修的车子和一堆东西，所以，他只好眼睁睁看着人家骑走了。这些损失都得语庆来负担，和车主协商作价赔钱。现在到处安装了摄像头，社会治安也好了许多，再没有出现过这种现象。

也有一些人，车修好后，说没有带钱，或者钱不够了，因为自行车和电动车都是骑在路上意外坏了才会来修。遇到这样的事，语庆也都是放人家走，说啥时路过了把钱带来。有人来还钱，有人再无踪影。有一些外县农民，长安县的、蓝田县的来西安办事，骑到东郊这里自行车坏了，确实身上没有修车的钱，语庆体谅农民兄弟，都让他们骑上走了。真有两个人事后专门从外县送钱来，其中一个蓝田人还带来了自家种的半袋子红薯。

业精于勤，这话适用于各个行业，修理自行车的学问也很大，不同的人修出的效果也是不同。业务精，再加上为人实诚，他摊位的回头客非常多，一个传一个，周边人都对朱师傅非常信任，他的活儿每天从早到晚干不完。

手里有了一点钱，2003 年，语庆想重新盖家里的房子，他设计成城里单元房的样子，四室一厅，厨房卫生间要盖在屋子里。这下真是捅了马蜂窝，农村千百年来，从没有把厕所盖到屋里的。在他们眼里厕所是多么污秽的东西，怎么能修在屋里？人们都是在院子的一个角落里专门修建一个厕所，厨房也都是单独的一间屋子。至于生活是否方便，没有人考虑，反正咱这里向来如此都是这样，也不能为了所谓方便坏了老祖宗传下来的规制。厨房进堂屋倒是罢了，厕所进屋万万不可，亲戚们一致反对，全村人看他笑话，大舅哥和二姐夫亲自跑来指责，说他糟蹋钱，瞎胡整。语庆坚持自己的想法，他在大城市已经十年，见惯了单元房，干净整洁，文明方便，为什么我们农村不能借鉴呢？院子里还保留着厕所，你不想在屋里上厕所，就只当成洗浴间好了。

他一意孤行，成为乡村第一个吃螃蟹的人。卫生间入户，就得有上下水，他自己设计走水管道，总之坚持给屋里建造卫生间，只为了家里人洗浴和夜间方便。他建起的这个跟大家不一样的四室一厅成为全村景观，很多人怀着复杂的心情前来参观，又羡慕又嘲笑，风凉话说了好久。语庆这一"壮举"领先于乡村风尚十余载，直到近些年，农村人才慢慢在屋里修建卫生间，而语庆他家早早地使用了二十年。

2004年7月，大企业门口盖了一溜门面房对外出租，语庆租了一间，从事综合修理，外加配钥匙，又买来冰柜卖冷饮，从此安定下来，不再路边摆摊了。他将门面房隔出能塞下一张床的里间位置，吃住在此。他一个人，每天从清晨到半夜，除了吃饭睡觉，总是手脚不停。人们也都知他住在这里，遇到车子坏了、钥匙断了，就算你关了门，哪怕是夜半，也得给你敲开。语庆时常被电话叫出去，总是在修理这样那样的东西，恨不得再长出一只手，收钱拿冷饮，总之要将小小门面房的功能发挥到极致。从此风雨无惧，他的事业从这里开始慢慢稳定住了。

与此同时，我姐家的房子需要拆迁，语庆住了几年的那个窄道道小窝也随之消失，那里要建新小区，来了很多外地农民工。语庆看准商机，在门面房里又挤出空间，安了四部电话，办起了话吧。农民工每晚来此打电话，一部电话每月能挣八百元，在21世纪初的那几年，仅话吧就月收入三千多。再加上冰柜里的冷饮，语庆几摊子忙活，那个卷闸门也就是半夜睡觉时关上几个钟头，其余时间大开，迎接各样需求的顾客，接收各种气息的大小钞票。他不能花钱雇人，那时都是现钞,天天钱如流水,不至近的人也不放心。他独自一人每天十五六个小时地忙碌着,天天数钱再累也开心,总之一下子解决了经济困窘的问题。

21世纪之后,开始出现了电动车、摩托车,大有一点点代替自行车的趋势。刚开始时,电动车是那种脚踏式的、简易的,起步的时候以脚蹬地才能慢慢助上点力。语庆意识到自行车时代可能快要结束,就开始钻研电动车技术。2007年电动车大量上市,那时候都还是用的有刷电机,现在看来很不先进,但在老百姓的出行史上,是一次大的提升和革新,不用费力蹬自行车了,充了电它自己就能跑。人们对此都很好奇和向往,电动车也成为每个家庭的小小财产。

电动车技术培训班也应运而生。有几个河南郑州的、山东泰安的人,来附近小区里租房设了办事处,开办培训班,一期学七天,学费一万元(附赠全套修理设备。感觉他们更主要是卖设备的),对电动车的电瓶原理、工作程序、电机结构、维修知识等全方位的内容,进行详细系统的分析与讲解。慕名而来学习的人很多,山西的、甘肃的、宁夏的都来听课。外地来的人们到语庆这里打问培训班详细地点,他将来人带到小区里面找到单元楼上。经他带进去的都有一二十人,他自称是培训班的门迎,后来干脆将培训班的招生信息及电话立在他小店门口。于是培训班给他优惠两千元,他交了八千学费,也进行了七天的正规培训,摸清了电动车的所有原理,得到了那一套设备和一个培训证书,怎样判断故障,各种情况下怎么处理,他都全部搞懂了。

不足三十平方米的小小一间门面房,他不断地增加功能,引进项目,零售各种小配件小零件,犹如螺蛳壳里做道场,收入来源顾住三个孩子的上学费用和全家生活。

语庆在西安挣钱,爱芳在老家县里陪孩子就读,孩子们度过愉快轻松的童年,再也不用承受他小时候交不起学费的困苦。

突遭变故

家里房子盖好之后,儿子也到了入学年龄。为了帮助照看繁忙的生意,爱芳带着儿子到西安来,交了借读费在西安上学,留下两个女儿在老家县城读书,交由爱芳的妹妹看管。

2006年五一前后,语庆的母亲过六十六岁生日。在临颍,老人的六十六很重要,必得大过一次。语庆忙着挣钱不舍得离开,爱芳带着钱和礼物,专门回到老家,为婆婆祝寿。她下火车回到杜曲的家里,不顾旅途劳顿,一个人在院子和厨房忙碌,择菜做饭刷盘子洗碗,连饭都吃不上,只让亲戚们在屋里吃喝。这是一个主妇和媳妇的本能与职责。这是一次常见的家庭聚会,谁也想不到这是她最后一次和女儿及家乡亲人见面。

在家只待了几天的爱芳又匆匆回到西安。7月5日上午,她骑着电动车外出买菜,被一辆大卡车撞倒,送到医院后抢救无效身亡,只活了三十八岁。最大的孩子十七岁,最小的孩子只有九岁。而原计划,两个女儿7月6日要到西安过暑假,和父母弟弟团聚。爸爸在西安的那个小小的门面房是他们全家的经济来源和亲情港湾,姐妹俩的心早已经飞去,却不想变成了奔来参加母亲的火化仪式。

　　我曾亲眼见到爱芳在西京医院抢救无效的过程,目睹三个孩子在火葬场撕心裂肺地哭,他们坐地蹾腿号哭,可再也哭不回亲爱的妈妈。当天殡仪馆的场景令其他死者家属也为之动容,人们远远地观看,默默地流泪。

　　处理完爱芳的后事和理赔事宜,语庆开始重新择偶。他一个人无法带大三个孩子,支撑这一摊子。虽然孩子们不愿有一个后妈,但生活的现实是爸爸也不可能一直不找。语庆那一阵焦头烂额,心力交瘁,一边陷于对爱芳的无限思念和愧疚之中(觉得爱芳跟自己受了很多的苦,眼看日子好了,她却不在了),一边是孩子的上学、高考、花销,一边跟别人介绍的女人见面。因为周围居民都很喜欢他,大婶大妈大姐们热心给他介绍对象,而母亲希望他在老家找一个。他两边应对,先后接触过几个,女方见到他的人,看到他的生意,也都很是愿意,但听到三个孩子的情况,便退缩了。有一个陕西本地的女子,倒是愿意跟他,但明确表示将来不跟他回河南,这个分歧致使二人不能再谈下去。几经周折,在老家本村附近找了一个离婚的女人,名字里也有一个芳字。

　　又芳很快来到西安,成为语庆的帮手。两人先前都有孩子,这样组成的家庭,势必在经济、情感方面有这样那样的不快。语庆和孩子们不时因学费、花销等问题产生矛盾,语庆觉得孩子们不听话了,孩子们明显感到爸爸和以前不一样了,变得难以沟通,于是跟他不再像从前那样亲近。

　　语庆、又芳所挣的钱,要用于四个孩子的上学和全家日常花销,他更忙更累了。又芳善良宽容,脑子聪明,嘴也会说,用一颗爱心对待语庆的几个孩子,经历几年磨合,孩子们慢慢接纳了她,店铺周围居民也接受了她,生意一如既往的好。

　　有一位漯河老乡,在东郊某处开缝纫铺。有一次缝纫机出了故障,叫语庆去修理。语庆去看后,发现是大轴坏了,需要更换,现在这种大轴很不好配,要到处去找,可老乡接了一批缝纫活儿,得保证按期交工,又芳便把自己的缝纫机让他拉去使用。老乡用后说:你的缝纫机很好使,说个价卖给我吧。又芳说:咱是老乡,卖什么卖,就送给你吧,我今后有需要做的活儿,到你那儿去做。此举让老乡非常感动,从此他成为语庆家时常走动的朋友,给他们介绍了很多活儿。在他们买商品房钱不够时,还借钱给他们。

　　语庆、又芳二人,除了修理店之外,还尝试过与人合伙开酒店。经营几年,合作双方产生矛盾,以失败而告终,觉得还是专注于修理店为好,主要是收入稳定,而且这种天天顾客盈门的感觉,让二人心里很踏实。

　　语庆现在雇了一个亲戚做帮手,管吃管住,每月给小伙子开五千元工资,可见他自己能挣多少。一个小店,三人忙碌,却还是没有停下来歇息的时候。我第二次约时间采访,又芳说:要不咱们到幸福林带去说吧,若在这里,总是有人要来。最后想了一个办法,我和语庆坐在修理店的马路对面聊。夜里九点多小店还是人头攒动,出出进进,又芳和那个年轻人在忙碌。

　　配钥匙、修车摊、修理店,风风雨雨,时光流转,来西安三十年,语庆也见证着这座城市的变化,对东郊这里的大厂生活很是熟悉。厂区门口是我家住过的地方,我在那里度过了童年。那个大坡,那些邻居,以及从大周来西安谋生的人,宗芝叔、麻圈哥、春田哥、同才爷……他和我一样,跟他们都是熟人,对这里过往一切保留着清晰的印象。

　　他感到遗憾的是当时修理店旁边小区盖好,房价很便宜,但是他买不起,爱芳车祸去世不久,几个小孩上学花钱,老爹生病,家里一应开销都很大,挣的钱总也不够花,连首付款都拿不出来。几年后经济情况稍微好了一些,两个女儿毕业有了工作,不再花他的钱,便在距此儿公里的地方挤挤凑凑按揭买了一套单元房,每天上下班骑电动车单趟要跑十来分钟。

　　好在现在儿子也毕业了有了工作,他再没啥负担。身材开始发福,两鬓头发灰白,当年初来西安的那个小伙子成为一位中年大叔。

　　又芳开玩笑说:每天一开门就有人来,关了门回家还有电话追过来,眼瞅着人家家里东西坏到那儿使不成了,咱不去给他弄好心里过意不去,所以现在挣钱都是小事了,主要是为人民服务。又芳乐观开朗,总是面带笑容,小店门口坐着的那些女人,也并不都是来修理东西的,还有人是跟又芳拉话谝闲的。从早到晚,小店内外人来人往,热闹非凡,语庆很少有闲下来的时候,经常是吃饭都没时间。多年来的习惯,手上的活儿干不完,他也不愿意放下来去吃饭。总之,他和他的小店,成为周边居民须臾不可离的地方。

　　语庆交了不少朋友,有来西安谋生的老乡,也有西安当地人。南阳老习已经去世,他的老伴九十多岁,前几天扶着小推车专程来看语庆,坐在门口说了会儿话,回忆当年语庆在她家窗外摆摊的日子。老人说:只是想看看小朱是否还在这儿干着,看到你一切都好,我就放心了。

无论经营什么,配钥匙一直都跟随着语庆,房门和钥匙更新换代,锁的进化形式多样,结构也越来越复杂,小车床始终摆在门口,每天都有人来配钥匙,还有人请他去开锁。新式防盗门钥匙许多地方不能配,丢失之后,只能换锁。因为语庆干过机床,便能应对现在最新式的防盗门钥匙,他可以做到四个曲线成型,这都是他曾经干过的铣床上的一种。

西安三十年,全家里外上下所有花销,都是语庆的一双手挣出来的。如今,他也五十多岁了,手里有了一点存款活钱。他说,如果母亲身体好着,他会干到六十多岁,母亲身体一旦不行,他随时做好回家的准备。西安的房子留给儿子,反正他和又芳将来老了是要回家的,他做梦都想回家,西安再好,终究不是咱的家,老了干不动了待在这里也没啥意思。世纪初他在老家花四万多元盖的房子,牢固结实,宽大明亮,他亲自设计的四室一厅,厨卫完备,现在也不过时。近几年每次回去,逐步改造装修一点、拾掇一点,按照城市文明的标准,处处都弄得舒适美观。盖了小东屋,修了后花园,安了摄像头。千里之外的语庆每天都要点开看看,看到母亲的身影,每天穿的啥衣服,看到院子里的瓜果蔬菜,见到树荫移动,他内心温暖安宁,想象着夫妻二人回乡养老的日子。前几年他给二人买的有养老金。到那时陪着母亲,安居家园,衣食无忧,那才是真正的幸福生活,而这生活,是他三十年来在城市辛苦打拼挣来的。

我问他:你觉得你这一辈子算不算成功?

他说:这叫啥成功?

我说:按照咱的起点,比着大部分老家人,我觉得你挺成功的,脑子聪明,又能干,爱学习,起码吃的是手艺饭,没有去搬砖打工出苦力讨工钱,没有让孩子上不起学,你一直在有限的条件下掌握着自己的命运,家里大小事情都打理得很好,被人需要,赢得尊重,这还不算成功吗?

他想了想,认真地说:如果这样说的话,比着俺同村一般大的十几个人,我目前的情况算是好的,弄得圆展一些。

我问起当年那个大他两岁、带着妈妈擀好晾干的面条到学校里的同村人。他说,那人去新疆干建筑队,因为有点文化,人又上进,能看懂图纸,会写写画画,随后当上了工程师,现在过得挺好。看来,努力进取的人,在哪里都能发挥才能。

语庆说:其实不需要我再多说啥了,我的事情你都知道,随便写吧,用真名也行,化名也中,总之就是这些平凡故事、生活琐事。我就是个社会最底层的人、普通老百姓,能力有限,一辈子对社会没啥大贡献,那就做个守法公民,吃苦受累,过好自家日子,不给社会添乱,不给他人增添麻烦,至于我叫张三还是李四,又有啥区别呢?

到灵宝去

几十年来,大周村有许多男人去灵宝干活,甚至有人在那里结婚成家,置业定居。世界那么大,想去哪儿去哪儿。在农村人向外自由流动的现今时代,人们可自主选择,去向四面八方,为何单单都跑到豫西地区的一个县级市呢?

这一切都源于一个人。大周人去的时候,都是先找到这个人,得到他或多或少的帮助,借钱借宿,介绍活计,寻找各种门路。于是一个带一个,形成一种心理和习惯,当人们想要外出挣钱的时候,首先想到是灵宝。

艰难岁月

20世纪60年代，人们还没有外出务工的概念，都是老老实实在家干生产队的活，种地拿工分。青年人外出的途径只有当兵或者上大学，这样的人凤毛麟角，会引起轰动，成为人们羡慕嫉妒的对象。大部分农村人想都不敢想，能走出自己的村子，去往外面的世界生活。而周宗信却带着几块钱，毅然决然离开了大周。

周宗信是树功的本家，听名字就是跟树功父亲宗理叔属于同辈人。宗信叔出生于1944年，是家中老大，下面有一个妹妹一个弟弟，家里是富农成分。1958年考上初中，只上了一年，没钱交学费，也吃不饱饭，并且学校停课了，他便回家干农活，跟着生产队的大人们一起到临颍县城东王岗村挖河道。因那时他不是整劳力（各项技术全面的成年劳动力），只需在家干生产队的活，工分较低，但眼见着父亲年龄大了，不忍叫他再去出苦力，便和父亲调换，代父出工。

他成人后家境日益困难。因母亲病故，加上之前看病求医，家里欠下外债，直至没有饭吃。1964年腊月二十六，他去北乡姨家想讨点红薯干或什么东西回来过年，被亲姨一阵数落，说你这么大都该寻媒了，还不知好歹穿得这么破。宗信拿着姨接济的一点粮食，回到家里，非常生气，若有好些的衣服谁会不知道穿呢？整个过年期间他哪儿也不去，拒绝走亲戚。

年后，他打算到外面寻找活路。那时离开乡村需要开介绍信，可他家成分不好，也没有正当理由，大队不可能给他开具证明。而他去意已决，1965 年正月初九，他从临颍坐火车到洛阳，又辗转到当时的临汝县（今汝州市）梨园煤矿寻找自己的叔叔，想找个挖煤的工作。叔叔周爱民早年外出求学工作，彼时是煤矿生产科的工作人员，告诉他：你来此是想提高生活，但煤矿安全条件不好，假如出了安全事故，就得不偿失，我对不住你伯。当时洛阳到临颍票价四块二，叔叔给他了五块钱，让他回家。他拿着五块钱，到了洛阳，没有向东，而是坐上了西去的火车，不敢出省，便来到灵宝，手里只剩下八毛钱。

　　他知道有个老乡在灵宝工作，便去投靠人家。在那人家里住了几晚，然后自己找活儿干。当时的社会情况是到处都不要外地人干活，因为一个人随便脱离生产队的劳动到外地去属于流窜。豫西地区的风貌习俗跟豫中平原不太一样，那里大都是土织布，自己做衣服；豫中平原的人们，都是供销社买来的洋布，洗得掉了色还在穿，所以他的外貌和穿着一看就是外地人，于是找活儿屡屡碰壁，生活十分困难，只有人家需要劳力却找不来本地人的时候，才会用他。他也想办法买了当地人的土布衣服，少说话，这样好几天才能找到一个小活儿，收入极少，吃饭总是成问题。终于到了 5 月份，铁路上需要临时工，经老乡介绍，他有了一个机会，在三门峡西工务段灵宝养路工区干临时工，每天一块五毛钱。可是铁路工人不是每天都有活儿干，人家一休息，他就没有了工资。一个星期只能拿到四五个一块五，星期天他还得想办法再找别的活儿。他给自己制订标准，每天生活费不能超过七毛钱。他不可能有粮票，也买不起高价粮，麦子是吃不起的，便买来苞谷，当时一毛七一斤，背到磨面的地方，一风吹磨出来，自己拍饼子就开水或者稀汤吃。

他干活扎实肯出力，为人实在，赢得人们的好感和信任。灵宝养路工区工长的妻子，是豫东地区人，离临颍稍微近些，把他当作老乡，看他可怜，就让他把苞谷面存放在自己家里，给他蒸馍，他拿回来烧点稀面汤喝。工区工长同情他的遭遇，又给他安排了每个星期天巡道的工作，活儿也不累，就是转一转看护铁路，拧拧螺丝。他每个星期天定时出现在陇海铁路三门峡以西灵宝段，兢兢业业地养护铁路，这样每月多挣几块钱。多年之后他还记得，在哪个山洞里歇过脚，在哪个地方躲过雨。每当坐火车时，他总是在窗边看那些快速闪过的大小洞口。

陇海铁路三门峡西工务段因地处山区，地形复杂，常因冲水、积水、塌方、弯道路基软形成安全隐患，于是三门峡西工务段路基工程队的工作比较繁忙。工务段路基队的工人，其中有不少临颍人，他们对这个小老乡比较关照，时常给他活儿干，他干活的机会也就多了一些。当时工务段原则上不要外地人，但因铁路上的工作出力大，工资少，并且因为工程队要把工钱先转到大队，大队再发给个人，到了每人手里就很少了，当地农民不愿意干，便给他提供了干活机会。每个月他能收入四十多元钱，听起来很是不少，但他没有粮票，吃的是高价粮。还要惦记着给家里寄钱，他刚出去干了两个月，省吃俭用手里存了十一块钱，便给家里寄了十块，让父亲给奶奶和弟弟妹妹买粮食吃。

经常是手里没钱，但又等着吃饭，便需要提前支取几块钱去买苞谷。有一次他提前向工程队借到五块钱,买了一袋子苞谷,但他还要干活,没有时间去磨面,便请一个当地歇班回家的临时工帮他捎去磨面,没想到那人拿着他的粮食一去不回。宗信也不知他家具体在哪儿,找他不到,也不知什么原因那人再不来了。他只好吃工程队别人的饭,这一顿这个人给他个馍,下一顿那个人给他个馍,就这样撑过了三天,等到发工资。几十年后,他也忘不了那些在他最困难时从自己口粮里省出来给他馍吃的工友兄弟。

家里成分不好,但因他的父亲周钦财为人善良,念过私塾,也算有文化,遵纪守法,为人低调,没有任何恶习,经常帮助村里人写信念信,深受村人尊敬,所以在"文革"开始的 1966 年,清理阶级队伍,批斗地富反坏右的时候,他的父亲被忽略过去,没有受到为难。但是有个别人对周宗信外出挣钱心存不满,想把他弄回来。村里通知他父亲,必须叫他回来,接受贫下中农的监督改造,否则就要批斗他父亲。

当时他在灵宝故县车站(一个镇级小站)干活,接到父亲的挂号信,又收到电报,催他回去。他回信向父亲陈述了好几点理由,现在还记得其中的三点:一、事大事小,跑走就了。二、我回去后是不是就减少你的罪责?如果不能减轻,那回去干什么?三、我现在有活干,能顾住自己,也能贴家里一点,回去后就什么都没有了。总之他顶住不回,家里倒也没有出现其他事情。1966 年春节他没有地方去,便决定到叔叔那里。他带着一点粮票,到梨园煤矿叔叔家里,想在此住几天,与他们一起过年。但到了叔叔家里,发现地方很小,叔叔有四五个孩子,生活很是紧张,自己的奶奶也被接来过年,根本没有他住的地方,勉强挤了一夜,第二天告别走了。回到灵宝,没有活儿,也没地方可去,就一个人过的春节。

直到 1967 年春节,听说家乡批斗之风弱了一些,他才敢回到大周。此时他的好朋友崔孝卿已经部队转业到大队当支书,为他撑起一把"保护伞",首先保证他不会有其他问题,在外没有做过坏事,所以免予追究责任。但过完春节,崔孝卿很为难,叫他走吧,属于放他继续外出流窜,自己要犯错误;不叫他走吧,对不起朋友。而他告诉崔,为了家中父亲和弟弟妹妹的生活,自己非走不可,况且他已经二十三四,在家说媒娶妻没有任何可能,他必须再出去寻找活路。两人商量来去,想出一个办法,给生产队交钱,如果每月交三十元,分菜分柴分粮都有;如果每月交十五元,只分粮食其他都没有。这样他的外出,变成了"合法",堵住了七嘴八舌悠悠众口,也是用这种方式补贴家里。

从此他变成一个来去自由的人。在灵宝,由于他聪明懂事,眼里有活儿,人们都会给他介绍工作。经常有人来找他:小周,哪儿哪儿有个活儿你去干吧。就这样他基本上天天有活儿干了。

1972 年,当时有个政策,对于干得好的临时工,省里会有一些转正指标,下放到各单位。但这样的事情却轮不到他,尽管他已经在此干了七八年临时工,又表现很好,但每次报上去都因为家庭成分不给他批。

当时铁路上有一种小电车,负责运送材料,计算好时间,避开火车,停靠在站里,一个时间段内没火车时,它插空在铁路上跑。周宗信便负责往车上送工程材料和后勤生活用品,工作稍微轻松,便利用业余时间揽活干,手里的钱稍微宽裕,给家里寄钱也多了一些。

在这种情况下,1972 年,家里有人给他说媒。他带着铁路上给他开的临时工证明,回家相亲。霞婶是个很有眼光的人,看上宗信叔的一表好人才和灵活头脑,也不介意他家的成分,连他的单位证明也没看,就同意了婚事。结婚后先是跟着宗信叔在灵宝生活了两个月,因条件有限不能长住,她又回到大周,当社员干生产队的活。

也正是 1972 年,一个偶然的机会,宗信遇到了干木工油漆的人,他便利用业余时间跟着人家干,没有报酬,免费当学徒,只想学一门技术。他是个聪明人,干活之余,留心师傅的调漆配漆。为更快学到技术,他买来一本书——天津人民出版社的《油漆工》,每天白天上班,业余学刷漆,晚上看书,自己琢磨出了配漆的门道,加上油漆工点点滴滴的经验介绍,又买来油漆自己调配、试制,反正调失败了也不浪费,倒进深色漆里还是能用。他初步掌握了配色技术,调出了几种与传统色系不同的新奇颜色,先刷个凳子小桌子什么的,引起人们关注和喜爱,慢慢地,他自己也能接活儿,独立干了。在给人刷漆中,他暗中坚持几个原则:道德品质好的人、穷人、领导不收或少收手工费,只收取油漆成本费;经济不困难、人品一般的人,他照收费用。总之时常让利于顾客,这让他赢得了人心,在灵宝当地知名度慢慢扩大,交到了很多朋友,也取得厂矿企业领导的好感和信任,各个单位里有活儿就叫他来干。甚至给他介绍活儿多的人,但凡自己家里有需要,他会自赔材料去给做活儿。这样他的业务越来越多。从 1974 年开始,他便不再干铁路上的临时工,而是专门从事刷漆工作。

　　1976年,宗信回大周探亲,在临颍县城朋友的家里,看到柜子上有木纹,非常好看,便问是谁刷的漆。主人说:请来的师傅,只见他用颜料调色,拿个橡皮,先在木头上画一画,描一描,擦一擦,画出这种仿制的木纹,最后再刷上一层清漆,把木纹罩在里面。现在想来,那工艺就相当于青花瓷的釉下彩甚至釉里红,虽然时兴好看,但制作起来有一定难度,成功率也不是百分百。当时郑州以南的平原地带有这种仿木纹家具,而灵宝还没有出现。他想把这种新刷漆方式带到那里,便根据朋友有限的描述,在家里试制,拿一块木板,反复画,反复描,反复擦、皴、点、染,慢慢有了一点样子。

　　回到灵宝后,恰逢三线建设,中州汽轮机厂上马,这是一个几千人的大企业。新调来的后勤行政科长,原是灵宝县委招待所的领导,宗信的熟人,请他去承担后勤的一批木活儿,有大量家具需要刷漆。公家单位木料多,他驻守在仓库,干完工作之余,便不停地在废弃木板上试制,先画出轮廓,再用刷子一点点修理,探索出各种手法。经过半年的摸索,他终于大胆地亮出这个新招,也是第一次在家具上实际操作,现在看来那批活儿的花纹画得很是生硬,但在当时当地是新鲜样式。后来又经他反复实验,技术又有大的提升,和真实的木纹相比几可乱真,一下子惊艳众人,引起小小轰动,来找他画这种木纹家具的人开始挂号排队,公家的、私人的,市民、领导,数不过来,忙不过来。这种技术成为他在灵宝刷漆行业的一招鲜。从那时起,他的活儿已经干不过来了,便开始从老家带人出去,手把手教他们学会刷漆,再给他们分活儿派活儿,组成了一个阵容可观的刷漆队伍。从最先的近门、亲戚、本

队,扩散到同村的、外村的。家乡人纷纷来灵宝找他,他来者不拒,哪
怕是不刷漆的,他也都想办法提供帮助,寻找活路。

70年代中后期,我们几个小孩子经常到宗信叔家去玩。他家的老
宅院落在树功家西边,隔着一条过道。我童年记忆里印象深刻,他家
有堂屋、南屋、东屋,临街的南屋和门楼连为一体,到处都是干干净净
的。钦爷住在堂屋,东屋四小间开两个门,宗信的奶奶住上两间,霞婶
和孩子住下两间,弟弟信德或许已经去了灵宝投靠哥哥,总之我不记
得在院子里见过他,甚至我从来不记得见过宗信的奶奶,四十多年了,
孩子的记忆毕竟有限。只记得霞婶小小的东屋干净温馨,墙上糊着报
纸,屋里有好闻的香皂味、卫生球味、花露水味,总之不是那种纯粹的
乡村人家的气息,因为宗信叔在外工作,能经常带回来时尚东西。霞
婶穿着雅致,言少温柔,安静地坐在床边做针线活儿。我们几个小孩
子,围绕在她身边,和她的女儿笑闹着玩,有时为她跑个腿拿取东西。
有一次霞婶给我两毛钱和一个大手巾,叫我去村头代销点给她买一卷
卫生纸,专门交代要用手巾包好别让人看到。我因为"要包起来"而感
到好奇、神秘,觉得这一趟跑路很是稀奇。宗信叔家的院子,在我的童
年岁月里留下十分美好的记忆。霞婶上过初中,受过教育,那个年代
上到初中的女孩很少。她家教好,懂道理,有涵养。现在想来,一定是
她脾气好能容人,我们这些脏乎乎的孩子在她面前从未招过没趣和白
眼,才愿意聚拢在她身边。

霞婶看起来柔柔弱弱,但是非常勤劳能干,生产队割麦或锄草,她
总是干到大伙儿的前面。她还是拣烟叶的好手,看得准,分得精,手又

快。她分拣的等级上交验收时从来没有被打回来过。后来生产队就按她拣的标准来定级销售，她分拣完只用缠把就是。她默默无语，只是安静地干活，深得大家和收购站师傅的好评。在家还要孝敬公公和八十多岁的奶奶，又带着两个孩子。在宗信眼里，她是少见的孝顺媳妇、贤妻良母。

直到1979年年底，宗信叔有足够的条件，才把霞婶带了出去。他弟弟信德叔也在这之前或之后离家前往灵宝，和哥哥一起从事油漆事业。而我于1979年夏天转学去了西安，从此再没有见过霞婶。等到2023年春天我们在大周重逢，我已从孩童变成中年，而她由一个矜持的年轻媳妇一步迈入老年，依然干净整洁，从容淡定，一眼而见的是过着幸福稳定的生活。在宗信叔的口中，霞婶是世上最好的女人，少有的道德品质高尚的人。他说，如果不是有妻子这个坚强后盾，自己这辈子根本做不了那么多事情。不论是宗信叔穷困时候，还是后来发达有钱，霞婶从不给自己花钱，从不问宗信叔开口要钱，买菜花了多少钱，回来向宗信叔如数报告。

高光时刻

来找宗信的家乡人形形色色，由头也越来越多：找活儿干的、做生意的、卖粮食的、买牲口的、买木料的。因为西部山区物产丰富，人口较少，各种东西比东部平原有所富余，除了粮食之外，价格都略低一些，所以大周及周边的人都去灵宝卖粮食和买东西，当然很大程度上都是奔着宗信去的,好像找到老乡,他们的事情就有保障。宗信利用在铁路上工作过的条件,偶尔能协调出来零担货运的车皮,给家乡发一些平原地区的紧缺物品。这样一来,他的名气在家乡越来越大,经口口相传,他成为一个无所不能、神乎其神的人物。

有一次他父亲钦爷带着几个人去买大牲口,可那天从西向东拉牲口的货车不等走到灵宝已经装满。在灵宝车站,连续几天装不上这几只牲口。宗信连连恳求,说服站长,经多次协调,才把货车门扒开,让牲口和人挤了上去。

又有一次大周大队去灵宝几个人,买了二十几头猪、八只羊,要往回运,停在灵宝车站等待牲畜零担车,却七八天没有零担货运,人和猪羊困在车站,人给猪羊割草,宗信给人送饭,猪羊把车站边上一个小院搞得一地粪便,臭气熏天,车站职工和来往旅客骂声阵阵。当时霞婶临产期到了就要生孩子,一个人躺在家里,他却顾不上管她,每天在外奔忙着找人托关系、探消息。若不是他曾在铁路上干过,跟车站的人关系都熟,车站哪里允许这一帮外乡人把猪羊放在这里,把场所弄得一团糟。时间一天天过去,猪羊变瘦变蔫,天气炎热,如果染点病,后果不堪设想,大伙儿愁得嘴上起泡,没有一点办法。这时他听说县物资局新分配来一辆加长东风大卡车,便找到物资局一把手,说:实在不好意思,但只有你能帮忙了,老乡买的猪羊走不了,再这样下去,我承受不了,如果牲口死在这里,老乡损失惨重。要不你去看看情况,看看能否提供帮助。领导跟着他去,也被眼前这一场景吓住,真是愁人,实在可怜。他很同情外乡农民的遭遇。这位领导之所以愿意帮他,还有一个原因是当年他家盖房、家具刷漆，地方偏远，没人去干，是宗信带人多次去家里干活。可他们只有车没有司机，便又找来其他单位的一个复转军人，好话说尽，复转军人终于同意跑一趟。把东风大卡开到火车站，从下午开始装车，直到天快黑，才把一群猪羊弄到车上。之所以装了半天，是因为车上地方不够，猪已经把车厢占满，没有了羊的地方，怎么办？宗信又想起给老乡买的木板，刚好还没有运回去，便在猪的上方搭上木板，固定捆绑结实，几个人和几只羊坐在上面。宗信坐在驾驶室陪着司机一起回家。幸亏是那个年代，搁现在不符合道路安全，根本不允许上路。而他早上出门，四处奔波，忙着这批猪羊，只是走之前回家看了一眼，给霞婶说了一声。也就是在他们出发的这天晚上，霞婶在邻居的关照下，生下孩子，身边无人陪伴。一行人就这样夜色中走上山区公路。车行一晚，到天明七点，至襄县境内，当地人拦住不让通行，理由是我们这是土路，你的车太重，刚下过雨，会把路轧坏。车上的年轻人出言不逊，有骂人话被当地人听到，生气更不让走。宗信出面交涉，看路的推到干部身上，干部推到看路的身上，反正是一群村民拦了下来不让通行。车上牲口和人水饭未进，六七月的天，眼看快到中午气温升高，猪已经热死一个。宗信跑到代销点买了一条芒果烟，来到管事的老头儿家里，动之以情，晓之以理，连声祈求，就差下跪了，直到下午两点，村人才给放行，他们得以通过。车到大周，已是下午四五点，停在村南一个大坑边，卸下猪羊，宗信回家看看父亲，便和司机掉头返回。而物资局里，上下议论纷纷：我们的新车被姓周的免费拉回去送牲口。他回到物资局，将车冲洗了几遍，彻底洗净车上的猪羊粪便。天亮回到家中，孩子已经出生第三天了。路上给车加油和招待司机的一切花销，包括给襄县人买烟，还有给运输局补交的费用，都是宗信一个人出的，因为他很清楚，老乡们此趟来，买完牲口，又多滞留几天，身上都没有钱了。直到多年以后，他回大周，村西头一个当年经历此事的人还说：那年你把我们和牲口送回来，真是作难了。

　　从1978年到1995年前后，大周方圆十里每个村庄都有人去灵宝找他，请他帮忙介绍工作，寻找挣钱门路。几十年来，仅大周大队就有四五十人到灵宝去找活儿干，都是先找到宗信，在他那里落脚，得到最初的帮助，经他介绍到更多的地方去干各种工作——刷漆、瓦工、木工、盖房、开店……他对家乡的人，来者不拒，热情接待，必要时候资助钱物。人们在灵宝寻找生活，站稳脚跟，拿着挣到的钱回家顺利找到媳妇。也有青年男子与当地人联姻，在灵宝安家落户。霞婶也和宗信叔一样，对乡亲真情相待，从无嫌弃和抱怨。宗信叔领着一些人干活、派活，都住在他租房的院子里。全都是出大力的男人，因为条件有限，锅也小，霞婶每天蒸三锅馍、做十几个人的饭，开饭时等所有人吃完她再去吃。菜吃光了，她就把锅底的菜水冲点开水；饭没有了，她也是开水把锅底冲冲就着馍吃。到现在她都养成习惯，一家人吃饭，别人吃时她不吃，别人吃完吃够剩下了她再吃。过年时大周男人拿着宗信叔发的钱回家，霞婶把每个人的被子拆拆洗洗套套。那时没有洗衣机全部是手洗，床铺整得干干净净，男人们过完年回来，住处全部焕然一新。当时人们都穷，从家里带来的破被子硬成疙瘩，她要用手把棉花一点点撕开、弄松。带着几个孩子的霞婶做这一套换洗工作要用几天时间。到现在她还记得谁的被子整齐好套是因为家里条件稍好用的新棉花，谁的被套最难弄要半天才能整好。

大周西头有个老人去陕西华阴寻找打工的孩子，找了几天没有找到，身上的钱也用完了，没有回家的路费，就辗转到灵宝去找宗信。宗信很热情地招待他吃住，并给他五十元路费。后来宗信几次探亲回家，那老人都请他到家里吃饭。

杜曲镇两个表弟，头胎生的都是女孩，当时国家计划生育政策很严，这两对夫妻先后都跑到了灵宝。看着表弟痛苦无助的样子，宗信想办法给他们安置住房，找了临时工作。在灵宝干活几年，也是命好，都如愿有了儿子，两个表弟高高兴兴地回家了。

杜曲镇另一个亲戚从陕西渭南收废旧钢材开车回临颍，夜间路过三门峡市区把路边的栏杆轧坏，交警队把车扣下，不仅要赔损失还要罚款。因没有多余钱交罚款，他想方设法找到了宗信。当时宗信正忙于自己的事业，但看到亲戚胆怯焦急的样子，他放下手上工作到三门峡看事故现场，找到当地朋友，经过协商，赔了损失后，象征性交了一点罚款，要回汽车让他们回家了。

我的父亲有时回老家探亲办事，身上钱都花光了——80年代初期，我母亲和我们几个姐妹没有西安户口，生活非常困难，父亲下个月的工资都要拿去还给同事——无奈之下路过灵宝下车，从宗信叔那里借钱。

人们越传越神，周宗信在灵宝一切玩得转，家乡来投靠他的人越来越多，有好事也有坏事：干完活要不来工钱的来找他，他帮助要回工钱;拉来粮食卖不了的也来找他,他帮助推销出去;某人的孙子干完活拿不到工钱,把人家单位的柴油机拉走,被公安抓去定为偷盗,他交罚款去把人领出来……由于他与各个行业的良好关系,办这些事,基本都是说句话或者吃顿饭就能解决。一时间他这里几乎成为大周村甚至临颍县的驻灵宝办事处。

当时有个叫何景云的朋友想创业,要办一个大型饭店,请求支持。宗信那时承包木工企业,低价提供了餐厅里的所有餐桌、椅子等家具;何景云装修困难时宗信给了两万现金,又帮助解决很多琐碎问题。在将要开业时,他又找到宗信,掉着眼泪说一切都准备好了,还需要两万现金周转,看是否能够再帮助一下。而这时宗信自己也资金紧张,在朋友的苦苦哀求下,他以自己的身份到银行贷款两万,帮朋友解了燃眉之急,饭店顺利开业。由于这位朋友餐饮行业没有经验,经营不善,饭店最终倒闭,先后欠宗信的二十万元一点也没有还。后来何景云有病,宗信前去探望,何惭愧地说:我这一生只有宗信一个最好的朋友,你对我的帮助我终生难忘。朋友故去,宗信名下的银行贷款,也只能他自己来还。

兄弟俩干刷漆的同时,又开了商店,经营油漆和板材,顾客络绎不绝,生意一直很好。他的知恩图报和仗义为人,使他交到很多朋友,让他认识了当地各个阶层、各行各业的人物,办很多事都是一路绿灯。他在事业上和生活中游刃有余,彻底脱贫走向富裕。他曾带着霞婶和孩子到西安去玩,到家里看望我父母,据说霞婶穿着毛呢大衣,这在当年十分罕见。只可惜我因为不在家而没有见到穿毛呢的霞婶。

多年以来，宗信对同事、朋友、老乡的帮助不胜枚举，连借带送、有去无回的资金，粗略算来有五十万元之多。

90 年代起，经济进一步搞活，一些连年亏损的企业濒临倒闭，工人收入不行，直至没有收入，县里负担不起，所有县直企业进行改制，国家不再支持和投入。工人内退下岗，需要重新转制承包。退休人员的社保医保企业无力承担。由于周宗信多年来游走于灵宝各个阶层，是当地名人，人们也都知他手里有钱，体制内想办事想干事的人也来找他，要与他合伙开办企业。城建局请他当劳动服务公司的经理；大企业供销科长来找他合作；又有人来找他一起承包土地，干大事挣大钱。

他想到自家成分不好，心有余悸，并且自己的商店生意稳定很挣钱，货品流转很快，资金流动顺畅，他不想出头露面冒风险，也没有必要参与体制内的事情，便一个个回绝掉了。

各种各样的人继续登门而来，一次次请求，开出"优厚条件"，其实是看上他手上资金和处世人品、技术手段、社交能力，都知道老周为人豪爽，出手大方。县经委主任出面找他，让他经营商店之外，承包县属企业，并承诺给他各种条件，甚至解决身份问题。经委主任一次次邀请，让他和原单位的两人一起承包一个知名的木工企业。改制目的是把资产变成资金，职工安置妥当，愿退休的退休，愿买断的买断，从此国营企业不复存在，职工给承包人打工。

此时新区发展指挥部挂牌成立，需要一批办公家具，周宗信无偿支持一系列家具，并出席挂牌仪式，也算是正式接手这家企业。

1993 年，灵宝由县转市。国家政策允许有条件出让土地，个人可以买地建房。因当时建房人较多,大家纷纷拥向新区指挥部。指挥部把这十余人的建房愿望规划到步行街那里。由于宗信人品声誉皆好,又不是本地人和体制内人员,指挥部领导任命他负责建设一栋临街商住楼,从图纸设计、施工、集资钱款,全部交由他一个人完成,另请一位工程师管理技术和质量。

盖房过程中,他不拿工资,也没有报销任何费用,除了大家交来建房的工程款,没有附加任何支出,工期按时保质保量完成,自己落了自投资金的一个单元四层楼房和一个周宗信综合大楼的名分。

在企业干了一年,他主管经营和材料,经济和市场都搞活了,工厂经营看起来面子很好,职工也很满意。但他也发现了其中的问题——企业内部运行还带有一些传统计划经济体制内的弊端,综合素质和能力有限,生产和业绩上不去。三人一起干不行,不能形成合力。他决定退出,自己入股的钱也不要了。他离开后的1995年,那两人果真把企业干垮了。

他离开承包的企业后,有一位朋友在灵宝开金矿,因资金困难已经停工,找到他合伙开矿。投资巨大,宗信不敢下决心。先找到当时负责勘察的工程师,熟悉基本情况后,他决定先投十几万元试试。金矿属于国家严管行业,想要开办非常不容易,手续繁多,要协调各方关系。矿管局管生产,公安局管炸药,土地局管开采区域,此外还有各种各样的检查,时不时的罚款,每天都要支出几千元。当年没有收益,只是在硬撑,因为已经投入了钱不能半途而废。世上多少淘金者,怀揣发财梦,全部资金投入山野,却没人保证你付出了就会有收获。许多人投入大量人力、物力、财力而挖不到金矿,也有人赔得倾家荡产,一切皆由天命。好在周宗信他们命好,金矿运营顺利,第二年挖出了稍有品位的矿石,这样日夜辛苦一年多,在他的苦心经营下,收获了几十万元。

世人都知金子宝贵,却不知开矿投入很大,得来也极不容易。仅金子提取过程就十分复杂,矿石要用小锤敲成小石块,小石块要用碾盘轧成粉末,粉末里加上汞,汞流下来是汞金,汞金里面吸附着金子,再经提炼,剩下的是纯金,这才是我们见到的黄金。一吨矿石最好的出二十克金子,最差的只能产出三克。当年他们开采初步成功,宗信分得十二车矿石,而他此时在县里负责楼房建造,全都是霞婶带领着几个亲戚日夜敲石头,监督碾盘转动和所有流程。几个孩子在家由姥姥带着,霞婶坚守工地几十天,付出巨大的体力精力,最终得到纯正的金子。宗信叔说起这段往事,对霞婶的感激和赞美溢于言表。

在企业改制完成的同时,土地局开的金矿干不下去了,局长找到他想合伙继续开采。这样合作一年有余,没有一点收获,只是不停地投入。因政策原因和土地局领导变动,股份全部被转交给了周宗信。

当时开金矿处于边缘地带、灰色地带,按国家政策不合法,地方法规又合法,说你合法你就合法,说不合法瞬间就不合法。一个时期国家对矿产管理特别严格,各种罚款名目也多,加上金价下降至六十五元一克,品位也很低,一吨矿石含金量只有三克,开采价值不足,放弃又不甘心。坚持了将近两年,将所有积蓄家产花光,又卖了两套房子,还借了一些外债,全部贴到矿上,还差几十万元。矿口在打出矿石之前,是个吸金的坑,谁也不知坑里会是什么,眼睁睁看着每天花销几千元上万元。他父亲晚年住在灵宝跟他们一起生活,得了食道癌,三门峡、郑州、西安到处看病。一直到老人家 2004 年去世,都是宗信在支付大部分费用。

继续咬牙坚持,所有的钱都投到坑口里。他已经山穷水尽,但老虎不吃人名声在外,大家都知周宗信有钱,都想往他身边凑一凑,"合作"一把。

没钱,有钱,又没钱,时而巨款缠腰,时而外债压肩,这就是他的起伏人生。1996 年,大儿子考上西安的大学,他给孩子借的学费;1998年,小儿子也考上大学,他又去借钱。这是最为艰难的时刻。打不到位就得不到好矿石,就得赔钱,此时的他,骑虎难下,经济实力没有,外交实力不顶用,地形复杂,人员复杂,金矿实在打不出来,最后只好无奈停下。一开始还雇人看管,到后来看管的人也没有,闲置的设备被人偷走,只好完全放弃,认赔认栽。

回归平淡

开金矿以最终赔了百万元而告终。债主年三十堵到门上要钱的事也发生过,也曾去银行贷款暂缓危机。又经历几年,才慢慢还清债务。

2007 年,宗信身体不适,吃饭下咽都有困难,他怀疑是和父亲同样的食道问题。六十多岁的年纪,经历了打击与坎坷,觉得人生走到头了，他想去三亚看看，回来后听天由命。夫妻二人到海南去了二十天，发现疾病并没有那么严重，便回家来，刚好赶上给父亲过周年烧纸。

2008 年前往西安西京医院看病，那天恰逢消化病医院开业剪彩，他住了进去，成为第一期病号，治疗一段时间，身体慢慢好转。

他有钱的名声在外，赔钱也不介意，没见多么潦倒落魄、四处哭穷。本省西部几个地市的土地局还是不断有人来找他，要带他去当地考察、投资，他给人家说没有钱人家也不相信。灵宝当地很多单位仍来找他合作，于是又有很多机会摆在眼前，有的是白捡钱的事情，但他没有起码的本钱，主要是他讲信用，不愿欺骗和忽悠，不想空手套白狼。在他眼里，一件事情行就是行，不行就是不行。

大周村前后几届村干部，到灵宝找宗信商讨本村发展规划，其实也就是想拉点赞助、寻求支持。他觉得这是家乡人看得起他，便热情招待，尽己所能提供支持。十年前村干部提出要改建大周学校，他在已经失去从前经济实力的情况下，还是主动拿出现金三千元资助。

十多年前，临颍县面临政府北迁，新址旁边，有一块五亩的地，亲戚找到他说，二十万就能买下。他手里却没有这二十万，土地被别人买走。如果那时二十万拿下那片地方，那他现在坐拥几百万也不成问题。没钱难倒英雄汉，失去的再也不会来。

进入暮年的宗信没有了先前的利用价值，家乡人不再投奔；没有了出手大方的资本，三朋四友也都疏远了他。他无怨无悔，问心无愧，人生就是这样，谁也无法预料前方的路，努力过，付出过，尝试过，其余的交给命运。

宗信说:我穷过,也有钱过,啥样生活都经历过,人生得失无从谈起,一切都不再重要。年轻时最困难的时候,吃饭都成问题;后来有钱了出手阔绰,大碗喝酒,朋友围绕;无钱时债主上门,催逼债务。他看清了世态炎凉,看淡了人生起伏,唯一不变的是依然热爱生活。想想当时很多人为开金矿赔得神志不清,家破人亡,走路不知东西南北。他还算幸运的,一直有霞婶和孩子们的支持陪伴,起码在灵宝还有一座小楼,两层房子。"如今孩子成才,家人幸福,我已经很满足了,现在对我来说,天晴也好,天阴也好,下雨也很好,总之一切都是最好的安排。"

我问他:大周人都说你有很多钱,是真的吗？他略微停顿说:所有人都说我有钱的时候,其实我没钱,我的钱都在投入和运转之中,身上现金一直没有多少,只是名声大。我为人豪爽,照顾的人也多,曾经钱像流水一样花出,当地领导说让给哪里投钱我就投,几万、十几万给出去,不痛不痒,不管不问。现在手里没钱,但人生很圆满,三个孩子上学、就业,我盖房子,弟弟也带出来了,父亲的晚年生活、看病送终,都是很大支出。不论承包企业还是开金矿,政府满意,职工满意,群众满意,说起周宗信,没有赖评价,这样想想,我心也就坦然。

他反思自己没有成为大富翁的原因:对人总是诚恳,愿意把心掏出来给人家,这样的人容易被情义牵制和蒙蔽。再加上家庭成分原因,胆小怕事,过于谨慎,很多机会放在眼前,过多的思虑使机会又从眼前溜走。这样说来,县里请他买地时,他不见得是拿不出二十万,只是近乡情怯,习惯性地思虑重重,错失了机缘。

开金矿赔完了钱,但房子还在,出租门面每年有几万元收入,孩子有稳定工作,都能给他一点钱。可在大周人的眼里,他家藏黄金,官民皆通,能给人办各种各样的事情,似乎无所不能。我转述村人的传言来问他,他淡淡一笑,说:我要真有那么多钱,就不是现在的样子,我会为乡亲们办很多事。但我觉得人生经历就是我的财富。我没有正式工作,没有退休金,也没有多少钱,可是几个孩子都好,我还奢望什么呢?

无论贫富荣辱,霞婶都陪伴在他身边,二人相亲相爱相互扶持。霞婶贤淑明理,致力于营造幸福和谐的家庭氛围。孩子们在这样的环境下长大,都很优秀上进,有了稳定的工作、体面的职业。大儿子研究生毕业,在西安某设计院工作,高级工程师,大儿媳国外留学归来,在大学里任教;小儿子夫妻俩在三门峡中心医院上班,儿子是科室主任,儿媳是护士长;三个孙子聪明可爱,茁壮成长。

我将采访初稿写好后,发给宗信叔看。半月后我乘火车去灵宝,当面听取他的修改意见,也是想亲见一下他人生故事的发生地。他将我要来这件事通告家人。大儿子当天下午下班后从西安乘高铁到灵宝西站,再打车三十公里赶到市区,在家住一晚,第二天一大早高铁回西安,当天再去兰州出差。二儿子开车带着爸妈和孩子,从三门峡来到灵宝,让宗信叔在火车站接我。两个儿子这样奔赴,只是为了尽到他们认为的礼节,撑起一个和谐家庭的体面。于是两个在本市没有见过面的西安人,以这样的方式在灵宝会面。我的吃饭住宿,被两位弟弟安顿得非常妥帖。我恍惚记起小时候爸爸从灵宝带回西安的苹果和吃食。而宗信叔竟然买了三箱水果——苹果、梨、桃，要我带回西安，他要亲自把我送进车站（还惦记着和车站的良好关系），被儿子一通抨击和数落：现在谁还愿意带那么多行李！于是二老找来一个纸箱子，把每一样装了一些，让我只带一箱，我还是以太沉为由不愿意带。霞婶打开我的小箱子，把每一样水果拿了几个，将十分娇贵一碰就烂的香蕉梨用卫生纸小心包裹，摆满我的行李箱。我仿佛回到几十年前在她家的小东屋。叹时光匆匆，转眼竟是半生，而那些真挚的情感，从来不曾消失。

孩子都供了出来，孙子也都给带大，他们不愿意跟儿子儿媳住在一起，晚年的宗信叔和霞婶，在灵宝、三门峡、大周三地轮换居住。他并没有躺平安享晚年，而是习惯性地关注着一些信息，来往着一些朋友，不相信自己是个将要耄耋的老人，总还想做些什么。他自己都能感觉到，一有事情要干，便劲头十足，步伐矫健；接连几天没有事了，走路都会拖拖拉拉。当时电子稿发给他，和他约时间去灵宝，他说，他来西安也行。我说：不不，您这么大年纪，天太热，还是我去灵宝。他说：这些事对我来说，根本不算啥。他有喝茶的习惯，每天夜里就睡四五个小时。老两口相伴相守，饭后一起散步。他大高个，大背头，腰板挺直，气宇轩昂，谈吐文雅，丝毫不见老态，气质颇像一位退休干部。春天里本想将大周东头他的房子推倒重建，可能是考虑到自己年近八十，没有必要大动干戈，加上资金不足，于是改变主意，只将老堂屋简单装修收拾，里面设施齐备，二人住着也很安心。提起修房，宗信叔深有感触，大周村那些去灵宝干活得到过他帮助的人，都来给他帮忙，纪宗叔、勇干、自德、张三，不遗余力地干活，特别是树功，找工人，送材料，安排工期，拉水扯线，提供所有工具，尽心尽力，从头到尾全都是他这个本家大侄子在一手经管。宗信叔外出多年归来，切切实实感到，还是家乡最亲，人们没有忘记他。

时光更迭，时代前行，生活道具更新换代，人们价值观不断转变，但唯有不变的是他对生活的热情，还有那么一点诗和远方的浪漫。春天里我们时隔几十年相见那次，他让我给我父亲捎一封信，折叠成红丝带的样子，表皮上写两个字：哥收。信中解释了他为何这几年没到西安看望卯哥，如若我父亲夏天回大周过九十岁生日，他将专程回来。他果真说到做到，在父亲生日的前两天，打电话问我是否计划不变。得到肯定答复后，他当即买了父亲和姐姐乘坐的那趟火车的车票，由三门峡上车，在临颍车站的站台上，和父亲握手重逢。

他说，给我讲述的毕竟有限，他想自己动笔，把人生经历、打工经验书写下来，包括他的孩提记忆、青少年时代、家乡热土、外出求生、一路拼搏探索，他要给正在奋斗的年轻人提供一些历史记忆、一些精神激励。因为他这一生太丰富了，流浪、打工、刷漆、下苦力、开商店、办企业、挖金矿，乡村、城市、铁路、官场、商海，解放初、"文革"、批斗、改革开放、新世纪……各行各业、各个阶层、各个年代，他都是亲历者、见证人，他有满满的收获和感悟，他要告诉年轻人：人生漫长又短暂，艰辛而美好，不论任何艰难困苦，热爱生命、自强不息是不变法规。

宗信叔认真地询问我写作的相关知识，小说是什么，散文是什么，纪实又是什么，它们的区别在哪里。我讲解的时候，他听得很专注认真，并且打断了问我为什么。一点也不像一个马上八十岁的老人，他目光有神，笑声朗朗，思维清晰。或许，他还怀抱着青年时代冲开命运缺口独闯天下的豪情与期待，要从事一件完全陌生而崭新的工作。想必他的写作，会更加真实鲜活生动，虽然学历有限，但在社会这所大学中，他是个合格并且优秀的学生。相信他会在三地的辗转居住中，尤其是在大周安静的晨昏相伴下，写下他这一生的丰富经历，留住过往岁月的影子。我告诉他，不要从故事开始的地方写起，先让故事发生，先让人物出走，然后再回过头讲述前面的那一段。他频频点头。

　　那么，故事的开篇，或许是一个衣衫褴褛的青年，为求温饱走出大周，去往外面的世界。时代列车缓缓驶过，承载着他的故事和命运。

家和万事兴

二十八年前,张保德家要娶第四个儿媳妇,有人对他老伴说:婶,哪能个个都好,天下好媳妇都到你家来? 老伴自信地说:肯定好,你等着看吧。果真,老四媳妇进门,也是贤惠能干尊老爱幼,大家庭小家庭皆和睦安宁。当婆婆的从前夸上面三个媳妇,从今后四个媳妇轮流夸。

婆婆名叫梁秋菊,娘家是西乡梁庄的,虽然不认字,但是知书达理,善良柔和。六十年前嫁到张尹,一拉溜生了四个儿子——广州、广伟、广孝、广民。没有闺女,便把娘家兄弟的一个闺女抱来抚养。老末小女儿知道自己的身世,也知道两边家庭的情况,把两边父母都称伯妈。被这边妈妈调教得乖巧懂事,长大结婚后回娘家也是两边都走。

我最早见到梁秋菊夸儿媳妇,是大妮活着的时候。2019 年夏天,

"下班回来，气还没喘一下，趁天没黑，门前楼后种的苞谷、豆角、花生，赶快撒肥、锄草，刚才路过镇里买的复合肥，撒一溜儿，拿耘锄翻一翻，用土将肥埋住"。这是我在《回大周记》中写到的画面，另有一半场景没有写到，那就是她的公婆走来站在边上观看，指点着这儿弄一下，那儿要锄到，婆婆心疼地问大妮：喝汤了没有？然后叹息一声，说：俺这几个媳妇，一个比一个能干。那时知道老两口有四个儿媳妇，大妮是老二。

在每个儿子必盖一座房才能娶亲的农村，一个家庭要接连为四个儿子盖房成家，其艰难程度可想而知。老大1991年结婚，老三1992年结婚，老二1993年结婚，老四1995年结婚。这个稠密的时间表背后，是父母扒皮抽筋般的操持与劳作。有的人家稍一松劲，一不小心，就会落下一个，某一个儿子没有说上媳妇，成为父母心中永远的痛。这种事在农村很是常见，父母也无可奈何，眼睁睁看着一个儿子打了光棍。他家里急溜跟头，给年龄如此接近的儿子每人弄了一个窝，说了一门亲。老大一间平房一间灶房，下面三兄弟一人一间瓦房一间灶房。真不知张保德夫妻二人是如何做到的。如果要详细讲述，或许还需要另写一本书。

一家变五户

乡村的父母并无大的奢望，只一心给儿子娶回媳妇，掂锅分家，让他们各过各的日子，漫漫岁月中开枝散叶。由此，做父母的人生大事算是基本完成，问心无愧，长舒口气，过好过坏由他们去吧。老人在经济上基本无力帮扶，只能为他们带带孩子，操操闲心。儿子儿媳是否孝顺也只好听天由命，原也不敢奢望儿媳多么孝顺，"不骂你就是好事"。

张保德他家祖辈人丁兴旺，到了他这一辈，兄弟七个，他十六岁开始当生产队长，一直当到七八十岁。家里穷，脾气坏，要强能干，定是有许多力不从心、不能如意的时候，免不了说话不拣方式，不论轻重，管撅不管接。妻子一律担待接纳，和风细雨应对。

一个家庭的良好氛围靠父母的言传身教，尤其是母亲的细致打理。老两口出现在人前，总是干干净净，得体合适，几十年形成习惯。梁秋菊干净一辈子，爱穿白袜子，直到穿烂都是白的。

先是几口人，后来十几口、二十多口，两代、三代、四代，组合，拆解，分家，壮大，养老的，育小的，帮手足，几十年来风风雨雨走过，免不了分歧、争端、利益、摩擦，但一直能保持着和谐团结的主基调，婆婆的功劳肯定最大。大媳妇党秀敏说：我们这个大家庭好像一捆柴火，因为俺妈的种种奉献精神，把柴火捆得紧了结实了。她不是对某一个人好，她是对每个人都好。在中原乡村，女人出嫁后，不论人前人后，在各种表述方式里，都把婆婆称为妈，私下里对自己的丈夫也称"咱妈"，自己的娘家妈是"南乡咱妈""北乡咱妈"，而不是城里女人那样说"你妈""我妈"。所以秀敏口中的"俺妈"说得真心而亲切。

党秀敏娘家是商桥镇党湾村的。她个子不高，敦敦实实，圆圆的脸，喜眉笑眼，长得很喜庆，进门后担起了大媳妇、大嫂的职责，先后生下两个儿子。她刚结婚的时候，娘家妈很是操心，说夜里睡不着时，担心秀敏半夜会哭着回娘家，因为她知道自己闺女心直口快，说话不过脑子。婆家弟兄多，老大一般脾气也不好，而自己闺女是老小，从小惯大的，不知结婚后日子过得咋样，婆家人是否容得下她，或许少不了生气。没想到女儿不但没有哭着跑回娘家，还日子过得很好，回到娘家就说公婆对她多么多么的好。娘家妈说：你真是傻人有傻福，咋晕头转向地跑到这儿遇见这么好一家人。你一定要好好过日子，你要是气怃妈我都不依你。

二儿媳是大周东头的周青霞，小名大妮，从小我们一起玩耍。我在《回大周记》里重点写到她，实在憨厚的一个人，也是为张家生下两个儿子。虽然家务活儿方面是粗放型，不甚细腻，但丈夫广伟细心能干，爱操持家务，细节方面不迁就，甚至洗洗涮涮缝缝补补样样在行，只要他在家，小院内外永远干干净净，屋里收拾得一丝不乱。广伟说：大妮脾气好，干活慢，心眼实在，为人厚道，啥样人都能搁得住，缺点是不讲究能迁就。广伟有时候因琐碎事唠叨几句，大妮也不吭不吵，你说你的，我做我的。夫妻俩性格互补，虽然没钱，日子过得却很美。

三儿媳毛丽亚，南边裴庄的闺女，结婚后跟着广孝在西安东郊卖早点。我经常听到姐姐提起广孝的名字，知道是张尹的老乡，但从未见过。姐姐说，毛丽亚非常能干，凌晨起床，和广孝一起出摊忙碌卖早点，到孩子起床时候，再跑回家里，叫起孩子，送到学校，然后再回到早点摊上继续干活。他们的两个女儿都在西安出生长大，度过了童年，所以在孩子心中，西安才是家乡，只对西安有感情。后来夫妻二人又一起去了上海，广孝在电子厂上班，毛丽亚在另一个单位打工，单位给交了社保。毛丽亚穿金戴银，注重保养，完全是都市女性的做派。随着孩子长大，两口生活很是安闲。

四儿媳是大周西头梁家门儿的梁书霞，也是生下两个儿子。她也曾在外面打过工，目前二孩儿马上要上初中，她就在附近超市里上班，主要是为了照顾孩子。她说：嫁得近有好处，平常回娘家，引上广民和孩子，走路十来分钟就到了。

秀敏调侃妯娌们说：一个赛一个没成色，净怼俩孩儿，自己找罪受，净是一顺顺生，没一个是儿女双全，凑成一个好字的。

秀敏说：自己说话不讲方式，时常嘴不把门，张口就来，说完后悔。但大家也都知道她的善良心地，不与她计较，连儿媳妇也能理解她，就算婆婆吵上几句也没事，你说你的，说完拉倒。秀敏认为，主要是现在生活好了，啥也不缺，不是像从前那样缺这少那，人都急头巴脑的，你看看现在，再也没有见过以前那种站在街里吵架的，大家也都文明了，知道相互谦让。咱还有啥理由把日子过不好。

三十多年前刚结婚时，他们在张尹老院住着，有一次小两口吵架，把秀敏气哭了。婆子听说，来到儿子家，进得门来哭得比媳妇还要伤心，边哭边打儿子：你咋镇（方言，这么，完全，彻底）憨哩，不知好歹不知珍惜，你弟兄多不好寻，人家愿意跟咱，到了咱家吃没吃穿没穿，跟咱踏踏实实过日子，你还找人家的事还不好好待人家，你要不要良心？不管是真是假，反正哭得可痛，说的也是情真意切，总之把秀敏感动了。从此婆媳一条心，夫妻俩也不吵架了。

　　婚后半年,公婆提出与他们分家,让他俩自己过日子。秀敏在娘家是最小的,上面两个哥一个姐,她二十出头,基本还是个孩子,不知过日子是怎么回事,也不知分家意味着什么。公婆却力主分开,给他们掂锅另过。分开后第二天便不叫广州秀敏回老院吃饭了,叫他二人在自己小家里做饭吃。秀敏非常难过,躺在床上落泪。公公来到他们院子,见儿子坐着发愁,便问:秀敏哩? 广州说:还没起。父亲问:咋到这时候了还没起? 秀敏在屋里听到,哭得更是伤心。广州说:猛一分开,俺俩从感情上接受不了,到底俺俩有啥不好的,把我们分出来? 没想到公公一个大男人,当了几十年的队长,看起来可坚强一个人,竟也哭了起来,说:不想给恁分,也不是说恁俩气人、不好才分家的,是因为恁弟儿们太多,不能搅在一起过日子拖累你们。下面这几个,接下来基本是要年年办事,经济负担太重了,不能让你们跟着受连累。你们早晚都要独立生活,早分家,早点站住步。弄住钱,过你们自己的日子去。公公说罢,伤心而去。过一会儿广伟也来劝解,因为父亲回家后,还在伤心流泪。这是张保德这个家庭的第一次分家,父母心里其实也是不舍,但这是生活的必然,儿子长大结婚成家,得从父母这里剥离出去,开始自己的生活。广伟说:嫂你别哭了,我从来都没见过咱伯掉泪,伯妈也舍不得叫恁分开,可咋也少不了这一步,弟儿们多的,都少不了分家,当老的也挺作难的。咱虽然形式上分开了,说到底还是一家人,打虎亲弟兄,有啥事还得团结起来一起面对。广伟还真会劝人,一会儿劝得秀敏不哭了,起来做饭,从此开始过自家小日子。

　　分家不分心,其实相距也就几步远,只是不在一个锅里吃饭,只是经济上各自管理，其他家中大事，还是一起协商一同经受。秀敏生了小孩，婆婆还是帮忙看管。

下面三个弟弟结婚后，也都是相继分家，从此张保德一家分成了五户。可以想象，多年以后，张老汉的六个孙子，也将会结婚成家，再次从儿子的家里剥离出去。平原上的村庄，就是这样一代代繁衍，一点点壮大铺展开来的。张家的裂变繁衍，在社会洪流和历史前进中微不足道，但我们用显微镜观察，这一个个变动的社会小细胞，正是中华民族生生不息、代代相传的标本样貌。

好女人旺三代。她们不但承担了生育繁衍的作用，更是将人类的美德与信念传扬下去。她们或许没有文化，不会说什么高大上的语言、成体系的理论，但生命本能中的牺牲、奉献、包容、从善，由婆婆身上散发开来，犹如空气与阳光，影响着一个家庭的风气，塑造着下一代的人格，从而扩展开来，成为社会发展前行的稳固基石。

五年之内，急溜跟头，四个媳妇进门，怀孕生子，转眼之间，娃娃满地，锅碗瓢盆，一派忙乱。虽然分家另过了，当婆婆的还是少不得要操心他们的生活，却又不能过多参与，指手画脚惹人反感，便采取若即若离又全程关注的方式。儿孙们像一个个风筝，总要或远或近地飞，当父母的，手里拽着风筝线，缓缓放线轻轻晃动，借力而上，让风筝飞得高远，但绳子最终在自己手里，所有风浪波折都反馈回来，总要牵挂。

最初几年，儿子们都是一穷二白，艰苦创业，日子很不宽裕。老两口每年喂一头猪，或者年底买一头猪，年根下杀了，四个儿子均分，每两人半扇,剩下的零碎下水留下来给二老。大儿子一家每年春节到公婆家里去过,一起做一起吃,几十年来此举一直坚持,慢慢吸引来其他弟兄和下一代。现在老两口光孙媳妇就有四个,又有三个重孙,于是大家约定俗成,每年正月初一,到老人这里过年,大嫂秀敏和老二广伟主厨做饭,几个媳妇打下手,一大家子二十多口,发红包,放鞭炮,支牌桌,吃吃笑笑玩玩,其乐融融,令人羡慕。

20世纪90年代前期和中期,人们还没有大量外出打工,四兄弟也都在家种地,每天大家齐出动,弟兄四人,妯娌四个,开着几辆电三轮一起下地,说种谁的收谁的,都是集体行动,兵强马壮,过去就是一片。掰苞谷也很精彩,几人一排,把住地边过去就是一家的收完了,转身回来再投入另一家,只看谁掰得快。一年四季,八人小分队一起行动,干一干,说一说,笑一笑,有抬杠的,有玩笑的,有说的,有听的。秀敏、广伟、广孝爱抬杠,干着干着就停下来手扶锄把,非得论个黑白分明,你错我对,最终又以哈哈大笑收场。老二媳妇大妮总是笑着低头干活,不太参与话题。老大广州也是话少实干,闷头锄地,领先锄到地头,回头训斥:还不赶快干,看看天黑了没有?几人赶忙住了闲扯,加紧干活。回家的时候,真该有人唱起来,日落西山红霞飞,农民种地把家归、把家归。现在回忆起来,场面实在和谐,日子真是得劲。广伟常说,照咱一家这样的,全大队难找。

当年立誓言

20世纪90年代,计划生育抓得最严,那一年大周村给张尹分有三个计生指标,凡孕妇必流产,不管头胎二胎,先完成任务再说。那时大妮怀着头胎,秀敏怀着二胎,犹如惊弓之鸟,刚开始不显身的时候,分别跑去自己姨家躲避,躲了一阵,身体显形,姨家也不安全,便于月黑风高之夜潜回家中,锁进一间废弃的屋里,给外界造成家里没有这个人的样子,外人只见大铁锁天天挂着,只道是他家媳妇跑出去躲计划生育了。最危险的地方最安全,小分队估计也想不到人民群众智慧无穷,会有如此一着招险棋,几次前来,也都相安无事。可那毕竟是两个大活人四条鲜活生命,吃喝拉撒一样不能缺,少不得是婆婆和丈夫承担了送饭倒盆的职责。还有秀敏大儿子的照看任务,全部落在婆婆肩上。一位同时拥有几个育龄儿媳的中年女人,上面还有公婆,真是要操碎了心,夜里睡觉都恨不得睁着眼睛瞭望四方。这还不是最麻烦的,可怕的是到了预产期却没有动静。秀敏只记得她跟自霞是基本同时怀上的,人家自霞都已经生了,她还没有任何征兆。正是收秋时候,人们都忙着在地里割豆子掰苞谷,而她这个也是该要产出与卸货的人,超期半个月却产不出来、卸不下去,躲在屋里还不能有任何动静。婆婆急得不行,也无心干地里活,说身体要紧,得去医院看看。秀敏说:老天爷,这个样子咋能出门? 一出去就得抓去引产。

婆婆说:这不中,必须得看看,找个熟人医生检查检查,不论咋样,要保大人、少受罪,我认识镇卫生所一个医生,咱去看看我才放心。午饭后,婆婆弄来一辆架子车让她侧卧躺好,被子蒙住头,不叫她发出声音,就这样拉着出门。走到大周东头向北的路上,有人打招呼问:这是弄啥去? 婆婆说:俺娘不舒坦,拉她去镇里看看。婆婆说的"俺娘"是自己的婆婆,广州、广伟他们的奶奶。秀敏躲在被子里,又尴尬又感动,快要流下眼泪,发誓将来婆婆老了后,一定要好好孝顺她。就这样把她十里地拉到台陈,医生检查后说一切正常,让回家再等等。果然回家几天后,秀敏生下了老二儿子。

世纪之交,人们相继外出打工,广孝两口出去最早,先去西安卖早点,然后兄弟们也都陆续外出,西安,灵宝,上海,泰安,去往四面八方,只有过年过节才能相聚,大家更珍惜回到家乡围绕父母身边的时光。

兄弟四个都性格温柔,爱干家务,一个比一个干净整洁,最不爱干的老三广孝,比着别家男人也讲究得多。几个小家庭中,收拾家里家外忙于家务的都是丈夫。广州除了不会做饭,其他家务全部包揽,天生爱干净的人,见不得有一点不整洁。后来广州出去打工,突然哪天他家院门口明亮如镜,村里人便说,肯定是广州回来了。广州每次外出打工离家之前,楼上楼下,打扫一遍,地拖干净,才能放心出门。秀敏也不是邋遢的人,但跟丈夫比起来,自称还差得远。她说这一切都是婆婆的功劳,她的利索能干爱干净,遗传给了儿子们。

前几年,我只认识大妮,还没见过广伟,听到过有人嘲讽她丈夫:一个大男人,整天在家洗洗涮涮缝缝补补,跟个娘儿们一样。其实广伟外面的活儿照干,钱也照挣。那时在灵宝包活儿挣钱,在家里,他和大妮的粗枝大叶形成互补,时常他也看不上大妮干的,必得亲手弄好才安心。当时我以为,只有广伟爱干家务,采访才知,原来人家哥儿四个全都是家务能手。在重男轻女思想比较严重、男人很少涉及家务的中原乡村,他们属于少部分、"一小撮",怪不得大国会得意地转述村里人对他们的评价。

四媳妇书霞说,刚结婚时年轻,从闺女变成媳妇,猛一下不适应,免不了有什么事做得不到不妥,婆婆总是能谅解和包容,从不像别的婆婆那样出去卖你的赖(指说坏话),她听到的都是婆婆夸她的好,这样让做媳妇的自己慢慢感悟修正,一点点做得更好。

在这样的环境中,妯娌之间也是相互团结、帮助。当年秀敏生过老二刚出月子,就去做了结扎手术,不想有了炎症,发烧吃不下饭,更没有精力管孩子。大妮那时刚生了老大儿子,把大嫂的婴儿抱过去,轮换着给两个孩子喂奶。孩子大点后,秀敏外出到许昌送豆子,儿子在家生病,大妮带着火速去医院看病。广孝两口常年在外,闺女在家生了病,也都是秀敏带去看病。

孙子辈的,不管是哪一个,只要父母出去打工,小孩丢在家中,都是婆婆照看经管。一年四季,家里就像是开着幼儿园,吃喝、上学、洗洗涮涮全部都是婆婆一手操持,还要负责孩子们的成长教育。秀敏的大儿子,也就是老人的大孙子有点内向,不爱说话,奶奶耐心引导他:出去见了长辈,要主动称呼、说话,你不说话人家会以为你是憨子,咱家可不能出个憨子啊。在奶奶的启发与鼓励下,孩子变得开朗外向一些。

　　当年秀敏和大妮先是跟着丈夫在西安干活,后又在山东泰安打工。大孙子长到十二三岁,因为洗澡问题,和爷爷产生了矛盾。爷爷嫌孩子洗澡太勤,规定冬天隔一星期洗一次澡,小孩爱干净,坚持要勤洗,爷爷吵他。大孙子和爷爷生气打别,不吃他的饭,不去他家里。秀敏在外操心,打电话劝解儿子。儿子坚持个性,一星期都不去爷爷家吃饭。这时已经到了腊月,秀敏想:实在不中我就早点回去,劝劝小孩跟爷爷和解,让大家好好过年。婆婆打电话给秀敏说:你在外好好干活,家里这些小事你不要操心,我来从中调解。秀敏替孩子给婆婆道歉:妈你可别生气啊。婆婆说:看你憨的,我能跟他小孩一个样?别管了,吃的喝的我都给他备好,饿不着孩子。于是婆婆找到大孙子说:奶奶不会杀鸡,你来帮我把鸡子杀了。孙子为了表现,去帮奶奶把鸡子杀了。奶奶说:我也不会褪鸡毛,你给我褪褪。孙子又褪了鸡毛。奶奶又说:我还不知咋煮哩,你再帮奶奶把鸡子煮煮。在这个过程中,和孩子温言细语地讲道理,最后鸡子煮好后一起吃了起来。然后给秀敏打电话说:放心吧,也别提前回来了,他又吃起我做的饭了。

　　后来秀敏、大妮回到家里,老三、老四媳妇跟着丈夫在外打工,家里剩下她俩,二人情如姊妹,无话不谈,一起在东乡变压器厂上班,每天一起外出,一起干活,一起回家。工作有点辛苦,秀敏有一阵腰疼病犯了,坚持着还去干活。儿子有一天去厂里接她,见她忍痛干着,想挣到下班,挣够一天的工资。儿子把她接回家里,说啥也不让她再去上班了。从此秀敏不再外出干活,大妮一个人风里雨里去变压器厂,每月去挣那两千多元。

2009年，大周村打算建设新村小区，设计三排共三十六座二层小楼，统一规划，统一图纸，自己掏钱建房。2009年开始扒老房子，2010年开始建造，历时一两年建好。因是在张尹的地盘上，张尹人优先安置购买，于是新村居住的大部分是张尹的人，也有少量大周东头的人。加上后面开发商建的两幢六层商品房，这里成为大周新村。张保德的几个儿子也都住进了生活设施齐全的新村，老两口嫌小洋楼太大住着麻烦，便放弃盖楼，在新村旁边自行搭建两间小屋，二人住进去也是挺美。

那一年广州刚盖好新村的两座小楼搬来，自己一套人孩儿一套，装修安置停当，手里不剩一个钱，大孩儿对象却谈好了，给二叔广伟说，想国庆节结婚。广伟将此事报告大嫂，秀敏犯了难，手里没有一个钱，拿啥结婚？广伟说：他只要提出办事，咱就给他办了，否则再过几年，彩礼涨价花销便高。钱不是问题，我去动员老三老四借借凑凑。于是广伟、广孝、广民哥儿仨每人借出几万元，给大侄子办成了婚事。两年后，钱刚还完，二儿子也结了婚，媳妇娶进秀敏的小楼里，又少不了借钱，但总算家里大事办完，夫妻俩松了一口气，从此爷儿仨外出打工还钱，挣钱养家。家里婆媳同住，小妯娌相邻，哥儿俩一直没有分家，吃饭都在一起，孩子也在一块儿每天奶奶娘娘婶婶带着、玩着。

秀敏也从媳妇熬成婆，她深知一个婆婆对家庭的定海神针作用。对两个媳妇首先坦白：我的特点是心直口快，对人没有坏心。优点是干活手快，缺点是干得毛糙，说话不过脑子，所以你们不要在意我说啥,说得不对也别生气,我说完三分钟就忘。媳妇们发现,这个婆婆确实不赖,爱说爱笑,嬉笑怒骂,说完就完,哪怕嘴上吵着说着,手下也不停地干着,全天候二十四小时带着孩子,从早到晚干活没有一句怨言。一个如此可爱的婆婆,就像是开心果,还总也挡不住非要对你好的种种行动。她说自己没有闺女,现在两个儿媳就当闺女看待,她要将婆婆当年的精神发扬光大,真心对待两个儿媳。

她说:当时一结婚就分开家了,大家都忙着自己挣钱哩,哪有时间闹矛盾;现在日子都好了,自己挣钱自己花,该有的都有,也没啥可争的。所以我们不管从前现在,小家大家,日子一直都和和气气。我经常给俩媳妇说,他爷儿仨在外挣钱,咱娘儿仨在家消费,主要工作就是看小孩,吃吃睡睡玩玩,日子也怪美,咱就把小孩带好,家务活干好,叫他爷儿仨在外放心安心。过一段时间,她对两个儿媳妇说:不做饭了,出去饭店里吃一顿。于是婆媳三人带着三个孩子,有时候叫上婆婆,骑上电动车外出潇洒半天。她说:人活得像我这样,少心没肺的也可得劲,不想那么多,不计较得失,所以我的日子可美了。

前几年,有一次我回西安,大妮要给我一些花生,我嫌太沉太占地方,不愿拿。大妮说:我给你剥剥,只拿花生仁。于是婆媳二人坐在她家客厅里挑灯夜战剥花生,边剥边拉话儿,脑袋快要抵到一起,亲近得犹如母女。婆婆年老后干不了重活,也带不动孩子,但还是时时关心关注着她们,尽量给媳妇们帮点小忙。

2020年下半年,大妮总说自己胃不得劲,吃不下饭。婆婆一次次催她去看病,她总说:没事儿,过一阵就好了。有时候自己拿点药随便吃吃，还是坚持着每天去上班。她身体一贯健康皮实，总觉得自己年富力强，这点小病不算个啥，没想到大意误了事。

有一天大清早，婆婆堵在大妮家门口说：你今儿说啥都不能去上班，跟我去看病！婆媳二人一起到南边刘孟去。那天老中医不在，没有看成。大妮惦记着上班挣钱，又骑着电动车跑了。第二天，婆婆一个人来到刘孟，见老中医在堂坐诊，当即给大妮打电话，让她速来。老中医一看这病不太乐观，说：我也不开药了，恁还是去县医院拍片子做CT吧。搁大妮的脾气就不用看不管了。婆婆不答应，和公公一起"押送"她去了县医院，没有悬念地查出胃癌。当时婆婆也接受不了，悔恨自己没有早些逼她来看病。事后广伟说：我要是在家她得不了这病，她平常吃饭太不注意了，清早不吃饭，饿着肚子跑去干半天活，中午单位管饭，便狠吃一顿，吃得胃胀，坐那儿干活。不上班的时候，一个人在家不想做饭，就吃方便面对付。总之因为有两个儿子，大妮咋省咋来，长期亏待自己的身体，终于拖出了大病。

大妮查出绝症，对这个大家庭是沉重打击，从老到少，个个悲伤落泪。广伟也不在灵宝干活了，回来陪护妻子。

大妮丈夫兄弟四人外加一个小妹，人丁兴旺。婆家人、娘家人，都知道她时日无多，陪在身边，围着她转，家里支着麻将桌，妯娌、兄弟、姐妹、小辈们在此打牌，丈夫做好饭端给她，两个儿子变得特别懂事。

据说大妮从手术室推出来，万分虚弱，儿子在医院当即大哭，妯娌坐在家中痛哭，住邻居的娘家大姐也没少掉泪。回家后，所有人将病情对她瞒得严实。

——摘自《回大周记》

秀敏说:别说我哭,就连广州,从医院看了大妮回来也是掉泪,也不知道俺这一家人为啥都有这么深的感情,兄弟和气,妯娌相让,就连小一辈的弟儿们妯娌,也是处得可好。不知别的人家是不是这样。2021年的春节,全家人空前团结与温和,广伟家里成为聚会场。二十多口人在一起相守相望,度过了大妮生命中的最后一个年。2月28日,大妮离开了这个世界,永别恩爱相亲的一家人。从查出病症到离世八个月的时间,全家人更加体会到亲情的可贵,明白世上最幸福的事,莫过于家人健康,平安相伴。

秀敏对大妮儿子说:虽然没你妈了,但娘娘婶婶跟妈是一样的,回来想到哪院到哪院,该吃吃该喝喝,千万别见外。出奇八怪的我做不来,但家常便饭,娘娘会给你做。失去母亲的两个孩子,得到了娘娘婶婶更多的关爱与问询。

大妮去世后,我再回大周,心里空落落的,每次路过她家门口,想象着大妮的身影从屋里出来,想象着广伟家里剩了三个光葫芦,日子肯定是过得凌乱恓惶,但去过几次她家,到处整洁有序,连院里的各种蔬菜都长得蓬勃茁壮。我在小洁家里做饭,常到广伟院子里薅菜。现在农村治安很好,新村里很多人家院门也不上锁,有的人短暂外出连屋门也不锁。广伟种的各类小菜青葱可爱,列队相迎。有一次我正在薅葱,张保德老人路过门口,笑笑说:薅着吃吧。

傍晚时经常见到广伟,在门口开着洗衣机洗洗涮涮,在外干一天活也不知累,回来不停点地收拾家里。有一次说,是给大嫂洗东西,他看大嫂带着几个孩子太忙碌,就去她家里把该洗的床单被罩全都拿来给洗洗,晾干叠好再送去。那时我还不知他大嫂是谁,只是每次路过新村第一排房子,见一位个头不高、圆脸喜庆的女人,相互打声招呼,后来得知,她就是广伟的大嫂秀敏。她的主要阵地就是自家门口,不是在干活,就是坐在树荫下给小孩喂饭,抱着哄孩子,出出进进,手下不停,嘴里不停,总是很忙碌的样子。2023年春天买了十只鸡娃,本想给小孩玩,没想到全部成活,便养在门外的笼子里,她更是忙了几分。

兄弟四人都住在新村的小楼里,广伟家前面是他四弟广民,大嫂家东边是三弟广孝,西边是自己大儿子。新区小洋楼有三十多户(规划三十六户有几家没有盖),而张保德老汉一家就占去六户(还有张保德哥哥的两个儿子),在后面楼上他们还买了两套单元房。老两口住在新区旁边的两间小屋里,门口垒个小灶台自己做饭吃,身体还好,不愿意和儿子们同住,图的是生活自在。我曾见过二位老人在门口炒菜做饭,张老汉烧火,老伴往锅里放菜,转身回屋取调料,老汉起身拿锅铲翻搅两下,二人边干边说着话,画面很是温馨。夏天里张老汉爱穿一身白绸衫,布鞋白袜,衣袂飘飘,一尘不染,把自己打扮得像个退休老干部,老伴一身碎花绸衣,晚饭后二人相跟着在新村三排小楼之间散步,每个儿子门口巡视一下,问问孙子,逗逗重孙。婆婆随口夸赞几句儿媳妇,这个实在,那个聪明,这个能干,那个贤惠,总之他们的儿媳妇是天下最好的。把几个儿子调教得没有任何不良习惯,牌场也不进,酒摊也不去,出门在外干活挣钱,回家耐心操持家务。

老人当了几十年队长，因为受群众信任和爱戴，便一直当到七八十岁。其实村中修路干活好多事都是广伟领着大家干的，现在广伟接替父亲当了村民小组的组长。退下来的老人还是闲不住，自己种着村后老两口的一亩多地（远处西河坡的土地流转出去了），一年四季也不懈怠，每天早早起床下地干活，一天几遍儿子门前巡视。

爱是凝聚力

在当下农村，两个男孩的家庭，娶媳妇总是艰难，但张老汉家的几个孙子，都在合适的年龄顺利地结婚娶妻，这除了他们辛勤劳作经济跟得上之外，还有家庭凝聚力在起着作用，就像一个人的气质和人格，有着比金钱更为持久的感染力和吸引力。前年大妮死后，全家人很担心儿子的女朋友变卦，婚事泡汤，因为现在农村婚姻市场，男多女少，女孩子要求越来越多，其中就有一条，婆婆年轻身体好，能带孩子能操劳。现在大妮没了，家庭少了半边天，一下子黯然失色。如若真的女方打退堂鼓，那这个家可没法过了，儿子重找对象困难更大。可小张姑娘毅然决定如期举办婚礼，也不再挑剔彩礼问题。从广伟发来的儿子婚纱照看，一对新人穿着黑、白、灰的婚纱和礼服（因大妮去世不满一年），配以胸前一束红玫瑰，庄重而深情。姑娘对大妮儿子说：我主要是看上你们家都是好人，大家庭充满友爱，在这样的家里，我相信咱们会很幸福，未来的日子会过得很好。

2023 年 6 月的一天，我路过广伟家门口，见停着一辆电动小轿车，有年轻人的身影闪现，冲洗车辆，拿取东西，我心想，会不会是大妮的儿子媳妇从城里回来了，我要去看看新媳妇。在小洁家吃过晚饭，便到广伟家里，上得楼来，果见小夫妻和广伟一起坐着吃饭，儿子媳妇起身招呼喊我姐，瞬间又是大妮将我们联系起来（因为我把大妮喊姑）。新媳妇白白圆圆，戴着眼镜，谈吐文雅，整体形象很是福相可爱。我真为大妮高兴，她若在天有灵，心里当是十分欣慰。又见这个家里，虽然没有婆婆，但院里院外，楼上楼下，到处整洁干净，这一切都是广伟的功劳。大妮死后，广伟不再外出，只在县里干活，每天早睡早起，早出晚归，干一天活回来，一个人做饭吃饭，收拾家里。儿子儿媳偶尔归来，像是他的节日一样，更是备菜做饭。小儿子技校毕业后，到上海双汇公司，从事抄电表工作，月收入五千元，按时打回三千交给爸爸。广伟经历丧偶之痛，全力振作起来支撑起这个家，一切料理得井井有条，挣钱攒钱给小儿子准备将来的婚事。而现在门口停放的这辆两万元的小小电动汽车，载着大儿子小两口来来去去，一点也不因车身窄小而影响他们的幸福指数和家庭生活质量。小两口虽然县城有房，但还是愿意时常回来看望爷爷奶奶娘娘婶婶，陪爸爸说话吃饭。

一个城里的独生女，嫁进他家，担起主妇职责，尊老爱幼，时时处处体谅广伟的不易。2023年阴历三月二十一，大周过会，家家待客，亲朋走动。小两口回家来，帮助父亲打理，招待新媳妇娘家人。广伟心里高兴，越喝越美，一杯一杯倒不停；儿子到朋友那儿喝酒，年轻人开心团聚，也无节制，结果爷儿俩全都喝高断片儿，躺倒不能动。于是家里楼上楼下，全凭新媳妇洗涮打扫。广伟直到晚上醒来，见到家里哪哪都收拾得整整齐齐。广伟小儿子,一开始去上海没有稳定岗位,工资很低,几乎吃饭都有困难,广伟想着让他多经受锻炼,硬着心肠没有给他贴钱,而新媳妇时不时给小叔子打点零花钱,让他度过了艰难时刻。担心公公一个人吃饭迁就,她便常买回吃食,提醒公公按时做饭吃饭。她当起了女主人,把家里打理得像大妮在时一样温暖安宁。奶奶和大娘秀敏对这个新媳妇赞不绝口,觉得自家不知哪辈修来的福,能娶到这样如意媳妇。广伟感叹:大妮走得太早,要不现在的日子多好。

八十多岁的老婆婆,利索能干了一辈子,近两年有点脑萎缩,时常犯糊涂,有时候大小便自己都不知道,在医院住院,都是老四媳妇伺候。几次往医院送的时候秀敏也不知道,张保德老人和老四媳妇送她去的。四媳妇说大嫂弄着几个孩子没时间,二哥广伟也忙着干活,他们把老人弄来看看妥了。秀敏得知消息时老人已经在医院里住下了,便跑去看望,心里过意不去,对老四媳妇说:每次咱妈住院都是你来陪着,下次要把我喊上。书霞说:现在是你负担最重的时候,等过几年你的孙子们大了能丢手了,就轮到我看孙子了,那时候你再给老人多出些力。

婆婆从医院回来后,秀敏给公公说:要不俺几个轮着照顾俺妈吧,你们这里也不用做饭了,俺妈轮到谁家你也去谁那儿吃饭。张保德老人不愿意那样,说:我自己做着可得劲,就这样简单做点吃吃,等将来俺俩都动不了再轮。于是现在仍然是他老两口在新村边上自己的小屋里居住,在门口的小锅台上做饭。老人其实也图个清静,生活自在,尚能动弹,就尽量自理,因为儿子不在家,便不愿意到媳妇们那里去吃饭。

　　几十年相濡以沫,婆婆和秀敏亲如母女,也都了解了各自的脾性,说话不必客套绕弯,婆婆吵她直接开口,秀敏犟嘴也是张口就来,二人时不时拌嘴调笑。婆婆说:俺的媳妇好,孩儿也好,从没有打过媳妇。秀敏说:我也可好,他打我干啥? 有时因一件事意见不合,秀敏也"威胁"婆婆:你听话不听,今后听不听话? 婆婆点头说:听话听话。秀敏说完觉得不妥,歉意而笑:老小老小,我是把你当小孩了。

　　秀敏说话干脆利索,自带幽默,她说:俺妯娌四个,除了我上不了台面,其他三个都长得好,下一代媳妇也都好。我想采访书霞,她打电话给弟媳,开口问:搁哪儿哩,回家没? 弟媳说:在金佰汇哩。秀敏说:去龟孙(表示今天采访不成了),好,你们玩吧。

　　秀敏笑说:现在我也当了婆子应了奶奶。俺婆子年纪大了,身体弱了,我要担起这个大家庭的责任。我是不是应该学稳重点,有个大嫂的样子? 可我硬是学不来,生成的冒失样,没办法拿捏着慢慢说话办事。

　　第一次采访秀敏是在她家客厅,她怀里抱着小的,身边还有一个三四岁的。男孩自己玩了一会儿,闹着要妈妈,秀敏哄了一阵哄不了,小男孩子还是要妈,秀敏直接拨通儿媳手机,说:搁哪儿哩快回来恁孩气人哩。话语短平快,没有商量余地。我很少见哪个婆婆敢这样跟儿媳说话。儿媳在电话那边说:搁俺奶奶这儿哩,马上回去。她说的是秀敏的公婆那里。秀敏说:那让他去找你吧,我在这儿跟瑄璞说话哩。于是让孙子到他老老那里。小男孩跑了出去。

我分别问秀敏和书霞:婆婆对你怎么好的?能不能多举几个例子。二人不约而同地说:假如一个人对你不好,突然给你洗个衣裳端碗汤,你会很感动,但婆婆是因为一直这样,时时处处对我们好,几十年来成为日常,所以也想不出特别的例子。

婆婆说:我真是有福,这么多年,四个媳妇,没红过脸,没怄过架。村里这些当婆子的常问我,你是咋调教的?四个媳妇都镇好。我说,是她们自己好,不用教。

我问秀敏:你认为是你们本来就好,还是嫁到她家后变得好了?她说:那谁知哩,反正进了这个家门,在这个环境里,你不好也不中,你不好就过意不去。

多年来,秀敏一直记着当年蒙在架子车里时心中的誓言。现在虽说是没到那一步,她带着三个孙子孙女时常也力不从心,但总是内心里可牵挂婆婆,每天必得见到才心里安生。2023年暑假,大孙子幼儿园放假,俩媳妇想去上海找俩儿子团聚,两人带三个小孩去,秀敏不放心,便决定把他们送到上海,因为自己也想儿子和广州。婆婆因最近生病,医院看了几次,神情有些恍惚,变得像小孩一样,恋恋不舍地到她家里来,坐着掉泪,说:你走了,我咋弄?秀敏知道婆婆是因为老了弱了,所以更加依恋她们。老二媳妇去世,老三媳妇远在上海,老四媳妇在附近超市打工白天不在家,孙子孙女也都去往四面八方,只有秀敏在眼跟前,每天不是婆婆走过来看看,就是她到婆婆那里问问,一天真不知见几回面,相互拿些吃食,平常没事带着孩子带着婆婆骑个三轮车转转玩玩,孩子们在一起打打闹闹,时常眼前晃着,老人心里很充实。现在儿媳孙媳带着三个重孙要去上海,哪怕只是几十天的别离,老人都会为之害怕、担忧。秀敏想起当年婆婆拉着她十里地检查身体,那时婆婆年富力强,再大困难也不怕,可现在为了一个短暂分别就要流泪,只因人老了十分敏感,瞌睡少了思虑多了,有了一颗玻璃心,动不动就要流泪。秀敏内心一酸也快要哭了,哄孩子般给婆婆说:你放心,把他们送去,一两个星期我就回来了。她知道,他们走后,婆婆就要在家扳着指头倒计时了,盼着她回来的日子,时不时到她门口看看锁着的大门。风雨同舟三十多年,比母女在一起的时间还长,真心赢得真心,须臾不可分离。

　　我是从广伟身上的一件小事,见到一个平凡家庭的教养和自尊。我家新房盖好,把老爸从西安接回,在大周给他过九十岁生日,通知亲戚几十口,来大周热闹热闹,提前订了饭店酒席。本村近邻几户人家,也来随礼。这种事情不便张扬,不能主动通知别人,只能是谁知你家待客,愿意前来祝贺,便一起请去饭店吃饭。广伟得知消息,已是当天下午干完活回家。他骑电动车跑来,提了两箱牛奶,里面一个红包露头。坐着说了会儿话,起身告辞。我说你中午没有来吃饭,红包不能要,牛奶留下就行。他自是不肯答应,两下里拉扯一番挣脱而去。我打开红包一看,竟然是六百元钱,大大超出乡村随礼的额度,从而明白他的心思,因为大妮去世和他儿子结婚,我都有表示,所以他不愿占人便宜,必得以礼相还。他只是一个每天在外出力干活的农民,月收入不足万元,还要为小儿子攒钱结婚,随礼这事就是个意思,其实二百元足矣,乡村大都是这个额度,可他如数返还之外,还搭上两箱牛奶。想起大妮去世前,几次给广伟提到我,竟然说的是落我亏欠太多,我给她时常赠送礼物而她只忙着上班没有陪我好好玩几天。这些琐事让我对他们这一对平凡而忠厚的夫妻,还有他们背后的大家庭产生了敬意和进一步了解的愿望。

秀敏说:我给你讲的这些,都是事实,一点不带夸张的,我们家里就是这样的情况。对我来说,在这样的家里生活,真是幸福,现在生活这么好,要啥有啥。都是普通老百姓,没有出过一个高级人物,也没有啥更高的要求,就是把老的伺候好,把小的照看大,平安健康过日子。所以我基本上没啥烦恼,有时候想想俺家这日子,我自己都可羡慕自己。

采访秀敏,是很愉快的事。她一脸和气,快人快语,时有机锋,善于自嘲,嘴里说出的都是别人的好。老人好,兄弟好,妯娌好,邻里也好,亲家也好,总之在她眼中,人间一派美好。

常言说,儿不孝,孙子报。儿子孝顺,孙子也会受到言传身教。去年年底,秀敏大儿子对她说:过完年别让爸爸出去干活了,俺爷俺奶年纪大了,身边应该有人守着,爸爸也五十多了,今后由我和弟弟在外挣钱就中了。秀敏说:你爸爸的老板赏识他,工资开得也高,还可以再出去干几年。你二婶没了,你二叔负担重,你四叔也是俩孩儿,多挣点将来他们使钱方便。

夏天,在上海码头干活的广州中暑晕倒,两个儿子听说,几十公里赶赴爸爸那里,不让他再上班。广州舍不得这个工资挺高的工作,说歇几天就好。两个儿子给他买来几箱牛奶许多鸡蛋，堆在屋里让爸爸吃，每天打电话询问爸爸的情况。而广州瞒着孩子，第二天又去上班了。消息传回家里，秀敏又疼又骂。广州是想撑着再干几年，多攒点钱。他作为老大，想让自己两个小侄子将来顺利结婚成家，两个弟弟大事办完，哪个有需要用钱的地方，不用再去外面向别人挪借，这样他才能安心回家养老。

张老汉大孙女在郑州上班，回来后拉着奶奶，搂着不愿放手，晚上一起睡在大娘家的床上。秀敏卧室的大床，很是壮观，本是宽度一米八的床，又经加宽加长，占据房间的一半，孙子孙女在上面跑跳玩耍，白天儿媳妇也在此哄孩子午睡。尤其夏天冬天，卧室安有空调，营造着冬暖夏凉的小环境。婆婆、邻居也来这里串门坐坐，两个媳妇抱着孩子在此过夜，一张大床，变作北方大炕，横着睡满了人。我的第二次采访就在卧室，婆婆坐在床边，我和秀敏坐在床前小凳上，小孙女在床上玩玩具。

广州、广伟弟兄的和谐关系，也传递给下一代，张保德六个孙子、三个孙女，手足情深，相互帮扶。秀敏孙女该到上学年龄，县城没有学区房不能入学。两个小妯娌说，咱这几年攒的钱，集中火力给你们买房，先让孩子上学，然后再攒钱给我们买，过几年我们小孩也在县里上学。秀敏听到，非常欣慰：哈，你们也都学会了，你爸爸叔叔当年就是这样盖房娶媳妇的。

广民、书霞的大儿子已经结婚，小儿子才十来岁刚上初中，儿媳妇因是教师，便时常给小叔子辅导功课，时不时带上小叔子，外出上课学习,就像对自己的亲弟弟一样。书霞说,儿子结婚前,她挺怯场的,不知该怎样当婆婆,能不能让儿媳妇满意。哪知运气好遇到好媳妇,对她很是尊重,回家来尊老爱幼和和气气,没有任何嫌弃和挑剔。现在自己也当了婆婆,要学着婆婆当年怎样对待自己来待儿媳。

一年之中,各种节气,春节,过会,端午,中秋,清明,十一,大家从四面八方回来,祭奠先祖,聚餐娱乐。支起酒摊子牌桌子,吃喝玩一条龙,肉烂在锅里,水流在自家。这样的大型聚会总是在爷爷奶奶这里,屋子小,便在门外露天摆桌,一家老少欢声笑语,乐哉美哉,过路者无不感染喜乐。

每天不论刮风下雨,天有多晚,张保德必要到儿子的家门口巡视一遍,见亮着灯光,或者已经关灯睡觉,院里一切安然无恙,他才回自己小屋睡觉。儿子也养成习惯,每晚睡前到父母那里问安,说说一天的事情,哪怕是几句话,停留上三分钟。几兄弟不在家,广伟把这当成他的职责,每晚必来伯妈床前报备,有时老人已经关门睡下,告诉他回去吧,广伟不走,必得进到门里,看一眼伯妈,说两句话才放心离开。

听着一家人的故事,我想起一个词:国泰民安。国之根基是人民,人民的根基是安定,人民安居乐业,是国家稳定强大的根本。人民的素质,母亲的素质,女性的素质,是支撑社会和民族的基石。这个家庭的人,婆婆和媳妇,虽然没有太高文化,也讲不来什么大道理,但她们分明是素质优良的女性,塑造着男性,影响着孩子,守护着家园,营造爱与奉献的家庭氛围。在张保德一家人身上,体现着中华民族的传统美德,四世同堂,父慈子孝,相濡以沫,相互扶持。手足情,妯娌情,婆媳爱,邻里情,每一个都和谐美满,令人羡慕。

　　我被婆婆和秀敏讲述的一件件小事而触动,最是平凡滋味,却能安抚人心。我突然想,哎呀大妮要是活着,得知我写他们一家,肯定会腼腆一笑,手捂嘴角,露出两颗小门牙,说:噫唏! 都是平常老百姓,柴米油盐过日子,有啥可说的,我可给你说不来,找俺大嫂去吧。

南院梦圆

圈梁（指连接地基和墙体的钢筋水泥围圈）起来之后，等待水泥完全凝固，就可垫高屋基和院子，开始起墙体。老家风俗，正在盖房的工地上，插一面国旗，借用它的红色，有吉利之意，可能还有一层含义：这是我的领土，神圣不可侵犯。

路北树功家的房顶之上，安装了摄像头，回到西安的我，经常会点开看看。干活不是每天进行，工序与工序之间需要停一停等一等。没有劳动场面的时候，墙体静静安卧，有点像考古发掘现场。街里见不到一个人，只有插在土堆上的国旗缓缓飘动或疾速舞动，表明着此非静止画面。

大约八十年前，我的奶奶纺花织布，勤俭持家，有了丁点余钱，买了路南这一片宅子，一个小院、三间房子。一直无人居住，慢慢房倒屋塌，成为一片废墟。当年父亲和叔叔分家时，叔叔分到老宅，父亲分得路南这个宅子。因父亲户籍在外，宅基证上名字是我哥周冲。在漫长的历史演变中，由于宅基地这样那样的调换，这一家和那一家的对换，这片宅子有一小半属于了同生产队的周理洪的哥哥，他哥没有儿子，死后这片地方归周理洪经管。八年之前的2015年，叔叔出面，想为我哥盖起这座房子。因为叔叔性格的原因，和理洪哥发生了矛盾，理洪哥坚决不同意叔叔盖房，放话出来：这片地，周冲能盖，西安卯叔可盖，就是你郑州人不能盖。也因为我们资金有限，并非全力想盖，任由事情扯来闹去，终以失败收场（其详情见《回大周记》）。现在，或许是命运的安排，冥冥之中有一股神秘的力量，促使南院这片荒了半个世纪的地方，在爷爷奶奶早已化为泥土之后，重新立起一座新房。

起因是老院

2022年夏天，我休年假回大周，镇里出面给《回大周记》开了座谈会。然后新上任的张书记说，有一个打算，镇里出资，将我家老院重建，青砖青瓦，恢复我小时候的样子。

今生最早的记忆，是一岁多，我扶着东屋去往厕所的那面山墙，蹒跚挪步，我的妈妈坐在离我几步远的东屋门口做针线活。我能听到她温柔的声音喊我名字，需要我回应她，好知道我是安全的。四十多年过去，妈妈已经离世，我出生的东屋早已倒塌，我常常闭上眼睛，想还原那时的场景。

——摘自《回大周记》

镇里欲将现有归我叔叔名下的两处宅子（东边是我家老院，西边是换宗芝叔的）推倒，将老院样貌建到西边，成为大周文化小院，对外开放，供人参观，我们回来也能居住。而东边的老院变成复耕土地，和其他拆掉的几处危房旧宅的地方合在一起建设小花园，与文化小院一起成为参观景点。这听起来是一个很不错的设想。我告诉镇书记，要跟我叔叔商量，因为这两处宅子，是在他两个儿子名下。

跟叔叔商量后，他也同意，那么下来就是老宅的具体建造。我们提出：能否建得比过去的老屋稍微大些，内设厨卫，我们生活方便，村里也可在此搞一些文化活动，比如讲座、座谈之类的小型会议。书记说：是的，由你画出图纸，里面设计成单元房的样子，只要外观是青砖青瓦就行。我又写出拆建三方协议（镇政府、叔叔、我）。我用我公职人员的思维定式写出的协议，据说遭到了镇长的反感。村支书秋风的意思是，反正房子会盖的，写协议好像是不相信镇领导一样。那么我们退让一步，不签协议也行，只要房子盖起就好。我告诉秋风，开工之前，不要给村里任何人说，事以密成，农村里传言风快，各种说法也多，各样主意也稠，叔叔已经有了一次建房未果的"前科"，这次要拿稳一些，直到开工之时，各种建材拉到现场，无法相瞒了，村民爱说什么随便说去，否则事还没成，村里说得五花八门，盖不成房子落一身臊，得不偿失。

此时全县正在统一拆除一宅多院、长期无人居住的危房，将其建成花园菜地,宅基还归各家名下,平整土地归各家种菜养花,只是不能建房了。他们在拆老院东邻居的院子时,碰倒了叔叔的院墙。叔叔得知消息,立即从郑州回来,敦促村里给他把院墙垒好。恰好我因国庆假期回大周,他便也推迟了回郑时间,想参与和镇里交涉建文化小院之事。

叔叔免不了打起小算盘,提出这样那样的要求,先是说要盖成一体两套完全一样的,开两个门,等于给他儿子一人一套。我说:你搞清楚,是镇里要建大周文化小院,恢复咱家旧貌,不是给你盖房子。再说你两个儿子都在城市工作,你请他们回来住人家都不回,干吗要这样盖?他说:如果不这样盖,那我儿子是不会同意的。我当即生气,说:不同意拉倒,那就不盖了。转身要走,叔叔叫住我,说:这是商量嘛,你向镇领导提一提,也许他们会同意哩。我说:我不会提的,因为你的要求很无理,你如果不愿让镇里使用你的宅子,那这事儿就算了,不再提了。我走之后,叔叔又立即后悔,跑到我住的地方告诉我,他收回刚才说过的话,还按从前计划来吧。

我借机做叔叔的思想工作,不要再提什么条件,宅基证还是你两个儿子的名字,咱又一分不花,公家把房子盖起,咱们回来有落脚之处,而平时这里有人打扫有人看护有人参观,搞得花红柳绿有了人气,咱们祖先若是地下有知,也会高兴的。经过一番磨合,叔叔也完全同意。

可叔叔的儿子周冼打来电话,说有一件事必须提前告知我,将来他的大伯,也就是我父亲过世之后,大伯大妈两人回来下葬,骨灰不能进家,只能停在街里,因为进家里对后代不好,这是民间风俗,当年他大舅的骨灰从北京运回南乡他姥娘家,就没有进家而是停在街里。他这一观点十分钟前曾受到叔叔的严厉呵斥,骂他道:你大学真是白念了,教授也是白当了,你要是在我眼前,我会扇你耳光,我和你大伯是亲兄弟,你不能向你二姐提这一观点。于是叔叔打电话告知我:周冼一会儿会给我打电话,要说一个混蛋观念,他阻拦不住这个电话,但他会在今后完全同意我父母骨灰进家,叫我不要担心,也不要计较周冼这个电话。我堂弟是个性情中人,他要及时亮明态度,于是当即拨通我的电话,直接说出。我心中不悦,继而明白,因为这是他的地盘,他才会发出这样的告知。我告诉他:现在说这事儿为时过早,你大伯还活着哩,我们现在的目的是,集中精力把老院房子建起。

　　父亲晚年之后,也经常说起自己的身后事。我母亲已经去世多年,骨灰没有下葬,父亲执意要等到自己过世后,两人一起回老家埋进祖坟。他说当年是他把母亲带出来的,死后还要一起回去。他曾经当着大家的面问我叔叔:将来我死后,要埋回老家,能不能你嫂我俩的棺材在你那院里停停,从那里抬着出殡? 叔叔说:当然可以,咱都是从那老院里出去的,那儿永远是咱们的家,谁回来都能落脚、居住。却不想现在堂弟说出了这样的"规定"。

　　挂了电话,我难免思来想去,虽然文化小院是以我之名建的,但是建在了属于叔叔和堂弟的地盘上。老宅的继承人是堂弟,所以他有发言权,将来他若真坚持我父母骨灰不能进家,我们兄妹还真没办法。于是和镇书记微信,文化小院能否建在南院,那是一片空宅子,也是我在《多湾》中写到的地方,在那里建也很有意义的。我私下的想法是,建在南院,可为我哥落一处院子,将来我们把父母骨灰想怎么放就怎么放,想怎么停就怎么停。张书记回复道:南院不是不可,但因为地方小,作为文化小院没有老院那里合适。我知道他们主要是想拆掉我叔叔的一处宅子,完成土地复耕指标,而我家老院,偏偏是在东边,若是在西边,把东边那个拆掉,保留我家老院,修旧如旧,只用建好围墙,挂上"大周村文化小院"的牌子,也就妥了。一片小小的地方,牵涉方方面面的利益和诉求,每个人都要在这里达到自己的目的,完成自己的心愿。

再说父亲身体还好,也许几年之间,事情会有什么变化。叔叔也说了,老院使用权他说了算,我父母的骨灰完全可以进去停放。不管怎么说,我们想让房子尽快建起,省得夜长梦多,万一书记调走,此事又没影了,于是家庭内部达成一致:放下争端,全力配合镇里的文化事业,献出老宅,建设文化小院。

书记动意,大局已定,交给镇长具体操办,村里具体承建。最早说的面积大点,内部单元房、卫生间也被镇长否定掉了,说因为资金原因,不能建那么大,还按老式堂屋的尺寸,完工后可购置活动卫浴放在院中。我告诉叔叔:咱们也不必再提要求讲条件,大不了等他们建成撤离后,咱自己再花点钱补充完善,这个钱我来出,总比现在因为讨价还价搁置工期强吧。叔叔也表示同意。总之我家里大小事情,我拿出来钱为最终结果,八年前南院一场盖房闹剧,以我损失五千元最终收场。

据说秋风已经找好了建筑队,预算了造价和整体费用,我顺口问了秋风:大概多少钱? 她说要十几万。我和叔叔约定,关于建房费用及细节,我们不管不问,完全交由村里负责,叔叔回家搬挪自己的家当,最好是搬完就走,不要过问和参与,省得惹人不快。然而此时已经年底,天冷了起来,不利于盖房,秋风向我传达镇长口信,过完年盖,天一暖和就动工。

春节期间,丈夫要去武汉自驾游,我心里牵挂着文化小院的事,又想体验农村过年,便让他把我放回老家,他自己到武汉去。于是车上拉满了东西,除了赠送乡亲们的年节礼物,还带了毛毯被子,我先使用几天,然后寄放在周娇家里,将来房子盖好后,用于安置我们的新家。并且给父亲说,春天里就开始盖房,盖好后带你回家看一看玩一玩。老爸非常高兴。

春节上班后,镇里召开乡贤人士座谈会,得知我在老家,也通知我去参加。我和书记、镇长见面,书记说请叔叔看个日期,就可动工。在这之前,叔叔已经说过,阴历二月十五开工为好。于是这个日期也得到大家的认可。

回到西安的我,眼见着已经正月底了,还没有开工的消息,便催促秋风去问镇长。秋风在一天中午打来电话,说与镇长谈了,因为现在镇里资金紧张,一下子拿不出这些钱,镇长的意思是给你们拿点钱,先招呼着盖吧,按你们的心意来盖,只要外观是青砖青瓦就行,这房预算下来,也就是七八万,镇里给拿八万,如果真不够的话,你们自己添一添,盖一所满意的房子。我当即说:上次问你预算,你说要十多万,怎么现在交给我们自己盖,就是八万了呢?隔着电话,我也能感到秋风在那边小脸一红。她说:嗯,算下来也就是七八万,镇长一开始说给七万,是我争取到了八万。镇长说你们先垫付四万,只要一开始盖,起了地基和墙体,镇里就批四万给你们,盖好验收后,再付后四万。我问:镇里现在没钱,我们打好地基起了墙体他们就有钱了吗?秋风说:镇里领导说给那就会给的,姑奶你赌放心了。我说:那我跟俺叔商量吧,毕竟是他的宅子,我也做不了主。

跟大家说了后,全家人一律反对,都说镇里要是最终不给钱,咱的老屋也扒了,那该怎么办?叔叔又说郑州那里,大批农民房子被开发商拆了,却盖不起新房,几年来投诉无门。这事还真不好说,全国各地,到处都有政府拆迁扒了房子不给建的。而且秋风说的三间堂屋、两间东屋、一个院落的预算八万元,也很可疑。如果这个数真能拿下来,他们为什么不出面盖呢?而是让我们自己"看着盖",最后轻轻加了一句,实在是超出来的,你们自己拿点。那么估计超出的,肯定不是万儿八千。道理在那儿明摆着,村里不愿再管这事,那是因为此项目无利可图了。

眼看着文化小院的建设蓝图一步步缩水,最后竟然轮到我们自己垫钱盖房。叔叔的意思是,那就先不盖了,等镇里啥时有钱啥时启动,反正又不是我们等着住房子,是他们要建这个文化小院,我们愿意提供宅子,已经是很配合了。

其实我内心里有一个想法,就按他们说的,自己垫付首期的四万,让承建人盖好房,然后再问镇里要钱。镇里若不给钱,那就拖着承建人的钱,形成三角债,对我们来说,四万元得一处房子,也是可以的。这一想法,也遭到叔叔和哥哥姐姐的一致反对,说那样扯起皮来很是麻烦,会影响我们全家人的名声和我这个作家的声誉。总之就是这样也不行那样也不中。眼见着我九十岁的老爸,疫情之后,精神头儿大不如前,吃得也不像从前多了。房子盖好后带他回家看看,如此一个简单的愿望总也不能实现。

灵机一动,我突然想,与其四万元垫付出去,有收不回来的风险,那为何不建在南院我哥的宅子上呢?是啊,自己掏钱盖房,说盖就盖,再不奢望哪里的资助和投资。人一旦无欲无求,万事好办。于是拨通哥哥电话,说我们何不自己集资,在南院盖自己的房子呢?南院那里盖下来,估计十多万元,老爸的退休金取几万,哥哥你拿两万,姐姐拿两万,其余我包圆。哥哥当即同意。姐姐也同意。给叔叔一说,他也支持,并且表示让自己两个儿子各拿五千,凑一万元,支持我们南院盖房。

于是找出八年前哥哥让我保存的宅基证,回老家办盖房手续,也是用这种态度明示镇里和村里,我们不愿再扯皮等待,自己掏钱在自家宅子上盖房,文化小院一事,我方也不主动提及,你们看着办吧。

因为春节回家时,我去过周理洪家里,再次确认,南院那片地方,如果我哥想盖房,他愿意出让属于他的那一小部分,用生产队划给我哥的村后一个完整宅基换取。理洪哥也说,完全同意你们盖,要盖就三五年之内盖起,否则时间再长,我就不跟你们换了。他的言外之意或许是,他已经八十多岁,往后不知还能不能清醒地决定这个事情。

对于哥哥来说，他内心里肯定也愿意盖房，只是没有闲钱盖一个常年不住的房子，白白撂在千里之外的大周。现在一说他只用拿两万元，就可在自己出生长大的老家、自己宅基证的名下落一套房子，他当然愿意。我又怂恿他说：咱们做这一切，都是给你脸上贴金，到时爸妈骨灰从咱自己的家里抬出，丧事办得风光体面，叫别人看看，周冲出去这么多年，弄得不赖。于是哥哥也热情高涨，写了委托书，让我先回家办手续。"本人周冲，现全权委托妹妹周瑄璞代理大周村本人宅基地建房事宜。另，本人宅基证上的名字，错为周浩，若有需要，请村委出具相关证明，予以更正。"为慎重起见，我又带上他的身份证，买了火车票回大周去。

我已经不想那么快了，一切都要快速、快速，我们急着干什么呢？感受过高铁的便捷之后，我还是愿意乘坐火车，软卧票比高铁票还要便宜。从前软卧只有高级干部可以享用，现在平民百姓人人都可。最主要的是，火车站离家近，来去方便，不用奔波一个小时去往高铁站。夜火车夕发朝至，睡一晚上就到，不占用白天的时间。

时代发展的标志就是提速，提速的后果是一些县级车站被从时刻表上抹去。我童年时期经常乘坐的武昌至西安、西安至武昌的火车在临颍不再停站，我只能乘火车到漯河，再由亲友开车接回大周。好在回西安时，有一趟 K226 下午停靠临颍，这样请别人送我到车站时，只有十公里，不用费太多汽油和时间，就不再纠结为难不好张口。

春节丈夫把我捎回临颍，过年连带采访，我躲过高峰期，停留到初十返回。在网上多买几站路，抢到一张软卧上铺车票。乡亲们给我送了许多东西,箱子装满,又提了一个袋子,偏偏箱子的滑轮坏了一边,不能四轮驱动推着走,只能像从前一样倾斜拉着,所有重量都在胳膊上面。火车晚点。进站之后,在地下通道里,还要排队等待。工作人员拿喇叭喊:1 至 12 车厢走右边,13 到 18 车厢走左边。我是 15 车厢,但发现左边是楼梯,而右边是缓坡。我自知没有力量把大箱子提上那么多台阶,便站在右边队伍里,想着一会儿上去后再折回向南走。列车持续晚点,年轻的工作人员不停地重复着说过的话,只是不放我们上去。人群借着这点时间打电话、发语音,全都是介绍对象、找工作、抢红包、压岁钱的内容。临颖车站,我一次次来到这里,出发和归来,转眼之间半个世纪已过,我从一个懵懂孩童步入中年,成为这一群人中极少数买了软卧的人。终于的终于,放行了,我奋力拉着箱子,爬上长长缓坡,已经累得够呛,出了通道口,却不能像我刚才想象的那样越过旁边窄窄的道路向南边去,两名工作人员拦在两侧,说火车马上进站,不得冒险在铁轨边上行走。只得等火车进站停稳,我拨开排队上车的人,拉着箱子奋力向南,往我的 15 车厢而去。这是阳过之后的第一次体力考验,短短大约百米路程,我快要虚脱,两分钟的停车时间像鞭子一样抽打着我。我的身体在短时间内发生奇异变化,四肢酸痛,嗓子干痒,恐惧加劳累,身体到了极限,像个快要绷断的皮筋,后悔了:我要那些花生芝麻饼子蒜苗,还有杀过几天风干了的、吃起来不再新鲜的鸡子干什么? 它们集中起来成了沉重的负担,如果我体力不支轰然倒地,这些家乡亲人的情义就成了夺命索,我将牺牲在一次次走过的临颖车站,我的遭遇将被拍成短视频传遍全网。火车就是这样,它

可以晚点，你不能迟到，你等它几十分钟都是应该，而它十秒钟也不会
等你。我拖着大箱子挣扎到车厢口，却怎么也没有力气将之提到台阶
之上，这县级车站，竟然不能将站台修高，还需要乘客攀着扶手拾级而
上。女列车员让我先空手上去，她把箱子和袋子递给我。进到车厢，
几乎虚脱，靠在连接处长长吁气，列车缓缓启动。就像是一场战争，每
个人都要取得最终的胜利，哪怕狼狈至极，你的身体变成一堆破烂，只
要被扔上火车，便万事大吉，旅途漫漫，你自己缓缓缝补修理吧。我也
问过自己，为什么喜欢这样的奔波，为什么要一次次回到大周？花钱，
受累，折腾，没有什么必回不可的理由。本可以坐高铁轻松往返的，为
什么自找苦吃？想来想去，我是喜欢这种在路上的感觉，喜欢坐着绿
皮火车回大周的那种体验，似乎是延续我的童年，寻找从前的记忆。

　　带着盖房所需手续，夜里乘上火车，早上八点到达漯河，提前请同
生产队的海丽接我。她在漯河工作，最近也在家里盖房，我们联络多
些，询问她盖房的手续。她今天不需要回村，但为了接我，也得回了。
车过宝丰，天亮了，我在上铺，拉开纱帘，看外面的风景。清晨的大地，
呈现出令人迷醉的气息，春天的麦田一望无际，其间点缀着村庄和树
木，似有轻纱样的雾气萦绕，灰白色的道路将风景分割成一块一块。
我拿出手机，打开相机视频，架在枕上，趴在那里，和手机一起观看美
景。得中原者得天下。这沃野无垠的大地，千百年来，任各路英雄逐
鹿驰骋。他们动不动就跑到这里大打出手，叫我河南人民无辜遭受涂
炭。啊，还有河流，弯弯地走过平原，景色更加生动。我打开手机地
图，查看河流的名字，是沙河，哎呀，前方又有河水，叫汝河。赶快再点

开相机视频,果然一片绿色之中,很快出现一条河流,自远处蜿蜒而来,水面如镜,映照着树的倒影。车速不紧不慢,舒缓前行,恰好呈现流动的风景,上铺的角度看景最好,有着比下铺更高一级的视线。二百多元的车票钱,只这一段意外赠送的风景,也是值了。我对火车的感情始于童年,始于坐着火车来往于临颍和西安,现在人到中年,还是爱坐火车,不远的将来变成一个行动不便、非软卧下铺不可的老妪,依然爱着火车,如在摇篮中入睡,醒来看窗外风景。其实,火车驶过大地,就是最美的风景,不论平原、山岭、水乡、大漠,都是别样的风光和感受。最近西安铁路局开通的秦岭观光火车,也就是为了满足人们坐在车上看风景的需要。于是我给朋友们发了这段晨雾笼罩的、有麦田有河流有村庄有树木的视频,配一句话:一镜到底,中原大地,无滤镜无美颜,你就说美不美?朋友们纷纷回复:太美了,正是这片土地孕育了无数圣哲先贤;真美呀,谁不说咱家乡好;我每次坐火车路过河南,也要拍照;看了你写的书,真想去你家乡看看。

这次真要盖房

哪知盖房手续如此简单,到了村室,找到秋风,只需要填一个建房申请表,复印我哥的身份证和宅基证,然后她给镇里土管所人员打电话,让他们明天实地来看一下,在申请单上签字就可开工。我们那种城里人的思维,又是协议,又是委托书,义是身份证,在大周统统不需要。

秋风问：你们是不是听到了啥政策啥消息？今年开春回来盖房的人格外多，你看这一沓，就有七个申请单，明天土管所的人来一块儿签字。我说：可能是疫情三年，人们觉得还是农村好，在家乡有座房才是正事；再加上高速正在建设，将来开车回来，速度大大提升，在村头就能下高速；还有一个原因可能就是人年纪大了，想落叶归根，回到自己的出生地。

我再次来到理洪哥家里，告诉他：这次是真的要盖了。至于两处宅子的对换，因为南院只有你的一少部分，而村后我哥那里，是个完整宅子，具体怎么换呢？他说：后面全部换给我，这都是八年前恁哥回来时说好的。我问：宅子上的树呢？南院有五棵（五棵里面还有我家的三棵，他种的两棵，因为当时是在自己地盘上种的），后面有七棵，具体咋办？他说：你说咋办？我说：你说吧，尊重你的意见。其实西安回来之前，哥哥已经说好，村后宅子全都给他，咱多少亏都吃了，还在乎这点小事吗？就是后面宅子再给我留下一半，又能怎样呢？不要说得他不高兴，又不换了，那就麻烦。哥哥胆小怕事，不想事情再有意外，而我只是想从理洪哥口中再确认一遍。他说：树跟着宅子走，前面五棵树归你们，后面七棵树归我。看我不语，他说：或者，那么，要是不中的话，两棵树作成钱给你？我说：不要作不用作，两棵树也没有几个钱。那就这样定了，各处的树归各家。我拿着本子，把这番对话都记在上面。然后又问：那要不要写个协议，咱们双方签字？理洪哥摆手：写啥协议，不用不用，就盖吧，只要盖起，啥都不说了。

薅蒜苗！树功坐在自家门口，大声说：大家都来薅吧。自霞，给恁姐家送去一些。他带头走向南院那片地上,拔他种下的蒜苗,给我说:今年没有新蒜给你寄了啊,别想了。多年以来,南院是树功、自霞种菜的地方,是东头人们的停车场,车辆掉头地,一年年种菜挖菜,一次次车辆碾压,这里成为一片稍低于街面的洼地。我说:也不是明天立马就盖房,还能再长一长。树功说:现在薅了还能吃蒜苗,再长就老了,也等不了出蒜薹,何必哩,得抓紧薅了。不时有人拿着袋子铲子,来挖蒜苗。于是人们都知道了,周冲要盖房,这次是真盖。

接下来就是找承建人,量地方,核价钱。海丽家请的是南乡某庄的建筑队,去年献东家里的装修,也是他们干的。我让献东打了电话,请工头来现场查看。下午五点,那人来了,一副大拿的样子,感觉我们这小小房屋不放在他的眼里,最后说:全部包工包料的话,每平方米一千四至一千五。并且因为他们承建的活儿太多,不可能只干我们这一家,而是这里干干那里干干,插空给我们盖,全部完工就到种麦前了。好家伙! 一下子撂到秋后去了,问他能不能加快进度,对方说:进度不能保证,如果毛坯房的话,可以在麦收前完工交房。

建亚哥骑电动车路过,停下来参与话题。承建人十分繁忙,接了个电话,放下条件,走人了。建亚哥说:这个人说的工期太长了,俺舅家表哥也是给人盖房的,让我问问表哥那里,能不能工期早一些。电话打过去,表哥说尽量吧,于是约表哥明天来,量场地,核价钱。

建亚哥因为在家养牛,没有外出务工,给人经手管理过好几个盖房的事,这方面很有经验。他说:承建人的目的是挣钱,比如他说十五万全部拿下,那么他使用的东西,肯定是十二三万的水准,如果想要达到十五万的质量，你得掏十七八万的价钱。所以最好是自己买料，只用他们的工。

而我们的情况是，没有人在家里历时几十天盯住这件事。我问建亚哥：假如咱自己买东西，只要他们出工费，是不是便宜一些？他说：那当然，一套房下来，便宜一两万，并且所有东西的质量，咱都能做到心里有数。我说：那么，请你帮忙看着买东西，从头到尾管下来，给你开工资，如何？建亚哥说：我愿意管，但坚决不要钱，你要给钱的话，我就不管了，我就是爱喝点酒，你请我吃顿饭喝点酒就中。你爸跟俺伯，从小一起玩大，是好哥儿俩，我现在还记得，你爸每次回来，都要给俺伯二百块钱，俺伯不要，两人在街里撕拽的样子，想想都可感动，所以坚决不要你的钱。整个工期，我也不管钱，你委托另一个人管钱，我只负责买东西，看管质量。建亚哥说得很是深情，顺势又怀念起自己去世的父亲。建亚哥他父亲，就是《回大周记》最后一章《逝者如斯》里写到的合昌叔，已经于 2018 年去世。我父亲近年总是说，全大周，跟我一样属鸡的一共十个人，现在从东头到西头，就剩我自己了。不由得我们又陷入对亲人与时光的感慨之中。于是说好，献东管钱，建亚和树功负责买东西进料，看护施工场所。献东几年前考上了事业单位，去镇里工作，秋风接替了他的村支书。因献东每天上班，没有时间顾及具体事务，管钱比较合理。

建亚哥要我给树功当面再说一下。于是我第二天找到树功。树功说，五一之后，女儿结完婚他就要到新疆打工去。我说：你走之前，还是要管起来，五一之后，你起身走人，丢给建亚一个。在家管的这一两个月我给你开工资。树功也是坚决不要。我说,不要也可,姐不会亏待你的,你在家闲着也是闲着,在打牌玩耍的间隙给哥哥姐姐把盖房的事管起来。树功龇牙一笑,算是同意了。

下午,建亚的表哥和另一个人,一起开车来到南院宅基地查看。这小小的十五米乘十五米的宅院,昨天走了一个姓于的,今天来了两个姓李的。建亚哥舅家是桥口的,跟我奶奶的娘家同一个村。他这位表哥,人老实不善言辞,干活可以,社交上弱了一些,于是和同村一个哥儿们搭档,两人一起组成建筑队,到处包活儿。这位哥儿们早年在镇土地所工作,对盖房的事情很是熟悉,退休后也拉起人马干起了盖房事业。树功拉他到一边低语,无非说的是主家一家都在外面工作,想早点盖好让她爸爸回来看看,作为老人将来办丧事的停留地方,今后他们回来有个落脚之地,所以也没盖多大,小小几间就中。那哥儿们细问我家情况,我给他指认我家老院,他说:噫,咱是亲戚!却原来他爷爷和我奶奶竟是堂兄妹,他把我奶奶喊姑奶奶,当年我奶奶爷爷去世,他还来大周哭过丧。哎哟真是越说越近,于是我喊他表哥。李家表哥说:噫,啥也不说了,我们只包工也中,给别人都是一平方二百八,给你们一平方二百四。如果能早些开工的话,就能往前赶工期,麦收之前可全部弄好入住,因为随着天气暖和,他们承接的活儿很多,也是到处跑着干,这家那家地插空安排。

向哥哥汇报进展,说是由献东、建亚、树功三人帮忙招呼着盖。哥哥说:你这样安排很好。建亚那孩儿,通好着哩,早些年我在家时候,他只要看我这里有啥活儿,就过来帮忙干干,经常这样,也不用喊他,自己橐橐橐就来了；树功那更不用说，咱的近邻。

我向建亚哥提出：应该和桥口的有一个委托建房协议，主要有一条是工人的安全问题由他们全权负责。建亚哥说：这个不用签，本身就是他们负责，与咱无关的，咱家里都是这样，有一年我给人盖房，和建军（建亚的弟弟）还有另一个人，仨人站在架子上往墙里支个棍，没想到底下架子塌了，俺仨一起掉下来，那个人手腕扭伤，建军头摔晕，就我最轻，划伤流血，那也都自己认了，回家歇两天，又来干活，建军到现在脑子反应都很慢，就是那次摔的了。我们也从没想过找谁算账理赔，只怪自己倒霉。反正咱这儿都不用签。我坚持要签，因为听说前些年有一家盖房，摔死了人，幸亏他提前与包工头签了协议，所以没有理赔，只是出于人道主义，为死者送去五百元礼钱。反正在我的意识里，应该是兵马未动，协议先行。假装拟了好几条，其实主要是为了推出安全责任我方概不负责的那一条，叫建亚哥看了，他说可以，于是打印出来。晚上请献东三人和桥口那二人吃饭，我拿出协议，请李家表哥过目后签字。被他扫了一眼标题就给扔了回来，说：我干这事儿多年，从没签过啥协议，说出去叫人笑话。献东三人给他解释：因为主家是大城市工作的人，日常生活都信协议，同事之间借几千块钱都要写欠条，所以咱就给她签了吧，反正签了又不损失你啥。李家表哥坚决不签，说安全事故他们负责这是天经地义，每一个人在他这里干活，都是默认了这一点的，就算是碰伤了，也都怪自己没成色、运气不好，回家歇几天了事，从没有一个人找主家来赔的，别说你这三米高的平房，就是城里盖楼，我也从不签协议。我只好打开手机录音，将这乱糟糟犹如吵架的场面录了下来。建亚的表哥一直不见开口,只是安静地坐着吸烟,而我的李家表哥,表情丰富,滔滔不绝,说得五花八门,就是不签协议,看来我的遇事就协议的思路,在这片土地上行不通。

三人帮我家招呼盖房的消息一夜间传遍大周,于是电话纷纷,卖土的卖沙的卖砖的卖水泥的卖预制板的,竟然还有给房顶搭建光伏发电的,都来找三人和我。有自我推荐的,还有找人充当说客举荐的,这小小的院落工程,竟也牵涉出微薄利益和各方人情。

叔叔之前看的动工日期是闰二月的初六。现在要让他再看一看,能否提前几天。叔叔很快回复,第一个二月的二十四,也是好日子。

我在一个晚上,参观了建亚哥的牛棚。当年他的宅基地划到村东头的南地,挨着贾井后面的一个大坑,他自己花钱把大坑填起一截,租下来搭大棚用于喂牛。二十多头牛排列在两边牛槽后面,大多是母牛和小牛,母牛用来下崽,小牛喂养长大,公的卖出,母的留着下崽。他晚上就睡在牛棚,跟他心爱的牛们朝夕相处。从此他不再吃牛肉。已经睡卧的小牛听到他的声音,站起身,头向他凑过来,建亚哥说话的声音都变得温柔了,在牛的脸颊上抚摸几下。那小牛的面孔无比可爱,布着两朵对称的黄白色花纹,一双大眼睛天真无邪,表情懵懂温情脉脉地看他。建亚哥平常说话也是语气缓和,平静从容,不知是不是他长期跟牛打交道,相互之间受到感染。

这些牛,从小到大被关在棚里,系在槽头,也不耕地,也不走路,也很少吃到新鲜青草(只喂饲料、麦秸),主要是常年不见阳光,只是吃了睡睡了吃,到点拿去杀了供人吃肉,这样的一生真是太可怜了。下一次我们谈起此事,建亚哥说:那只能这样啊,现在地里打了杀虫剂,都不太长草了,再说也没有那么多人去薅草啊,也没有地方牵出来让它们放风撒欢晒太阳。献东说:万物生长靠太阳,这话一点不假,俺家的鸡子,我观察过,晴天里娩(fàn)蛋就勤,连阴天娩蛋就少。我问:能不能建一个活动房顶,可以卷起来的那种,让你的牛见见阳光吹吹风?建亚哥摇头,说:有难度,投资太大,我喂牛只为赚钱,别的暂且顾不上。

关于老宅的大周文化小院,我和秋风不再提及,只说我们答应老爸,在老家盖房,那就先盖起来再说。秋香说:你这样做太对了,太好了,不指望别人,自己花钱房子盖起,谁也不求谁也不找,任何时候回来,都是自己的家。

可秋风还是想促成文化小院,村里给镇里报的年度计划里,就有这一项工作,"打造建设周瑄璞作家大周游园",这句似通不通的话,赫然印在小红册页上,供她各种会议上使用。叔叔也想让自己宅基地上立起一座新房,便仍然不断问起这件事。我临走时,对秋风说:这样吧,你不是相信我们垫钱开工后镇里一定会给批钱吗?那么就请村里先拿四万,我做叔叔的工作立即动工。村里问镇里要钱,是公对公比较好办,我们人在西安郑州,哪可能再跑回来盯着要钱?秋风说村里没钱。我说那你想办法嘛,你们村委开会筹钱。这下等于把皮球踢给秋风。

安顿好南院建房之事,我先回西安,待到阴历二月二十三那天,跟哥哥一起再回大周。先后三次,给献东微信转款共六万元,让先采买砖、沙、土、水泥等建材。我的随身小本子上，头一次出现了钢筋、水泥、地基、圈梁这样的名词。

之前从没有想过，沙子和土也需要拿钱买来，那不是到处都有的东西吗？实一接触才知，土也是归各村各家所有，谁能让你去挖他家的土呢？连沙与土都有人工制造，沙子也分中沙粗沙细沙好沙赖沙，而它们都有不同的用途，并且现在因为修高速，大量取土用土，土也变得空前的贵，一卡车售价六七百元，而南院要垫高，至少需要五六车土。哪里想到，盖个房子，光土都要用几千元的。建亚哥说，如果想省钱，可到河西他的地里去挖，用三轮车一趟趟往回运，价格好说，但是得付三轮车的费用，一趟好像是二十元。我说算了，就买吧，这都是必不可少的支出。凭着一个写作者对生活的好奇与观察，我决定从头到尾全程跟踪，做好记录。

我离开的第三天，建亚哥找人出树，五棵杨树卖了一千五百元，直接买十条烟放到树功家里，打地基、上房梁，都要给工人每人一盒烟，也就是每次两条烟，其余的随时招呼抬东西的、干零活的，总之，大家都知你全家在外工作，不能出手不大方叫人笑话。我说：这都是小事，你几个就看着办吧，我不懂家里的规矩，有什么想不到的，你们及时提醒。

关于树的价格，我没有什么概念，得知五棵大杨树只值一千多，也很意外。我问丈夫：你猜一棵长了十几年的大杨树能卖多少钱？他一头雾水，说：一万？我说：这是农村真实价格，不是城市里吃回扣的单位采购。农民产出的一切都不值钱，就像一斤小麦只值一瓶水一样，在平原上随处可见的杨树，竟也是如此廉价。

我一个表哥曾说：你叔回村为啥不受欢迎？就是因为太小气了。农村人见你们外面工作的人回来，都想沾一点，你叫人家一点好处都沾不上，大家就不喜欢你，你办啥事都有人出来捣乱，该顺当办成的也叫你办不成。

过了两天，建亚哥跟我视频通话，说他到了外村一个盖房工地上，看到这里的土，是那种灰黑色的细末末，这是人工造的土，拿建筑垃圾粉碎后，再掺少量真土，看起来好像是土，但没有土应有的黏性，比真土便宜很多，也有人家在用，只是质量堪忧。我说，不要这种，只要真土。

建亚哥在每一个东西的价钱关口和质量样貌上，都要视频或者语音通话，告知我价格和质量等级，让我决定用哪一个。我每次都装模作样地说：嗯，不错，挺好，用货真价实的那个。其实我哪里懂得这些，连名字都叫不全，连盖房的基本常识都不懂，什么划线、地基、圈梁、六十墙、五十墙、二十四墙这些名词也搞不清，我差不多只会说四个字：保证质量。

阴历二月二十三的下午，我和哥哥乘高铁到达漯河，让我大舅的孙子来接，先去他家里看望我大妗，再去他二爷家里看望我二舅。建亚哥的电话打来几遍，催着尽快回来，他们已经在宅子那里，按我前几天发回的图纸拉好了线，只等着我们回去最后确认，明早就划线挖地基了。舅家大表哥也一同前往，几人驱车疾速回到大周，见他们几个蹲在那片地上，果真已经砖头白线到位，拉出了两室一厅的形状。我心里很是感动,他们比我们自己还要操心,各种细节都能想到,为我们这外行层层把关,说明各种情况,又让我们主家来做决定。最终确定完,已经五点多了,建亚哥不得已推迟了喂牛时间。本说的今晚请大家吃饭也改到明天了,因为他喂牛要两三个小时。

被重重脚步踩踏得凌乱的地上还有一些没有拔掉的小蒜苗、几棵绿油油的小菠菜。我问树功:这都不要了吗? 树功说:家里还有几堆,都吃不完,你还要它干啥。可怜这些蒜苗菠菜,明天随着机器进入,便被永远埋入地下。

第二天清早,哥哥骑树功的电动车去王曲集上买肉,回来煮了,开工前给土地爷烧纸上供,燃放鞭炮,这是必不可少的程序。他昨晚问我们:是不是把车存放在王曲村头? 我和树功哈哈大笑,说:你可直接骑到卖肉的案子跟前,因为王曲现在没有集了,街里连个人都没有,只有一个肉案子,摆在十字路口。哥哥大为吃惊,想不到他心目中喧闹的王曲集现在是这样子。

哥哥住在老院,我住在西边周娇家里。清早,我正在洗漱,听到西边传来鞭炮声,难道今天西头也有人盖房? 收拾好出门向东,见挖掘机已经在挖地基,原来刚才的鞭炮声就是这里,却不知为何声音由西边而来,可能是长街里的回声吧。

李家表哥指挥,挖掘机挖出宽宽的地基,建亚哥拿尺子量深度,要够一米才行,然后电夯机进入打夯。

理洪哥特意穿一件崭新的蓝色中山装,推着他的小座椅,来到正在盖房的地方,走近我说:要不,咱把协议签一下? 我说:好啊,那我去村室电脑上写个协议？他说：不用，就用你哥八年前带回来的那个。于是从座椅的后袋里拿出两张打印纸和一支签字笔，果然是 2015 年 5 月打印好的。那时我哥带着这两份协议，从西安专门回到大周找他签字，他始终不签，因为不同意我们盖房；前几天他也说不用签，因为他同意我们盖房。可能是想了几天，也或者有人提醒，觉得还是有个协议为好。于是我叫过哥哥，他二人趴在街边的墙上，分别签了自己的名字。

　　现在一切都可机械化，各种原材料供应，一个电话就来，卸在路边，重活不需要人力，人只是忙于砌砖。也不用管饭，他们自己掌握时间半天干完回家吃饭。但垒地基的这天，天气预报下午有雨，需要赶在雨前将地基垒好，圈梁打起，那么就会推后吃饭时间，这种情况主家要管饭的。这也好说，建亚哥给村后饭店打电话，订了将近二十份大碗烩面。钢筋运来扔在地上，水泥搅拌机开来，夹板送到，总之也是全套设施，一个电话招之即来。在这个风雨欲来的寒冷上午，一切都在有条不紊地忙碌着，小小工地，呈现出热火朝天的局面。大家配合默契，井然有序，语言也不需要，每个人都知道自己要干什么，调线的，砌砖的，运送水泥的，各行其是，忙而不乱。李家表哥用粪耙在地基墙上比着距离窝钢筋，仿佛这是小小建房工程的核心技术和重要项目，需要他这个领头人出手。这十多个人，以李家表哥和建亚的表哥为头，为着这两万多元收入的小工程在忙碌，将来到手的钱平分，每个人也就是一千多，听起来不多，可这只是他们团队众多项目中的一个，方圆几里地的村庄，还有着这个那个、这家那家的房子要盖，他们今天在这儿,明天在那儿,上午在大周,下午又不知跑到哪里。因为房子进程各个工序之间要有停留和等待,等待水泥凝固,等待地面被水一遍遍浇淹渗透,比如圈梁打好之后要停五六天才能垒墙,墙体建起之后要等十多天才能上顶板。这就需要李家表哥来调度布局,每天每晌都有活干,不使光阴虚度。只要有钱,他们指哪儿打哪儿。他们也不知道今年春天,为何一下子盖房的人多了起来,他们只需要看顾好自家身体,不要有闪失,不要受人身伤害而耽误挣钱。我家这小小房屋,又是罕有的内高"不能超过三米二",在他们手下,跟玩儿一样,一切行云流水,在已经开始滴雨的冷风中进行。而树功正在自家屋顶,拿铁丝捆绑摄像头,需要连接我的手机。我和一个年轻人在屋里用我手机下载、调试、设置密码。待一切弄好,我看到镜头里,圈梁已经完工,所有车辆和人员消失,完全没有半小时前的热闹场景,他们此时,定是在村后饭店里吃大碗烩面。我在雨中来到现场,用手指触摸圈梁里刚灌注好的水泥,轻轻一按一个小窝,它们在雨水之中开始凝固,耐心等待成为另一种形态。

午后树功开车,我们送哥哥到临颍车站,他乘坐 K226 回西安。下午四五点,雨水变成了大雪。我在周娇家里,冷得没有办法,只能坐进被窝,打开手机上的监控,看到那片地方被雪花覆盖,挖出的土堆成为一座小雪山,树功的汽车停在路边,盖着一层厚雪。亚军操心丈夫回来路上是否受冷,打电话告诉他不要回来了,住在县里的房子吧。丈夫说已经在路上了。不一时到家,即使穿着雨衣,身上也淋湿了很多。晚饭后,我先去厨房接了自来水,回到屋里烧热,再端着去往院子角落的洗漱间，走得小心翼翼，防止滑倒，但见这一对爷爷奶奶夫妻二人弄了一大盆热水坐在廊檐下泡脚，淡黄色灯光，大雪纷飞，盆里冒着的腾腾热气在寒风中飘舞，旁边一桶从后院婆婆那里打来的热水，等着往盆里续，倒是挺生动的场景。我对亚军说：看看，这下体会到卫生间不在屋里的麻烦了吧。亚军说：我说了不算啊，咱这儿不兴卫生间放在屋里，有气味。

周冲盖房，成为全村皆知的事，地基摆在那里，每个人走过，都要扭头看看，骑电动车的，开电三轮的，走路的，都停下来，评论指导一番；坐轮椅的，也由家里人推着，来看工程的进度。一个妇女领着孙子每天前来观看，不时发表意见。我说大门里面要放一块石头，她说：石头不好，要做照壁、贴瓷砖，像献东家那样，毛主席站那儿挥手，多好看。我说室内三米高度足够，她说：三米不中，要三米六以上才气派。

当初核价时候，我就决定房子不要盖得太高，铺好地砖后屋内地面到屋顶三米即可。我这一想法得到大周人一致反对和嘲笑。西头一个人，是我哥同学，找来我哥手机号专门打给他，说三米绝对不中，三米那就不是房子，你不看咱们村，一家比一家高，你家那地方，左右和前面都高，你们太低了不好看。哥哥本来也同意三米，叫他这样一说，改变主意，也要高一些。我说：我们再高，也高不过人家，咱又不在家生活，跟人家攀比高度干啥，房子是咱住不是他们住，也不是为了站在街里看，为啥要听他们的？非要高过别人，然后再吊个顶，那是图啥？

一时村里人传开，周冲要盖一个三米高的房子，好像这是大逆不道的事情,不断有人来苦口婆心地告诉我,不能三米,理由是咱家里没有盖成三米的。我说:我就盖成三米又能怎样? 树功说:只有五保户的房子是三米。我说:那我就是五保户好了。树功说我抬杠。我说:我抬啥杠了,我只问你一句,房子是你们住还是我们住? 树功说:那你随便吧,不管你了。

我明白建亚、树功的意思,地球人都知,是他俩帮我们招呼着盖房,盖一个不气派不好看的,于他们脸上无光。不论你在哪儿工作,是什么人物,回到咱大周盖房,就得按大周的规矩。哥哥也坚持说三米不行。最后不得已,我也做出让步,铺好地砖内高三米二,再不能高了。我几十年里住惯了内高两米八的房子,突然过高不适宜,房间又小,失了比例不温馨,冬天暖气也烧不热。你们说来说去,我从头到尾张罗掏钱操心,却要盖一个不能合我心意的房子,这是为何? 问他们为啥要盖这么高,答曰:好看亮堂,别人都高,所以自家不能低。于是但见房子一个比一个高大,西边有两家的门楼,高到夸张的样子,只因在那儿暗中较劲攀比,头一家盖高了,第二家必须后来居上压你一头。我去过东边一个人家里,屋高四米多,临街那个小的房间,不到十平方米,高耸得像是一个深井,尤其冬天,没有取暖设施,就算有了也舍不得用,更是添了几分寒冷,后窗又小又高,这不是卧室是监狱。真不知他们图的什么,费工费料不讲实际只为要比别人高。海丽也打来电话,忧心忡忡地说:今天回村,听街里人都说你家要盖成三米? 太低了,不亮堂。我说兑个亮堂取决于窗,我已经做成半落地式窗户了,而且调到内高三米二了。她犹不满意,说她家的都三米六了。我真是无语,心里说:你家有钱你盖六米三吧。

在农村,如果叫谁的房子盖低一些,万般的行不通。他们盖起高到令人不适的房子,盖起楼上永远不住人的连杂物也没有的二层楼,装修一新,却顾不上住,跑到城里租住破烂小屋,辛苦挣钱,借了外债,又在县城给儿子买一套单元房。我的两室一厅内高三米,被他们指指点点,说是太小太低太寒酸。我拿定主意,任谁说啥我也不管,只是坚持三米二不能再高。

树功、自霞失去我家南院的种菜地方,又开始在西边信德叔的院子里开荒,期待春天来临种点什么。村民的土地被流转承包出去,他们便在近邻、本家常年不住人的院子里开荒种菜,好在这样的院子很多,只要肯动手劳动,总是会有一小片地方,供上全家人的吃菜问题,并且这些院里地块不打农药,土地也没有被污染,算是乡村里最后一片净土。

我看上一块石头,想放在院子里,需在大门楼盖好之前送来安放到位,需要吊车作业。建亚哥对我花几千元弄一块石头表示费解。我见到南地坑边有人丢弃在那里的一个石磙、一个碓臼,请建亚哥找人运到院中。家乡方圆几百里都是平原,而这种童年时期记忆深刻的粉红色石头,不知来自哪里,只是觉得亲切。他又表示疑问:没人要的破东西,你要那干啥? 疑问归疑问,他还是和树功一起,亲自将那两个石家伙推滚到我那飘扬着红旗的领地。建亚哥将村里其他地方丢弃的大小磨盘拍照给我,我说,要哩要哩。他说那是二国的,他去问问二国。于是有一天,小洁电话打来,问是否我要这两个磨盘,刚听建亚问她小叔子二国了,二国说他已经承许给了县里一个人。我说,那就算了,给县里的人吧。小洁说不中,只要姑你说要,就不能给别人,这个家我替他当了。于是,这两个磨盘虽然还躺在二国的院里,却已经属于我了。

每当我从监控里看到建亚哥和树功的身影出现在工地,查看工人干活,运东西,拿东西,真的像他们说的那样,把这房子当成是自己的来盖,心里就很感动,想着下次回去,带上西凤酒请他们吃饭。

梦想已成真

村里果真还得找我们说老院的事情,因为他们需要把叔叔的两宅并一宅,挪到西边去,东边成为复耕土地。秋风打电话来,说实在不行,她先拿出自己的四万元,让工程尽快开始。其实自从我着意在南院盖房,便对老院那里失去兴趣,觉得不盖也好,我家老屋留着,多少也是个怀念,拆了盖在西边,对我家也没有什么实质意义,反正也没人回来居住。南院盖好之后,叔叔婶婶偶尔回来,也可以住的,南院虽小,但各种设施齐全,完全按城市里单元房盖的,生活十分方便。所以他其实不必管老院的拆建问题了,并且由他回来盯着在老院盖房,很多本应顺当的事,会因为他的出面和参与,变得不顺利了。

我也理解秋风工作的难处,镇里给她下的有宅基复耕任务,又有文化小院的建设任务。于是我乂强打精神做叔叔的思想工作,四万拿到,就拆旧建新吧,基本能购买砖瓦水泥等材料,余下四万,等房子盖好,承建方问我们要,我们问镇里要,就让它形成三角债,目前形势逼人,没有办法,只能这样。叔叔也基本同意。于是说好清明节回家,找人盖房。

我没事就点开监控软件看看,街里大多时候没有一个人影,偶尔路过一辆电三轮,有时跑来几个小孩,在低矮的圈梁上玩耍;有时两只小鸟,在那里跳来跳去;有时是树功和自霞出现在画面里;有时路过一两个人,站下来看一看,指一指,可能在讨论什么。有一天晚上,镜头下出现三个青年,两男一女,在激烈地争执什么,伸手比画,边说边移动脚步,一个男的把女的拉了一下,另一个男的把女的又拉回自己身边一点,不知是一场情感三角债,还是一个经济纠纷,他们吵得那么投入,根本想不到千里之外有人在默默注视。

这一目了然的两室一厅圈梁摆放在那里,不得已接受全村人的观看和点评。建筑队根据工期安排他们的工作,墙体只用两天就起来了。我每一次点开监控,都看到墙体又高了一点,垒到我要的三米三停下来,树功说三米三也就是三十三块砖,将来铺了地砖,内高三米二。因为每块砖高度九厘米,中间的水泥一厘米,所以不用量,数砖就行。我也用铅笔尖点着手机屏幕认真地数过,生怕他给我垒高了。过几天再浇注水泥梁柱。亲眼看到这小小的房体,打下坚实的地基,将来上面再加盖一两层也没有问题。树功跟我微信视频,叫我看看房子布局,说:你当时坚持三米二,也好着哩,这样看着也不低。我说:当然不低,我是迫于你们的压力,三米二了,如果这是我的房子,只要三米,一分都不高,我住了几十年两米八的房子,难道不知道多高适合人类居住吗？他嘿嘿笑笑。

又一天，几个人的身影出现在画面里，开始浇注水泥梁柱。有人推着水泥车进出，有人在墙体上走动施工，一个看样子六七十岁的男人，蹲在梁上一动不动，连搭在膝盖上的胳膊也静止在那儿，我有一阵认为是网络出问题画面定格了，再一看小推车进入了院子。而那个人稳坐在那里思索什么呢？他怎么会有那么好的平衡功夫，蹲在三米多高的窄梁上走神却不掉下来。

再一个中午，点开监控，见树功也上到了墙上，拿着一个胶皮水管子，往水泥梁柱上浇水。可能是工序的需要，要不断浇水，让墙体和水泥梁柱吃足了水再晾干，反复多次才可。但见他将近二百斤的身体，小心地沿着墙走动，我真是捏一把汗，那可是三米三高的墙啊，他万一站不稳……因为李家表哥不给我签那个盖房协议，我一直操心着人们的安全问题。看到小孩接近院子里的大小石头，害怕把小朋友的脚压住；看到有人走到砖垛边，怕那砖没有垒好掉下来把人砸了。而树功是给我义务帮忙，出了事有没有协议我都得负责。此时也不敢打电话喊他下来，生怕惊吓了他。他在上面优哉游哉地浇了近二十分钟，我盯着画面看了近二十分钟，直到他沿着宽二十四厘米的墙体走到边上，弯腰踩上梯子，整个人消失在墙后，不一时从院子里走了出来。我给他微信语音留言：你站那上面浇水真吓人，没有任何保护措施，其实站在地上，举起水管也能浇到，不必上到墙上。他回复说：噫，你想多了，这根本不算啥，完全没事，我现在是老了不中了，当年五六层高的楼，我都能站到墙上，没一点事。说他胖他还喘上了，不知是真是假，反正听着有点吓人。

　　第二天中午点开监控，又看到他站在上面拿着水管浇水。我只在心里祈祷，整个工程期间，不要有任何安全事故发生。

　　监控程序上有回放功能，可滑动观看各个时间段的画面。我看到小屋的砖墙在不同时刻的颜色变化，白天是正常的红砖间有烧煳了的黑色，夜晚是灯光照亮的黑白色，墙和砖堆投下阴影，看起来有点吓人，清晨和傍晚是灰白的颜色，而那个挂在玉发叔屋墙上彻夜亮着的灯盏，在清晨时分一点点褪去光泽，失去效力，直到树功走过去关了它，闭眼休息一天，待到黑夜来临再次睁眼上岗。树功的汽车停在房后，我就知他在家；车不在了，那就是他开着到县里扎针去了，外出办事去了。树功在墙上浇水的时候，也见自霞的身影出现在门楼里，进到院子里去，可能是帮树功扶梯子，也可能只是想进去看看。不断有人进到院子里，过一会儿又走出来。平静的乡村生活，有人盖房，有人来往奔忙，有人运送东西，街里出现了陌生面孔，会有一些声音打破宁静，这总算是个小小的景观，有了看头，引出一些这样那样的话题。三米之争过去之后，还会有新的情节和话题，日子如此漫长，老弱病残妇们聚在街边屋檐下，总得有话题才行。

　　清明节前，叔叔婶婶也回到大周，对正在盖的新房寄予无限厚爱，心心念念，嘴里说的都是"咱的房子"，时不时也走进来看看。

　　墙体建了起来挡住了红旗，监控里看不到它在风中飘动的样子。街里没有一个人走过时，画面又成为静止。好一阵有一辆汽车驶过，又有一辆电动车出现。很少看到人影，村街里异常安静。

通过摄像头观看毕竟有限,我想亲眼看看房子里面的样子,于是清明节再次回去。要请他们三人吃饭,建亚哥说:上次已经吃过,不必要再吃了,花那钱干啥。我说:看到你们忙碌的身影,我非常感动,必须吃饭,主要是一起坐坐说话。于是又去了北边的袁庄,这家银海酒庄饭菜十分好,老板是小洁的表妹,经营有方,在当地做出了品牌,最主要是不用客人点菜,只需告诉人数,便给安排得荤素合理,数量恰当,色香味俱全,经常去的人,她还能记住谁爱吃哪个菜,不用你说话,就送上来了。果然服务员端上了献东爱吃的一样素菜。建亚哥仍然不动盘子里的牛肉。三个男人借着酒菜,由着盖房,说起村里的诸多事与人,对我来说皆是鲜活真切的细节,听得满耳生动。最后我向几人说:你们几个事无巨细地操心,我真是很感动,经常都快要热泪盈眶了,我请你们帮忙,主要是从技术、质量、细节方面把关,至于盖成的样子、颜色,还是让我自己来做决定。我是咱大周的人,同时又不完全是,不要用"咱家都是这样"来要求我。因为好看的标准也不一样,观点不同时,那就依我的标准来吧。总之不能盖成傻高三米六,不想安大得夸张的朱红大门,不想门楼贴朱红瓷砖,不想上方贴花里胡哨的瓷片簇拥四个大字"幸福之家""花开富贵"。我的总体要求是结实牢固、低调质朴,关起大门自己过日子,不做给别人看,不与别人比高度,这小小院落,用于我爸百年之后的丧事地点,今后不管哪个偶尔回来有个落脚之处,看着舒心,住着安心。我这番话用于解释前面关于房子高度的争执,也铺垫今后难免各种外观样貌意见不同的处理方式,希望他们明白,他们的意见只是作为参考,而最终样式由我来决定。

几人听后不语,算是接受了我的想法。农村里把出门的闺女看作一门亲戚,她们回到娘家,被人说成"来了",而我和海丽回到大周,人们称为"回来了",因为我俩不是从大周嫁走的,而是小小年纪转学出去和外出工作,没有经历变成大周亲戚的这一步骤,所以一直都是主人,享受着"回来了"的待遇。又因为我们多多少少有自己的一点事业和经济基础,所以我和海丽回到大周,主人翁意识还在,不把自己当外人,比别的闺女说话腰杆稍硬一些。

叔叔的想法有所变化,他又不想动老院了。一是身体原因,回来前在郑州住了几天院,走路都气喘;二是我把钱用在南院,没钱给老院贴补,八万元不够的话,他自己不想拿钱。于是提出两点意见供村里参考:一是还像去年说的那样,由村里经手盖房,我们啥也不管;二是现在的老院堂屋不动,盖三间东屋即可,完全恢复我小时候的样子,只把西边宅子拆除建成花园,也算完成了一个宅基复耕的指标。他不再出面,让我去把这两点转达给秋风。我告诉秋风后,她说:第二点肯定是不行,因为镇里的意见是把文化小院挪到西边,东边这里要连成一片花园。我说:行不行你先汇报一下,也许镇领导同意呢,因为这样花钱更少,四五万就能解决,而且还修旧如旧,维持我家老院的原貌,你们那种老屋拆掉挪到西边重新盖的想法,其实是不伦不类。

秋风面有难色,说她去汇报一下吧。

建亚哥有一个美好心愿,赶在我父亲九十岁生日之前,把房子盖好收拾好,让他的卯大爷回来过九十大寿。叔叔婶婶前几年就说,将来他们要来西安,为我爸庆九十岁生日,现在眼看房子盖好,二人也提出,何不把你爸接回来过寿呢? 到时他们从郑州回来,叫两个儿子也都回来为大伯祝寿。一查日历,阴历四月二十三,恰是一个周末,又有上天的好意安排,今年闰二月,致使阴历四月下旬一直推到了 6 月份,为房子工期给足了时间,也正是麦收季节,我也可回去看看多年没有见过的麦收场面。

一时间我也为此而激动,但我知道父亲的脾气,得他自己完全同意才行,再加上他坐汽车头晕,随着年纪渐大,日益严重。所以他回一次老家,比较麻烦,要姐姐全程陪护,要完全避免两头的汽车,那么就得放弃高铁坐火车,这样两边离车站都近,在西安我哥用电动车带他到火车站,乘坐那个仅有一趟的普快 K225,到临颍车站下车,再由一个电三轮接回家里。一个耄耋老人,要将自己的身体从一个地方安全运送至另一个地方,哪怕是你无比热爱和思念的老家,也是有诸多环节的,这些环节对年轻人来说不在话下,可对于一个坐上汽车一分钟就要头晕的老人来说,却是个问题。于是决定,回西安后和他商量。

我到老爸那里,趴在耳朵上说了此事。九十岁的老爸,其实身体很好,腿脚利索精神头儿也好,不论刮风雨雪,每天下楼遛弯至少三次,只是近年来视力不太好了,听力也有问题,人一旦失去了耳聪目明这一指标,就会反应不再灵敏,老爸比着前几年,明显地苍老了。好在他的这些故障对于身体来说不是大问题,只要有人陪伴,出行也能自如。听明白了我的表达,他出乎意料地痛快答应,可能他自己也清楚,这或许是最后一次故乡行了,我又告诉他,我们盖这房子,完全就是为了让他回去看看玩玩,将来……后面的话也不需说,他自会明白。

老爸外出求学工作七十多年,大周对于他,是永远的故乡和将来的长眠之地,村后埋着他的爹娘与祖先,他自己也旗帜鲜明地要葬于这里。近年每次见面,他都要给我们交代后事,怎么装怎么埋怎么待客都说得细致,恨不得亲自监工督办。他可能也很想回去看看,将来为他办丧事的场所。他一定又会拿出自己柜子里的崭新钞票,数来数去,到时候分门别类装在兜里,给见到的老伙伴和小孩子一人一张或数张,然后嘴上或者心里说,这是我今生最后一次和你见面了。

远离大周的我,还是每天从手机上看那座房子,还没盖顶,张嘴向天,静静地立在那里。

秋风打来电话,说她跟镇领导汇报了,第二个意见不中,肯定还是要往西挪,那就按第一个意见吧,还是村里来看着盖,她已经做通村委其他几人工作,村里先垫付四万,地基崴出来墙体起来后,镇里拨给她四万元,所以请我们配合,尽快把院里的树出了,着手盖房。我说:那你去找我叔说吧,他可能还在家哩,只要他同意,我也没意见。秋风又特意交代我,给村里人,还得说是我家拿钱盖房,镇里只给少量补贴,为着我的名声要建文化小院,作为咱大周的一个景点对外开放。因为那几家被拆的人,这几天已经来问,到底给我家补了多少钱,几个人暗地里都咕蹴开了,他们的房也拆了,为啥没有补钱?

我心想,这能一样吗?这完全是两回事。再一想,村里拆了他们的房,按政策或许是应该有补贴的,却没有给人家发放到位,现在因为盖文化小院,又不愿让别人联想到补钱的事,对外说盖房的钱是我家自己掏的,强调镇里补贴了"一点点"。乡村工作错综复杂,真不知要有几多面向几套说辞几样方式。婶婶的侄子是南乡一个村的干部,他说这种文化小院建成后,上级每年会有拨款,所以村里会克服困难极力促成此事,春节后让我们"自己看着盖"可能是见我们过于积极配合,想白得一座房子,而镇里又压缩了资金,便想八万元推给我们,我们不接受此方案转头盖了南院,他们便只好又拣起最初方案,由村里经手来盖。我也管不了那些无头绪的乱麻,只是答应一切以村里说法为准,我保持沉默即可。

下午叔叔打来电话,说秋风找过他了,看来不拆不中了,只好就这样吧,他回郑州做个预约好的体检,屋里东西让村里找人搬到学校存放。我说:你把院子和堂屋拍照留念。他说:不但院子拍了,连屋里各处也都拍了,你下次再回来,咱家这座老屋,就没有了!

上顶板的前一天,建亚哥微信通话问我:门楼要什么造型,要不要门楣挡板?我问他要与不要有啥区别和利弊,他说:有了挡板好看一些,但多费一块板,多花一块板的钱,就像那谁谁家的造型一样。我说:那就要吧。第二天点开监控,见黄色吊车停在门外,一群人在房顶忙碌。顶板铺好后,又有一人操作打磨机在磨平灌缝,拿个盆子不时地往上浇水。对他们来说是再平常不过的操作规程,千里之外的我却饶有兴趣地观看着。到中午时再点开,人去楼空,黄色吊车静静停放,房顶细腻平展。

白天,我看到街里偶有几人路过,那个领着孙子的女人,仍然牵着孩子的手,走过房子后面,站下来看看,不知又有何评论和指导。黄昏,街里由东向西跑过一辆白色电动车,不知是不是亚军下了班,赶回家里做饭，在我前几天还出没过的房子里进出拿找东西，在我也曾做过饭的厨房里忙碌，窗台上的播放机是否还大声播着歌曲，旋律回响整个院落。我看到婶婶背着手走到房后，看来看去，停了一会儿，又进到院子里，两分钟后出来，心满意足的样子，也不知看了什么，反正有事没事，就是想进去看看。

　　开始垒房顶上面的墙了。前后高度有几十厘米，屋山顶处一米五左右，上面搭水泥大瓦，远观还是老式瓦房的样子。之前千百年，人们盖房都是青砖青瓦。砖瓦烧制慢，成本高，需大量浇水。后来过渡到红砖，后面烧着前面出着，也不需浇水，便保持了窑内的红色，大大节约时间、人力和成本，何乐而不为？于是青砖青瓦慢慢少了，开始使用红砖红瓦。世纪之交，乡村盖房逐渐抛弃了从前的青砖瓦房、红砖瓦房，借鉴城市的平房，墙体上面直接搭楼板，再用水泥抹平。但这样的屋顶防水不过关，下雨时会漏，还需为屋顶做特殊防水，造价较高，技术也达不到。有人便想出办法，在房顶上垒几个几十厘米高的砖墩子，上面搭上水泥大瓦，解决了漏雨问题，还可堆放杂物，同时夏天起到防晒隔热的功能，于是人们慢慢都使用这种方法。再过几年，对房顶装饰也讲究起来，便将上面这一段墙全部垒严，跟墙体一起抹上水泥，所以从外观看房子很高，其实上面一段是空的，空洞无物这个词用在这里很是合适。现在人们也没有那么多杂物可放，除了维修，不再需要上去，也省得再造一个楼梯。乡村建房史一路走到当下，也是劳动人民的聪明智慧在实践中一点点发挥作用。大家总结经验，根据实际情况对旧有的建房系统进行了更新换代。水泥最后解决了所有问题,于是建筑队喜欢使用大块空心砖,盖得快,工艺粗糙,反正最后有水泥兜底一抹了之,将全部砖体覆盖。我不明白墙体上为何会留一些洞口,时不时缺着一块砖。树功说那是搭架子涂外墙用的,到最后会全部填上。果然,我看到工人们站在架子上,先由上面开始抹水泥,越来越低,最后不用架子了,直接站到地上,架子拆掉,洞眼拿砖堵上抹好,整个墙面平平整整。原来盖房也像写文章,哪里留个情节,哪里埋下伏笔,都要有所安排和调度,先后步骤设置合理。

我突然想到,院墙不需要抹水泥,而应留下红砖的原始样子,将来映衬花和树好看一些。紧急提醒树功。他说:不中了晚了,你早不说,已经抹上了,再说如果留红砖墙体,那就应该垒的时候就说,要垒得细致用白灰勾抹砖缝,那样才好看,而咱这砖墙全都是最终要抹水泥的,所以垒得粗糙,有那么多宽缝子。总之,我的所谓文化情怀和某些小情小调在这里行不通,我与他们好看、难看的标准也不一样,我将来坐在红砖墙映衬之下,在那个立起来的石磙小茶桌上喝茶的画面将变成水泥墙的背景。

建房过程中,树功说过几次不中了晚了,说的时候语气坚定不容置疑。第一次是墙体垒好后他视频叫我看内部结构,我发现厨房门与图纸有出入,我当初设计开在大门旁边,安装推拉门外镶穿衣镜,这样不论买菜还是搬东西,直接可进厨房,他们却将门开在了客厅里面与卫生间门挨着。再一次我4月回去后发现他们将厨房和卫生间尺寸搞错,我图纸上标的内宽两米二,他们盖成了一米九。面对他斩钉截铁的“不中了”“晚了”,也只好苦笑一下。理想和现实总有差距,世间事不可能一切按你的想象和预期来,就连你画好图纸标清方位和尺寸的房子,也会有所出入。人家只是义务帮你,有点失误在所难免,好在也没有什么损失,厨房和卫生间少了三十厘米,客厅里却多了出来。

建亚哥也和我视频,让我看刷好墙的内部结构,我问他:你现在说,三米二到底低不低?他说,不低,可衬势,可好看。我说:那你们为啥非要三米六?难道房子不是为住着舒适吗?他嗫嚅而笑,说:反正总而言之,家里盖房都得高。他岔开来不再说这个话题。

关于文化小院,还在扯皮,迟迟没有动工,叔叔给我打电话说,他的树已经全部出了,在院里躺着,可当时承接建房的人却又说找不来人手,让我问问秋风到底是怎么回事。秋风终于实言相告,八万元拿不下来,承建人核来核去,最少也得十万,村里出面招呼着盖可以,多出的两万元,能否由叔叔和我一起来拿。我说:什么叫最少十万?十万到底能不能拿下?别盖到中途了又说不中,我们南院建起来,少说也得十二三万,文化小院的房屋面积,比它只多不少,怎么十万就够了呢?秋风说:那我再问问承包人吧。于是又是好几天没有下文。我怀疑承建商从没有说过八万这个数字,只是秋风从中斡旋,这样告诉我们。这件事自去年盛夏说到今天夏季,还是不能动工,无论各种各样的理由和纠扯,其核心都是钱。叹世间,熙来攘往,皆为一个利字。有利的营生都欹身而来,无利的事情谁也不愿沾手。我很是庆幸自己春天里当机立断,着手盖了南院。

房体盖起只是第一步,屋里的走线走管,地砖墙面,门窗安装,厨房卫生间吊顶,院子里流水出水,地面找平硬化,每一步都得综合考虑,先哪个后哪个。盖一个小小院落和建造一座宫殿,想必步骤是一样的吧,真不知要经过多少个环节多少道工序,还有其间必不可少的等待与停滞,并不是一句早点完工那么简单,每个工序之间必要停够多少天才能进行下一步,而房顶上一切工序完结,又必须赶在有雨之前搭上大瓦,所以还得注意天气预报。光一个院子大门就会问你诸多问题,想要什么价位、什么材质、什么样式、什么颜色,屋门和卧室门、厨房门、卫生间门也是如此这般,更有上百种样式发来给你看,门窗需要来量了尺寸专门定制。因为乡村盖房不像城里单元房,统一制作,而是每一家的大门和房屋门窗都不一样,要排着队等待,最快也得二十天才能做好拉来安装。大周村这个小小的新建院落,几乎连接着县内外建筑家居装修行业的各个部位,这还不算买家具、安窗帘、装电表、开通天然气、购买取暖锅炉和洗衣机、打扫卫生找家政……一个哪怕是偶尔一用的临时家庭的建造,也牵涉四面八方,接触各行各业,触摸世态人情。除了科学的原理,还要有民俗、文化、传统和心理方面的各种讲究,虽然各自理解的文化和心理有所不同,但每个人都想按自己的理解来做。树功每一次在产生分歧的时候,向我大喝一声:哪有这样的? 咱家里没有这么弄的。我有时候坚持己见,有时候确实不懂的领域也就不敢多言,反正盖一个结实牢固的房子为最终目的,千里之外,鞭长莫及,很多细节和流程我这个外行的想法其实也行不通,而怎样走线,如何埋管,先做哪样,后做哪样,全靠建亚哥和树功二人操持。而我因不能始终在现场盯着,就得承受一些细节不如我愿的后果。比如,院子里那块石头,我跑到许昌亲自看亲自选亲自定的,赶在院门建起前安放到指定位置,以为计划周密万无一失。八百元的费用,卡车拉着石头和吊车前来安放,村里人纷纷围观,建亚哥视频问我:哪一面对着大门?我发去当时石头躺在地上的照片,说这一面对着大门,我想卖石头的肯定是将好看的一面朝上放,而这一面有些不太平展,石头颜色深浅不同仿佛一个动物图案,也挺吉祥的,我想当然地认为,贴着地的那一面肯定不如这一面好。于是建亚哥指挥吊车将我要求的那面朝向大门,吊车司机拿钱走人,卖石头的让我转去尾款。等我回到大周后,才发现石头背面饱满圆润,似乎更应该承担起景观石的露脸任务,可此时院子门楼已经盖好,吊车无法进入,我也不想再大动干戈只为让它转个身子,那就这样吧,我想欣赏它更加完美一面的时候,绕到背后即可。

树功将几年前自家建造小二楼的经验教训全部落实到南院,真的是他们说的,就像盖自己房子一样经心过意。经常在监控里,看到他们身影进出小院。树功自不用说,就在斜对门,每天不知进去几回。建亚哥住在东头,也是每天至少来看一遍。

没有活儿的时候,房子静静伫立,偶有一个身影走进去,过一会儿又出来,缓缓的步子,不知在思考什么。我相信,所有大周人都走进院子来看过,发表过自己的意见,假若在院里安一个录音机的话,那将是怎样的众声喧哗、议论纷纷。

门楼里铺了水泥,在阳光下发着亮眼的光。下雨时候,门楼下停着一辆电三轮,不知是谁的,在此避雨。忽一日点开监控,屋后停了卖食品的小货车,地面摆了小摊点,街里车辆来往,行人走动,小孩跑跳。

噫,怎么突然热闹起来,今天什么日子? 一看日历,阴历三月二十一,我村过会,人们买东西做饭待客,手中提礼身穿新衣的,是来我大周走亲戚者。这个中午,大周的男人,又要集体醉倒,每一个家里,歪斜着几个绯红了脸的男人,迷迷瞪瞪地说话,而路边新盖起的这座房子,也会成为他们议论的话题。

我告诉树功:基本大功告成了,质量为重,后面也不必追赶工期,只要简单装修完成,门窗安好即可,因为你大爷回来过生日,有些设施也用不上,比如空调、暖气、天然气这些。总之一个家园的建设,得一步步慢慢地来,每一步都要走得踏实稳定。我其实在内心里,很是留恋这个过程,希望后面的工期长一些,再长一些,我好有理由一次次回到大周。

定制大门的厂家说,建厂几年来,只是第二次做这种灰色大门。安好之后,西头几个老太婆前来观看,站在那里摇头叹息:没见过这样的,咋弄这个颜色,真不好。在她们眼里,应该要那种朱红色配黄色大圆钉的铁门,就是朱门酒肉臭的那种朱红大门。只有树功那大专学历的女儿说,这个门挺好看。

6月初,我先行回去,安顿家具、安装窗帘、购置生活用品。几天后,姐姐陪着爸爸回去,哥哥在爸爸生日前一天赶回。我们的接送全由树功负责。我给树功说:你的车这几天征用了啊,我给你加满油,敞开跑吧,临颍站、漯河站、高铁站,站站都有,至于你大爷回来那天,得找一个敞篷电三轮,我见到新村广伟他大嫂那里,有一辆新三轮,挺合适的。树功立即拨通秀敏电话,说:你的三轮,征用了啊。

　　我们伤心地发现,回到大周的爸爸愈加糊涂了。衰老的加速度如此之快,我没有见他只是一二十天,他的大脑细胞却飞快流失,认不得大周,认不出村里的人,记不得怎么回来的,站在大周街里不知道自己身在何处,对于相见的人张冠李戴,或者别人走后,他才终于想起是谁,说起人家家里七八十年前的往事,而眼前的人全都忘记了。你说你是顺财的闺女,他要扳着指头数保财、顺财、顺昌,然后搞清楚你是老二的闺女,说:你的脸跟你姑姑长得一样。坐在大周的新家,时时说的还是"十街坊",过一会儿自己说:噢,这是在大周、大周,不是西安。街里遇见六七十岁的人,吃惊地问人家:你咋这么老? 你不是个小孩吗?

　　我们决定给爷爷奶奶上坟烧纸,拿好西安带回的供品,走到村后周涛超市买纸。周涛说:麦茬地里还敢烧纸? 你们不看防烧禁烧的车天天巡逻,大喇叭里天天喊,敢冒一点烟,拘留十五天。啊,差点犯下大错。周涛说:拿了纸在自家院里烧烧得了。于是买了纸回家,等到叔叔婶婶回来,第二天清早一起在院子里烧了,爸爸像孩子一般爹呀娘呀地哭了几声,算是尽了心愿。

　　生日这天,来了不少亲戚,光我舅家姨家,大小十九口人。他们从不同的地方赶来,也都怀着这是最后一次和姐夫姑夫姨夫相见的心情,亲人之间拉着手说话,不时地就湿了眼睛。因为二舅没有工作,老爸要给他五百元钱,二舅突然就哭了起来,他身体也不太好,注定无疑,这是两人的最后一面。

　　人们在新房子短暂停留、合影之后,各开各车,出发前往袁庄的酒店。我和爸爸最后走,由树功开电三轮,后车斗放小凳子,安顿爸爸坐好。他第十几次问我:开车的这人是谁,他家在哪儿,有他的电话吧,咱们走之前,要给他五百块钱,感谢他这几天接送。他眼里涌出一层薄薄的泪花,说:这是我最后一次回大周了,下次再回来,就不是这样回了,而是装到盒里。

父亲过完生日,我们又分批返回西安。我从监控记录里调取出老爸坐在大门口与人聊天的画面,他临走那天被人簇拥着走出大门上了树功的电动车,叔叔婶婶站在门口向东挥手的画面,存入电脑,留住了他在大周的最后身影。几天后,叔叔婶婶回到郑州,小院复又安静,每次点开监控,只看到大门紧锁。

镇上和村里让我催促叔叔尽快动工,说这是今年的一项工作。我跟叔叔联系,叔叔说,除非镇里像去年说的那样全部出资,否则他不会拆房重建,因为他没有钱往里面添。秋风汇报给镇领导,镇领导说:那要不就把南院当作文化小院吧。我心里抵触,去年我曾经提议盖在南院,镇里嫌院子小,如今我们自己掏钱盖好,经过建设和居住,这里成为最亲的家园,我不愿意对外开放。但因是哥哥的宅基,便和哥哥商量。于是我们共同决定,让镇里拨付八万,房屋上面加盖一层,廊檐外加个楼梯,院子和二楼作为公共活动场所,下面一楼完全属于我家,不对外开放。秋风汇报上去,镇长说:其实要不了那么大,又不是经常去搞活动,给你们五万,在院子里盖两间东屋作为活动场所就行,只要同意,立即批钱。我心里好笑,但为了配合村镇的活动,我和哥哥还是答应了。于是我把银行卡号发给秋风,告诉她,钱到开工。过了两周仍无消息,问秋风:到底还盖不盖,不是今年的一项工作吗?为何不打钱来?秋风说,镇长说了,今年资金确实紧张,你们先盖着,钱肯定会给。我失声而笑,哈哈哈哈,这文化小院的资金缩水和预期目标,犹如传统相声《画扇面》,又像卡夫卡的《城堡》。我请她转告镇长,我国庆节回去,贴大门瓷砖,安装门楼里面花架。最好东屋也一起盖了,否则贴好门楼搭好花架之后再盖东屋的话,运送砖瓦水泥,出入干活会碰坏我们的东西。如果国庆节之前五万元不能到账,东屋无法开工,文化小院之事就此打住,不要再提了。

给秋风发完信息,我如释重负,再次感到,春天在南院动工盖房,真是英明决定。

这南院漫长而曲折的演变过程,几代人的心愿,多年来几次未遂的盖房计划,却阴错阳差,因文化小院倒逼而出,竟像是做了一场梦。却原来,我们盖的不是房子也不是寂寞,而是历史,是亲情,是世道人心,是爷爷奶奶在天之灵的微笑。

2022 年 8 月 15 日至 2023 年 7 月 12 日　一稿

2023 年 7 月 20 日至 8 月 4 日　二稿

2023 年 8 月 30 日至 9 月 18 日　三稿

后记

平原上的大周

2022 年 10 月，在徐光春同志逝世的新闻中，我们看到这样一句话："曾为河南形象提升做出巨大贡献"；告别大厅的对联写道："五年主持河南大政，满腔热血润中原；半生投身新闻事业，一片丹心写光明。"

当年，新闻工作者出身的徐书记，敏锐地关注到在各种新闻报道中，河南人的形象遭受前所未有的挑战与损失，于是倾注心血，致力于形象提升。这份责任与担当，河南人定当铭记。

在感谢、怀念家乡老领导的同时，不禁也颇多感慨。"巨大贡献"，那也意味着之前有"巨大不良影响""巨大历史债务"。

河南人

河南人。这三个字,在多少年里,会让人脸面或许心中,升起一个意味深长、内容复杂的表情。假如人们对别省人的形象是确定的、明朗的、正面的、三言两语能够概括的,那么对河南人,着实得多费一些笔墨。你说他好吧,立即有那么多负面新闻和消息,让你觉得河南人真是形象堪忧;你说他不好吧,马上会有古往今来数不清的光辉形象来推翻你,还有那句"我们先前——比你阔多了"的豪横。说起这片土地的历史与辉煌,天下人立马换了崇拜神往的表情;讲起现实中的宗宗件件、一些热点新闻,有时又会让人皱眉摇头。这是一片什么样的土地啊,怎就让人爱恨交加,扼腕长叹。

辉煌显赫,沃野良田,政治旋涡,征战烽烟,铁蹄踏过,深重灾难,历史上的每一波浪潮和风云,一次也没有放过河南。黎民犹如群蚁,生命只是草芥。有过多少繁华,就有多少落寞;曾经几多辉煌,空余几抹苍凉。或许是由于地形原因,或许是处于交通要道,时代的每一缕风,都及时吹过大平原。河南人接受新鲜事物也是极快,网络的普及和交通的发达,天下大事小情,分分钟传导向这片土地,引发阵阵波纹。

我曾两去开封,走马观花之后,很是感慨,曾经海内最繁华都城,紫气东来,京华烟云,只在典籍中堆锦罗秀,如今旧梦已逝,沉睡失语,好像被现代化遗忘抛弃。这又有什么办法呢？宿命吧。

一言难尽河南人？是的。哪里的人都很复杂多元，河南人也不例外。多年以来，我像一个敏感警觉的雷达，关注着任何与河南有关的新闻事件，接受着关于河南的种种信息、气息，就连电视里那个"老家河南"的广告，也要站在那里看完。这片土地上的一切人事与风物，一切美好与丑恶，都在我的收纳与考察范围，身处其中，又脱离其外，得以从不同的角度观察和思考。

绕树三匝，摆不脱那个主要问题：河南人为何身陷地域黑？

罗马不是一日建成，坏印象也不是一天形成。

外部原因可说是地处交通要道，人口众多，概率作用。好事不出门，坏事传千里。你好是你应该，你坏就会被指摘。

自身原因当然是主要原因：贫穷落后，受教育程度普遍较低，全国最低的高考录取率，将多少优秀青年堵在大学门外，从此失去了进一步发展的机会。

中华民族的优良传统和精神糟粕在此沉淀久矣，全都集于河南人一身。

优良品质说得太多，先不提了，但说一说沉淀下的糟粕。

精明油滑至狡诈诡计。是因为人口众多，资源有限，为了指甲盖、头发丝的利益也要去争去抢，必要时候去偷去盗去诓去骗去讹诈，撒泼打滚，哭闹上吊在所不惜，吃到嘴里揽在怀中才是目的，哪里还有形象的顾及，为了活下去已经使出浑身解数。河南人致力于把自己打造成一颗"蒸不烂、煮不熟、捶不扁、炒不爆"的铜豌豆。除了你有权说我不得在这世上活着,发文宣告,判我死刑赐我凌迟,否则我活一天就得奋不顾身地挣扎一天处心积虑地战斗一天。人口稠密造成心机稠密,为了得到自身生存的有限空间,将智力与体能发挥到极致。富长良心穷生奸计,仓廪实而知礼仪。吃相难看是因为饿得太狠。长期处于饥饿、惊吓、短缺,时时感受失望、无奈、无力,长此以往,焉能有好的气质和风度,更奢谈气定神闲、从容高雅,于是我们看到丑陋寒酸、尔虞我诈。"狮子似的凶心,兔子的怯弱,狐狸的狡猾"。民族的劣根生长出枝繁叶茂的大树,盘根错节连天蔽荫。真是抱歉得很,贫困的人专注于自己那丁点破事,螺蛳壳里做道场,蒿草棵上挤油水,青蛙跳来跳去跑不出井口,见不到外面的世界,免不了形象不佳,没有为您提供美感,影响了您的大好心情,您当然有权利嘲笑他们黑他们。

平静冷漠至麻木不仁。电视剧《常香玉》主题歌唱道:敢哭敢笑敢愤怒。那是对这片土地上优秀儿女的礼赞。而更多的人,哭也哭不出,笑也笑不开,爱也爱不起,恨也恨不成,或许早已失去了愤怒的能力。生活的苦难压垮了他们,知道诉说无用祈求无用愤怒也更是无用。喝不到肉汤落一身臊,多一事不如少一事。河南人在苦难中总结了许多明哲保身的道理,一代代言传身教,屡试不爽,实在是因为参透了人性和生活。你看到的他们不是他们自己想要的样子,而是被环境挤压成的样子,被生活捏塑好的样子,被冷落,被驱使,被利用,被消耗,被铺垫。行走在这片大地上,你会看到许多被失望和无奈雕琢的面容,不会激动,不会热烈,也不再相信,因为他们没有见过令人激动的画面,从没有得到过想要的结果,他们致力于一地鸡毛,看不到诗和远方,愚昧、忍耐、温驯、麻木是他们的综合面相。长期生活在自己的村庄,守在那一片土地,接受单一而凝固的信息。为了生活外出谋生,像一个被猛然推到人前的傻孩子,形象不佳,频频出错,这或许就是各种新闻里的河南人形象,地域黑的起源。

大小灾难皆首当其冲。大平原四通八达,但河南人却无处可逃,你逃来逃去,却发现还有一个地域黑在等着你。

你贫穷你落魄,这是既定事实,再说任何理由和借口,也是枉然。成王败寇。世人皆是慕强踩低,游戏规则向来如此,而河南人处于权力和经济的低洼地带,成为社会负面力量和消息的泄洪区,世俗以成败的眼光来看你评你挑剔你。没钱了别说你有钱,人老了别提你当年。个体的呐喊和呼吁成效不大,早年间那本火药味很足的《河南人惹谁了》也并没有收到策划者预期的效果。好在有幸遇见徐光春这样的智者仁者,影响力大,登高呼吁,试图全面扭转河南形象,多少起到了一些作用。可一省人民的声誉,寄托于某一位领导在任时的工作方针,也是有点悲壮了。

经历过各式各样的灾难,一个地域黑其实也没啥可怕。虱多不咬,账多不愁。比起那些切实的贫穷饥饿与疼痛,这地域黑,实在有点缥缈不定,不疼不痒,看不见摸不着,已经无所谓,说它有却又抓不住它,如果认真溯源却又没有人承认黑过你,无非是开个玩笑,干吗这么当真?是的,都是闹着玩的,也不必那么计较,祖国大家庭,你我皆同胞,说你几句也没有什么。那么好吧,你开心就好。笑骂由人,河南人就像脚下的土地,安之若素,你说你的,我过我的,不然怎么办呢?总不能长一颗玻璃心,为着别人怎么看你、怎么议论你而扑嗒一声落地而碎吧。于是河南人一脸调皮和幽默:噫,我就愿意看你不喜欢我又灭不了我、离不了我的样子,咋弄啊?

这一片大地,当然不仅仅只有苦难和厚重,她还积累着丰厚的聪明智慧和各种经验教训,千年的求生法则,从高级到低级,取之不尽用之不竭,又有包容万物的性格,犹如海绵吸水般接受各种新鲜事物。是非功过由人评说,甘苦短长又能如何,不快往事,统统埋藏,屈辱无奈,不再纠结,总要向前看,往前走。

在我看来,中原大地时时在告诉人们:嗳,我就是这么土,我就是这么亲,我土得掉渣,我亲得热乎,让你怎么也忘不掉我离不了我,有本事别吃我种出来的粮食。

当我们说到河南人身上种种不好,奇怪地将女人区别开来,似乎没有哪一样罪责是指向河南女性的。

河南的男人更多驰骋疆场,纵横官场,行走江湖,打拼生活,收获功名之余,也披挂一身这世界诸多习气与样貌。阶层高混得好的,是世俗社会的成功者,聪明过人,随物赋形,无师自通,几乎胎里带来的圆滑、狡诈、市侩。混得差的更是外加迂腐和懦弱。人性中都会有的这一部分,种种原因被人看到、聚焦、放大,成为诟病的由头。

而河南女人,长期以来被阻隔在各种场域之外,守护家园,繁衍后代,以静制动,她们不用在官场玩弄权术,也不用在商场尔虞我诈,更不需游走江湖以雕虫小技招摇撞骗,所以在她们身上,完美地继承了中华民族最优秀的那一部分,沉淀下最宝贵的优良品质:忠诚,善良,坚毅,勤劳,无私,奉献。

这片土地上的女人,除了不够洋气不够时髦,实在是挑不出什么缺点和毛病了。千百年来,她们默默承受着所有苦难,勇敢地挑起生活的重担,可以当女人用,也能当男人使。河南女人,个个都是花木兰,时刻准备替父从军、代夫受过、为子牺牲。

这本书的采访写作过程,使我对河南女性有了更真切的认识,花老老、邓氏、霞婶、小洁、秋香、秋风、梁秋菊、大妮……她们犹如土地一般深厚而温暖,一派天真地爱着人间,无论什么情况下,都努力绽放动人的花朵,结出饱满的果实。

大周人

家乡漯河,中原之中,颍河流域,一望无际,平坦得没有一丝丝起伏,我们从小见到一个土坡都很稀罕。土地几乎没有闲暇,春夏秋冬,各种庄稼是大地的轮流主宾。人也是匆匆过客,生于土地,归于土地,世世代代,靠土而生。

秋天收割之后,麦子种下,无边大地短暂裸露。起风时候,天地间飘荡细腻如纳米的黄尘,将人畜、树木、村庄、房屋、动物,将一切的一切,变成黄色,浩大土黄统摄世界,震撼人心,仿佛大地在做一个庄严的仪式,提醒她的子民:你,是这片土地上生出来的。

小小大周村,是国家肌体最细微的一个神经末梢。从前离家的人们,拿着村委会开出的相关证明,外出生存,行走天下,就业升职入党,更是必得有它；现在一切搞活，揣着身份证起身就走，只有遇到上面说的几件大事要事，才赶回来开具证明。这两千多人组成的"部落"，足够丰富和宽广，触角远可伸向全国各地，近可蜷缩回来安度日月。这里所发生的故事足够精彩，所揭示的人性涵盖了大千世界。每一个喜怒哀乐与大政方针、各个行业都在同频共振，社会上有什么她就有什么，世风往哪边刮她便向哪里倒伏，她紧紧依附于社会和时代，决然不会自己独创出一个什么生存模式。

走出大周的人，留在大周的人，囊括了当下中国各个阶层和几乎所有生存状态，活出了各式各样的面貌，有亿万富翁、公职人员、知识分子、出国劳务，有高精尖人才，有小老板小业主，有早出晚归打工人，有安稳小康之家，有人月均收入不足千元，有人贫病交加，有人吃低保，有忠厚良善之辈，有赖种孬孙，又有负债出逃者不知所终……同样生于这片土地，相同而又不同，差距也是如此之大。有人绝处逢生开出锦绣前程，有人从不放弃学习与进取，有人受伤潦倒失望而归，有人为生活的不如意找尽借口，这些统统被装入命运的大筐。

大周人，蒲公英一般撒向全国，北上广深，南北西东，打工创业，联姻安家，连接和带回各地的信息；又如风筝，飘向各处，身后的细绳，牵在家乡，不管走到多遥远，无论过去多少年，老了之后都想还乡，死去之后都要埋进祖坟。

城里有的，这里也都有，哪怕是山寨，哪怕是简化版、替代品，先有了再说。网络，微信，超市，汽车，房贷，一样都不能少。城乡一体化基本实现，汽车二十分钟可达县城，电动车半小时也能跑到，有快递便去镇里取回。在大周和双楼之间的路边，有几个作坊式的小厂，生产木板、楼板与建材；有一间小小的薄砖小屋美发店，生意挺好，店主是个中年女性，洗染烫剪，做出各种你想要的发型；也有几家饭馆酒庄，解决大周人的社交活动，最好的是北边三公里的银海酒庄，生意好的时候订不到座位，只能电话订单，然后亲自跑去"兜回来"，有时候说得晚了连你自己"去兜"都不中，做不出来，没有食材；在贾庄西头，有张广亚夫妻开的装修材料店，供应周边几个村庄的家园建设与生活美化。更有一种带后厢的电三轮或者电动车，遮风挡雨，可拉人，可装货物，售价几千元，几乎每家一个，小车不倒只管开，一直用到散架开不成，真可谓劳苦功高。你能说这不是车吗？这也是重要交通工具和家庭财产呀。每当我看到那样的车子颤巍巍奔跑在乡间公路上，心中深为感动，那是一种美好生活近在眼前的奔赴。

作为一个写作者，我无力改变什么，只是忠实记录，把这里的世态人情和他们的人生故事讲述出来。这是一本纪实文学，全都是真人真事，部分人使用化名，有的人真真假假交错出现。

我去过全国不少地方，见过诸多美景，但那些景致，看看罢了，与我又有什么关系呢？只有大周的风景，或许不美，或许很土，可这里的一切，与我有着血肉联系的情感。在我内心，只有大周的生活，才是真正的生活，这里发生的一切，都是人间本该有的样子。

我对大周的表象和内里，褶皱与缝隙，都非常熟稔，明与暗，真与假，闭着眼也能看到，因为我就是她的一员。我思念着这里，牵挂着这里，书写着这里，远观近瞧，热眼相望，我希望他们有钱，期待他们富裕,盼着他们都过得好。

没有奇迹,没有例外。大周人并不比其他地方更好,也不比其他地方更坏,大周村只是大地上一个小小的角落。太阳底下,永无新事,只有一天又一天需要面对的日子,只有一个又一个真实如太阳,不能直视、无法细究的人性。而我试图掀开一角,记录地球上的大周村、平原上的大周人。

不必歌颂,也无须鞭挞。如实呈现,就是最大的热爱。

如此,我才无愧于大周,无愧于写作。

2022 年 11 月至 2023 年 9 月

图书在版编目(CIP)数据

大周表情 / 周瑄璞著. --郑州:河南文艺出版社,
2024.7

ISBN 978-7-5559-1661-1

Ⅰ.①大… Ⅱ.①周… Ⅲ.①纪实文学-中国-当代
Ⅳ.①I25

中国国家版本馆 CIP 数据核字(2024)第 091587 号

选题策划	陈 静				
责任编辑	张 娟				
书籍设计	刘婉君				
责任校对	梁 晓				

出版发行	河南文艺出版社		印 张	10.75
社 址	郑州市郑东新区祥盛街 27 号 C 座 5 楼		字 数	228 000
承印单位	河南瑞之光印刷股份有限公司		版 次	2024 年 7 月第 1 版
经销单位	新华书店		印 次	2024 年 7 月第 1 次印刷
开 本	890 毫米 × 1240 毫米 1/32		定 价	56.00 元

印厂地址 河南省武陟县产业集聚区东区(詹店镇)泰安路
邮政编码 454950 电话 0371-63956290